KB040177

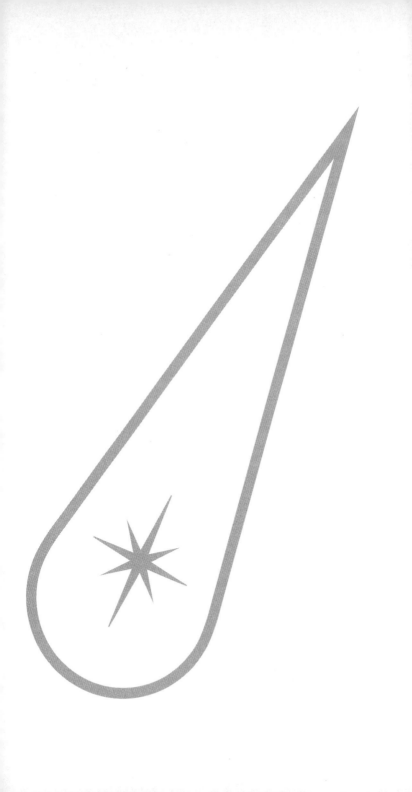

제7회 한국과학문학상 수상작품집

2024

허블

장 민

박 선 영

정 현 수

존 벽

최 우 준

차 례

장민

우리의 손이 닿는 거리

신경 전달 시간 10.1초

원숭이들은 때로는 지혜로운, 때로는 아둔한 동물로 그려 지곤 한단다.

바른 것이 아니라면 보지도 듣지도 말하지도 말아야 한다 고 하는 동물도 원숭이고, 눈앞의 이득을 좇는 조삼모사의 주인공도 원숭이란다. 하지만 이 이야기는 다른 무수한 고 사들이 그러하듯이, 인간의 모습을 반추하기 위한 이야기이 기도 하지. 원숭이들이 인간과 가장 닮은 동물이기 때문에 이해타산의 문제를 빗대어 표현했을지도 모르고.

그래서 엄마는 그렇게 생각해.

조삼모사의 고사는 재고해야 하는 이야기일지도 모른다고.

조삼모사가 가지는 뜻이 정말 원숭이들의 짧은 식견을 지적하기 위해서일까? 그렇지 않을지도 모르겠구나. 조삼모사는 눈앞의 이익에 일희일비하는 자들을 비유하여 만들어졌다지만, 그 고사가 만들어진 지 이미 얼마나 많은 시간이 흘렀니. 낡은 이야기는 때때로 정반대의 개념을 가지고 우리에게 찾아오곤 한단다. 그 역전이야말로 고사의 가치가 될 때도 있지.

나도 어릴 적에 이미 조삼모사 이야기에 의문을 가졌거든. 주변 어른들에게 재잘재잘 떠들었지. 아침에 네 개를 먹으면 조금 더 활기찬 하루가 되지 않을까요? 저녁엔 조금만 먹고 푹 자야죠. 어른들은 맹랑한 아이를 보고 웃었어.

물론 이러한 역전은 조롱과 비하의 언어에 대한 반성의 뜻만을 지니진 않는단다. 이건 존중과는 달라. 우리의 지성적 우월함을 과시하는 게 옳지 않다는 고고한 신념 따위도 아니지. 내가 이렇게 길게 이야기를 늘어놓을 필요조차 없을 만큼, 조삼모사에 대한 다른 해석들은 이미 충분히 많으니까. 당장 아침의 세 개와 저녁의 네 개는 시간에 따른 가치 변동을 고려하지 않았다는 경제학자의 지적이 기억난단다. 인류가 아직 지구에 속박되어 있던 시절, 고갈되는 자원 문제를 이야기하며 인용했었지.

하지만 난 지금 논리적인 덧셈 뺄셈 이야기를 하려는 게 아니야. 3 더하기 4가 7이 된다는 수학적 자명함은 그다지 중요하지 않단다. 엄마는 왜 굳이 사랑하는 너희들에게 고전적 셈법 이야기를 남기고 있을까?

궁금하지 않니?

이제 우리에게 남겨진 우주의 사건은 오직 멸망뿐이고, 그 멸망 앞에서 나는 이 이야기를 해야만 한단다. 너희들에게 들려줘야만 해. 우리는 어째서 이런 운명을 맞이하게 되었는지. 너희들이 왜 두 엄마의 이야기를 알아야만 하는지. 내가 어떤 선택을 했고, 어떤 생각을 통해 인류를 이곳까지 데려왔는지. 이제 죽음밖에 남지 않은 여분의 우주를 살아갈 너희들에게, 나는 왜 오래되고 낡은 원숭이 이야기를 남기려고 하는지. 우주에 남은 것이라곤 죽어가는 뭇별과 블랙홀밖에 없다 하더라도, 너희들이 이 엄마의 이야기를 반드시 알아주길 바란단다.

이젠 볼 수 없는 현 엄마도 그걸 바랄 거야.

신경 전달 시간 0.12초

진화란, 인간 개인이 인내하기엔 너무 긴 시간이 요구되는 일이지.

우리 호모 사피엔스 현생인류는 유인원들과 달라지기 시작한 이래, 400만 년에 가까운 시간이 필요했어. 수치만 들어도 한숨이 나올 정도로 긴 시간이지 않니? 호모 사피엔스로 한정하더라도 우리는 20만 년 전에 등장했어. 우리의 조상이 여기까지 다다르는 데 대체 얼마나 긴 시간이 걸렸는지 까마득하구나.

그렇다면, 우리가 우주에 적응하여 진화하기 위해선 얼마나 많은 시간이 필요할까? 너희들은 생각해 본 적 있니? 애초에 인간의 몸은 우주로 진출하기엔 적합하지 않지. 우리는 지구 바깥의 공간에서 진화를 이룩한 적 없는 연약한 온실 속의 화초라고 할 수 있어. 하지만 인류의 힘이 뭐겠니? 바로 끝없는 욕구란다. 지구 바깥의 적자생존 법칙은 아직 인류라는 종을 검증해 내지 않았어. 하지만 우리는 적자생존 자격증 따위 없이도 우주로 나서고 싶었단다. 이 좁은 지구에 속박되어 남겨지고 싶진 않았거든. 멈추지 않는 발걸음들이야말로 우리의 힘이라고도 할 수 있지 않겠니?

왜 우주로 가야만 했냐고? 지구의 자원으로도 충분히 살 수 있지 않느냐고?

사랑하는 우리 딸들아, 그렇지 않단다. 그렇지 않아.

스푸트니크가 우주로 떠나고, 라이카가 태양 가까이 향하고, 유리 가가린이 우주에 나서고, 닐 암스트롱이 달을 밟은 일들은 필요에 따른 결과가 아니란다. 할 수 있기 때문에 한 일들이었지. 할 수 있는데 왜 멈춰야겠니? 우리는 얼마든지 해낼 수 있는 존재인데. 우리 인류가 해낼 수 있는 일에 제한을 두지 말자꾸나.

우리는 할 수 있었기에 지구를 떠나 다른 행성들을 개척해야만 했고, 기꺼이 그러기로 결정했단다. 우리는 우주를 여행할 수 있는 우주선을 만들었고, 우주에서 어느 정도는 생활할 수 있는 환경을 조성하기도 했지. 지구 궤도뿐만 아니라, 태양계 궤도권까지 단기적으로는 충분히 생활이 가능한 공간을 만들었으니까.

여기까지 왔다면 우리의 다음 목표는 무엇이 되어야 할까?

맞아, 우리는 궁극적으로는 다른 행성들을 인류의 차기 거주지로 만들고 싶었어. 하지만 그게 어디 쉬운 일이겠니. 행성 개척엔 궤도권 거주지 건설보다 훨씬 많은 자원과 시간이 소모되었단다. 중력과 대기는 어떻게 해결해야 하고, 우리가 생활할 공간은 어디부터 어디까지로 정해야겠니. 화성만 하더라도 에베레스트보다 높은 산들이 즐비하고, 태풍

보다 강한 우주 방사선이 내리쬐는 공간인걸. 우리가 극복해 내야 하는 것은 유구한 우주의 모습 그 자체였단다. 하지만 인류가 어디 그렇게 호락호락한 종이니. 인류의 무한한 탐험과 전진을 막을 수 있는 존재는 우리 스스로뿐이지. 그래서 한계를 규정하지 않은 인류는 계속 나아갈 수 있었어. 화성과 타이탄에 지어진 초기의 우주 개척지들은 인류 개척과 발전의 위대한 결과물인 한편, 많은 희생이 동반되기도 했단다.

하지만 태양계 외행성들은 희생을 감수하더라도 해결되지 않는 문제가 많았어. 지구에서 끊임없이 개척단을 보낼 수 있던 내행성 개발은 시간문제에 가까웠다지만, 지구로부터 몇 광년씩 떨어져 있는 행성들은 어떻게 해야 했을까? 행성 테라포밍 과정에 쉬운 일이란 없다지만, 가장 큰 문제는 역시 우주 방사선이었단다. 우주 방사선은 별이 존재하는 곳이라면 어디든 있었고, 이를 막아내는 것이야말로 우주 탐사에 있어 가장 중요한 문제였지. 우주 방사선은 우리의 본질인 DNA에 가장 깊숙하게 파고드는 존재였으니까. 우리는 무엇보다도 우주 방사선이 DNA를 부수는 일을 막아내야만 했단다. 재밌지 않니? 완전한 외행성 개척의 가장 큰 걸림돌이 DNA를 비롯한 우리의 존재 그 자체라는 사실이. 엄마는 이 개척 초기의 난제를 떠올리면 늘 즐겁단다.

물론 그 당시의 현 엄마와 나는 함께 머리 아파하고 있었지.

"그럼 우리는 어떡해?"

나는 엔지니어부 부장이자 그 당시엔 아직 애인이었던 현 엄마에게 한숨처럼 내뱉으며 물었단다.

"어떡하냐니?"

"우주에 진출은 해야겠다, 엔지니어부와 생화학부에서 같이 머리 맞대고 진행한 인류의 우주 생존 프로젝트 회의가 이제 막바지인데 결론이 나왔을 거 아냐?"

마지막 프로젝트 회의를 끝마치고서, 이제 대외 기자회견 준비를 해야 하는 사람을 붙잡고 나는 내 호기심부터 해소하려고 들었단다. 현 엄마는 나를 빤히 보더니 내 입술 왼쪽 끝에 엄지와 검지를 가져와선 지퍼를 잠그듯이 반대로 스윽 밀더구나. 조용히 해라, 이거였지.

"말하면 안 된다, 알겠지? 이거 대외비야."

개척단장에게 비밀인 개척단 프로젝트도 있었나?

"난 개척단장이거든?"

'그것도 그렇네'라고 중얼거리며 고개를 슬쩍 끄덕이는 현 엄마. 부장의 얼굴이었지.

"우리가 우주 방사선을 무시하려면 어떤 길이 있을까?"

"전통적으로는 거대한 생활공간이나 함선을 통한 방사선 차폐일 텐데, 그건 우리가 생활하기에 너무 힘들지. 공간도 부족하고, 물자도 부족해. 화성에서도 하다가 실패했잖아.

"우리가 죽어나가도 되살릴 신약을 개발하거나, 사이보그가 되거나. 둘 중 하나가 가장 가능성이 높은 미래라고 난 생각했고, 최초엔 그렇게 제안했어."

현 엄마의 말에 담긴 가능성엔 불만과 아쉬움이 섞여 있었단다. 그리고 나 또한 눈을 샐쭉하게 뜨며 의아함을 표했지.

"죽어나가도 되살릴 신약이라는 표현, 진짜 의심스럽다."

"죽은 자를 되살리는 약 정도는 사용해야 우주에서 버틸 수 있다는 거지."

우리의 DNA가 우주 방사선을 쬐어도 버틸 수 있는 방법을 찾아내는 것. 이것이야말로 인류가 극복해 내지 못한 문제였지.

"불로불사의 영약 개발은 확실히 불가능한 일이네. 그럼, 두 번째 가능성을 검토한 거야?"

"맞아. 사이보그화가 두 번째 가능성 정도가 될 수 있어."

난 한껏 찡그린 표정으로 대답을 대신했고, 현 엄마는 내 얼굴을 보고선 말을 이어갔어.

"표정 봐. 그렇게 걱정이야?"

"둘 다 미덥지 못한 선택지인 탓이지. 게다가 사이보그화 계획은 일전에 폐기된 걸로 기억하는데, 다시 꺼내 든 거야?"

"재고해 본 거지."

"그래서 결론이 어떻게 나왔어? 둘 중 하나로 결정?"

"아니. 내가 말했잖아. 이건 초기에 제안한 후보군이었어"

의외의 대답이 돌아왔어. 둘 다 아니다?

"착용하는 로봇으로 정해졌어. 자율 행동 로봇은 아니고, 우리가 탑승하는 거니까 일종의 강화 슈트라고 할 수 있겠지. 우리는 로봇에 타야 해. 파일럿들은 다 좋아했을 거 같은데, 어때? 너도 어릴 때, 로봇 만화 좀 봤어?"

차폐된 로봇 형태를 고려한다면, 현 엄마의 말대로 강화 슈트에 가까운 개념이겠지. 나는 농담을 받아주는 대신 되물었지.

"결론은 그럼, 착용하는 방식의 인간형 로봇이야?"

"그렇지."

나는 여기서 조금 의문이 생겼단다. 우주 방사선을 차폐하기 위한 고전적 우주복들도 일종의 원시적 강화형 슈트지만, 불편하고 사용하기 어렵기 그지 없는데. 어떻게 강화형 슈트를 입고 외행성에서 일하겠다는 걸까? 나는 의문에 대해 곧장 물었단다.

"근데… 강화형 슈트라는 거, 외골격 형태가 대부분인데 어떻게 쓰겠다는 건지 아직 잘 안 와닿는데. 외행성에서 일하려면 외골격 강화 형태일거고. 다리나 척추 보조로 쓰면서 힘을 더 쓸 수 있게 한다는 형태인 거 아냐?"

"맞아."

선선한 긍정에 나는 고개를 기울이고선 의문을 내비쳤단다. 엔지니어부에서 이런 것도 생각 못 하진 않았을 텐데.

"그럼, 의미가 있어? 결국 외행성에서 방사선을 차폐하려면 슈트가 엄청 두껍고 무거워야 할 거고. 그걸 입은 채로 일을 할 수 있나? 솔직히 말하자면, 시간과 자원 낭비 같아."

현 엄마는 부장의 자격으로 나의 실무적 지적에 빙긋 웃으며 대답했단다.

"맞아. 그래서 크기를 키우기로 했어. 18미터짜리 인간용 강화 슈트가 우리의 행성 개척 임무를 위해 건조될 예정이야."

18미터 크기의 인간용 강화 슈트.

우리의 새로운 신체에 대한 첫 선언치고는, 현 엄마의 말투는 굉장히 담백했단다. 그리고 난 상상 이상이었던 인간형 로봇의 스케일에 입을 떡 벌리고 말았어.

"18미터? 내가 잘못 들은 거 아니지?"

인간의 육체보다 10배는 큰 착용 방식의 인간형 강화 슈트? 효율이라곤 눈을 씻고도 찾아볼 수 없는 거대 로봇을 만들어야 한다고? 동시에 게임이나 만화, 영화에서나 보던 거대한 로봇들의 이미지들이 머릿속을 스쳐 지나갔지. 생각해 보렴. 게임이나 만화, 영화에서만 거대 인간 로봇이 나오는 이유가 뭐겠니? 낭만 없는 현실에서는 비효율적이라는 이유로 만들지 않는 것들이라 그렇지. 우린 그 낭만과 낭비를 만들자고 선언한 셈이었어.

"우주 방사선을 차폐하고 원활한 작업을 빠르게 진행하기 위해서는 그 사이즈가 최적이라는 결론이 나왔어."

최적. 나는 최적이라는 단어에 대해 조금 깊이 생각하기 시작했단다. 엔지니어의 최적 안엔 숫자 감각은 없었던 걸까? 난 그 시점부터는 개척단장 입장에서 가능성을 검토하기 시작했단다.

"최적이라는 단어가 사전적 의미로부터 굉장히 멀어진 것 같은데."

"음, 최선, 차악, 최적, 뭐든 맘에 드는 걸로 생각해. 실상 다른 건 별로 없으니까."

"가장 먼저 든 생각부터 말해도 되나? 너무 큰 것 같은데? 18미터짜리 슈트형 로봇이라는 게… 지구 자원으로 양산이 가능해? 중력을 고려한다면 지구건, 외행성이건 극복해야 하는 비효율 문제는 같다는 생각이 들어."

크기가 2배 커지면, 부피와 무게는 8배가 되는 법이니까. 슈트가 커질수록 우리가 감당해야 하는 자원의 문제는 기하급수적으로 늘어날 게 뻔했어. 그래서 난 18미터의 슈트 건조는 어려운 계획이라고 생각했단다. 게다가 우리보다 10배가 큰 강철의 육신은 심지어 피와 육신으로 구성되어 있지도 않지. 강철을 움직이게끔 하는 힘은 용접과 기름칠인 법이니까. 그것을 일구어 내기 위해선 절대적으로 많은 인력이 절대적으로 필요했어. 그리고 당장 나의 머릿속에 떠오른 문제점들에 대해서, 현 엄마도 엔지니어부 부장으로서 이미 다 고려했다는 듯이 말했지.

"생산 시설 계획도 후보지가 다 있어. 건조는 중력이 낮은 월면 기지나 화성에서 진행하게 될 거 같아. 그럼 훨씬 편하지."

건조 가능성을 건조하게 이야기하는 엔지니어부 부장.

"건조 계획까지 수립 중인 거 보면 진심이구나?"

"우리는 단 한 순간도, 농담으로 계획을 떠들지 않았어. 이건 인류의 외행성 개척에 있어 가장 큰 한 걸음이 될 순간이야."

그 의지는 단장인 나도 잘 알고 있는 바였지. 이번 외행성 개척은 분명 인류 역사의 거대한 한 페이지가 되고도 남을 일이니까. 그래서 나는 더더욱 그 한 페이지에 실패의 기록을 적고 싶지 않았단다. 그래서 난 파일럿의 입장을 통해서 추가적인 의문과 의심을 품은 채 물었지.

"조종은 어떻게 하려고? 인간보다 10배나 큰 로봇이면 조종 반응속도에 익숙해지기 위해 긴 시간이 필요할 텐데? 지금 가장 널리 쓰이는 게임 조이스틱 기반의 조종간으로 하려고? 그것도 단순한 조종 방식이 어울리는 함선에나 필요하지, 인간형으로 걷거나 팔을 움직이는 데에는 문제가 많을걸."

"그렇지. 지금과 같은 아날로그 형태의 조종은 어려움이 많지."

"아날로그 스틱을 앞으로 기울일 때 인간형 로봇이 앞으로 움직이는 건 섬세한 조정이 필요할 테고, 우리가 다양한 일을 해내기엔 부적합하다는 생각이 들어. 발은 그렇다고 쳐. 손은? 각각의 손가락들은? 어떻게 움직이려고? 집게만 사용할 수는 없잖아?"

"손가락을 제각각 제어하는 건 불가능에 가깝지."

현 엄마가 고개를 끄덕이며 인정하자, 내 걱정은 한층 깊어졌단다.

"우리가 의식하지 않고 손발을 다루는 수준이 되려면 뇌파 조종이야? 하지만 그것도 쉬운 접근법은 아닌데. 이런 조종 문제가 해결된다고 해도, 수리는? 결국 수리를 위해 우주 방사선에 노출되는 인간들에게 필요한 방호 장치 같은 건?"

당장 18미터짜리 거대 인간형 로봇에 탑승한 스스로를 상상해 본 나는 많은 문제점과 가능성을 빠르게 탐색하고 떠올렸어. 그럴 수밖에 없었지. 앞으로 있을 개척 행성 탐험은 화성이나 유로파 같은 태양계 내의 행성과는 전혀 다른 환경이니까. 심지어 개척 행성으로의 이동 이후 지구로 복귀할 가능성도 낮은 위험한 임무니까, 더더욱 걱정이 되었단다.

"시간이 오래 걸리더라도, 몇 세대에 걸친 테라포밍이 차라리 더 나은 선택지가 아니었을까?"

테라포밍 기술을 갖춘 거대 함선도 아니고, 우주 방사선을 막아줄 획기적인 신약도 아니고, 행성 환경을 지구처럼 바꿔줄 미생물도 아니고, 신체의 위대한 기계화도 아니고. 그저 우리에게 주어지는 건, 18미터짜리 강철의 슈트라니. 우주 진출 시대가 되어서도 노동을 지속해야 하는 인류의 운명을 속으로 한탄했단다. 나도 이 시대가 되면 자동 로봇들이 다 대신 일해줄 줄 알았거든.

"역시 수석 파일럿."

맥없는 박수 소리에 난 웃으며 대답했단다.

"내가 한 추측이라는 게, 칭찬 들으려고 시작한 말은 아니었는데."

"내가 해주는 칭찬이 싫어?"

좋기야 했지만, 진지한 자리였으니까 임마는 개척단장의 입장에서 다시 말했지.

"모두의 안전을 책임져야 하는 개척단장이라서 그래. 그런 책임을 가진 사람이 요구하는 진지한 지적으로 받아들여

줄래?"

현 엄마는 나의 진지함을 존중하기로 마음먹고 대답했
단다.

"그래, 맞아. 웃어넘기기엔 퍽 중요한 지적이네. 무시할
수도 없는 문제지. 무시해서도 안 되고."

그렇게 말하면서도 현 엄마는 웃음을 참지 못하는 표정을
지으며 웃고 있었단다. 나는 그 표정을 보고선 이미 생각해
둔 게 있구나 싶었어.

"해결 방법이 있다는 양 이야기하네?"

"신경 연결이야."

난 얼굴을 노골적으로 찌푸리며 불만을 내비쳤어.

"신경 연결…"

"신경에 기계 전극 연결하는 그거 맞아."

한숨을 조금 깊게 쉬고선, 현 엄마의 옆자리 의자를 빼 앉
으면서 대답을 했단다.

"신경 연결 말이지…. 그거 언제는 비윤리성 운운하면서
적용하면 안 되는 기술이라더니. 인간의 사이보그화와도 연
관된 문제잖아? 인식과 연속성의 문제에서 인간의 인지능
력을 저하시키고, 어떤 방향으로 나아갈지 모른다는 이유로
맨날 안 된다 그러고. 그래서 연구와 일부 의료 목적 외에는
까다롭게 굴고 있으면서."

"아주 없는 일은 아니잖아. 연구와 의료 목적으로 일부나마 쓰이고 있지. 생각해 봐. 이미 의수나 의족, 더 나아가면 의안까진 신경을 연결해서 기계장치를 용이하게 이용하는 기술력은 갖춰져 있어. 그저 그 이상으로 하지 않으려 들 뿐이지. 필요하다면 얼마든지 확장할 수 있을 거야."

내가 보수적인 의견들을 대표하는 듯한 모양새가 되어서 썩 마음에 들진 않았어. 하지만 최선을 선택하기보단 최악을 피해야 하는 책임자의 입장에서 말할 수밖에 없었단다. 연구 안전이나 연구 윤리 위반 사례집에 한 줄 추가되는 게 내 이름이고 싶지도 않고. 더욱이 사람 목숨이 걸려 있을지도 모르는 한 줄을 더하고 싶진 않았어.

"하지만… 18미터는 너무 커. 문제가 생기면 수습하기 어려워."

"너무 크지."

나의 담백한 지적을 순순히 인정하는 현 엄마.

"들어봐, 18미터 거대 로봇은 차원이 다른 이야기야. 팔다리 정도나 의료용에서 한정적으로 사용해 왔던 경험과 직접 비교할 수도 없지. 신경 전달 속도도 문제야. 말초로부터 정보 전달이 그렇게 빠르고 오차 없이 가능할까? 우리가 필요하고 위급한 순간에, 제때에 대처하지 못할 정도로 로봇 손발의 반응속도가 느리다면 어떡하지? 우리의 손발 끝의 말초신경 신호의 강도를 생각하면 잘 유지될지도 의문이고."

의자를 조금 더 가까이로 끌고 와서는 웃는 현 엄마. 이 생글생글 웃음은, 이미 대답과 해법이 정해져 있을 때에 나오곤 하는 과학자의 웃음이었단다. 나는 현 엄마의 입에서 폭탄 발언이 나올지도 모르겠다고 직감했지.

"신경 전달 속도에 대해서는 방법이 다 있어."

"하지만 18미터짜리 거대한 로봇에 인간 신경을 연결하는 건 차원이 다른 문제 아니야? 우리 몸의 10배나 되는 기계 신경의 인식과 반응을 실시간 제어하려면 손발 끝 말초 신경 연결로는 부족할 텐데?"

"응, 부족하지."

"그래, 부족하지."

"말초만으로는 부족하지."

말초만으로는?

나는 다시금 심상치 않은 분위기를 느꼈어. 아까부터 가까스로 참는 듯했던 웃음이 터질 것만 같았지. 폭탄 발언의 시간제한이 얼마 남지 않은 모양이야. 돌이킬 수 없는 어떤 국면 앞에 서 있다는 느낌까지 받았지. 돌이켜 보아도, 그때의 순간이 저주였는지 축복이었는지 아직도 잘 모르겠단다.

"척수 신경을 그대로 슈트에 연결할 거야."

내가 사랑하는 과학자는 검지로 자신의 목뒤에 무언갈 꽂는 시늉을 하면서 말했지. 말의 무게와는 달리 아주 간단해 보이는 그 행위의 가벼움이 기억난다. 상상하던 최악이자 최선의 말 앞에서 다시 한숨을 쉬었어.

"그 방법이 최선인가 보구나?"

"아니, 유일한 방법이야."

그 확신에 나는 헛웃음을 내비치며 물었지.

"어떻게 그렇게 확신해?"

"하나의 방식을 결정한다면, 유일하니까."

그리고 일단 한 가지 방법뿐이라고 생각하면, 인간은 능히 그 방법으로 해내버리곤 하지. 현 엄마는 말을 이어나갔어. 자리로 돌아가면서, 방긋 웃으며.

"할 수 있다면 해야지."

그건 최선도 최악도 아니라는 듯이 현 엄마는 과학자의 언어로 대답했단다.

"난 그 말이 늘 대단하다고 생각해."

"매일 하는 말인데, 새삼?"

그 말과 웃음이 아직도 기억에 남아 있어.

할 수 있고, 해야만 한다면 해내는 사람의 기쁜 웃음이었지. 과학의 제단에 자신을 기꺼이 바친 사람의 웃음. 자신의 행동에 한 치 의심이 없는 모습과 함께 현 엄마는 다시금 의자에서 벌떡 일어나 한 바퀴 빙글 돌고선 말했단다. 무언가 자신에겐 감격스러운 순간이었을지도 몰라. 난 사랑하는 사람의 그 모습에 약간, 조금이나마 경도되었단다.

"사람의 뒷목에 전기신호를 받을 수 있게끔 척수에 전극 침을 꽂아. 그리고 거대한 슈트의 기계 신경과 연결하는 거야. 척수 신경과 연결하면 손, 발, 머리와 모든 몸을 한 번에 제어할 수 있지. 시신경 쪽만 카메라로 대체할 예정이고. 우리가 원하는 대로 움직이는 거대한 18미터 로봇이 우리 개척 1기의 작업복이자 정장이 될 거야."

정장이라기엔 굉장히 크지? 나도 속으로 그렇게 생각했단다. 18미터짜리 정장을 입고서 우주를 유영하고, 지구가 아닌 행성을 걷는 인류의 모습을 떠올렸어. 영업직이네. 결국 인류는 저런 정장 차림으로 우주를 돌아다니며 영업을 뛰는 걸까?

"멋지네."

"낭만에 너무 빠지지는 말고, 개척단장의 보수적 시선을 들려줘."

마이크를 나에게 들이밀듯이 손을 가져다 대는 현 엄마. 나는 웃으며 기꺼이 비판과 의심의 역할을 받아들였어.

"작업복이라면 쉽게 벗을 수 있어야 하지 않아? 하지만 척수 신경을 연결하고 해제하는 게 쉬운 일은 아니잖아."

벗을 수 없는 작업복은 작업복이 아니라 우리의 육신이

되어버리니까. 난 당장 그 부분을 지적했지.

"그래, 엄밀히는 인간형 로봇 강화 슈트라는 건 사이보그화와 크게 다르진 않아. 게다가 우리가 하려는 게 직접적인 신경의 연결이면 누가 뭐래도 사이보그를 떠올릴 수밖에 없지."

현 엄마는 과장된 자세로 머리를 가로저으며 머리 아프다는 듯이 중얼거렸어. 나는 웃으며 사이보그에 대한 현 엄마의 자세를 떠올리며 대답했단다.

"안경도 사이보그의 일종이라고 하던 네 입버릇이 생각나네."

"너 안경 좋아하잖아, 안 그래?"

너무 좋아하지. 난 속으로만 생각했단다. 현 엄마의 안경 쓴 얼굴을 내가 참 좋아했거든. 연애할 적에도 그게 참 좋았어.

"그래, 안경도 우리의 기능적으로 퇴화하거나 비정형적인 상태의 신체를 보완하는 기구잖아. 가장 기초적인 사이보그화의 일종이지. 안경은 되면서 의안은 안 되고, 보청기는 되면서 인공 와우는 또 왜 안 된담? 난 아직도 그 윤리 문제를 이해할 수 없다니깐."

혀를 차며 툴툴거리던 현 엄마.

"그래서 어떻게 해결하려고? 신경 연결 접속 단자를 설계하는 게 쉬운 일 같진 않은데. 아까도 지적했지만, 18미터짜리 작업복을 언제나 입고 살 수는 없잖아."

고개를 끄덕이며 다시 현 엄마의 말이 이어지기 시작했어. 나의 걱정과 윤리 문제 같은 건 다 고려하고 나온 대답이라는 듯이.

"그래서 우리가 머리를 굴린 거지. 말했잖아? 뒷목에 전기신호를 받게끔 전극침을 꽂는다고. 신호만 주고받을 수 있는 기다란 전극침을 개발하고 있어. 말초 신경과 기계 신경의 연결은 신호의 민감함과 속도가 늘 문제였으니까, 척수에 직접 꽂으면 문제가 없지."

'문제가 없다'라는 표현에 대한 현 엄마의 기준이 굉장히 재밌지 않니?

18미터짜리 강철의 육신을 연결하는 전극침을 척수에 꽂는 일에 아무런 문제가 없다고 하는 현 엄마의 말을 떠올리면 절로 웃음이 난단다. 아무리 생각해도 문제고, 아무리 생각해도 웃을 일이 아닌 것 같은데. 그래도 현 엄마는 웃었어. 현 엄마가 유별난 미치광이 과학자라 그런 게 아니라, 그냥 연구하는 사람들은 다 좀 이렇더라. 하지만 현 엄마도 좀 특출나긴 하지. 너희들도 현 엄마 겪어서 알잖니?

"아까도 지적했지만… 지금 과학 윤리로는 아웃인데? 척수에 직접 연결하는 18미터짜리 고철을 윗선에서 승인해 줄 것 같지 않네. 우리에게 아무리 기술력은 있다고 해도."

기술력은 있지. 결국 그 방식을 막는 것은 윤리 문제일 뿐이었으니까. 사이보그적 해방이라거나, 세상과 인간 사이의 인지 문제 같은 것 있잖니. 그리고 그런 면에서 현 엄마는 가장 과학자다운 면모를 가진 사람이었을 거야.

"할 수 있으니, 만들고 설득하면 문제없지. 남은 길이 이거라면 하는 수밖에 없잖아. 다른 길의 가능성은 과학적 방법론에 따르면 성공률이 너무 낮아. 이쪽의 방법은 사람들을 설득하면 그만이지."

"자신감은 좋네. 어디서 나온 건진 모르겠지만."

난 사랑하는 사람의 말에 한숨을 쉬고선 푸념했단다. 개척단장이자, 그녀를 사랑하는 나의 입장에서.

"따지고 보면 사이보그도 아니잖아. 그냥 사이보그스러운 작업복일 뿐이지. 그런 허점만 잘 파고들면 문제없어. 아니면, 거대 로봇에 대한 로망을 좀 자극해 보면 좋아할 사람도 있지 않을까? 다들 좋아하잖아."

물론 엔지니어를 비롯한 많은 사람에게 거대 로봇에 대한 로망은 당연히 존재하겠지. 공룡 좋아하는 초등학생 같은 거니까. 하지만 그걸 어필 포인트로 삼겠다는 말을 하니 난 어이가 없어졌단다. 가끔은 지나치게 설득과 공감에 대한 감각이 없어서 웃음이 나게끔 하는 사람이란 말이지.

"제발 회의 땐 그렇게 말하지 말아줘. 부탁할게."

"넌 꼭 그렇게 말하더라? 나한테도 정치 감각은 있거든. 그리고 설득은 어차피 필요하잖아. 조금 더 호감을 살 만한 말을 고르는 게 뭐 어때서?"

나는 이런 현 엄마의 노골적인 솔직함 때문에 한숨이 나왔어. 이래서 정책이나 프로젝트 설득에 있어서 함부로 뭘 못 맡기겠다는 건데.

"개발은 아직 한 걸음도 안 나갔구나?"

"기초적인 부분은 언제나 시간이 걸리는 법이야. 생화학부랑 함께 일단 시작했고, 진전이 있다면 그쪽에서 소식을 주겠지."

위험성과 안정성에 대해서는 뻔뻔하리만큼 단순하게 말하는 과학자들의 어휘에 나는 지끈거리는 머리를 문지르며 눈을 감았단다. 그러고선 엔지니어부 부장이자 너희들의 현 엄마에게 푸념하듯이 말했어.

"제발, 제발 부탁인데, 우리를 안심시키기 위해서라도 '개발 완성 단계고 안정화 중입니다' 같은 말을 해줄 순 없는 건가?"

"응, 내 성미에 안 맞아."

"그동안 연구비랑 프로젝트는 대체 어떻게 따낸 거야?"

이런 성미로 대체 어떻게?

"애인에게 못 하는 말이 없네"

나는 등짝을 좀 맞았단다. 맞으면서도 난 웃고 말았지. 나는 고개를 끄덕이며 인정하는 수밖에 없었어. 감히 18미터의 신경 연결 거대 로봇을 만들어 내고야 마는 사람의 성미란 그런 것이었겠지. 그리고 그것은 내가 사랑하는 사람의 성미였지.

✦

현 엄마의 그런 성미는 대게 일을 빠르게 성공시키는 데에 특화되어 있지. 여유 있고 느긋하게 일을 처리하는 나와는 다른 성정을 가진 사람이기에 할 수 있는 멋진 일이라고 생각한단다. 그리고 단장 입장에선 아주 감사한 일이지. 스케줄과 사람들을 관리하는 것만으로도 머리가 아픈데, 엔지니어부는 그저 날 가끔 불러서 여기 타보세요, 이것 조종해 보세요 정도의 말밖에 없었거든. 정책 과정에서 내가 처리해 준 모든 일에 대해 짧은 감사 인사 정도만 건네고선, 그들은 고철과 기름 사이로 스며들었어.

물론 개척단 프로젝트의 방향성을 설정하는 데에 있어서 정책 과정의 설득이 쉬웠던 건 아니었단다. 필요성과 도덕성, 그리고 효율성 사이에서 저울질해야 하는 정책 입안자들의 우려와 가늠을 무시할 수도 없었고, 무시해서도 안 되는 일이었지. 나는 프로젝트의 입안에 지원했고, 강철의 슈트를 만드는 일은 입안될 수 있었단다. 그건 개척단장인 내가 해야 하는 일이었으니까, 기꺼이 그 길에 올랐지. 물론 개척이 시작되면 18미터 슈트를 나서서 입어야 하기도 하고.

물론 현 엄마와 연애 중이던 시절인 탓에 편한 것도 있었어. 아, 오해하면 안 된단다. 개척단장의 이름에 걸고, 사적인 관계에 기반해 편의를 봐준 적은 없어. 그랬다간 현 엄마가 나한테 헤어지자고 했을걸. 그런 사람이잖니, 우리 현 엄마는.

그렇게 정책 설득과 기술 개발 양면으로 5년에 가까운 시간을 쏟고 나서야, 18미터의 거대한 로봇은 비로소 우리의 정장으로 만들어졌단다. 5년 안에 건조를 마쳤다는 사실은 엔지니어부 내부에선 경이로운 기적처럼 여겨졌어. 외부 사람들은 그들의 감격을 정확히 이해하진 못했지만.

"팔다리가 멋있지? 영화에서나 보던 것 같고."

"그러게. 좀 더 커도 좋겠어."

"파일럿들은 다 그 소리 하더라. 파일럿들 특징인가?"

"엔지니어부 사람들은 다들 더 키울 생각 말라던데, 그건 엔지니어부 특징인가?"

"낭만만 찾는 누구와는 달리, 우리는 효율만을 따져서요."

"우린 낭만으로 밥 먹고 살아서 어쩔 수 없어."

그러고선 함께 웃었단다.

그래, 우리는 이 성공을 기꺼이 축복으로 여기자고 생각했단다. 로봇은, 강철의 강화 슈트는, 우리의 가능성에 대한 축복 같았어. 기계장치의 진화라고 불러도 손색이 없을 사건이었지. 마치 젓가락처럼, 마치 숟가락처럼, 마치 연필의 발명처럼. 인류의 무수한 도구들이 그랬듯이, 우리의 손에 닿지 않던 것들을 만질 수 있게끔 해주었어. 우리가 고향인 지구를 벗어나서 일하기 위한 작업복. 우리가 원하는 대로 수족을 움직이고 세상을 탐험할 수 있는 우리의 연장선이었지.

"개척단장을 위한 커스텀, 혹시 가능해?"

나는 완성된 거대 로봇을 보고 물어봤단다. 흰색으로 잘 빠진 모습을 보니 도색도 하고 싶어졌거든. 파일럿 생활을 할 적엔 흔히 했던 것이기도 했고.

"단장의 권한을 그렇게 남용해도 되는 거야?"

로봇 도색이 권한 남용까지 되나?

"도색에 품이 뭐 얼마나 든다고."

나의 말에 현 엄마는 고깝지 않은 표정을 지었단다.

"너 데이트마다 옷 입고 오는 거 보면 안 돼."

야상이 어때서. 처음 만날 땐 어울린다고 했던 엔지니어부 부장이자, 나의 반쪽인 현 엄마는 그즈음부터 나에게 그렇게 매정해지기 시작했어. 그리고 우린 그해에 결혼했지.

신경 전달 시간 0.13초

일에 집중하다가 시간이 얼마나 흘렀는지 스스로 가늠해 본 적이 있니? 가끔 있을 거야. 집중한다면 생각 이상으로 시간이 조금 더 빨리 흐른 듯한 기분을 느끼고, 집중하지 못한다면 정말 느리게 가는 듯한 기분이 들곤 하지. 그런 순간을 보면 인간은 시간을 인지할 수 있는 생체적 능력을 가지고 있을지도 모르겠구나.

그리고 개척단 1기의 삶은 무척이나 빠르게 흘렀단다.

시간이 얼마나 흘렀는지 스스로도 짐작할 수 없을 때까지 일했지.

행성은 지구와는 달랐기 때문에 풍족했으나, 지구와는 달랐기 때문에 황폐했단다. 그 간극을 채워나가는 것이 우리의 일이었지. 황폐함으로부터 풍족함을 만들어 내는 일의 연속이었지. 그리고 그 일에는 18미터의 강철의 로봇 슈트가 함께 했단다.

20체가 되는 강철의 슈트와 10대의 함선을 타고서 별의 바다를 헤엄친 우리는 3년간 장기 수면 상태로 0.7광속까지 가속하여 센타우루스자리 알파* 구역의 개척 행성 1호에 도달했어. 그리고 10년간 임무를 수행했단다. 편도 3년의 거리를 여행하고선 다시 그렇게 10년 동안 일을 했다니, 돌이켜 보면 조금 끔찍하기도 하구나. 우리는 도착한 이후 1년간, 강철의 슈트를 거의 벗지도 못했거든. 18미터의 거대한 신경 연결 로봇은 우리와 한 몸이 되어서 많은 일을 해냈어. 너희들이 태어나고 자랐던 그 행성은 그렇게 만들어졌단다.

모든 일이 일사천리였던 건 아니었어. 지구에서 측량한 것보다 개척 행성은 중력이 조금 더 큰 편이라는 점이 조금 문제였거든. 과학자들은 궤도 중심 항성의 태양풍이 약하다는 사실엔 안도했지만, 결국 중력이 1.5G쯤 되는 암석형 행성에서 살아남기 위해선 우리 전부가 슈트를 입고 생활하는 수밖에 없다는 결론을 내렸지.

"지금 상태로는 중력을 이겨내는 거주 공간을 빠르게 만들어 내긴 어렵다는 거죠?"

"현재 궤도권에 있는 저희 개척단 함선으로 물자를 수송하며 거주 공간을 완성하기엔 시간과 자원이 지나치게 많이 소모된다는 게 엔지니어부 입장입니다."

---

* 센타우루스자리 방향으로 4광년 거리에 있는 항성계이며, 태양계에서 가장 가까운 항성계이자 행성계다.

"생화학부와 의료팀, 자원팀 등도 마찬가지 의견입니다. 현재 중력이 안정된 거주 공간을 만들기에 앞서, 슈트를 더 만드는 편이 어떨까 싶네요. 마침 지금 개척 중인 행성은 쓸 만한 자원은 넘치는 상태입니다."

다양한 부서에서 같은 의견을 제시했기 때문에, 나는 고개를 끄덕이며 서류에 도장을 찍었단다.

"개척단 전원, 슈트 입고 뛰어다녀 보죠."

다행스럽게도 쓸 만한 광물이 넘쳐나는 행성이었지. 그래서 우리는 열심히 함선으로 광물들을 올리고, 거주 구역으로 슈트를 만들어 내려보냈어. 내려온 슈트를 입고 다시금 열심히 일을 했지. 덕분에 행성엔 예측한 것보다도 빠르게 안정화된 거주 공간이 만들어졌단다. 100명 전원이 개인 슈트를 입고서 열심히 일했지. 나는 서류에 사인을 하고, 지구에 알리기 위한 보고서를 작성하고, 예산안을 살펴보며 계획서의 기간을 바라보는 일을 이어갔지. 물론, 나는 가장 앞서서 슈트를 입고 일하는 업무를 도맡기도 했어. 단장이 뭐그런 일까지 하냐고 했지만, 결국 나는 파일럿이니까. 되도록 직접 움직이고 싶었지.

"다 좋은데, 개척단 전원을 위해 강화 슈트를 제작할 필요가 있었을까? 가끔 그런 걱정이 들기도 하네."

현 엄마는 그런 걱정을 했단다. 난 망설이는 현 엄마의 모습을 간만에 봐서 의아했지만, 대수롭지 않게 대답했어.

"그게 걱정이야? 18미터짜리 로봇 만들 적에는 우리가 설득하면 된다고 쉽게 말하더니"

"그때는 개척단의 모든 사람에게 슈트가 다 주어질 거라 곤 생각하지 않았지. 게다가 필요에 의한 쓰임새라기엔 지나치게 의존하는 것 같아. 입고 활동하는 시간도 너무 길고. 이것저것 걱정이 들어"

"하지만 지구에서 가져온 20체의 강화 슈트만으로는 할 수 있는 게 없었는걸. 엔지니어부에서도 먼저 제안했던 걸로 기억하는데. 더 많은 슈트가 필요하다고"

"더 많이 있으면 좋지만, 그렇다고 필수는 아니었어. 우리가 이 행성을 가꿔나가는 데에 시간이 조금 더 걸릴지는 몰라도, 생존하지 못할 정도는 아니었지"

자신이 자신 있게 만든 강철의 슈트를 의심하는 현 엄마의 말에 조금 놀랐어. 그 불안을 장난스럽게 해소시켜 보려고 했지.

"나름 지구 기술의 집합체였는데 그렇게 말한다니 슬프네. 슈트 덕분에 우리가 빠르게 임무를 완수할 수 있었던걸"

"내가 더 잘 알지. 빠르게 개척이 진행되었으니 좋은 일이고"

"그 고집약적 강화 슈트는 척수와 너무나도 유기적으로

움직여서 잘…"

"맘에도 없는 칭찬은 됐어."

손을 내저으며 팔짱을 끼고서 소파에 걸터앉는 현 엄마. 나는 개척단장의 위치에서 말하기로 결정했단다.

"물론 100명 전원이 이렇게 생활하리라곤 나도 생각하지 못했지만, 행성의 중력 때문에 어쩔 수 없잖아. 덕분에 대량 생산 기술도 갖출 수 있었고. 앞으로 새로운 거주민들은 이 정도 생활 반경과 공간을 유지할 수 있을 거야."

"영원히? 18미터의 강화 슈트를 입고서?"

현 엄마는 갑자기 우울한 표정을 지으며 엔지니어부 부장의 언어로 말했단다. 나는 순간 당황했어. 현 엄마는 무엇이 두려웠던 걸까?

"뭘 그렇게 불안해해?"

"정확한 사실에 기반한 불안감은 아냐. 슈트에서 내릴 때마다 이런 기분일 뿐이지. 이유는 알 수 없는데, 개운하지 않다는 것만은 확실하네."

"왜? 단순히 생각하면 우리의 작업복일 뿐이잖아?"

"그 단순한 작업복에서 내릴 때, 당신은 스스로의 몸에 대한 어떤 감각의 차이도 못 느꼈어?"

나는 그게 큰 문제냐는 듯이 대답했지. 파일럿이었던 나는 많은 조종기를 운행했었지. 그 덕분에 자신이 아닌 것을 움직이게끔 하는 데엔 익숙했어.

"그런 감각의 차이는 늘 있어. 지구에서 모든 탈것을 다룰 때도, 지금도 그렇지. 그야 당연하지 않아? 만족스럽게 움직이는 손발 대신 어떤 공간적 제약 속에서 신체와는 다른 것을 다루는 일인데"

그녀는 입술을 샐쭉이며 눈가를 조금 찌푸렸어.

"만족스럽지 못한 설명이야? 게임이나 조종을 하다 보면 그렇게 되거든. 내가 아닌 내가 되는 경험이 익숙한 사람이니까, 나는."

"익숙함에서 오는 차이라면 인정할 수 있겠지만, 나는 조금 걸리는데."

"어떤 면이?"

"당신이 말한 그 면모 자체가 목에 걸리는 기분이야."

"현실감각이 흐려진다는 말?"

고개를 살짝 꺾고선 고심하는 표정. 조금 더 엄밀한 말을 고르고 싶을 때 나오는 버릇이었지.

"아니, 아니. 그거 말고. 내가 아닌 내가 되는 경험이라는 말."

"그건 흔히 있는 경험 아닌가? 이미 의식을 온라인에 연결해서 다른 형태의 자신을 가지는 일도 빈번한데. 온라인 자아라는 단어도 나온 지 오래됐고. 자아와 인식의 괴리 같은 문제가 발생한다고들 걱정했지만, 아직은 어떤 쪽으로도 결론 내리지 못했잖아? 오히려 덕분에 자신의 정체성을 다양하게 발현하는 긍정적 효과들을 이끌어 냈지."

"하지만 우리의 슈트는 우리의 손발과 같잖아."

"오히려 같아서 문제다?"

"아니, 반대야. 우리가 로봇과의 동질성을 가질 정도로 가깝다고 할 수 있어? 그렇지 않아. 오히려 가깝지 않은데도 우리의 것이 되어가고 있다는 게 걱정이지."

어려운 존재론적 논의에 슬슬 머리가 아파 오기 시작했단다.

"우리가 부수는 것은 단단한 바위들이고, 우리가 손에 쥐는 것은 우리를 저 바깥으로 이끌어 주는 금속들이지. 그리고 우리가 땅에 발을 디딘 채로 마주하는 것은 18미터 높이에 있는 카메라가 보여주는 우리 행성의 모습이잖아."

조금 더 풀어서 말해낸 그녀의 단어들은 머리 아픈 주제를 조금이나마 희석해 주는 듯했어.

"그건 맞아. 우리가 일 끝내고 나서 뭐⋯ 굳이 땅에 내려와 앉아 있진 않지. 18미터 높이에서 바깥을 보는 게 기분이 훨씬 더 좋잖아? 가끔 일 끝내고 그렇게 가만히 구경하면 좋으니까."

"슈트에 탄 채로 내려다보는 풍경이 맘에 들지?"

"응."

"그래서 걱정이야. 우리가 18미터의 기계 육신에 익숙해지고 있다는 사실이."

나는 이즈음에야 그녀의 걱정을 조금 이해할 것 같았단다. 그녀는 우리가 일체화되는 공간의 감각과 분리되지 않는 신경적 연속성에 대해 고민하고 있었던 것 같아. 합당한 걱정이었고, 합당한 의심이었지. 과학자들은 그런 일을 하는 사람들이니까.

신경 전달 시간 0.15초

우리 개척 1기들은 10년간의 임무 이후 카이퍼 벨트의 경계선에 들어서서 지구와의 교신을 시작하고 있었어. 왕복 6년, 임무 10년까지 해서, 16년. 16년 만에 돌아온 고향에 대해 모두들 들떠 있었지. 사실 지구까지 갈 수는 없음에도 그랬어. 돌아오지 못한 사람들의 유골과 유품을 싣고 돌아오는 길이었기 때문이지. 지구까진 갈 수 없어도, 태양계까지는 가고 싶다는 향수를 내비치는 사람이 많았어. 개척 1기들은 어쩔 수 없단다. 우주에서 단 한 곳인 지구에서 잠들고 싶어 했지. 하지만 개척단장인 나는 향수를 느낄 새도 없이 당황하고 있었단다. 지구와 시간 데이터를 비교했을 때, 계산을 통해 얻어낸 이론적 시간과 10분의 차이가 있었거든.

"계산 착오 아니야? 다시 한번 확인해 보는 게 좋을 것 같은데. 어디 실수가 있었을지도 모르고. 시간이 틀리면 어떡해."

그래서 잘못된 데이터를 받아 들었을 때의 가장 기초적인 대답을 진부하게 꺼내고 말았어. 난 부함장에게 물었지만 원하는 대답이 돌아오진 않았어.

"교신해 보니까 서로 계산 착오는 없었어요."

현 엄마는 임무를 위해 함교를 비운 상태였고, 말동무는 부함장밖에 없었지.

"어떻게 확신해?"

나의 질문에 고개를 들고서 내 얼굴을 올려다보던 부함장은 웃음을 참는 표정과 함께 되물었어.

"복잡한 상대론적 계산에 대한 강의를 2시간 정도 들으실 각오가 있으신가요, 우리 함장님 겸 단장님?"

"미안, 없다."

"없으시다니 다행입니다. 저도 설명하고 싶지 않아요."

"계산 착오는 아니다, 이거지?"

"지구에서의 예측 결과는 확인했으니까요. 어딘가 잘못되긴 한 겁니다. 정확히는 우리의 실수가 아닌 다른 문제가 생긴 거죠. 사실 좋지 않은 일이긴 해요. 실수인 게 차라리 낫죠."

"그러게, 차라리 계산 착오가 있길 바랐는데."

"아인슈타인의 정교함에 이의를 제기하는 건 용감한 일이지만, 똑똑한 일은 아니니까요."

상대성이론의 신자 같은 말을 하는 부함장을 무시하고선 난 대답했어.

"그러고 보니, 서로? 그쪽에서 교신 요청을 하긴 했구나? 지구에서는 뭐라 다른 말 없었어?"

"지구 쪽도 조금 당황한 눈치입니다. 교신 시간 차이 자체는 엄밀하겐 중요한 문제는 아니지만, 그래도 문제는 문제죠."

"그럼 우리가 빠른가, 느린가?"

"그게 문제죠. 빨라요. 아, 맞아요, 느려요. 그러니까 저쪽보다 느리니까 시간이 덜 간 거죠."

난 한숨을 쉬며 막역한 친우이자, 개척 1기의 부함장을 보며 함장의 엄격함을 표현하기로 결정했지.

"그렇게 상대성이론의 정수와 오묘함을 논하는 애매한 표현 말고, 부함장… 대신 다른 엄밀한 말을 쓰는 게 어때? 내가 문제가 발생한 부분이 어디인지 정확히 이해해야 조치를 취하라고 할 수 있잖아."

자신이 내뱉은 표현의 모호함을 스스로도 깨달았는지 부

함장은 곧장 이해하기 쉬운 말로 현 상황을 되짚었어.

"아, 네. 죄송합니다. 저도 광속 가속은 오랜만이라. 저희가 지구를 떠나고 돌아오면서 광속에 가깝게 여행한 덕분에 시간 지연이 발생했습니다. 지구에 남아 있는 경우와는 다른 상대론적 시간 차이가 발생하게 되었는데, 문제는 그 수치가 좀 이상합니다."

"빠른 건 당연하잖아? 우리는 0.7광속까지 가속하는 구간이 있으니까, 상대론적인 시간 지연은 발생할 수밖에 없는 거고."

"그게 문제입니다. 저희가 개척 임무를 수행하기 위해 겪은 0.7광속의 가속 구간을 생각하면 지구 대비 시간 지연은… 1시간가량이어야 정상입니다. 그리고 이 시간 예측이 이론적으로 계산한 결과와 맞지 않아요."

상대론적 시간 예측 결과가 일치하지 않는다. 사실 파일럿 출신인 나에겐 이런 계산적 오차는 별문제 아니지 않나 싶은 생각도 들었단다. 하지만 아인슈타인의 정밀성을 신뢰하는 물리학자들에겐 경천동지할 일일지도 모르겠구나 싶어서 되물었지.

"그래, 그럼 오차가 예측 가능 시간 지연보다 조금 더 길다는 거지? 그래서 우리가 느리다고 말했던 거고?"

"그렇습니다. 그러니까 10분 정도, 우리의 시간 지연이 덜 발생했습니다. 지구에서 보내온 데이터를 검증해 보면, 네. 저희 행성에서 계측되는 시간과는 그 정도 차이가 발생하고 있어요. 시간 지연이 덜 발생한 거죠.”

덜 발생했다? 더 차이 나는 게 아니라? 때때로 시간의 상대성이란 거대한 말장난처럼 느껴지곤 한다니깐. 나는 논리적인 복잡성이 내 인지를 벗어나기 전에 상황 정리를 어떻게든 해내고 싶었어. 간신히 이해한 내용을 되물었지.

“그렇다면 10분만큼, 우리가 더 느리게 시간을 인지했다는 거지? 우주의 입장에서는 더 빠르게.”

“맞습니다. 간략하게 설명하자면 우리가 10초 흐르는 동안에 지구는 9초가 흐른 거죠.”

시간은 상대적으로 흐르는 것이다 보니, 말할수록 헷갈린다는 생각이 드는구나. 심지어 상대론적인 시간 차이까지 고려해야 하니 물리학자들은 늘 머리 아플만 하다 싶어. 그러니 다들 이상해지곤 하는 거지.

“우리, 거점 행성에 도착한 이래에 시간 재조정은 했었지?”

나는 의심이 가는 순간을 되짚어 봤단다.

“그 시점이 확실히 의심스럽긴하죠. 우리는 0.7광속 가속 구간을 통과했고, 심지어 세슘 시계 같은 정교한 시간 측정 장치는 가져오지 못했으니까요. 정착 이후에 시간 재조정은 필요했어요.”

"그럼 그 부분이 문제일 수 있지. 내 기억이 틀리지 않다면 1초의 길이에 대한 정의가 세슘 원자 진동수로 결정된 이래로 그 기준이 딱히 변한 적은 없었던 거 같은데. 우리가 재조정 실수를 한 것 이외엔 가능성이 떠오르지 않네."

"맞아요, 그래서 가능성은 두 가지라고 생각됩니다."

"바로 말해줬으면 하는데."

"저희는 정착 이후에 시간의 감각을 맞추기 위해 임의로 행성 시간을 조정했었죠. 낮과 밤의 시간이 지구와 다르니 어쩔 수 없는 일이니까요. 게다가 근일점 상태에서 낮과 밤의 길이에 차이가 있는 행성이라 명확한 기준을 세우기 어려웠습니다. 그래서 저희 행성은 지구와는 다른 방식의 시간대를 가지게 되었어요. 행성 단위의 시차라고나 할까요."

"그랬었지. 한참 된 지라 가물가물하지만."

"그 계측 중에 실수가 있었을 수 있겠네요. 누가 엑셀 실수를 했다거나."

"확실히 가능성은 낮지만, 배제할 수는 없는 문제긴 하네. 우리가 시차 적응을 위해 시간을 설정하는 동안 문제가 있었을 수 있다는 거지."

"아무래도, 사람이 하는 일에서 실수가 나오는 법이니까요."

"하지만… 그 정도의 실수는 우리가 알아챘을 것 같은데."

이어서 두 번째 가능성에 대해 나는 질문했단다.

"그럼 다른 가능성은?"

부함장은 얼굴을 한껏 찌푸린 채로 살짝 고개를 기울이다가 내뱉듯이 말하기 시작했단다. 아무래도 석연치 않은 가능성이었나 봐.

"우리가 개척지를 완성하고 행성의 시간에 맞춰 시간을 개시했을 때, 그때 어긋났을 가능성을 이야기할 수 있겠네요. 음, 광속 횡단 이후에 1차 개척지를 만들어 나갈 적에는, 지구 시간 사이와의 정확한 가늠이 필요 없었죠? 그저 우리가 생활하는 데에 필요한 시간 계측만 필요했을 뿐이죠."

"그랬지. 태양풍을 막는 작업이 이뤄져야만 행성에서 활동할 수 있었으니까. 우리들이 지구에서 가져온 20체의 슈트를 번갈아 가면서 입고선 1년 가까이 태양풍 방호와 개선 작업을 진행했지. 아, 그리고 그때는 함선 생활을 지속했구나. 그런 시절이 있었지."

"추억에 잠기시는 건 좋지만⋯ 아마도 그 이후에 행성 1차 개척지를 만들었을 때 시간 조정이 이상해졌을 수 있겠죠."

"최초의 시간 기준이 잘못되었을 것이다?"

"정밀한 세슘 시계를 지구에서 가져올 수 없어서 생체반응을 이용한 계측법을 사용했으니까요. 사실 이것도 가능성이 엄청 낮은 이야기라고 생각합니다."

나는 의아해져서 되물었단다.

"개인적으로는 생체 어쩌고치고 믿을 만한 거 없다고 난 생각하는데. 그거 믿을 만한 거 맞아?"

"인간의 칼슘 펌프 전달 속도 값을 기준으로 삼아서 시간을 정했거든요."

"칼슘 펌프 강의는 몇 시간이야? 내가 시간이 많진 않아서."

"그건 생물학적 반응속도의 엄밀함과 연관되어 있거든요. 비전공자 입장에서는 배꼽시계나 칼슘 펌프 전달 시계나 거기서 거기처럼 들릴 수 있죠. 하지만 생화학부에서 심혈을 기울어 만든 생체적 시간 계측 방식이니까, 믿을 만하다고 생각해요."

"함장이자 개척단장이 의심해도?"

"인간의 대사 과정 속도를 의심하는 건 상대론적 계산법을 의심하는 것보다 나쁘다고 누가 그랬던 기억이 나네요."

물리학을 전공한 부함장은 너스레를 떨며 생물학적 정밀성을 의심하는 나를 힐난했단다. 함장에게 이래도 되나 싶은 생각이 들었지만, 어쩔 수 없지. 이런 분위기를 만든 건 나 스스로였으니. 그래서 피식 웃으며 대답했단다.

"누가?"

"어제 당직 서고 지금 잠들어 있는 우리의 4번 에이스 파일럿이요."

"하긴 걔가 원래 생물학 전공이었지. 생물학 박사 출신인데 에이스 파일럿이라니, 걔도 참 천재긴 해."

"제가 들은 대로 기억하는 게 맞다면, 신경에 있는 칼슘 펌프 있죠? 이온의 전달 속도가 전하량 차이에 의한 확산이라, 물리량적으로 엄밀하게 계산되어 있다고 하더라구요. 그래서 그 세포의 이온 전달 속도에 뭐 복잡한 계산을 통해 우주에서도 1초를 계산할 수 있다고 하던데. 생화학부에서 만든 가장 아름다운 시간 측정 방식이라고 자랑했거든요. 시간을 계측하는 여러 방법 중에서 가장 인간답게 아름다운 방식이라고."

세슘 시계는 진동과 우주 방사선으로부터 안전하지 못하기 때문에, 사실상 우주에서 활용하기는 어려웠지. 내 기억에도 지구에서 활동할 즈음에 활발히 연구되었던 주제이기도 했단다. 지구와 교신할 수 없는 먼 우주에서 시간을 측정하는 방법에 대해서 말이지. 그리고 우리는 자체적으로 자가 수리가 가능하고, 온갖 기기를 이용할 줄도 알고, 또한 스스로 자의적인 판단까지 내릴 수 있는 가장 효율적인 존재에게 시간의 측정법도 맡기기로 했던 거었어.

"제가 보기에도 신기한 방식이라 그때, 계측할 당시에 제가 물어봤거든요. 우리의 노화에 따라서 생체의 반응속도나 대사 속도는 달라질 텐데, 그걸로 시간을 정의해도 괜찮냐고. 세슘보다 우리가 우월하진 않을 거라고. 그랬더니 비웃으며 말했거든요. 이건 인간의 노화와는 무관한 방식이라고. 그리고 우리가 우주에서 진화하지 않는 한, 오차는 걱정할 만큼 발생하지 않을 거라고 했어요."

4번 파일럿의 성격을 생각하면 그 확신은 믿을 만한 말이었고, 나는 고개를 끄덕이며 대답했단다.

"걔는 생물을 지나치게 사랑하는 거 같아. 가끔은 그 확신이 부럽기까지 하네."

"그러게요. 그렇지만 스스로도 인정하던걸요."

"뭘?"

"인류가 만약 우주에서 진화한다면 달라질지도 모른다고 하더군요. 진화로 인해 칼슘 펌프 메커니즘이 바뀐다면 생체의 반응성으로 시간을 계산하는 게 틀린 방법이 될지도 모른다고. 하지만 진화는 몇 세대에 걸쳐서 일어나는 유전자의 변화이니 절대 그럴 일 없다, 걔가 웃으면서 그렇게 말했죠."

"정말 전공자가 할 만한 확신과 말이구나."

"그래서 이쪽 가능성도 사실상 없는 수준입니다. 만약 이쪽 가능성을 고려하실 거라면…"

"그래, 더 궁금하면 4번 파일럿에게 물어보라, 이거지?"

그렇게 부함장과의 과학적 대화는 끝을 맺었단다.

지구의 과학자들과 아인슈타인의 열렬한 신도들에겐 슬픈 일이었지만, 결국 그 10분의 차이를 해석하진 못한 채로 우리는 떠나야 했어. 체류할 수 있는 시간이 그렇게 길지 않았거든. 증명해 내기 전에 우리는 돌아가야만 했지. 게다가 우리가 찾아온 주된 이유는 장례식 때문이었으니까. 우리는 개척단 사망자들의 유해를 카이퍼 벨트 안쪽에서 장사를 지내며 애도를 표했지. 그러고선 개척 행성의 데이터들을 지구로 전송했고, 다음 프로젝트에 대한 지시를 이어받았단다. 지구에 남아 있는 사람들의 소식과 개척 2기의 프로젝트 수립 등이었지. 개척 2기 프로젝트는 우리 1기 때보다도 훨씬 규모가 커졌어. 개척 1기가 슈트를 입고서 일궈낸 행성으로 500명에 가까운 사람들이 찾아갈 것이라고 했지. 개척단장의 직위를 가진 이래 들었던 말 중에서, 우리의 성공을 알리는 가장 고무적인 말이었어.

나는 기뻤단다. 우리는 성공했구나, 우리의 개척 행성은 새로운 인류의 가능성이 되었구나. 이제 이곳은 우리의 집이구나.

신경 전달 시간 0.21초

5년이 지나 찾아온 개척 2기는 개척 행성에 활기를 불어넣어 줬단다. 그리고 한편으로는 그들의 도착이 논쟁을 낳기도 했지. 강화 슈트에 관련된 문제였어. 그 시기에 우리는 임무를 시작한 지 20년이나 되었으니, 현재 사용하는 슈트를 폐기하고 행성의 중력 조절 장치를 전역으로 넓히기 위해 골몰하고 있었단다. 그렇지만 500명의 새로운 주민들이 행성의 중력을 조절할 때까지 마냥 대기할 순 없었지. 산발적이고 개별적인 구역의 중력 제어는 가능했지만, 행성 전역으로 확대하기 위해서는 아직도 많은 시간이 필요했거든. 그리고 개척 1기의 일상도 착용하는 강화 슈트의 크기에 맞춰진 것들이 한가득이라는 점도 문제였지. 특히 필요한 물품들을 만드는 공간이라든가, 개척지 바깥 공간들. 그래서 사람들은 일단 "개척 2기까지는 강화 슈트에 의존합시다"라는 결론을 내리고 싶어 했어.

"투표에서 이의가 없다면 저도 받아들이겠습니다."

나 또한 굳이 그 결론에 이의를 제기할 생각은 없었지. 개척 행성이 더 빠르게 잘 정착되게끔 하는 일은 나의 주된 업무였으니까. 도장 몇 번 꽝꽝 누르고서, 보고서를 작성했지.

개척 2기 또한 각자 개별 강화 슈트를 지급하고서 개척 행성의 안정화와 탐험에 속도를 붙였어. 그리고 더 많은 논의와 업무가 이뤄지기 시작했단다. 개척단 구성원은 점점 더 많은 탐험을 하길 원했어. 이왕 슈트를 더 입게 된 김에, 할 일을 더 하자는 거지. 행성 바깥을 탐험할 수 있을 정도의 강화 슈트를 갖춰야만 우리가 좀 더 손쉽게 행성 개척을 이뤄낼 수 있을 테니까.

"현재 저희 행성엔 기기에 사용할 희토류 금속 등의 희귀 광물과 연료로 사용할 수소 가스 공급량이 부족합니다. 가까운 외행성 개척은 이런 한계 극복에 큰 도움이 되리라고 예측해요. 특히 가스형 행성의 방사선을 막아내는 차폐 작업이 최근 엔지니어부에서 성과를 보였으니까요."

"어때요, 엔지니어부 부장?"

"…가스형 행성에 대한 슈트의 방사선 차폐 능력은 확실히 검증되었습니다. 해당 행성들과 행성 고리로부터 필요한 자원을 가져오는 것도 저희에게 언젠간 필요한 업무였고요."

석연찮다는 듯이 말을 끄는 부장의 말에 난 의아했지만, 어찌 되었건 현 엄마도 외행성 개척에 동의했단다.

"그래요. 다음 행성이다, 이거군요."

맞는 말이었어. 행성의 중력 제어를 이뤄내고 나면, 다음은 다른 행성들이었지. 지금의 개척 행성이 속해 있는 태양계에는 분명 다른 행성들이 존재했고, 그것들을 탐사하는 것도 결국은 인류의 정신 아니겠어? 그리고 사람들은 빠른 개척과 다른 행성을 향한 진출을 위해서는 18미터의 강화 슈트로는 불충분하다는 점을 지적하고 나섰어.

"하지만 지금 18미터의 강화 슈트로는 부족하다고 생각합니다. 효율이 나빠요."

"18미터의 슈트가 가스형 외행성 탐사에 부족한 건 사실이지만, 지금 조건으로도 불가능하진 않아요. 굳이 더 몸집을 키울 필요가 있을까요?"

"하지만 우리에게 남은 시간이 많진 않아요. 빠를수록 좋다고 생각합니다."

"자원팀에서 그렇게 말한다면 엔지니어부에서는 소모하는 자원량을 줄일 의향은 있습니다."

현 엄마는 엔지니어부 부장의 직위로 슈트의 확대에 반대 의견을 표했지만, 생화학부까지 나서서 요구하자 도리가 없었단다.

"생화학부는 우주에서 관련 연구를 지속하기 위해선 특정 자원들이 필요다는 판단을 내렸습니다. 저희 쪽도 급하다면 급한 문제죠."

"여러 의견은 잘 들었어요. 언젠간 우리 모두 슈트에서 내려야겠지만, 당장은 더 필요하겠네요."

긴 회의와 논쟁을 정리한 우리는 결국 더 큰 슈트를 건조하기로 결정했지. 우리는 30미터 로봇을 제작하기 시작했고, 금세 널리 보급했단다. 이미 강화 슈트로 할 수 있는 다양한 작업들에 맞춰져 있던 우리의 개척지는 조금 더 크고 단단한 슈트를 만들어 내기에 부족함이 없었지. 그 사실이 조금은 뿌듯하기도 했어. 지구였다면 자그마한 사람들이 이곳저곳을 용접해 가고, 유압을 계산해 가고, 관절의 마모를 점검해 가며 몇십 년씩 걸렸을 작업이었거든. 하지만 여기서는 모든 게 간단했어. 손쉬웠지. 우리가 입는 강철의 슈트가 움직이면 거대한 철광석을 뜯어낼 수 있었고, 필요한 연료들을 빠르게 채취해 낼 수 있었으니까. 그렇게 우리는 마치 우리의 온전한 몸인 것처럼 슈트를 다뤄가고 있었어.

그런 면모들을 생각했을 때, 지구에서 찾아온 개척 2기 인원 중엔 의료적인 사이보그 신체를 가진 이들이 대다수였다는 점은 그다지 놀랍지 않은 사실이었어. 이미 기계 팔이나 기계 다리 혹은 기계 장기들로 대체된 지원자들이 많았지. 그들이야말로 기계장치의 진화와 확장을 가장 잘 이해하고 있는 사람들이었기 때문일지도 몰라. 그런 경험 덕분인지 그들은 곧장 슈트에 익숙해졌고, 개척 2기 또한 모두 강화 슈트를 입고 행성을 누비는 일상을 영위할 수 있었단다. 이제 모든 게 안정적으로 자리를 잡은 것처럼 느껴지곤 했어.

우리는 점점 더 개척 행성을 탐사해 나가며, 우리의 삶을 이어나갔단다. 우리의 영역이 확장되기 시작한 이때는 우리가 지구를 떠나온 지 30년이 된 시점이었어. 그리고 그즈음부터 사람들은 점점 슈트와의 연결을 해제하지 않고 생활하기 시작했단다. 그리고 그건 나 또한 그랬지.

슈트는, 편했거든.

슈트를 입고 타인과 의사소통하거나 일을 하는 게 일반적이었던 개척 행성의 일과를 떠올려 보렴. 우리가 일상을 마치고 휴식을 취하는 편안한 공간이 되어야 하는 집은, 역설적이게도 슈트와의 연결을 해제해야 하는 귀찮은 공간이 되기 시작했단다. 특히 너희들 같은 자녀 세대들이 그랬지. 지구에서의 삶을 겪어본 적 없는 채로 개척 행성에서 태어난 너희들 세대는, 강화 슈트를 입은 자신이 더 익숙했을 거야. 그래선지 강화 슈트의 조종실 안에서는 평범하게 잘 지낼 수 있었지만, 중력 조절 장치가 있는 실내에서는 여러 가지 인지 오류를 겪었어. 그리고 우리 세대는 그 사실을 걱정스럽게 지켜보곤 했어. 너희들도 그랬듯이, 특히 개척단의 자녀 세대들은 허벅지와 허리에 멍을 달고 살았거든. 테이블과 소파가 가까이 있어도 몸을 피하지 않고서 그대로 부닥치곤 했어. 슈트에 익숙해진 감각이 현실에서는 충돌을 일으켰던 거지.

슈트를 덜 입으면 인지 오류 증상이 줄어들겠지만, 자녀 세대들은 그러지 않았어. 아무래도 슈트를 입지 않으면 거주지 바깥으로 나가기 어려운 환경인 탓도 크겠지. 아무리 넓은 거주지라 하더라도, 갇혀 사는 느낌을 지울 수는 없었을 테고. 이런저런 문제들이 엮여, 청소년 자녀 세대의 슈트 선호는 이런저런 갈등을 낳았지. 그런 걱정을 나에게 상담하러 오는 지구 출신 사람이 많았단다. 우리 딸이 도저히 슈트에서 내려오지 않아요. 우리 아들은 집에서는 아무것도 안 하고 누워서 지내요, 슈트를 입으면 잘 지내는데 말이죠. 하지만 난 훌륭한 상담사는 아니었고, 그때엔 슈트에 탑승하는 연령대를 올리는 것으로 해결을 하려고 했어. 아직 인지 및 신경 반응성이 성장 중인 청소년기에는 슈트에 탑승하는 건 엄격하게 관리해야겠다고 결정했지. 그걸로 충분한지 확신은 할 수 없었지만.

그리고 척수에 꽂힌 전극을 해제하는 순간의 허탈함을 꾸밈없이 말하는 자녀 세대들을 보며 우리 부모 세대들은 이상한 기분을 느끼기 시작했지. 그리고 나 또한 이즈음에서야 깨닫기 시작했어.

쨍그랑.

난 유리가 깨지는 소리를 오랜만에 들었다는 생각을 하고선 파편들을 내려다봤단다. 규소-산소 결합체가 반짝거리며 흩어져 있었지. 손으로 주우려고 몸을 숙이다가 문득 멈쳤어. 그래, 난 여기저기 부딪히는 게 개척 행성 자녀 세대만의 문제가 아니라는 사실을 이미 알고 있었어. 그저 별일 아니라고 생각하며 넘겼을 뿐이지. 그리고 난 부서진 유리컵을 보며 그제야 무언가 이상하다고 여겼단다. 찢어진 손과 그 안에서 흐르는 피를 보며 생각했어.

별로 아프지 않네.

둔감하게 찾아오는 통증에서 난 약간의 불쾌함을 느꼈지. 우리는 이미 충분히, 너무나, 끝없이 슈트에 익숙해져 있었구나. 그때 진실을 깨달았단다. 난 떨어지는 컵을 어떻게든 잡아보려고 발을 뻗는다거나, 손을 뻗는 일을 하지 않았어. 그러고선 다른 일상의 기억을 되새겨 보았지. 떨어지는 유리컵에 반응하지 않는 것뿐만이 아니었어. 집 안에서 팔을 들어 올리다가 천장에 닿을지도 모른다는 생각에 간혹 멈추곤 했거든. 슈트의 특성상 좁은 구역에 들어갈 땐 슈트의 헤드 부분이 파손될까 봐 고개를 숙이는 버릇이 생겼는데, 그걸 집에서도 반복하고 있었던 거지. 내 일상은 슈트를 입고 생활하는 반경에 적응해 버렸어. 그리고 덕분에 여기저기 부딪히는 것에 대해 무감각해지고 있었거든. 슈트는 부딪혀도 문제없잖니?

나뿐만 아니라, 개척단에서 슈트를 입는 모두는 강철의 슈트에 맞춰 느려지고 있었단다. 투박한 조종간 사이에서 편안함을 느끼며, 슈트를 벗은 상태에서는 무력감과 불편함을 느끼기 시작했지. 그 사실을 깨달은 건 나 혼자가 아니었단다. 내가 사랑해 마지않는, 현 엄마도 있었지.

"이야기 좀 해."

이야기 좀 해. 문제가 없을 땐 나오지 않는 말이지.

그래, 현 엄마는 몇 년 전부터 슈트를 입지 않기 시작했단다. 혼자서만 거부한 게 아니었어. 내가 강화 슈트를 입고 나갈 때면, 이제 슈트를 입지 않아야 한다고 말하곤 했지. 최소한 입는 시간을 줄여야 한다는 제안을 엔지니어부 부장으로서 건의하기도 했고. 하지만 우리의 행성은 이미 강화 슈트 없이는 생활할 수 없는 공간이 되어 있었지. 그러니 나는 거절했고, 그 때문인지 이 시기부터 우리는 소원해졌어.

현 엄마는 자신의 의견이 받아들여지지 않는다는 사실을 이해했고, 그 때문에 연구실에서 오랫동안 틀어박히곤 했어. 그 현 엄마 특유의 만사가 마음에 들지 않는다는 표정과 함께, 잔뜩 피곤한 얼굴을 하며 연구실에서 두문분출했지. 사실 이야기를 하는 오늘만 해도 그랬어. 몇 주간 집에 돌아오지 않아서 나도 많이 걱정했단다. 밥을 챙겨줘도 먹는 둥 마는 둥 하면서 집을 나섰거든. 너희들도 현 엄마 성격 알잖니. 뭐 하나에 꽂히면 빠져나오지 못하는 성격. 심각한 연구를 진행 중이라고 했던 우리들의 현 엄마는 피곤하고 파리한 얼굴로 날 찾아왔지.

"무엇 때문인지 알 것 같은데."

"너, 요즘 집 안 곳곳에 부딪히고 다니는 거 알지?"

내 몸에 남은 멍을 조금 가리면서 대답했어.

"알아."

"진작 알고 있었지?"

"진작 알고 있었어."

내 몸이니까. 나는 늘 무언가에 탑승하는 파일럿이니까. 그리고 나는 이 행성 모두의 삶을 업고 있는 개척단장이니까. 여러 갈래의 나는 어떤 감정을 내비칠까 짧게 고민하다가, 결국은 조금 어색하게 웃었단다. 현 엄마를 사랑하는 나로서 설득하고 싶었거든. 그리고 나의 웃음에 현 엄마의 표정은 조금 더 싸늘해졌지. 잘못 선택한 모양이야. 연애할 적에도 내가 실수를 많이 했는데, 아직도 나는 사랑하는 사람에게 실수를 하는구나 싶어.

"알면 그렇게 웃을 때가 아니라는 사실도 알고 있을 텐데."

그럼 언제 웃어야 할까.

"너 이상한 말 하려고 하지? 안 돼."

나의 선제적인 부정에 얼굴을 찡그리는 그녀.

"그 강화 슈트들, 로봇들. 이제 그만 타야 해."

감히 누가 이렇게 말할 수 있을까. 우리의 행성을 개척하는 데에 쓰인 로봇, 우리의 삶과 직결된 슈트를 버리라는 선언의 명쾌함에 난 감탄하기까지 했단다. 심지어 자신이 만든 아이디어였으면서.

"이유라도 있어?"

그렇게 엔지니어부 부장의 언어만 사용하기로 결정한 듯이 현 엄마는 자신의 위치와 임무를 단호하게 말했단다. 한편으로 현 엄마의 말은 내가 예측했던 그대로의 말이었지.

"이유는 차고 넘치지. 결론부터 꺼내봤을 뿐이야."

나는 조금의 안타까움을 담아 짧게 반박했지.

"이제 와서?"

현 엄마의 얼굴에서 반항적이면서 안타까운 표정이 짧게 스쳐 지나갔어. 그러고선 짧게 한숨을 쉬고선 말해갔지.

"알고 있었구나."

"응."

"늦은 때는 없어. 지금 멈춰."

정말, 현 엄마의 모든 것을 담은 말 같지 않니? 사랑하는 내 사람이 이런 사람이라 난 마음이 아팠단다. 이런 사람이기 때문에 사랑하고, 이런 사람이기 때문에 이렇게 싸우는구나.

"잘못을 인지한 순간이야말로, 잘못을 바로잡을 최선의 순간이야. 그리고 엔지니어부의 부장이라는 직위하에 가장 빠르고 간단한 제안을 했을 뿐이고. 우린 지구에서밖에 살수 없다는 사실을 인정하기 위해서, 그리고 우리의 겸손함을 다시금 배우기 위해 돌아가야만 해.”

나는 내가 사랑하는 단단함과 단호함, 그리고 그 깔끔한 결론에 감탄하면서도 반박해야만 했단다. 난 너희들의 엄마이자 현 엄마의 아내라는 위치가 아니라, 개척단장의 직위로 대답해야만 했거든. 숫자와 땅에 맞닿은 가능성들로 세워진 우리의 현실을 말해야 했지. 그것은 손발로 행성을 일군 사람들에 대한 존중을 위해서기도 했어.

“600명이야. 게다가 자녀 세대까지 더하면 이제 한참 더 많지.”

“알아.”

“아니, 너는 그 숫자를 정확하게 몰라. 그 숫자가 가지는 뜻에 대해서 정확하게 몰라. 이제 족히 1,000명의 사람들이 이 행성에 살고 있어. 게다가 이미 태어난, 그리고 태어날 자녀 세대들은? 우리 아이들은? 잘 생각해 봐. 돌아갈 수는 없어. 지구로 돌아가겠다는 거야? 지구로 돌아간 뒤엔? 가서 할 수 있는 게 뭐지? 우리의 실패를 알리기? 우리는 실패를 인정하기엔 너무 멀리 왔어. 무엇보다도, 우리의 시간이 달라진다는 사실이 우리의 진전을 되돌려야 하는 이유가 되진 못해.”

그것이 내 단호함의 이유였단다.

"인간이 마땅히 가져야 하는 한계를 인정하는 것뿐이야."

현 엄마는 엔지니어부 부장의 위치에서 과학적 윤리와 한계를 지적하며 말을 이어갔어. 그리고 내가 짐작만 했던 사실들을 하나하나 선언하기 시작했지.

"아까 내가 왜 멈춰야 하는지 이야기하려고 했을 때, 무언가 아는 듯이 말했지. 우리는 느려지고 있다는 사실도 알아?"

"알아."

"아니, 모르는 것 같은데."

나는 현 엄마의 눈빛을 가만히 바라봤단다. 잠시 침묵이 흐르기에 난 대답했어. 나의 말을 원하는 것만 같아서.

"네가 아는 만큼은 아니겠지만, 난 알고 있어. 우리가 인지하는 생체적 시간이 느려지고 있다는 건 나도 느껴. 여기저기 부딪히며 다닌 지 벌써 1년 가까이가 되어가는걸. 그래, 나도 알고 있어. 그럼 누가 알겠어? 이 행성에서 가장 오랜 기간 동안 강철의 신체를 타고 내리며 움직였던 내가, 다름 아닌 나 자신이 가장 잘 알고 있지."

차분해지고 싶었는데, 그건 조금 실패했단다. 그래도 말은 쉴 수 없었어. 대신 격앙된 말투를 조금 낮춰가며 대답해야만 했지.

"우리의 신경 전달 속도는 느려졌고, 그래서 우리들은 우주의 시간을 빠르게 항해하고 있다는 사실을, 나도 알아. 10년 전에 지구와 교신했을 때, 이미 10분의 차이가 생겼었지. 그건 우리의 신경 속도가 느려졌기 때문이었고. 나도 알고 있어. 우리의 1초는 우주에겐 0.9초쯤 되었을까? 그건 우리의 세포들이 강철의 신체와 화해하지 못한 탓이겠지. 그 정도는 나도 짐작하고 있어."

고개를 천천히 가로젓는 당신.

"아니, 당신은 이 문제를 정확히 몰라. 이건 영원히 적응할 수 없는 문제야. 이건 오만의 문제야. 우리의 신경이 뻗는 것이라면 무엇이든 제어할 수 있다고 믿었던, 인류 전체의 오만이라고. 우리가 느려지고 있는 건, 우리에게 맞지 않는 손발을 입은 채 살고 있어서 그래."

한숨을 쉬고선 난 일단 의문에 대해 묻기로 결정했단다.

"그럼, 척수에 곧장 꽂아서 연결한 강화 슈트의 신경 전달 속도는 정확히 어떻게 느려진 거지? 우리의 신경 전달 방식을 생각하면, 그게 느려질 이유는 없어 보이는데?"

"···인지의 문제야."

현 엄마는 본질적 의문으로 돌아온 나의 말에 다시금 차분해졌어.

"지구 인간의 신경 전달에 의한 반응속도는 0.12초 정도지."

0.12초. 빠르다면 빠르고, 느리다면 느리구나.

"우리의 지금은?"

우리의 지금이라는 말에 현 엄마는 조금 뜸을 들이고선 대답했어. 우리의 지금은 이전과는 다르지.

"0.21초."

"2배 좀 안 되네."

"알겠어? 강화 슈트로 연장된 우리의 거대한 몸은, 우리의 신경 전달 속도를 명백히 늦추고 있어."

"멋지네. 우주를 개척하고 탐험하면서 우리는 진화했다고 해야 하나?"

나의 농담이자 진담을 두고서 현 엄마는 얼굴을 대놓고 찡그렸어.

"잘못 적응한 거야. 그리고 그 부분이 문제고. 우리가 반응이 늦어지는 건 단순히 전달 속도의 문제가 아니야. 우리가 현실을 인식하는 속도 자체를 바꾸고, 우리를 더 느리게 만들고 있어."

잠시 뜸을 들이며 숨을 들이키고선 말이 이어지려고 했어.

"우리에게는 개척이라는, 탐험이라는 말을 쓸 자격도 없어. 기계 팔과 다리, 그게 우리의 손과 발이니? 척수에 진극을 꽂고서 자신의 생체 시계가 느려지는 거대 로봇을 타고서 살아가고 있을 뿐이지. 이대로 계속 탑승하다간 결국 우리는 우리 몸에 대한 왜곡된 인지를 가지고 살아가야 해. 우리는 우리 자신을 30미터 크기의 로봇이라 착각하고 인지하게 될 거야. 우리의 생체 시간이 왜 느려지는지 알아? 우리는 우리 자신이 거대하다고 착각하기 시작했거든. 우리의 시간과 의식은 강철의 슈트에 맞춰 비대해지고 있어. 이를테면 정신적 팽창이자 정신적 대사 질환이겠네!"

정신적 대사 질환이라는 표현은 현 엄마가 고를 법한 가장 적절한 단어였고, 나는 그 설득력에 속으로는 조금 고개를 끄덕였어. 우리의 팽창은 그런 것이었지. 현실성과 맞닿은 비현실적 현실에 대한 정확한 지적. 그리고 그녀가 평상시엔 사용하지 않을 법한 비아냥까지 추가되어 있었지. 이를 통해서 알 수 있는 건 현 엄마의 분노였어. 그리고 나는 내 생각을 그대로 이야기를 해야겠다고 마음먹었단다.

"생체 시계가 느려진다는 게 왜 문제지?"

들어선 안 될 말이라도 들은 표정을 짓고선, 식탁 의자에서 벌떡 일어나는 그녀. 난 그 표정을 가만히 보다가, 다시 말하기로 생각했어.

"그게 어때서?"

"…우리는 인간이야. 1초가 1초이어야만 하는 인간이라고. 우주의 1초를 0.9초로 받아들이는 인간을 본 적 있어?"

"여기에 두 발을 딛고 서 있는데, 우리가 느려지면 안 되는 이유가 있어?"

나는 우주의 기준으로는 느려진 발을 바닥에 두드리며 말했지. 현 엄마는 그 웃음이 마음에 들지 않았나 봐.

"18미터의 거대한 로봇에 맞춰 진화해 버린 바람에 일상생활에서 소파에, 의자에, 테이블에 부딪히며 자신보다 빠른 주변을 인지하지 못하는, 18미터짜리 둔감함을 지닌 존재가 어떻게 사람이야? 어떻게? 감히?"

나는 그 '감히'의 어감이 꽤나 좋았단다.

"그렇다면 이곳에서의 생존을 포기하고도 인간일까? 물은? 광물은? 먹어야만 하는 것들은? 이제 개척해야 하는 저 무수한 행성들은? 우리가 인간답기 위해 필요한 수단 모두를 지킬 수 없음에도 인간일 수 있어? 우리는 죽어가기 위해 인간이어야 하나?"

나는 그럴 수 없다고 생각한단다. 그때에도, 지금도.

하지만 현 엄마는 그러지 않았어. 한때엔, 인간이 멈출 이유가 없다던 그 공학자는 자신의 발명품을 기꺼이 부술 의향이 있는 사람이었지. 과학자는 언제나 인간으로 남아야 한다는 말을 지키고자 하는 사람.

"이건 비극이야. 우리는 우리 몸의 크기에 맞는 진화를 이뤄왔어. 무려 몇천만 년간 DNA가 진화해 온 결과물이라고. 우리는 이보다 10배, 30배는 큰 우리를 감당할 수 있도록 진화한 존재가 아니야. 인류가 생체 한계를 넘어서서 살아야 할 이유라도 있어?"

"18미터짜리 강화 슈트가 그저 우리의 외피일 뿐이라고 이야기했던 너는 어디 갔지?"

나는 조금 비겁하게 나왔단다. 완벽했을 리 없는 우리의 과오와 과거를 지적하기.

"그건 30년 전의 일이야. 그 시기의 판단은 지금과 얼마든지 다를 수 있어. 설마 이제 와서 '그러게 내가 뭐랬어'라는 식의 우월감을 내비치겠다면 나는 정말 실망할 거야."

그리고 그녀는 나를 잘 알았단다. 나의 의도를 잘 알기에 내뱉은 지적이었지. 하지만 난 물러설 수 없었어.

"너도 느꼈잖아. 우리가 슈트에 탄 순간, 행성은 잘 부서지는 광석 덩어리가 될 뿐이란 사실을. 우리의 주변을 구성하는 세상이 실은 굉장히 연약하다는 점을. 난 우리의 가능성이 궁금할 뿐이야."

나는 손을 꽉 쥐어내며 현 엄마를 올려다보았어. 그러고선 말을 이어나갔지. 되도록 진심을 담아. 양보할 수 없는 마음 그대로.

"우리가 얼마나 더 멀리 손을 뻗을 수 있을지. 혹시 알아? 저 불타는 항성들이 우리의 미래 에너지원이 될 수 있을지도 몰라. 나는 1.5미터의 세포 집합에 갇혀 있던 우리에게 찾아온 18미터, 아니 더 커질 수 있는 해방을 놓치고 싶지 않아."

현 엄마는 경악하는 표정을 숨기지 못하고 내뱉었단다. 그것은 경멸하는 과학자의 표정이었어. 해방을 부정하는 완고한 인간의 눈이었지. 인간만이 할 수 있는 표정이었단다, 그것은.

"진심이야?"

"난 어느 때건 진심이었어."

현 엄마는 식탁을 조금 돌아 나에게 다가와서 손을 꼭 붙잡고선 말했어.

"그건, 그건 너의 손이 아니야. 네가 디딘 발도 아니고."

"하지만 나의 생각대로 움직이는 수족이지."

손을 쥐는 힘이 조금 더 강해졌어. 나는 아랑곳하지 않고서 이어나갔단다. 내가 믿는 사실에 대하여.

"우리가 가진 한계를 확장하는 점에 있어서는 우리의 수족이지. 의료용 기계 팔의 확장과 근본적으로 뭐가 다른 거야? 신경을 연결하고, 그 상호작용을 통해 우리의 뜻대로 움직이는 손. 우린 그것을 이미 몸의 일부라고 느끼고 있어. 왜 강화 슈트는, 왜 강철의 육신은 우리의 몸이 될 수 없지? 우리가 이룩한 진화는, 왜 기계장치로 이뤄질 수 없지?"

우리는 기계장치의 진화를 이룩하고 있는데도.

"지금 넌 뇌의 생체적 한계를 매일같이 느끼면서도 그렇게 말할 수 있어? 우리의 뇌는 18미터가 아니라 1.5미터 내외에서 움직이는 감각을 통해 세상을 인지하고 있어. 슈트에 타게 되면서 그런 감각이 무뎌졌다는 사실을 알잖아? 매일같이 스스로가 느려진 신경 전달 속도를 통제하지 못한다는 걸 느꼈으면서?"

난 다시금 아침에 테이블에 부딪힌 손발과 허리를 떠올렸단다. 하지만 동시에 광석을 부수고 가스 행성을 탐험하던 순간을 떠올렸지.

"우리, 다시 지구로 가자."

그건 지구의 인간이 되자는 청원이었어. 1초가 1초인 곳으로 돌아가자는 요청이었지. 내 손을 잡으며 올려다보는 부탁을 나는 가만히 내려다봤어.

"이미 여기까지 와버렸어. 여기까지 왔어. 우리는 개척하고 나아가는 사람이야. 당장 100미터의 강화 슈트도 건조되었잖아. 우리의 자원과 미래를 위해 이 행성을 더 가꿔나가야만 해. 그게 우리 세대가 해야만 하는 일이야."

우리 세대가 아니라면 누가 하겠어. 이것은 미룰 수도 없고, 다른 누구에게 맡길 수도 없는 일이야.

"의무라고?"

현 엄마는 나의 손을 뿌리치듯이 놓고선, 한 발짝 물러나고서 말했어. 자신이 상상한 최악의 상황을 마주했다는 표정으로.

"그건 저주야."

그 단언에 마음이 아팠어. 우리에게 강철의 슈트를 제안했던 현 엄마는 자신의 결과물을 실수이자 잘못으로 규정지었으니까. 할 수 있는 일이라면 해내야 한다고 말했던 현 엄마는 다시 인간이 되자고 말하고 있었어. 그래서 나는 내가 사랑했던 현 엄마의 언어를 돌려줬단다.

"축복이라고 하자."

"축복이라니?"

"우리가 닿을 수 없는 곳까지 다다를 수 있다는 사실에 대한 축복이지. 우리의 손이 닿는 거리가 늘어났음을 인정하자. 손 뻗는 시간과 거리를 늘리는 일을 어째서 거부해야 하지? 뭇별 사이를 항해할 우리의 가능성을 눈앞에 두고서 왜 멈춰야 하지?"

나의 사랑은, 현 엄마는, 엔지니어부 부장은 나를 가만히 노려봤단다.

"끔찍해, 그건. 우리는 인간의 속도로 살아야 해."

"우리의 1초가 우주의 0.5초가 되어도 상관없어."

"너 오래 살고 싶었니? 불로장생이라도 원했어? 만약 그렇게 된다면 넌 200년, 아니면 그보다 더 살아남을 수 있겠지. 그렇게까지 해서 뭘 보고 싶은 건데? 대체 그렇게 오래 살아서 뭐 하려고?"

"나는 현재에 발 딛고 살아 있을 뿐이야. 나의 지구는 이곳이고."

그것은 나의 이별 선언이었고, 나의 사랑은 더 대답하지 않았단다. 침묵 또한 그녀의 이별 선언이었어. 현 엄마는 그렇게 돌아서서, 너희들에게 인사를 하고선 곧장 지구로 떠났단다. 나는 오랫동안 슬퍼했지만, 그렇다고 슬픔에 잠겨 있을 수만은 없었단다. 너희들이 남아 있었으니까. 그리고 나의 할 일들도 여전히 남아 있었기 때문에, 난 다시 개척단장의 자리로 돌아갔단다.

신경 전달 시간 1.4초

현 엄마가 떠난 이후로, 우리는 우리대로 신경 전달 시간을 측정해 보기 시작했단다. 우리가 신경 전달 시간이 느려진다는 사실을 인정한다는 것과는 별개로 갖은 업무들이 있었으니까. 그리고 한편으로 점점 더 슈트의 크기를 키우기 시작했단다. 우리는 가스형 행성의 폭풍을 거스르며 메탄가스를 채취할 필요가 있었고, 고리형 행성에 남아 있는 얼음들로부터 물과 자원을 얻어내야 했기 때문이야. 우리의 거주지는 기하급수적으로 늘어나기 시작했고, 우리의 인구 또한 작은 마을을 넘어서서 작은 국가에 다다를 정도가 되었거든. 우리는 손이 닿는 거리 또한 늘릴 필요가 있었어. 우리의 오늘과 내일을 위해.

10킬로미터가 넘는 로봇에 탑승한 순간을 난 아직도 기억한단다. 그건 경이였고, 진화였지. 감격에 가깝기도 했어. 늘어난 모든 삶의 거리와 순간을 느낄 수 있었거든. 손을 뻗으면 닿는 모든 것에 감격하는 순간이 아름다웠어. 행성의 고리에 손을 넣어보는 감각은 찬란했지. 작은 소행성을 들어서 옮겨보는 건 일종의 전능감까지 주었단다.

우리는 행성 사이를 걸어서 도달할 수 있는 크기가 되었지. 동시에 우리의 기계 손발에서 시작된 말초의 신호가 뇌까지 도달하는 반응 시간이 1초가 넘어갔어. 우리가 인지하는 시간은 그대로였지만, 우주의 시간은 상대적으로 빠르게 흘러가게 되었지. 그렇지만 우리가 인지하는 신경 전달 시간은 여전히 0.12초였어. 우리에겐 0.12초야말로 현실이었단 말이지. 우리의 10킬로미터 몸은 1.5미터를 오갈 때와 다르지 않아. 그래, 그저 우리의 주변이 10배 느려졌을 뿐이야.

그리고 지구는 우리의 존재를 자신들에 대한 위협으로 느끼기 시작했단다. 아마 지구로 돌아간 내 사랑이 경고를 한 탓도 있겠지.

"지구연합 소속 014소대 함선에서는 경고한다."

무슨 경고? 어떤 경고?

"우리는 어떠한 적대 행위도 개시하지 않았는데."

"외행성 개척단장인가?"

우리의 소속이란 그랬단다. 여전히 개척단이었지. 여전히 인류의 첨병이었고, 뭇별을 누비는 위대한 탐험의 일원이었지. 하지만 저들에겐 더 이상 그렇지 않은 모양이야.

"그렇다."

정말 내가 인류의 적이라면 어떻게 되는 걸까?

"인류에 대한 적대적 행위와 탈인류적 방식의 확장에 대한 무조건적인 포기와 항복이 이뤄지지 않는다면, 당신들은 지구연합의 적일 수밖에 없다. 현재 탑승 중인 기체를 포기하고 찾아오는 것 이외의 모든 행위를 적대 행위로 간주하겠다. 반복한다. 기체를 포기하지 않는다면, 모든 행위를 적대 행위로 간주하겠다."

어렵다, 어려워. 우리 편 할 거 아니면 쏘겠다, 결국 이 이야기인데 이렇게까지 길게 해야 했을까. 게다가 우리가 이 슈트를 왜 포기해야겠니? 끝없이 나아갈 수 있는 힘인데. 우리 개척단에 소속된 사람 모두는 이 기계장치의 축복을 거부할 생각이 없었단다.

"우리는 같은 인류이며, 우리의 고향에 대한 적대 행위를 지속할 생각은 없습니다."

그래도 나는 딱딱한 말투 대신, 적대감을 보이지 않는 단어들을 열심히 골랐단다. 진심을 표현할 필요가 있었으니까. 하지만 우리에겐 대답 대신 날선 비난의 통신들이 날아들었지. 나는 실망했어. 우리와 지구 사이엔 대화의 여지가 없을까. 우리는 지구의 인류로부터 유리된 존재일까.

그리고 한참의 침묵 뒤, 난 생각지도 못한 대화의 기회를 한 번 얻었단다. 통신에 찾아온 사람은 한때 내가 가장 잘 알았던 사람이었지.

"개척단장은 아직도 생각을 고쳐먹지 못한 모양이네."

노화의 흔적이 남은 현 엄마의 목소리를 들을 수 있었어. 모르긴 몰라도, 설득을 위한 사람으로 현 엄마가 선정된 모양이야. 난 기뻤단다. 영영 못 만날지도 모른다고 생각했거든. 그게 당연한 일이라고 생각했거든.

"너구나. 잘 지냈어?"

"먼저 늙어버린 탓에, 잘 지낸다고 할 수 있을지 모르겠네"

"공식 채널로 사랑한다고 말하면 혼나겠지?"

시답잖은 말에 웃어주는 현 엄마는 여전했단다.

"언젠 안 했니?"

현 엄마는 때때로 이렇게 냉정한 사랑을 담아 말했단다. 나는 그래서 늘 하던 대로 했지.

"사랑해."

현 엄마는 웃었단다. 그러고선 대답했지.

"그럼 돌아가자."

설득을 위해 찾아왔다고 생각했지만, 이렇게까지 곧장 말할 줄은 몰랐는데. 나는 많은 아쉬움이 들었어. 고작 몇 년 정도의 시간으로는 생각의 차이를 희석해 낼 수 없었구나.

"그동안 어떻게 지냈어?"

"다시 연구했어. 개척단 사람들이 겪는 문제를 원상 복구할 방법이라든가, 설득하는 문제라든가. 외교적 해결을 원하기도 했지만, 알지? 내가 그쪽은 약해서. 그래서… 조금 늦었네."

"바쁘게 지냈구나."

"너를 되돌려야 하니까."

"우린 지구로부터의 정기 연락이 끊긴 바람에 정보를 전해 들을 길이 없었어. 그래서 찾아온 거고."

"10킬로미터의 몸을 가지고?"

가시가 박혀 있는 말이었어.

"적의는 없어. 우리가 왜 인류를?"

우리가 굳이 왜 지구의 인류에게 적대감을 가지겠어. 오히려 관심 두지 않는 편에 속하는걸. 우리가 출발한 곳이지만, 더 이상 우리가 속박되어 있을 필요가 없는 고향일 뿐인데. 얼마 남지 않은 애향심에 찾아왔을 따름이지.

"탐욕으로 얻은 그 크기가 인류에 대한 모욕이 아니면 뭐야?"

세월을 지나도 날카로운 현 엄마의 생각과 목소리.

"인류의 무수한 발자취에도 해당 평가를 일괄 적용한다면 받아들일게."

짧은 침묵. 현 엄마는 다시 대답했단다.

"우리는 실패로부터 배워나갈 뿐이야. 원래 인간의 발자취는 칼로 자르듯이 선악을 나눌 수 있는 것도 아니고. 지금 돌아온다면 인류의 관점에선 그저 하나의 실패이자 약간의 성공으로 기록될 수 있어. 인류가 오만함을 기반으로 우주로 진출했던 때를 반추할 수 있겠지."

실패와 실수로부터 배워나가야 한다고 하는 현 엄마. 얼마나 바른 말이니. 안타깝게도 난 그런 모범생과는 거리가 멀었지.

"그런 평가는 사후에 받도록 할게. 살아남기 위해 했던 그 모든 일에 유감은 없어."

"모든 평가는 지나고 나서야 기능하다, 이거야? 적어도 그 평가는 지구에서 받아. 우리 인류의 모습 그대로 평가받아야 해."

"우린 이제 뭇별 사이를 거닐며, 블랙홀까지 다다를 수 있어. 이제 지구에 속박될 필요도 없어. 우리에게 주어진 이 기회를 더 이용하자. 우리는 우주의 비밀을 파헤치고, 모든 것에 대한 이론도 완성할 수 있을지도 몰라. 인간의 DNA에 속박되어 있을 필요가 없는데, 왜 돌아가야 하지?"

"왜 그렇게까지 해야 하는데? 왜 우리가 블랙홀을 만지고, 별들의 사이를 횡단해야 하는데? 지구로는 부족해? 우리의 고향으로는 부족해? 우리는 결정된 미래를 알기 때문에 인간일 수 있어. 제발 돌아가자. 돌이킬 수 있을 때, 그만두자."

다시 이 지루한 이유를 논해야 한다니. 나는 그래도 기쁘게 대답했단다.

"할 수 있으니까 하는 거야."

긴 침묵.

"여전하구나."

이 대화로 우린 정말 끝났구나 싶었어.

"우린 적대할 생각은 없어. 하지만 자기방어는 할 거야."

"그렇게 전할게."

현 엄마와 나의 마지막 말이었단다. 사랑한다고 다시 한 번 이야기할걸 그랬나. 하지만 이미 늦어버렸네.

그리고 그들은 현 엄마가 전했을 나의 대답이 만족스럽지 못한 모양인지 우리를 적으로 간주하고 공격을 개시했단다. 우리 개척단은 많은 고민을 했단다. 지구의 인류는 우리에게 대단한 위협이 되지 못하지만, 적대할 것까진 없다고 생각했지. 하지만 그렇다 한들, 지구의 인류를 설득할 방법이 있을까? 우리는 근 시일 내에는 불가능한 일이라고 생각했어. 그들이 우리 개척단의 변화를 받아들이기엔 긴 시간이 걸릴 게 분명했지. 그래서 우리는 설득을 포기했단다. 그리고 우리를 공격한 전함들은 우리의 손바닥 안으로 사라졌어. 우리의 10킬로미터 슈트는 그들을 아무렇지 않게 치워낼 수 있었어. 나의 안타까움과 회한이 담긴 손끝은 지구의 인류에겐 지나치게 커다란 것이었지. 손오공이 석가여래의 손바닥에 깔리듯이. 그저, 그냥, 쉽게, 그들은 패배를 인정했단다. 우리에게 적의를 내비치고선 1년도 가지 못하고 끝난 전쟁이었어. 아, 물론 그들에겐 10년의 악몽이었을 거야. 참, 시시하구나. 이것을 전쟁이라고, 내전이라고 할 수 있을까? 지구의 인류에게 우리는 어떻게 비춰지고 있을까?

그리고 그 이후로 지구의 인류는, 그리고 지구에 남아 있을 나의 사랑은 더 이상 우리에 대해 어떠한 조치와 연락도 취하지 않았단다. 그들은 외우주엔 관심을 두지 않았어. 우리의 눈에 띄지 않게, 그저 우리보다 빠르게 죽어갈 뿐이었지. 그러니 우리도 우리의 고향이었던 지구에 대해 점차 신경 쓰지 않게 되었단다. 이제 우리의 거리와 속도는 그들과 달라졌으니까. 우리의 신경 전달 속도가 10배 느려졌으니,

우리의 10년은 저들에게 이미 100년이 되었잖니. 그러니 슬퍼할 새도 없이 그들은 스러져 갔어.

신경 전달 시간 3.1초

간혹 나도 지난날을 돌아본단다.

우리는 왜 이렇게 되었을까?

우리는 왜 이런 운명을 맞이하게 됐을까?

그렇다고 후회하진 않아. 우주의 멸망을 직접 볼 수 있는 인류가 된다는 사실은 좀 멋지지 않니? 이 엄마가 너무 낭만에 빠진 사람이라 그런 걸까? 하지만 생각해 보렴. DNA에 새겨진 생명의 시간으론 100년밖에 살지 못할 우리는, 이제 우주의 시간으로는 더 긴 삶을 지속할 수 있는 생명이 되었단다. 그리고 더 느려질 수도 있지. 느려진 우리는 더 긴 시간을 존재할 수 있단다.

착각해선 안 돼. 우리는 여전히 우리의 시간으로는 100년을 살아갈 뿐이지. 느리고 더뎌진 우주를, 우리의 손아귀에 부서지고 작아지는 우주를 조금 더 빨리 관측할 뿐이지. 하지만, 그래, 너희들은 따질 수 있단다. 우리에게 더 괜찮은 선택이 없었느냐고 따질 수 있겠지.

이 이야기는 그 대답이란다.

우리는 언제나 현재에 있어. 미래는 도달하지 않은 현재가 아니란다. 그래서 아침과 저녁의 도토리 개수를 따지는 건 무의미해. 그러니 조삼모사는 인류가 살아온 발자취 그 자체란다. 우린 석탄의 소멸을 걱정하지 않았고, 석유의 종말 앞에서도 걱정하지 않았지. 엄마가 너희들에게 들려준 조삼모사 이야기는 당장엔 이해하기 어려울지도 몰라. 하지만 너희도 몇 년 뒤엔 알 수 있을 거라 믿어. 우리는 아침의 현재를 계속 소모하고, 태워가고, 죽어가며 살아간단다. 그게 인류의 방식이고, 인류는 그런 존재니까. 그러니 우리는 손 뻗을 우주의 미래를 알고서 그것들을 소모하며 달려갈 뿐이란다. 우리는 언제나 우주의 것들을 소모하여 우주의 멸망을 앞당기면서까지 살아남는 존재들이지. 기꺼이 소화를 시키는 존재들이지. 하지만 생존을 증명해 온 인류의 나날들에 대해서 자책하지 말거라. 우주가 끝날 앞으로의 10의 24제곱 년의 시간 동안 우리가 저지르게 될 것은 단 하나뿐이야. 확장이지.

우리는 우리 이외의 모든 것을 태워가는 존재라는 사실을. 우리의 모든 행위는 원자로 해체되지 않기 위한 몸부림의 연장선 위에 있다는 사실을.

그러니 인류의 아들딸들아, 그리고 나와 현의 딸들아. 영원히 확장하는 우리의 의식을 두려워하지 말 거라. 우리는 해체되지 않기 위해 살아야 했어. 소화되지 않기 위해 먹어야 했어. 잘린 다리를 대체하고, 고장 난 육신을 바꾸는 것으로 충분하지 않았기 때문에 생긴 운명이야. 우리에게 충족이란 없단다. 애석하게도 지구에서 비롯된 우리의 뇌는 생체의 감각에 맞추어져 있기에, 기계가 되어가는 우리는 느린 시간을 감당할 뿐이야. 이제 우리는 지구에 남은 인류와 달라졌단다. 그들은 우리를 적대했고, 더 이상 우리를 자신의 동포로 여기지 않는단다. 기계장치의 진화를 이룬 우리는 이제 그들과는 달라. 그 사실에 죄책감을 느낄 필요도 없단다. 우리는 뭇별을 거니는 새로운 종種이 되었으니까.

신경 전달 시간 4.3초

그래. 확장된 새로운 육신을 받아들인 순간부터 우리는 느려졌고, 우주는 빨라졌단다. 우리의 팔이 뻗는 순간은 여전히 우리에겐 1초였지만, 세슘 원자가 91억 9,263만 1,779번 진동하는 우주의 1초와는 이미 달라져 있었어. 우리는 그보다 긴 시간을 짧게 살아가고 있지. 그즈음부터 우리는 공포와 희열과 우주의 법칙 사이에서 살아가는 수밖에 없었단다.

다른 선택이 가능했을 수도 있겠지. 하지만 슈트를 벗는다면 개척 행성에는 미래가 없었고, 슈트를 입는다면 우리는 이전의 우리와는 다른 존재가 되는 수밖에 없었어. 그럼 무엇을 골라야 하겠니? 우리에게 다른 선택지가 무엇이었겠니? 그러니 우리는 쉽게, 자연스럽게 후자를 택했단다. 선택에 후회는 없어.

그래서 엄마는 단언한단다. 인간은 의지가 있다면 변할 수 있어. 신경 전달 속도가 무어라고. 느려지는 우리의 감각이 대체 무엇이라고. 우리가 느끼는 우주의 속도가 빨라지는 건 우리 알 바가 아니었단다. 오히려 우리는 그 덕분에 우주의 시간을 더 멀리 내다볼 수 있게 되었는걸. 우리는 살아가기 위해선 더 커져야만 했을 뿐이야.

신경 전달 시간 6.7초

우리가 100킬로미터로 확장된 순간, 우리는 확신할 수 있었어. 우리는 부서지기 쉬운 호모 사피엔스의 특성을 극복해 냈다는 사실을. 그리고 우리의 생명의 길이 또한 우주의 곳곳을 넘볼 만큼 길어졌지. 기계의 팔과 다리를 통해서, 우리와 한 몸이 된 로봇을 통해서. 그래, 우리는 우주의 환경을 극복해 냈단다. 우주라는 자연환경의 적자가 된다는 것은 감히 그런 일이었어. 한편으로 우리는 이전의 인간됨을 버렸고, 마땅히 우리에게 약속되었던 인류의 미래 또한 버렸단다. 하지만 동시에 우리는 탐구라는 인류의 본능을 가장 공고히 수호하는 존재이기도 해. 당연한 일 아니니? 우리는 확장하지 않고선 우리를 유지할 수 없으니까.

신경 전달 시간 10.1초

우리의 역사가 중 일부는 인류가 스스로에게 멸망의 저주를 내렸다고 이야기하겠지. 그리고 다른 일부는 인류가 손 뻗을 수 있는 공간의 확장성에 찬사를 보낼지도 모르겠구나.

사람들은 손에 쥐지 못한 것을 아쉬워하거나, 손에 쥔 것으로 충분하다고 자신을 속이곤 한단다. 하지만 그것은 자기기만이란다. 인류는 만족하지 않기에, 행할 수 있기에 여기까지 왔어. 우리는 언제나 갈구하며 전진하는 종이니까. 우주의 100억 년은 이제 우리가 인지하는 시간으로는 1.2억 년이 되었어. 신경 전달 시간이 100배 늦춰졌으니, 우리는 더 먼 우주를, 뭇별 사이를 누빌 수 있게 되었지. 우리는 지구의 인류 기준으로는 1만 년을 살아가는 괴물이겠지만, 그들보다 더 멀리 보는 장형長兄이기도 하단다.

생각해 보렴. 이 압축은 경이롭기까지 하지 않니? 나는 곧 내 인생의 끝자락에서 이제 얼마 남지 않은 우주를 보게 된단다. 우리는 정말 우주의 종말까지 살아남을 수 있을지도 모른다는 생각을 하며. 저 끝에 보이니? 우리의 손이 닿는 블랙홀들이. 우리는 이제 손에 닿는 모든 것을 쥘 수 있게 되었어. 하지만 그럼에도 부족하지. 우리는 아직 더 커질 수 있어. 우리의 시간은 조금 더 압축될 수 있단다.

그러니 부디 더 넓혀나가렴. 우주의 끝을 향해 가자.

너희들은 발 디딜 수 있는 모든 곳까지 발을 뻗고, 손에 닿는 모든 것을 손아귀에 쥐어보렴. 우주가 멸망할 10의 24제곱 년 후를 바라볼 정도로 우리를 더 키우고, 우리를 더 거대하게 만들고, 우주의 멸망을 바라볼 수 있게끔 진화하렴. 우리가 무수한 항성들을 징검다리로 삼을 수 있다면, 우리는 더 위대해질 수 있을 거란다. 우리의 손이 닿는 거리는 끝이 없을 테니까. 우리의 발이 딛는 공간은 끝이 없을 테니까.

부디 거대해지는 우리의 외관을 견뎌낼 수 없을 때까지 감히 살아남으렴. 우리 인류가 기계장치의 진화를 이루었노라고 증명해 주렴. 우리의 손으로 스스로를 느려지게 만들어 뭇별을 더 빠르게 가로지를 수 있는 존재가 되었다는 사

실을. 살아남기 위해선 무엇이든 해낼 인류의 지독함에 찬
사를 보낼 수 있기를 기원하며.

　사랑한단다, 우리 딸들.

장민

한국과학기술원(KAIST) 화학과를 졸업했고, 광주과학기술원(GIST)에서 화학
석사학위와 박사학위를 받았다. 라가불린, 게임, 음악을 좋아한다. 끔찍하고
아름다운 것을 쓰고 싶다.

작가노트

끔찍하고 아름다운 것들을 위해

저는 무엇보다도 죽음이 두렵습니다.

죽음이라는 것은 생물의 유일무이한 종착지이며, 무엇보다도 가장 확신할 수 있는 사실입니다. 모든 존재와 사건에 대해 유일하게 확실할 수 있는 것 또한 언젠가는 모든 게 끝난다는 사실이기도 하죠. 그리고 전 좋아하는 것들이 너무 많습니다. 제 취미도, 제 글도, 친구들과 가족들도 모두 좋아합니다. 저 개인의 죽음 이후에도 즐거운 일들은 끝이 없다는 사실을 잘 알고 있습니다. 그래서 죽음은 두려운 존재이죠.

그래선지 제가 절대 목격할 수 없는 일들 중 보고 싶은 사건이 두 가지 있습니다. 하나는 제 장례식이며, 다른 하나는 우주의 죽음입니다. 제가 볼 수 없는 제 죽음이 테마인 최초의 행사가 저의 장례식이며, 살아 있는 인간이 목도할 수 없는 우주 최후의 사건이 우주의 죽음입니다. 인간 개인이 살아서 목격할 수 없는 두 개의 사건이죠. 유일하게 확신할 수 있는 미래라는 것이 완전한 닫힌 결말이라는 공포를 우리는 잊은 채 살아가곤 합니다. 매일 죽음을 생각하며 살아갈 수는 없기 때문입니다.

하지만 이따금 고민하곤 합니다. 우주의 엔트로피 증가가 비가역적이고, 생물의 죽음도 돌이킬 수 없는 운명이라면 우리는 왜 살아야 할까요? 생의 이유란 실재하는 것일까요? 우주의 존재엔 의미가 있을까요?

이 죽음에 대한 두려움은 제가 글을 쓰는 이유입니다. 온 우주의 경이를 모두 목격할 수 없는 미약한 인간입니다만, 정해진 미래 때문에 저의 세계를 축소시키고 싶진 않습니다. 그래서 저는 글을 씁니다. 제가 만들 수 있는 어떤 세계를 원했습니다. 제 모든 글은 제가 겪지 못할 무수한 사건들에 바치는 헌사이자, 유일성을 획득하기 위한 제 노력의 결과물입니다. 죽음이 축소시키는 세계에 저항하기 위한 행동입니다.

「우리의 손이 닿는 거리」에서도 이 테마는 유효합니다. 우리 인류는 온 우주의 경이를 모두 관측할 수도 없고, 이 지구를 태워가며 살아가는 주제에 죽음조차 극복하지 못합니다. 우리는 무엇을 위해 석유를 태워가며, 산소를 사용해 가며 살아가고 있는 걸까요? 이것으로부터 「우리의 손이 닿는 거리」는 시작되었습니다.

「우리의 손이 닿는 거리」는 인류의 필연적 운명을 마주하고픈 욕구에서 시작된 이야기인 한편, 거대 로봇이라는 요소를 중요하게 내세운

이야기이기도 합니다. 거대 로봇 장르에는 많은 문화적 유산들이 있습니다. 그 자체로 로망이 담겨 있는 요소이니까요. 〈철인 28호〉부터 미야자키 하야오까지 폭넓게 쓰이며, 병기화된 로봇을 소재로 하는 〈건담 시리즈〉도 이어지고 있습니다. 20세기 말에 지대한 영향을 흩뿌린 〈에반게리온〉은 두말할 것도 없겠죠. 저 개인적으로도 프라모델을 취미로 즐기고 있으며, 본 작품 또한 〈기동전사 건담 수성의 마녀〉 작품을 통해 아이디어를 얻었습니다.

로봇은 현상적 차원에서 행동하는 주체가 되어 작동하는 것처럼 느껴지지만 사실 그렇지 않습니다. 로봇이 행동의 주체라면 로봇에 의한 사고와 사건에서 책임은 누구의 몫인가요? 이미 이 시점에서부터 이야기는 복잡해집니다. 로봇은 위임된 권한과 자율성을 가진 시스템이자 어떤 행위를 실행할 때 한 단계 완충작용을 해주는 존재이기도 합니다. 「우리의 손이 닿는 거리」의 거대 로봇에 대한 요소는 이 지점에서 생겨났습니다. (완전 자동 로봇과 슈트 형태의 로봇은 개념도 다르며, 이야깃거리도 다르지만 공통된 요소를 논하기 위해 구분 없이 적었습니다.)

로봇은 인류에게 편리함을 주는 한편, 권한과 자율성을 부여받은 존재로 취급받을 때가 있습니다. 하지만 동시에 로봇에게 위임된 권한과 자율성은 사건과 책임으로부터 인간을 유리遊離하기도 합니다. 트롤리 딜레마에서 제시하듯이, 자신의 손으로 내리는 선택은 고통스럽고 윤리적 딜레마를 낳습니다. 하지만 선택과 결과의 형태가 멀어질수록 인간은 충분히 무덤덤해집니다. 복잡한 책임 여부와 문제들로부터 유리되는 셈이죠. 그렇기 때문에 인간은 자신의 손으로 직접 행하지 않는 파괴 행위들에 대해 민감하게 반응하지 못한다는 사실을 새삼스레 논하고 싶었습니다. 세계화의 시스템 속에서 모든 일상이 연결된 현대에 들어서는 더더욱 개개인의 모든 행위가 연관되어 있지만, 우리는 민감하게 느끼지 못합니다. 특히 현재 인류가 직면한 기후 위기와도 직접적으로 연관되는 문제이기도 합니다.

하지만 이 글을 책임으로부터 유리되어 가는 인간의 욕심에 대한 이야기로 끝내고 싶진 않았습니다. 인류는 감히 할 수 있는 일이라면 거부하지 않았기 때문에 지금까지 올 수 있었으니까요. 근본적으로 탐구와 탐험이란 것은 무수한 파괴 행위를 동반합니다. 발견은 존재하던 현상에 이름 붙이고 그 내막을 파헤치는 일까지 포함합니다. 인류가 발 디딘 모든 곳엔 인류의 흔적이 남고 상흔이 남습니다. 생물은 생존 그 자체만으로도 파괴를 동반하는 존재이며, 자신을 유지하기 위해 무수한 욕구들을 소화하며 살아나갈 수밖에 없는 존재입니다. 그 사실을 외면하고 싶진 않았습니다. 인간의 탐험심과 탐구심은 그 자체로 경탄의 대상이기 때문이죠. 「우리의 손이 닿는 거리」에서 주인공이 마주하는 최후의 경이가 '우주의 열죽음'인 점도 그러한 이유 때문입니다. 우주의 열죽음은 우주 최후 사건으로 예측되곤 합니다. 인류는 능히 우주의 결말을 예측하며, 그 사실을 마땅히 관측하고 검증해 내고 싶어 합니다. 예측된 가설은 관측해야 참으로 증명되는 법이니까요. 우주의 죽음, 우주의 비밀, 그런 것들 없이도 살 수 있지만, 그럼에도 인간은 추구합니다. 미답의 설산을 등반하고, 빛이 없는 해저로 하강하며, 공기와 중력이 없는 우주로 나아갑니다. 인류가 할 수 있는 일이기 때문이죠. 인류는 그런 존재이기 때문에 능히 지금까지 다다를 수 있었습니다. 이를 단순히 분수에 넘치는 욕심이라고 이야기할 수는 없을 것입니다.

이렇듯 「우리의 손이 닿는 거리」는 욕심이 많았던 이야기입니다. 고도화되는 현대에서 유리되는 인간, 기계적 진화가 가져다주는 축복과 저주, 탐구와 탐험이 가져다주는 파괴에 대해서도 이야기하고 싶었고, 이 외에도 끝없이 끔찍하고 아름다운 것을 그리고 싶었습니다.

끝내기에 앞서 감사를 조금 올리고자 합니다. 제 글을 읽어주고, 저에게 많은 도움을 주었던 저의 소중한 친구들에게 감사를 드리고 싶습니다. 글에 대한 확신을 가지게끔 해주었던 친구들이 아니었다면, 저는 글을 꾸준히 쓰지 못했을 겁니다. 혼자만의 글로 완성되던 저의 세계를 넓혀준 친구들에게 몇 번의 감사를 전해도 모자랍니다.

제 글이 많은 분들과 함께할 기회를 만들어 주신 허블 출판사와 스튜디오드래곤 관계자분들과 심사위원분들께도 감사를 드리고 싶습니다. 제7회 한국과학문학상이라는 큰 기회를 통해 앞으로도 많은 좋은 글을 써내고 싶을 따름입니다.

마지막으로 이 글을 쓸 적에 제 플레이리스트를 채워주었던 검정

치마, 정우, 키린지 그리고 결속밴드에게도 작은 감사를 올리고자 합

니다.

그리고 이 글을 읽어주신 당신에게도.

감사합니다.

봄의 가운데에서, 장민.

박선영

개인의 우주

이야기 하나

이 노트가 다시 펼쳐질 날이 올까. 오늘 나는 이 노트를 다른 연구 노트들이 담긴 상자에 슬쩍 던져 넣을 작정이다. 그리고 연구소에서의 마지막 퇴근을 할 것이다. 그러면 내일 그 상자는 연구소의 지하 창고로 이동되어 그곳에서 길고 긴 잠을 자게 되겠지.

혹 누군가 이 노트를 펼치더라도 노트를 가득 메운 의미 없는 숫자들에 질려 다시 덮어버릴 것이다. 그 믿음에 의지하며 그동안 아무에게도 말하지 못했던 이야기를 이 노트에 털어놓고 나만의 마무리를 하고자 한다. 나에게는 그 '이야기들' 또한 이 프로젝트의 일부이기에.

그들이 이 프로젝트에 지원한 이유를 나에게 물었을 때, 호기심이라고 대답했다. 거짓말은 하지 않았다. 다만 말하지 않은 것들이 있을 뿐. 40년이 지나자 그들은 프로젝트에서 사라졌고, 나는 은퇴를 미루고 미루다가 삶의 끝자락까지 와버렸다.

나를 이 프로젝트로 밀어 넣은 그 호기심은 아직도 사라지지 않았다. 아니, 오히려 더 강해졌다. 나는 그것의 원천을 그 누구에게도 말하지 않았다. 이제 나는 그 긴 이야기를 모두 이 노트에 털어놓으려 한다.

그 일이 시작된 것은 내가 열두 살 때였다.

나는 학교에 다니는 평범한 소녀였고, 일과 또한 특별할 것 없었다. 그나마 낙이었던 것은 매일 밤 10시에 하는 텔레비전 연속극이었다. 연속극이 끝나면 나는 내 방으로 자러 들어갔고 부모님은 거실 불을 끄고 텔레비전 소리를 낮추었다. 그러면 문틈 사이로 텔레비전의 빛이 기어 들어와 깜깜한 방을 형형색색의 희미한 빛으로 물들이고는 했다.

나는 잠이 꽤 잘 드는 편이었다. 금방 잠들 수 있는 나만의 방식이 있었다. 먼저 작은 나무 상자를 하나 생각한다.

한 면이 손바닥만 한 아주 작은 상자다. 하지만 그 상자는 온 세상을 빨아들일 만큼 강력한 힘을 가지고 있다. 뚜껑을 열면 상자는 내 머릿속의 온갖 생각들을 빨아들인다. 구석구석 모두. 휘황찬란한 구름 같은 생각들은 토네이도를 일으키며 상자 속으로 빨려 들어간다. 몇 초 후, 거미줄처럼 버팅기던 생각들마저 휩쓸려 사라지면 상자의 뚜껑은 탁, 하고 닫힌다.

그다음 모든 일이 자연스럽게 일어난다. 눈과 귀의 모든 감각이 한순간에 사라지고 완전한 침묵이 찾아온다. 고요함 가운데 의식은 점점 사라지고, 나는 의지와 상관없이 이상한 생각을 하고 있다. 집에서 고래를 키워야 하는데 어떻게 들여올지 고민한다든가, 바나나를 전자레인지에 돌려 먹어야 한다는 그런 생각들. 마치 꿈을 꾸는 것처럼 말도 안 되는 생각을 하고 있지만 동시에 이 생각들이 이상하다는 것은 알 수 있다. 그러면 나는 이렇게 생각한다. '이런 생각을 하는 걸 보니 곧 잠에 빠져들겠군.' 여기까지 오면 나는 진짜로 잠이 들었다.

그날도 똑같았다. 나는 침대에 누워 있었다. 무의식으로 가득 찬 세계의 문이 열렸고 그곳에서 비논리적인 생각들이 새어 나오고 있었다. 곧 잠의 세계로 빠져들 것만 같았다. 그런데 갑자기 어떤 소리가 들렸다. 아니, 들렸다는 표현이 적절한지 잘 모르겠다. 그 소리는 내 안에서 나오는 것 같았다.

무전기의 전파 소리 같기도, 소라 껍데기 속 파도 소리 같기도 한 생생한 느낌에 의식이 한순간에 끌려 올라갔다. 하지만 나는 눈을 뜨지도, 잠에서 깨지도 않았다.

나는 의식과 무의식의 사이에 존재하며 모든 것을 느끼고 있었다. 내 안에서 들리는 웅성거리는 전파 소리와 거실에서 웅얼거리는 텔레비전의 소리를 동시에 듣고 있었다. 방 안을 어지럽히는 텔레비전 불빛과 진공 상태의 어둠을 동시에 느끼고 있었다. 나는 침대에 누워 있으면서 동시에 무한한 고요함 속에 홀로 앉아 있었다. 모든 것이 있으면서 동시에 없었다.

그때, 목소리가 들렸다.

"누구 있어요?"

그 순간, 느끼던 모든 것이 사라졌다. 어느새 그 목소리와 나만이 남아 있었다. 나는 처음 겪는 이 현상에 반쯤은 두려워하며, 혹은 궁금해하며 대답했다.

"누구세요?"

목소리의 주인공은 작게 환호했다. 짧은 환호가 끝나자 그가 말했다.

"나는 '므'예요. '라르보'를 만들어 당신과 대화하고 있죠. 솔직히 이게 성공할 줄은 몰랐어요."

"라르보가 뭐예요?"

"아, 라르보라는 건 말이죠. 내가 만들어 낸 거예요. '바슬'에 연결해 쓰는 거죠."

"바슬은 뭔가요?"

그의 말은 이해할 수 없는 것투성이였다. 그가 어떤 언어로 말했는지 모르겠다. 사실 그의 이름이 '므'인지도 확신할 수 없다. 내게는 '므'라고 들려서 그를 므라고 부를 뿐이다.

므의 대답 대신 지지직거리는 소리가 들렸다. 잠시 후 므가 말했다.

"곧 정렬이 흐트러질 거예요. 제가 다시…"

모든 소리가 사라졌다. 나는 그 즉시 잠에 빠져들었다.

다음 날 아침 일어난 나는 그 대화가 꿈이라고 생각했다. 그 후 며칠 동안 평소와 다름없이 잠들 수 있었기에 곧 그 일을 잊고 현실의 삶으로 돌아왔다. 나는 같은 꿈을 두 번 이상 꿔본 적도 없었을뿐더러 보이지 않는 누군가의 목소리를 듣는 일은 일어나지 않는다는 걸 잘 알고 있었다.

그래서 므의 목소리가 다시 들리자 나는 덜컥 겁이 났다. 처음 그 목소리를 들은 날로부터 2주가 지났을 때였다. 나는 분명히 알 수 있었다. 그 목소리는 꿈이 아니었다.

"들려요?"

나는 생각했다. 내가 미친 걸까?

"아니요. 당신은 미치지 않았어요."

목소리가 응답했기에 화들짝 놀라 물었다.

"이건 꿈인가요? 아니, 귀신인가?"

용기를 낸 나의 목소리가 떨리고 있었다.

"나는 므예요. 이건 꿈이 아니고요. 이 대화가 꿈처럼 느껴지나요?"

내 질문에 므는 다소 당황한 듯했다. 그도 나만큼 놀란 것 같아 나는 일단 안도했다. 내가 아는 이야기 중에 당황하는 귀신이 나오는 것은 없었기 때문이다.

"그럼 대체 어디 있는 거죠? 정체가 뭔가요? 내 머릿속에서 사는 건가요? 만약 그런 거라면, 당장 나와요."

내가 말하자 므는 웃음을 터뜨렸다. 이내 웃음소리가 잦아들고, 그는 친절하게 설명해 주었다.

"아니에요. 여기는 '츠넛'이라고 불리는 곳이에요. 거기도 '파소'의 개념이 있나요? 이곳은 마나 파소 중 하나예요. 우리는 '라르보'를 통해 대화하는 거고요."

그의 목소리는 따스했다. 그 따스함에 나는 마음이 놓였다. 츠넛이라는 나라는 본 적도, 들어본 적도 없었지만 나는 제멋대로 츠넛이 어딘가에 있는 동네겠거니, 하고 생각했다.

"이름이 뭐예요?"

이번에는 므가 물었다.

"저는 다미예요."

"아, 다미. 그곳은 어디인가요?"

"저는 제 방인데요. 여기는 서울이에요."

"서울? 처음 들어보는 곳이에요."

"므는 한국인이 아닌가 봐요. 그런데 라르보라는 건 대체 뭐죠?"

나는 참지 못하고 라르보에 관해 물었다.

"라르보는 내가 만든 거예요. 다미와 대화할 수 있게 해주죠. 나는 이런 것에 아주 흥미가 많아요. 새로운 무언가를 떠올리고 만드는 것을 좋아하죠. 주로 파소를 재정렬하거나 이리저리 끼워 맞춰요. 그러다 보면 지금 다미와 대화를 주고받는 것 같은 새롭고 재미있는 일들이 일어나기도 하죠."

"무엇을 말하는 건지 잘 모르겠어요. 어쨌든 새로운 걸 좋아한단 말이죠? 나도 무언가를 상상하는 걸 좋아해요. 어쩌면 지금 우리가 이렇게 이야기하는 것도 제 상상이 아닐까요?"

"아니에요. 다미, 나는 지금 여기 존재하고 있어요. 다미가 느끼는 대로 말이죠."

그때, 지지직거리는 작은 소리가 들리기 시작했다.

"또 정렬이 흐트러지네요. 아직 고치는 방법을 찾지 못했어요. 또 만나요.”

그 말이 끝나기가 무섭게 모든 것이 사라졌다.

그 후로도 므는 라르보를 통해 나를 종종 찾아왔다. 대화
는 항상 므의 목소리로 시작되었다. 내가 침대에 누워 잠들
기를 기다리면 의식과 무의식의 사이 그 어딘가에서 므의 목
소리가 들리기 시작했다.

나는 므에게 아주 많은 질문을 했다. 므 또한 나만큼이나
나를 궁금해했다. 므는 내가 알고 있는 모든 것을 모르는 것
같았다. 우리의 대화는 꼬리에 꼬리를 물었다. 므는 나와 나
를 둘러싼 세계에 대해 끊임없이 질문했다. 나는 최대한 답
해주려고 노력했다. 하지만 고작 열두 살이었던 내게는 쉽
지 않은 일이었다.

“오늘 다미에게는 어떤 일이 있었나요?”

므가 항상 하던 질문이다. 이 질문을 받으면 나는 있었던
일들을 떠올려 보다가 그에게 이야기해 주었다.

“오늘은 교실에 커다란 벌이 들어왔어요. 다들 소리를 질
렀죠.”

“‘벌’이 뭔가요?”

므는 말꼬리를 물며 질문했다.

“벌은 붕붕거리며 날아다니는 조그만 생명체예요. 꿀을

찾아 꽃 사이를 돌아다니죠. 쏘이면 아파서 사람들이 무서워해요."

"'꽃'은 무엇인가요?"

"꽃은 향기가 나고 예쁜 식물이에요. 봄이 되면 땅에서 피어나죠. 엄청나게 다양한 종류가 있어요."

"다미가 좋아하는 꽃도 있나요?"

"나는 해바라기를 좋아해요. 노란색을 좋아하거든요."

"'노란색'은 무슨 뜻인가요?"

"노란색은 색 중의 하나죠."

"'색'은 또 뭔가요?"

이렇게까지 질문이 이어지면 나는 말문이 막혔다. 내가 곤란해하면 므는 내가 어떻게 느끼는지를 통해 그것을 이해했다.

"아, 노란색이라는 게 어떤 느낌인지 알 것 같아요. 지금 굉장히 밝고 따스한 것을 생각하고 있군요."

므는 나를 꿰뚫어 볼 수 있었고 그게 자연스럽고 당연한 일이라는 듯이 행동했다. 그것이 얼마나 대단한 일인지도 모른 채 말이다. 내가 그에 대해 느낄 수 있는 것은 그의 목소리뿐이었다. 그에 반해 그는 나보다도 나를 더 다양한 방식으로 이해했다. 돌이켜 보면 그는 나보다 훨씬 더 많은 차원의 축으로 세상을 바라볼 수 있었던 것 같다.

대화를 시작하는 건 언제나 므였다. 나도 언젠가는 침대에 누워서 므를 먼저 불러보기도 했지만 성공한 적은 없었다. 어쩌면 그것은 불가능할 수밖에 없는 일일지도 모른다. 므와의 대화는 무의식에 가까운 단계에서 일어났는데 내가 므를 부른다는 것은 그때 나의 의식은 또렷하다는 이야기니까. 하지만 므는 언제나 그가 원할 때 라르보를 통해 나에게 말을 걸어왔다.

라르보를 통해 대화하다 보면 므가 '파소의 정렬이 흐트러진다'고 말했다. 그것은 대화를 끝낼 때가 되었다는 것을 의미했다. 므는 파소의 정렬이 완전히 흐트러지면 라르보의 통신이 끊어진다고 알려주었다. 라르보가 중단되면 나는 그 즉시 잠들었다. 라르보라는 건, 지금에서야 상상해 보자면, 차원을 넘나드는 일종의 통신 장치가 아니었을까.

나는 므의 존재를 철저히 비밀에 부치기로 결심했다. 그의 목소리를 듣고 나도 내가 미쳤다고 생각했는데, 다른 사람들이 그러지 않을 거라고 어떻게 확신한단 말인가.

나는 므의 존재가 꽤 멋진 일이라고 생각했다. 내 마음을 알아주는 비밀 친구라니. 마치 영화 속 주인공이 된 것 같았다. 므는 내가 나를 특별하게 생각하도록 만들어 주었다. 이 세상에서 그와 연결된 사람은 나밖에 없었다. 오직 나만이 그와 이야기할 수 있었다. 그리고 아무도 우리 둘의 세계에 들어올 수 없었다. 나는 그게 좋았다.

잠에서 깨면 나는 므를 위해 그가 궁금해했던 것들을 찾아보았다. 사실 그만을 위한 것은 아니었다. 므가 궁금해하면 나 또한 그가 물어본 것들이 함께 궁금해졌다. 내가 새로운 사실들을 찾아서 알려주면 므는 신기해하며 즐거워했다.

"므, 색이 뭔지 알았어요."

"그래요? 색은 무엇인가요?"

"색은 해바라기에 빛이 닿았을 때 해바라기가 반사하는 빛을 보는 거래요. 그러니까 해바라기는 노란색을 빼고 다른 빛들은 가지는 거죠."

"노란색을 거절하는 거군요. 그런데 '본다'는 건 뭔가요?"

"눈으로 보잖아요. 설마 눈이 없는 건 아니죠?"

"미안해요. '눈'이 뭔지 모르겠어요. 눈은 다미의 것인가요?"

"그럼요. 우리 모두 각자 자기 눈이 있잖아요. 눈이 없으면 아무것도 볼 수 없어요."

어쩌면 그는 눈이 없을 수도 있다. 나는 그의 모습을 본 적이 없다. 그가 눈이 있는지 내가 어떻게 확신할 수 있단 말인가. 그러나 열두 살의 나는 그가 당연히 눈이 있을 거라고 생각했다.

"정말 재미있네요. 해바라기는 노란색이란 것을 거절했는데 다미는 그것을 보고 해바라기를 좋아한다는 사실이요."

"그러니까 그게…. 거절하는 건 아닐 거예요."

"다미는 계속 그렇게 해바라기를 알 수밖에 없나요? 해바라기가 거절한 것들만을 바라보면서요. 그렇지 않은 해바라기는 어떤지 어떻게 알죠?"

"거절하는 게 아니라니까요."

나는 살짝 짜증을 냈다. 그때는 그렇게 말하는 므를 이해할 수가 없었다. 당연한 것들에 대해 질문하고 있지 않은가. 하지만 지금 돌이켜 보면 그것들은 나에게만 당연한 것들이었다.

므가 내 세상에 대해 궁금해하는 것만큼이나 나 또한 므가 어떤 존재인지 궁금했다. 귀신도, 꿈이나 상상 속 존재도 아니라면 도대체 어떻게 그의 존재를 설명할 수 있다는 말인가. 게다가 므는 '눈'이 무엇인지도 모른다. 그럼 므는 어떻게 앞을 보는 걸까? 나는 틈만 나면 므에 대해 추측하곤 했다.

"므는 정말로 눈이 없어요?"

어느 날, 나는 므에게 물었다.

"눈이라는 게 정확히 뭔지 아직 잘 모르겠어요. 어쩌면 눈이 있다고도 없다고도 말할 수 있겠네요."

"나와 친구들은 모두 눈을 가지고 있어요. 므는 혹시 외계인인가요?"

"'외계인'이 뭔가요?"

"책에서 봤는데 지구가 아닌 곳에 사는 생명체래요."

"그렇다면 어려운 질문이네요, 다미. 나는 츠넛에 있어요. 츠넛은 모든 곳을 포함하기도 하고, 모든 곳을 포함하지 않기도 하죠. 그런 의미에서 나는 지구에 포함된 존재이기도 하고 그렇지 않은 존재이기도 해요."

이게 대체 무슨 말이람. 내가 속으로 끙끙대자 므가 덧붙였다.

"다미는 결국 모든 것을 알게 될 거예요. 너무 조급해하지 말아요."

"그게 대체 언제죠?"

"언젠가는요. 사실 이미 일어난 일이죠. 일어날 일이기도 하고요."

"약속할 수 있어요?"

"약속해요. 그럴 필요는 없지만요. 하지만 다미의 마음이 편해진다면 그걸로 충분해요. 약속의 의미로 파소가 정렬되는 곳 중 하나에 '호아'를 남겨놓을게요. 내가 해낼 수 있을

지는 잘 모르겠지만요.”

나는 그의 말을 믿었다. 그래서 빨리 시간이 지나기를, 빨리 어른이 되기를 바랐다. 나는 생각했다. 나중에는 결국 므의 얼굴을 보고 므가 했던 말들을 모두 이해할 수 있을 것이다. 그러면 그가 했던 말들이 무엇이었는지 모두 알 수 있을 것이다.

아, 그것이 얼마나 순진한 생각이었는지!

므와의 대화는 반년 정도 이어졌다. 우리는 서로에게 특별한 친구였지만 한 가지 문제점이 있었다. 라르보는 내 수면에 영향을 미쳤다. 그것도 좋지 않은 쪽으로 말이다.

므와 이야기하고 나면 나는 잠을 푹 자지 못했다. 이유는 정확히 모르겠지만 자연스럽게 잠들어야 하는 과정 중간에 무언가가 개입한다는 것 자체가 문제인 것 같았다. 처음에는 잘 느끼지 못했지만 몇 개월 정도 지나자 피로가 누적되었는지 나는 학교에서 졸기 시작했다.

담임 선생님은 처음 몇 번은 나를 혼내다가 그 빈도가 잦아지자 점점 나를 걱정했다. 그리고 이동 수업 때 홀로 교실에서 잠들어 있는 나를 보고 결국 부모님에게 전화했다.

엄마는 밤에 자지 않고 다른 일을 하는지 물었다. 나는 고개를 저었다. 여전히 므와 라르보에 대해서는 입을 꾹 다문 채였다. 엄마는 몇 번이나 내 침대 옆에 앉아 내가 자는 모습을 직접 지켜보기도 했다. 하지만 내 수면에 문제가 될만한 원인을 찾아내지는 못했다.

뾰족한 수가 없자 엄마는 내 손을 잡고 병원으로 갔다. 의사 선생님과 몇 번의 면담 끝에 부모님은 밤에 거실에서 텔레비전을 보지 않게 되었다. 나 또한 밤 10시에 하는 텔레비전 연속극을 보지 못하게 되었다. 10시가 되면 나는 컴컴한 내 방 침대에 누워야 했다. 완전한 암흑 속. 가끔은 내 눈꺼풀을 작은 요정처럼 넘나들던 희미한 텔레비전 불빛이 그립기도 했다.

병원을 다니면서, 나는 원래 일어나던 시간보다 일찍 일어나야 했다. 등교하기 전 파란빛을 강력하게 내뿜는 조그만 기기 앞에서 30분 정도 앉아 있어야 했기 때문이었다. 효과가 얼마나 좋았던지 며칠 정도 지나자 나는 다른 생각을 할 겨를도 없이 순식간에 잠들어 버렸다.

2주 정도가 지나자 나는 베개에 머리를 대자마자 곯아떨어졌다. 이후로는 광치료를 그만두고도 학교에서 졸지 않게 되었다. 그동안은 므를 만나지 못했다.

치료를 중단하고 나서도 한동안 침대에만 누우면 잠들어 버리느라 므와 대화할 수 없었다. 짧은 대화를 나눌 수 있게 된 것은 그로부터 한 달 정도가 지난 다음이었다.

므와의 대화는 예전처럼 매끄럽게 시작되지 않았다. 의식은 계속 잠을 향해 달려가려고 하는데 무언가가 나를 뒤에서 계속 힘겹게 붙잡는 듯한 느낌이었다. 므의 목소리는 거의 알아챌 수 없을 정도로 희미하게 들렸다.

"다미, 이상해요. 계속 라르보를 연결하려고 했는데 파소가 정렬되지 않았어요. 지금도 파소의 정렬이 불안정해요. 아마 곧 끊길 것 같아요."

나는 반쯤은 잠에 취한 채 그동안의 일을 더듬더듬 므에게 말해주었다. 므는 한동안 말이 없었다. 나는 므가 가버린 건 아닐까 생각하면서도 기다렸다. 므가 가버렸다면 나는 바로 잠들었을 테니까. 잠에 들지는 않았지만, 서서히 정신이 아득해졌다. 눈을 감고 절벽 가를 따라 걷는 기분이었다. 까딱하면 잠의 바다로 떨어질 것만 같았다.

잠시 후, 므가 말하기 시작했다. 하지만 그 목소리는 이미 저 멀리서 치는 파도 소리처럼 느껴졌다. 내가 간신히 기억하는 것은 그의 마지막 말뿐이다.

"다미, 다시 만나요."

그렇다.

그것이 끝이었다.

나는 그 후로도 계속 므를 기다렸다. 처음에는 몇 주 뒤면 므와 다시 대화할 수 있을 거라고 생각했다. 하지만 몇 주는 커녕 몇 달을 기다려도 므는 돌아오지 않았다. 나는 내가 므를 오랫동안 기다렸다고 생각했다. 하지만 이는 평생에 걸친 기다림의 시작일 뿐이었다.

므가 떠난 이후로 나는 틈만 나면 그가 나를 위해 남겨놓겠다던 '호아'가 무엇일지 생각했다. 도대체 호아가 무엇일까? 지구에 있긴 한 것일까? 그는 결국 내 두 눈에 대해 이해하지 못했다. 그렇다면 내가 그것을 볼 수 있긴 한 걸까? 호아라는 것이 이 세계에 존재하는 것이기는 할까? 어쩌면 꿈 속에서만 찾을 수 있는 건 아닐까?

므는 때가 되면 모든 것을 알 수 있을 것이라고 말했지만 정작 호아를 어떻게 찾아야 하는지는 알려주지 않았다. 나는 계속해서 궁리해 보았지만, 호아의 정체에 대해 접근조차 할 수 없었다. 애초에 정답을 알 수 없는 질문이었다.

그의 시간은 모르겠지만 나의 시간은 계속해서 흘렀다.

해가 하나둘 넘어갔다. 나는 새로운 학교에 입학하고 새로운 친구들을 만났다. 나보다 앞서 나를 기다리던 일들은 사방에서 나를 사정없이 잡아당겼다. 새롭게 익혀야 하는 것들이 눈덩이처럼 불어났다. 나는 육체적으로도, 정신적으로도 풍선처럼 점점 늘어났다. 하지만 므와 호아에 대한 생각은 그만큼 줄어들었다.

열두 살 때 므를 생각한 시간만큼이나 대학 입시에 대해 생각하는 나이가 되었을 때, 모두가 아는 그 일이 일어났다. 닐 암스트롱의 두 번째 발자국이라고 불리는 사건이었다. 에오스 프로젝트의 로켓이 우주로 출발했다.

에오스 프로젝트의 로켓이 출발하는 모습을 보게 된 것은 내게는 작은 행운이었다. 그 시간에 나는 교실에 앉아 수업을 듣고 있었다. 아마 오전 11시쯤이었을 것이다. 평소와 다름없이 수업하던 선생님이 갑자기 시간을 보더니 컴퓨터로 한 영상을 분주히 틀었다.

나를 포함한 학생들 모두 영문도 모른 채 교실 앞 텔레비전을 쳐다보았다. 텔레비전에 뜬 영상 속에는 로켓 발사대가 보였고 여러 복장의 사람들이 긴장한 채 앉아 있었다.

"자, 우리 이 역사적인 순간은 잠시 보고 갑시다. 여러분을 25년 동안 궁금하게 만들고 싶으니까."

선생님이 장난스럽게 말했다.

그 당시 에오스 프로젝트에 대해 다들 하도 떠들어 대서 나도 그게 무엇인지는 대충 알고 있었다. 에오스 프로젝트는 우주를 탐사하기 위한 인류의 가장 적극적인 시도 중 하나였다. 그때까지는 도달할 생각조차 하지 못했던 멀고 먼 행성계, 케이셉-1 행성계의 모습을 포착하겠다는 야심 찬 목표를 가진 프로젝트였다.

로켓에는 200개의 위성들이 실려 있다고 했다. 로켓이 우주로 쏘아 올려지면 이 수많은 위성들은 로켓에서 나와 무리를 지어 이동한다고 한다. 무려 25년 동안이나.

한 친구가 손을 들고 물었다.

"위성들 모두 25년 뒤에 케이셉-1 행성계에 도착하는 거예요?"

"그건 아니야. 케이셉-1 행성계까지 가려면 1만 년은 넘게 걸릴걸. 자, 에오스 프로젝트의 목적은 위성들을 케이셉-1 행성계로 보내는 게 아니에요. 케이셉-1 행성계의 사진을 찍을 수 있는 곳으로 보내는 거예요."

우리가 혼란스러운 표정을 짓자 선생님이 덧붙였다.

"카메라를 생각해 볼까. 빛이 들어오면 렌즈가 빛을 모아 필름에 상을 맺게 해주지? 위성들은 필름 위치로 가서 필름이 되는 거야. 케이셉-1 행성계로부터 온 빛이 한데 모여 위성들에 포착되는 거지. 그러니까 위성 집단은 엄청나게 큰 카메라라고 보면 돼. 위성들이 도달할 필름 위치를 아인슈타인 고리라고 부른단다."

"그런데 거기다 빛을 모을 정도로 큰 렌즈가 있어요?"

아까 그 친구가 다시 손을 들고 물었다. 몇몇 친구들이 궁금하다는 듯이 고개를 끄덕였다.

선생님은 말없이 창밖을 가리켰다. 우리는 모두 바깥을 쳐다보았다. 태양이 눈부시게 빛나고 있었다.

"태양. 태양의 중력은 빛을 휘게 하지."

그때, 마음속에서 무언가가 반짝였다. 짧지만 아주 강렬한 반짝임이었다.

"그래서 위성들은 태양을 가운데에 두고 케이셉-1 행성 계와는 완전히 반대 방향으로 가야 해요. 렌즈를 사이에 두고 피사체와 필름이 완전히 반대 방향에 있는 것처럼 말이 죠. 그러니까 케이셉-1 행성계, 태양, 에오스 프로젝트의 위성들이 이 순서대로 일렬로 정렬되어야 하는 거예요."

정렬. 파소. 갑자기 므가 떠올랐다. 정렬이 흐트러질 거예요.

우리가 별 반응이 없자 선생님이 덧붙였다.

"사실 아인슈타인 고리까지 가는 것도 엄청 멀긴 해요. 지금 저 위성들은 1년에 지구에서 해왕성까지의 거리만큼을 갈 수 있어요. 그만큼을 25년 동안 가야 하는 거죠."

"그런데 케이셉-1 행성계에는 뭐가 있나요?"

이번에는 다른 친구가 손을 들고 물었다.

"그걸 알아보기 위해 위성들을 보내는 거죠. 케이셉-1 행성계에는 케이셉-1을 공전하는 9개의 행성이 있어요. 그중 하나에는 뭔가 있지 않을까? 작은 생명체라도?"

이곳은 마나 파소 중 하나예요. 또다시 므의 말이 떠올랐다.

나는 손을 들고 물었다.

"외계 생명체는 눈이 없을 수도 있나요?"

선생님은 내 이상한 질문에 당황한 목소리로 어색하게 웃었다.

"그럴 수도 있겠지? 눈이 없는 생명체는 지구에도 많죠. 식물도 그렇고, 미생물도 그렇고."

"인간만큼의 지적 생명체는요?"

"그건 잘 모르겠네. 하지만 환경이 지구와 다르다면 인간과 다른 방향으로 진화했을 수도 있으니 눈이 없을 수도 있지 않을까?"

그때였다. 영상 속의 사람들이 손뼉을 치기 시작했다. 우리는 모두 영상을 바라보았다. 영상 속 연구원들이 벅찬 표정으로 서 있었다. 나 또한 가슴이 두근거리기 시작했다. 박수 소리에 맞춰 두근거림이 점점 커졌다. 나는 내색하지 않고 조용히 영상을 지켜보았다.

그때 영상 속 구석진 곳에 앉아 있는 한 연구원의 모습이 내 눈에 들어왔다. 나이가 지긋해 보이는 연구원이었다. 그녀는 두 눈을 감고 손을 모으고 있었다. 그녀에게는 다른 사람들의 박수와 환호성이 들리지 않는 듯했다. 그녀는 마치 그녀만의 공간에 홀로 존재하는 것처럼 보였다.

그녀의 표정은 복합적이었다. 기도하는 것 같기도, 기뻐하는 것 같기도, 안도하는 것 같기도, 아쉬워하는 것 같기도 했다. 나는 그녀의 모습에 사로잡혀 눈을 뗄 수가 없었다. 순간 그녀의 얼굴에 어두운 표정이 언뜻 스쳐 지나갔다. 거의 절망에 가까운 표정이었다. 왜였는지는 모르겠다. 어쩌면 나만의 착각이었을 수도 있다. 하지만 나는 확신한다. 나는 분명히 보았다.

그리고 그녀의 모습을 보며 알았다.

나 또한 기꺼이 그녀의 운명을 따르리라는 것을 말이다.

25년이 지나 에오스 프로젝트의 위성들이 도착했을 때 나는 이미 불혹을 넘겼다. 나는 영상 속 연구원을 봤을 때의 직감을 따라 천체 물리학의 길로 들어섰다. 그동안 단 한 순간도 므에 대해 잊은 적은 없었지만, 기억은 시간이 지나면 바래는 모양이다. 어느새 므와의 대화는 내게 어릴 적의 추억으로 남았다.

그날은 추운 겨울날 밤이었다. 내가 박사 학위를 땄을 때 함께했던 연구실의 동료들이 그중 하나인 애덤의 집에 모여 작은 파티를 열었다. 미리 하는 크리스마스 파티 겸 내 교수 임용을 축하하는 자리였다. 그다음 주면 나는 한국으로 돌아가 새로 부임한 학교에서 두어 달 뒤 있을 새 학기를 준비할 터였다.

우리 모두 와인을 마시고 살짝 취해 있었다. 나는 기분이 좋았다. 새로운 시작에 대한 설렘이 취기와 섞여 혈관 속으로 계속해서 퍼져나갔다. 모국으로 돌아간다는 것, 명성이 있는 학교에서 교수 생활을 시작한다는 것. 그 모든 것이 만족스럽고 뿌듯했다. 무엇보다도 교수로 부임하면 마음껏 독자적인 연구를 할 수 있었다.

알코올 향기와 나른한 열기가 식탁을 달구자 애덤은 창문을 열었다. 창틀을 타고 들어온 차가운 공기가 코끝을 스쳤다. 창 너머로 저 멀리 우리의 지도 교수였던 코넬리우가 보였다. 그는 길 한편에 주차한 차에서 내리고 있었다. 차 문을 잠근 코넬리우는 우리를 향해 돌아서서 손을 흔들었다.

애덤이 문을 열어주기 위해 잠시 자리를 비우고, 코넬리우와 함께 돌아왔다.

"잠깐 인사만 하려고 들렀어요. 곧 가봐야 해요."

코넬리우는 함박웃음을 지으며 말했다. 그는 30분 정도 앉아 있다가 시계를 보더니 일어섰다. 모두 아쉬워했다. 그중에서도 가장 아쉬운 마음이 든 사람은 나였을 것이다.

코넬리우는 식탁을 떠나면서, 앉아 있던 내 어깨를 살짝 치며 속삭였다.

"다미, 잠깐 이야기 좀 할 수 있어요?"

나는 별생각 없이 따라나섰다. 그가 따로 작별 인사를 하 겠거니 했다.

코넬리우는 현관문을 열고 밖으로 나갔다. 외투를 챙기지 않은 나는 살짝 당황하다가 체념하고 그의 뒤를 따랐다. 작 별 인사라면 길게 걸리지는 않을 거라고 생각했다.

현관문을 닫자 코넬리우는 미소를 지으며 나를 바라보 았다.

"새 학교에서의 수업은 잘 준비하고 있나요?"

"네, 그럭저럭요."

"그래요, 다미는 잘할 거예요. 축하해요."

"감사합니다."

코넬리우는 천천히 고개를 끄덕였다. 무언가 고민하는 표 정이었다. 고개를 세 번 정도 끄덕인 후, 그가 다시 입을 열 었다.

"다미, 한국으로 돌아가기로 이미 결정했겠지만 그래도 물어봐야 할 것 같아요."

"네. 뭐죠?"

나는 어리둥절해서 대답했다.

"에오스 프로젝트 때문에 이 길을 선택했다고 했죠?"

분야뿐만 아니라 코넬리우를 지도 교수로 선택한 이유도

에오스 프로젝트 때문이었다. 코넬리우는 천체 물리학의 대가일 뿐만 아니라 25년 전 에오스 프로젝트의 핵심 연구원이었다. 에오스 프로젝트를 떠난 뒤에도 연구팀의 자문 요청이 들어올 정도였다.

"네?"

대답하는 목소리가 살짝 떨렸다. 제대로 여미지 않은 옷깃 사이로 겨울바람이 들어왔다. 코넬리우는 무언가를 입속으로 곱씹다가 결심한 표정으로 말했다.

"아직 발표되지 않은 뉴스이지만, 사실 몇 주 전에 에오스 프로젝트의 위성들로부터 신호를 받았어요. 케이셉-1 행성계의 이미지들이었죠. 몇 주 동안 연구원들이 이미지를 분석했어요."

"뭔가가 있었나요?"

질문이 저절로 튀어나왔다. 코넬리우는 고개를 저었다.

"두 개의 행성에서 희박한 대기가 관측되었지만, 그 외에 특별한 사항은 없었어요."

나는 두 눈을 동그랗게 뜬 채 잠시 서 있었다. 멍했다. 몇 초 후 내 마음이 찬찬히 실망에 물드는 게 느껴졌다. 그러니까, 그 먼 곳까지 위성들을 보냈는데, 아무것도 없었다는 말이지. 25년 동안, 그 긴 시간을 기대하면서 기다렸는데.

하지만 곧 이런 생각도 들었다. 단 한 번의 시도로 우주에서 지적 생명체를 발견하기를 바라는 것은 분에 넘치는 생각이 아닌가. 이상하게도, 나는 내심 안도했다. 므가 말했던 호아라는 것이 우주 어딘가에 남아 있다면 그것을 찾아내는 일은 내가 직접 하고 싶었다.

"내가 다미를 부른 건 에오스 프로젝트 때문이 아니에요."

코넬리우가 말했다. 그는 옅은 미소를 띠고 있었다.

"설마 에오스 프로젝트 이후로 우리가 25년 동안 아무것도 하지 않았을 거라고 생각한 건 아니죠?"

"그럼요?"

되묻는 내 목소리가 요동쳤다. 추위 때문인지, 코넬리우의 말 때문인지 분간되지 않았다.

"연구는 계속됐어요. 나 또한 가끔 연구의 진행 상황을 엿볼 기회를 얻을 수 있었죠. 연구는 주로 어떻게 하면 위성들을 우주로 빠르게, 멀리 보낼 수 있는지에 대한 것이었어요. 그 결과로 인류는 1년에 위성들을 100AU* 움직일 수 있게 하는 항성 돛을 갖추게 됐죠."

"100AU요? 25년 전 기술의 세 배 아닌가요?"

"맞아요. 25년 전에는 1년에 30AU 정도를 갈 수 있었으니

---

* 천문학에서 사용되는 길이의 단위. 지구에서 태양까지 이르는 거리다.

까요.”

"엄청나군요.”

내 말에 코넬리우스는 고개를 끄덕였다. 그는 잠시 뜸을 들이다가 말했다.

"그리고 우리는 이제 이 기술들로 새로운 프로젝트를 시작하려고 해요.”

그 말에 심장이 뛰는 소리가 갑자기 또렷이 들리기 시작했다. 나는 태연을 가장하며 물었다.

"그래요? 어떤 프로젝트죠?”

"일명 ‘까마귀 떼 프로젝트’. 우리는 500개의 위성을 아인슈타인 고리로 보낼 겁니다.”

"500개요?”

나도 모르게 큰 소리가 났다. 고요한 거리에 목소리가 울려 퍼졌다. 그도 그럴 것이, 에오스 프로젝트의 위성 수는 200개였다. 코넬리우스는 내 반응에 즐거운 표정을 지었다.

"놀라긴 일러요. 한 무리에 500개씩, 총 다섯 무리의 위성 떼를 만들 거니까요. 위성 떼들은 각각 다른 행성계를 관찰하기 위해 저마다 다른 아인슈타인 고리로 날아갈 거예요. 우리는 위성을 ‘까마귀’, 각 무리를 ‘까마귀 떼’라고 부르고 있어요.”

"관찰하려는 다섯 개의 행성계는 정해졌나요?”

"네 개의 까마귀 떼는 그렇죠. 하지만 마지막 까마귀 떼는 아니에요."

"그럼 마지막 까마귀 떼는 어디로 가는 거죠?"

"마지막 까마귀 떼는 목표 지점이 없어요."

"네?"

이해가 되지 않았다. 목표 지점이 없는데 위성들을 보낸다니.

"마지막 까마귀 떼는 자신이 무엇을 촬영하게 될지 모르는 채 출발해요. 자동 항법 장치를 갖추고 정처 없이 우주를 떠돌 예정이죠. 그러다가 자신이 아인슈타인 고리에 있다는 판단이 들면, 그때 이미지를 촬영해요."

"그럼 영원히 신호를 보내지 않을 수도 있잖아요?"

"그럴 수도 있죠."

코넬리우는 대답 후 빙긋 웃었다. 그는 잠시 정보를 받아들일 시간을 주었다가 본론을 말하기 시작했다.

"지금 까마귀 떼 프로젝트에서는 팀장급으로 참여할 연구원들을 찾고 있어요. 다미가 가장 먼저 생각났어요."

그의 갑작스러운 제안에 나는 말을 잃은 채 서 있었다.

"이런 제안을 하기에 적절한 때인지는 나도 모르겠군요. 하지만 물어보지 않는다면 후회할 것 같았어요. 나도 그렇고, 다미도 그렇고."

"감사합니다."

나는 꽁꽁 언 입술로 대답했다. 목소리와 함께 온몸이 떨리고 있었다.

"춥겠어요. 어서 들어가요."

코넬리우가 걱정스러운 표정으로 말했다.

"주말까지 생각해 봐도 될까요?"

"그렇게 해요."

우리는 가볍게 포옹하고 헤어졌다. 그는 몸을 돌려 차를 향해 저벅저벅 걸어갔다.

나는 사람들이 있는 곳으로 돌아가 아무렇지 않은 척 웃으며 떠들었다. 하지만 몸이 점점 녹을수록 머리는 복잡해졌다. 조금 전 대화에 술은 다 깨버렸다. 아마 다들 취하지 않았더라면 내가 달라진 것을 눈치챘을 것이다.

다음 날, 추위에 오래 떤 탓인지 열이 났다.

약을 먹자 계속 잠이 왔다. 가끔 잠에서 깨어나면 침대에 누운 채 코넬리우의 제안을 생각했다. 받아들여야 할지 고민하다 보면 머리가 지끈거리며 다시 열이 났고, 나는 잠에 빠져들었다. 옆에서 나를 돌봐주는 사람은 없었다.

이미 나는 마흔을 넘은 나이였다. 그동안 연구에 매진하느라 나는 혼자였다. 물론 여기에도 연구실 동료들이 있긴

했지만, 한국에는 어릴 때부터 알고 지낸 친구들과 가족이
있었다.

　모국으로 돌아가 명문대의 교수로 부임한다는 것은 근 몇
년 동안 내가 가장 이루고 싶어 하던 목표였다. 임용 발표가
나고 나서는 스스로뿐만 아니라 가족들, 친구들까지 나를
자랑스러워했다. 게다가 하고 싶은 연구를 마음껏 할 수 있
을 거라는 기대가 있었다.

　교수 취임 번복은 나를 뽑아준 대학에 대한 예의가 아니
라는 생각도 들었다. 그 대학에서는 나를 앞으로 좋은 시선
으로 보지는 못할 것이다. 그렇다면 다음 기회는 없을 수도
있다.

　까마귀 떼 프로젝트에 참여한다는 것은 나의 주변으로 모
인 이 모든 기대를 포기해야 한다는 것을 의미했다.

　많은 고민은 필요하지 않았다.

　나는 그렇게 했다.

　까마귀 떼 프로젝트에 대한 자세한 사항들은 연구팀에 합
류하고 나서야 알 수 있었다.

　확실히 코넬리우의 말처럼 위성 기술은 크게 진전되었다.
문제는 위성의 속도가 빨라진 만큼 목표 또한 원대해졌다는
것이다. 까마귀 떼 프로젝트의 위성들은 에오스 프로젝트와

는 비교도 안 되는 먼 곳으로 날아갔다. 가장 가까운 아인슈타인 고리로 향할 첫 번째 까마귀 떼는 그곳에 도달하기까지 40년이 필요했다. 두 번째 까마귀 떼부터는 100년 이상이 걸릴 것이다.

이는 내가 살아 있는 동안 첫 번째 까마귀 떼를 제외하고는 신호를 받아볼 수 없다는 것을 의미했다.

연구팀에 합류하고 5년 뒤, 까마귀 떼들은 차례차례 지구에서 출발했다. 이제 남은 일은 신호를 기다리는 것뿐이었다. 할 일이 줄어든 엔지니어와 연구원은 더 좋은 조건의 일자리를 찾아 하나둘 팀을 떠났다.

나는 적어도 첫 번째 까마귀 떼 신호는 받고 떠나고 싶었다. 가공되지 않은 데이터를 직접 눈으로 보고, 후회 없을 만큼 끝까지 분석해 보고 싶었다. 그래서 은퇴를 미루고 미루었다. 무려 지금까지 말이다. 누군가는 나를 염치없다고 보았을 것이다.

40년은 길었다. 하루하루를 보낼 때마다 살아온 날보다 살아갈 날들이 점점 적어지는 게 느껴졌다. 그 사실에 초연한 채, 그저 기다렸다.

긴 기다림이었다.

마침내 한 달 전, 첫 번째 까마귀 떼가 신호를 보내왔다.

아인슈타인 고리까지 도착했다는 신호였다. 몇십 개의 위성들이 고장 났지만 애초에 500개나 보냈기에 이미지를 촬영하는 데는 큰 문제가 없었다.

이미지 촬영에는 한 달의 노출 시간이 필요했다. 연구팀은 지난주에야 이미지를 받아볼 수 있었다. 이미지에는 행성 세 개가 포착되었다. 생각보다 선명해서 분석에 많은 시간이 필요하지는 않았다. 세부적으로는 아직도 진행 중이지만, 지금까지 나온 결과에는 아쉽게도 생명체의 징후가 발견되지 않은 것 같다.

두 번째 까마귀 떼의 결과가 무척이나 궁금하다. 하지만 두 번째 까마귀 떼의 신호는 내가 죽고 나서야 지구에 도착할 것이다.

시간은 흘러간다.

그것은 법칙이다. 내가 사는 세계의, 내가 존재하는 차원의 불변의 법칙인 것이다. 무슨 짓을 해도 나는 그 법칙을 거스를 수 없다. 세상에는 아무리 노력하더라도 절대 일어날 수 없는 일이 있다. 아, 그것이 내가 가장 간절히 원하는 일이라니.

까마득히 어릴 적, 교실에서 보았던 에오스 프로젝트의 영상이 떠오른다. 그 속에서 엿봤던 한 연구원도. 이제는 그녀에게서 어렴풋이 느꼈던 그 절망이 무엇인지 알 것 같다.

　나머지 까마귀 떼의 결과가 미친 듯이 궁금하다. 하지만 어쩌겠는가. 나는 이제 그 궁금증을 풀 수 없다는 사실을 받아들여야 한다. 그 사실을 받아들이는 것은 가슴 아프지만 어쩔 수 없다. 한 가지 다행인 것은, 나는 내 삶을 기꺼이 바쳤다는 것. 그렇기에 후회는 남지 않는다.

　그토록 긴 시간을 기다렸지만 나는 여전히 므에 대해 아무것도 모른다. 하지만 아직도 나는 므가 어딘가에 존재하고 있을 것이라 믿는다. 다미는 결국 모든 것을 알게 될 거예요. 그의 말 한마디가 뇌리에 박혀 있다. 그는 대체 내게 왜 그런 말을 했을까? 그 한마디가 나를 계속해서 기대하게 했다. 그 기대에 나는 평생 그를 기다렸다.

　왜 나만 그때 므의 목소리를 들을 수 있었을까? 만약 내가 그날 드라마를 보지 않아 밤 11시에 침대에 눕지 않았더라면, 그래서 내가 잠드는 시간이 단 0.1초라도 달라졌더라면, 그래서 므의 정렬이 조금이라도 흐트러졌더라면 나는 므와 만나는 때를 놓쳤을까? 만약 텔레비전의 불빛이 방 안을 채우지 않았더라면, 그래서 내가 존재하는 곳의 빛의 파동들이 조금이라도 달랐더라면 라르보는 통신에 실패했을까? 지금, 아니면 삶이 끝나기 전 언제라도 좋으니 단 한 번이라도 므와 예전처럼 대화할 수 있다면….

하지만 죽음이 눈앞에 성큼 다가온 지금, 나는 므와 이야기할 수 있는 새로운 가능성을 꿈꾼다. 므가 말했으니까. 내가 결국에는 모든 것을 알게 될 거라고 말이다. 그렇다. 죽음 뒤에 어떻게 될지는 내가 살아 있는 동안 알 수 없다. 어떤 일이 일어날지 모르기에 나는 새로운 가능성을 꿈꾼다.

나는 계속 기다릴 것이다.

긴, 남은 삶과는 비교할 수 없는 아주 긴 기다림의 시작이다.

이야기 둘

오늘의 바다는 쓸쓸하다.

바닷가에는 사람이 보이지 않는다. 어쩌면 당연한 이야기다. 이 근방에는 사람이 살지 않으니까. 나와 제이를 빼고는 말이다.

그래서 이곳에 전파 망원경이 세워진 걸까. 바다를 마주한 산 쪽에는 인간이 개미로 보일 만한 거대한 전파 망원경이 우뚝 솟아 있다. 그것도 세 개나. 그도 그럴 것이, 앞은 바다인 데다 아무도 없으니 방해될 전파가 없어서 망원경을 세우기에 딱 좋은 입지이기는 하다.

저 앞 모래 속에 무언가가 묻혀 있다. 어제 산책할 때만 해도 못 봤던 것이다. 나는 몇 발자국 걸어가 발로 모래를 파헤쳤다. 썩다 만 플라스틱이었다. 아직 형체를 간신히 알아볼 수 있다. 노란색 플라스틱이 둥그렇게 둘러 있고 형형색색의 기다란 관이 그 옆에 하나 꽂혀 있다. 나는 잠시 얼굴을 찌푸리고 생각하다가 깨달았다. 이건 스노클링 수경이다.

그러니까, 그때의 사람들은 이걸 쓰고 바다에 들어갔다는 거지.

몇 주 전에는 산책하다가 파도에 떠밀려 오는 녹슨 캔을 봤다. 그날 밤에는 자판기에서 캔 음료를 뽑아 마시는 꿈을 꿨다. 자판기를 실제로 본 적도 없으면서 말이다. 자판기에서 갓 꺼낸 그 음료는 손이 아리게 차가웠다.

나는 눈을 감고 코끝을 스치는 바닷바람을 느끼며 잠시 그들의 삶을 상상했다. 그들은 우리와 마찬가지로 웃고, 울고, 일하고 사랑을 했겠지. 하지만 우리와는 완전히 다른 삶을 살았을 것이다. 지금과 다른 스타일의 옷을 입고, 땅에 붙어 다니는 차를 탔겠지. 그리고 이런 수경을 쓰고 바다로 뛰어들어 오염 걱정 없이 자유롭게 헤엄쳤을 것이다.

제이의 메시지가 왔다. 기지로 와서 신호를 함께 보자는 내용이 담겨 있었다. 이런 적은 처음인데. 내가 본다고 달라질 게 있으려나. 신호가 신호지 뭐.

나는 산책을 계속할지 고민하다가 결국 기지를 향해 몸을 돌렸다.

어쨌든 상상은 여기까지다. 그들은 이미 죽은 지 오래고 나와는 상관없는 이야기다.

"이거 이상한데."

혼자 중얼거리며 커다란 모니터 앞에 앉아 있는 제이는 초조해 보였다.

나는 제이의 옆자리에 걸터앉았다. 회색 장비들이 가득한 기지의 감성을 좋아하지는 않지만, 이곳은 참 안락하다. 기지는 제이와 나, 그리고 소장. 이렇게 세 명이 사용하고 있다. 전파 망원경과 기지의 시스템은 모두 자동화되어 있어 관리하는 사람은 세 명으로 충분하다.

"이상한 신호가 잡혔어."

제이가 말했다.

"무슨 신호인데?"

제이는 대답 대신 모니터를 가리켰다. 나는 의자에 기대고 있던 몸을 일으켜 모니터를 들여다보았다. 화면에는 온갖 문자들이 나열되어 있었다. 자세히 보자 알파벳, 한자, 한글 등 여러 나라의 문자들과 이상한 기호 그리고 숫자들이 말도 안 되는 조합으로 모니터를 가득 채우고 있었다.

"인코딩 방식이 잘못된 것 같은데."

말하면서도 나는 고개를 갸웃거렸다. 이곳에 온 뒤로 본 적 없는 패턴이었다. 보통은 전파 망원경이 신호를 받는 순간 기지의 소프트웨어가 자동으로 1과 0의 숫자들을 우리가 읽을 수 있게 변환해 준다.

"다른 방식으로 디코딩해 봤어?"

내가 물었다.

"여기서 지원하는 건 다 해봤어."

제이는 당연하다는 듯 나를 쳐다봤다.

전파 망원경에서 신호를 받아 처리하는 소프트웨어는 일곱 개의 다른 디코딩 방식을 지원한다. 제이의 말을 믿지 못하는 건 아니지만 나는 제이 앞에서 일곱 개의 디코딩 방식을 모두 적용해 본다. 어떤 방식을 적용해도 여전히 알아볼 수 없다. 제이는 나를 못마땅하게 바라보다가 내가 결국 첫 디코딩 방식으로 돌아오자 한숨을 쉬며 말했다.

"다 해봤다니까."

"노이즈는 아니겠지?"

나는 그럴 가능성이 없다는 것을 알면서도 물었다. 노이즈는 이렇게 많은 양의 데이터가 한꺼번에 잡히지 않는다. 찌꺼기처럼 조금씩 어딘가에 끼어 있다. 제이는 두말하고 싶지 않다는 표정으로 고개를 저었다.

"내일 소장한테 보고하자."

내 말에 제이는 고개를 끄덕였다.

기지에 붙어 있는 숙소는 원래는 두 명이 한방을 써야 한다. 하지만 방은 총 다섯 개고 숙소를 쓰는 사람은 나와 제이뿐이었기에 우리는 그냥 방을 하나씩 차지했다. 소장은 에어카로 1시간 정도의 거리에 가족들과 함께 살고 있다.

씻고 침대에 누웠지만 신호에 대한 생각을 쉽사리 떨칠수 없었다. 우주로부터 해석할 수 없는 신호를 받은 적은 처음이었다. 스멀스멀 떠오른 생각이 바다에 끼는 안개처럼차차 짙어졌다. 그 신호는 우리가 쏘아 올린 위성에서 보낸신호가 맞긴 한 걸까? 만약 아니라면, 누가 보낸 거지?

생각이 건질 수 없을 정도로 떠내려갔다는 걸 인지한 나는 고개를 저었다. 그 신호는 인류가 사용해 온 신호 체계의범위 안에 있었다. 변환되지 않은 데이터는 분명 1과 0, 이진법으로 구성되어 있었다. 이진법은 인간이 전통적으로 사용해 온 통신 방법이다.

나는 1과 0, 무작위로 나열된 문자들 속에서 혼란스러워하다가 베개에 얼굴을 파묻었다. 이러다가는 영영 잠들지못할 것 같았다.

나는 다른 생각을 떠올리려고 노력했다. 눈을 감고 오늘하루를 돌이켜 보았다. 오전에는 출근해서 느긋하게 커피를 내려 마셨다. 점심을 먹고는 책상 앞에서 잠시 일을 했다. 그러다가 의자를 뒤로 젖히고 바람막이를 얼굴에 덮었다. 자고 일어난 뒤에도 졸음이 가시지 않아 커피를 한 잔 더 마셨다. 퇴근 전에는 바닷가에 나가 산책을 하면서 썩어가는 수경을 봤다. 그리고 제이의 확인해 달라는 신호를 봤다. 이런, 다시 신호에 대한 생각으로 돌아왔다.

다행히 평소 자던 시간이 조금 지나자 점점 졸리기 시작한다. 신호에 대해 신경을 많이 쓴 탓인지 이상한 전파 소리가 들린다. 종종 있는 일이다. 나는 미약한 전파 소리를 느끼며 잠에 빠져들었다.

가슴이 두근거려 깼다. 방은 깜깜했다. 커피를 평소보다 한 잔 더 마셨기 때문인지, 저녁에 받은 정체불명의 신호 때문인지는 모르겠지만 깊게 잠들 수 없었다. 계속 가슴이 두근거렸다. 시간을 확인하니 잠자리에 든 지 겨우 3시간밖에 지나지 않았다.

꿈을 꿨다. 꿈은 생생했다. 꿈에서 나는 오늘 바닷가에서 봤던 수경을 쓰고 사람들이 넘실거리는 바닷속에서 헤엄치고 있었다. 내 얼굴을 덮은 수경은 아까 본 모습 그대로 썩어 있었지만 나는 개의치 않았다. 나는 수영하다가 자꾸 사람들과 부딪혔다. 사람들은 별일 아니라는 듯이 껄껄 웃었다.

바다 전체가 왁자지껄했다. 즐거웠다. 바다에 들어가 본 적도, 그 사람들을 본 적도 없으면서 말이다.

눈을 감고 다시 잠들기를 기다리면서 오염되기 전의 바다를 상상했다. 차가운 물이 온몸을 감싸는 느낌, 자꾸만 나를 덮치는 파도들, 스치고 부닥치는 사람들의 살결. 꽤 기분이 좋았다. 나는 그 꿈을 이어서 꾸고 싶다고 생각했다.

그러다가 무언가를 깨달았다.

나는 침대에서 일어나 불을 켜고 잠옷 위에 카디건을 걸쳤다. 방문을 열고 오늘 제이와 함께 신호를 봤던 컴퓨터가 있는 분석실로 걸어가기 시작했다.

신호를 해석하는 소프트웨어는 일곱 개의 디코딩 방식만 지원하고 있었다. 그 일곱 개의 디코딩 방식은 근 500년 사이에 사용된 방식들이다. 하지만 인류가 프로그래밍하기 시작한 것은 거의 1,000년 전부터다. 그러니까, 소프트웨어가 지원하는 디코딩 방식이 전부가 아니라는 말이다.

다행히 제이의 컴퓨터는 아직 켜져 있었다. 나는 그대로 작업을 시작했다. 먼저 데이터베이스에서 인류가 사용했던 모든 디코딩 방식을 찾았다. 그리고 그 방식들을 하나씩 파악해 가며 직접 디코딩 알고리즘을 짜기 시작했다.

작업은 아침이 되어서야 끝이 났다. 다섯 번째 시도한 디코딩 방식으로 나는 신호를 해석하는 데 성공했다. 성공한 방식은 UTF-8. 무려 900년 전의 방식이었다. 출근한 제이는 내가 처참한 몰골로 자신의 컴퓨터에 앉아 있는 것을 보고 적지 않게 놀랐다. 화면을 가리키는 내 손끝을 따라 시선을 옮기고는 더 놀랐다.

화면에는 이미지 한 장이 떠 있었다. 조각조각 나뉘어진 픽셀을 뜯어낼 수 있을 정도로 화질이 낮은 이미지였다. 누런 원 모양의 형체가 흐릿하게 찍혀 있었다. 처음에는 누렇게 뜬 원 모양이었지만 이내 조금 더 선명해지자 오른쪽 아랫부분에서 더 밝고 채도가 높은 픽셀 하나가 눈에 띄었다. 그게 전부였다.

제이는 미심쩍은 듯이 눈썹을 찌푸리며 물었다.

"누가 보낸 거야?"

나는 모니터에 적힌 이름을 읽었다.

"다섯 번째 까마귀 떼."

이틀 후, 소장은 나와 제이를 자신의 사무실로 불렀다.

소장은 책상에서 커피를 홀짝이다 우리가 들어오자 느긋하게 자리에서 일어났다. 그는 우리를 책상 앞 소파로 안내하고는 직접 내린 커피를 따라주었다. 새로 뜬 비스킷이 우리 앞에 놓였다. 커피와 비스킷, 사무실의 먼지, 창을 통해 내리쬐는 햇살의 향이 뒤섞여 달콤하고도 잔잔한 냄새가 났다. 아무도 비스킷에 손을 뻗지 않았다. 제이가 커피를 한 모금 넘기는 소리가 들렸다. 소장은 다시 뒤돌아서 책상에 놓인 종이 하나를 집어 들었다. 그의 손에 들린 것은 우리가 며칠 전 수신한 사진이었다. 이틀 전 우리는 소장에게 신호와 이미지에 대해 보고했다. 마침 그 이후로 어떻게 된 건지 궁금하던 참이었다.

"그래요. 며칠 전, 기지 망원경에 신호가 잡혔죠. 여러분이 이미지로 받았고요."

소장이 사진을 든 채 맞은편 소파에 앉으며 말했다.

나와 제이는 고개를 끄덕였다.

"일단 다섯 번째 까마귀 떼가 뭔지 궁금할 거예요."

"맞아요. 그게 대체 뭐죠?"

제이가 물었다.

"다섯 번째 까마귀 떼는 826년 전 인류가 쏘아 올린 위성 무리예요."

"826년 전이요?"

제이가 놀라 되물었다. 소장은 그런 반응을 예상했다는 듯 천천히 고개를 끄덕였다.

"그 위성 무리는 왜 쏘아 올려진 겁니까? 지금 어디에 있죠?"

이번에는 내가 물었다.

"그건 신호를 분석해 봐야 알 수 있어요. 그 시절 기술로는 위성이 1년에 100AU 정도 갈 수 있었을 테니 826년이면 음, 지구로부터 1.3광년 정도 떨어진 곳에 있겠군요. 826년 동안 개미처럼 우주를 열심히 기어갔겠어요."

"100AU요? 엄청 느린데요."

나는 제이의 말에 공감했다.

"여러분이 받은 신호는 SEPI(Search for Extra-Physical Intelligence)에 보고 됐어요."

"외물리 지적 생명체 연구소요? 국제 연구소잖아요?"

"왜 보고가 거기로 들어갔죠? 인류가 쏘아 올린 위성이라면서요?"

나와 제이가 순서 없이 질문을 퍼부었다. 소장은 우리에게 진정하라는 손짓을 취하며 말했다.

"다섯 번째 까마귀 떼가 지구로 신호를 보내는 조건 때문이에요. 그때는 '외물리' 대신 '외계'라는 말을 썼죠. 다섯 번째 까마귀 떼는 우주를 떠돌아다니면서 태양 중력 렌즈를 이용해 행성계의 이미지를 찍도록 설계되었어요. 그리고 그 이미지에서 '외계' 생명체와의 관련성이 보이면 지구로 신호를 보내게 되어 있어요."

"그럼 그 이미지에 생명체의 징후가 담겨 있다는 겁니까?"

나는 소장이 들고 있는 이미지를 가리키며 물었다. 이미지에는 커다란 픽셀이 몇 조각 보이는 게 다였다. 나는 고개를 갸웃했다.

"그건 모르죠. 사실 개인적으로는 826년 전의 기술을 신뢰하기 어렵네요. 이 유독 밝은 노란 픽셀 하나는 기기 오류일 수도 있고요."

소장이 이미지를 가리키며 말했다. 나도 그 말에 동의했다.

"다음 주에 SEPI에서 연구원이 한 명 파견될 거예요. 이곳에 머물면서 이미지의 신뢰성을 검증할 겁니다. 두 분은 당분간 SEPI에서 온 연구원과 이 신호에 대해 파악해 주세요. 만약 이것이 신뢰할 만하다고 검증되면 여러분은 이 이미지를 두 분의 이름으로 대중에 발표할 권리를 갖게 됩니다."

소장의 말에 가슴이 두근거렸다. 어쩌면 나와 제이는 외물리 지적 생명체의 첫 발견자로 역사에 영원히 이름이 남을지도 모른다.

"그런데 누가 오기로 했나요?"

제이가 물었다.

"강윤경 박사가 올 겁니다."

"강윤경 박사요? SEPI의 수장이잖아요?"

나도 모르게 되묻는 목소리가 커졌다. 그녀의 등장은 내예상 밖이었다.

"자원했다고 하더군요."

소장의 대답에 나는 바로 납득했다.

SEPI 연구소의 강윤경 소장은 연구에 미쳐 있기로 유명한 사람이었다. 그녀는 국제 연구소인 SEPI를 이끌면서도 다양한 기관에 겸직하여 참여했다. 아마 눈코 뜰 새 없이 바쁠 터였다. 내가 대학교에 다니고 있었을 때에도 그녀는 겸임 교수로 우리 학교에 초빙되어 강의를 했었다. 캠퍼스 내에서 그녀와 스친 적이 몇 번 있었다. 언제나 위풍당당한 걸음으로 바쁘게 걸어가던 그녀의 까만 단발머리는 그녀가 발을 내딛을 때마다 좌우로 획획 움직였다.

분석실로 돌아온 나는 제이에게 주말 동안 푹 쉬어두라고 말했다. 강윤경 박사가 온다면 앞으로 꽤 바빠질 터였다.

커다란 가방을 메고 분석실에 등장한 강윤경 박사는 머리가 하얗게 세어 있었다. 그녀는 내 기억보다 훨씬 더 왜소해 보였다. 강윤경 박사는 내가 그녀의 수업을 들은 적이 있다고 하자 미소를 지으며 굉장히 반가워했다.

우리는 그녀에게 전파 망원경과 분석실의 시스템을 설명하고 전파 망원경에서 받은 신호를 이미지로 변환하는 과정을 보여주었다. 이미 보고를 통해 알고 있을 터이지만 그녀는 화면에 뜬 이미지를 처음 보는 것처럼 유심히 살폈다.

"그런데 이건 뭐죠?"

그녀가 이미지의 오른쪽 아래를 가리키며 말했다. 역시 밝은 노란색 픽셀 하나가 그녀의 눈에도 띈 모양이다. 내가 대답했다.

"모릅니다."

"위성이나 안테나에서 이상이 생긴 건 아니고요?"

"그것도 잘 모르겠네요."

이번에는 제이가 멋쩍은 웃음을 지으며 대답했다.

"우리가 밝혀내야 할 것 중 하나겠군요."

강윤경 박사가 싱긋 웃으며 말했다.

"SEPI 데이터베이스에서 까마귀 떼 프로젝트에 관련된 자료를 전부 찾아 가져왔어요."

강윤경 박사는 들고 온 커다란 가방을 책상 위에 올리더니 저장 장치 하나를 꺼내 제이에게 주었다. 제이는 저장 장치를 컴퓨터에 바로 연결했다. 저장 장치를 열어 확인하니 어마어마한 양의 문서가 들어 있었다. 앞으로 우리가 봐야 할 문서들이었다.

"맞다. 그리고 이건 SEPI의 보존 창고에서 찾았어요."

강윤경 박사는 가방 속에서 커다란 비닐 주머니 하나를 꺼냈다. 그 안에는 손가락만 한 플라스틱 기기가 가득했다.

"이게 뭐죠?"

내가 물었다.

"USB 메모리예요. 옛날에 사용된 저장 장치죠."

"어떻게 열어야 하죠?"

제이의 질문에 강윤경 박사는 잠시 고민하다 대답했다.

"이걸 읽을 수 있는 장치를 만들어야 할 것 같아요. SEPI의 매니저에게 말해놓을게요."

나와 제이는 고개를 끄덕였다. 확실히 강윤경 박사가 합류하니 일이 착착 진행되는 느낌이 들었다.

우리는 강윤경 박사가 가지고 온 문서로 까마귀 떼 프로젝트를 파악하는 것부터 시작하기로 했다. 826년 전 프로젝트를 들여다본다니. 시간 여행을 앞둔 것처럼 가슴이 두근거렸다.

강윤경 박사는 기지 숙소의 빈 방 하나를 사용하기로 했다. 그녀의 방은 내 옆방이었다. 문 앞에서 헤어지며 그녀는 들뜬 목소리로 말했다.

"앞으로 잘 부탁해요. 기대되네요."

강윤경 박사가 손을 내밀었다. 얼떨결에 손을 잡자 그녀는 내 손을 쥐고 크게 흔들었다. 그녀의 몸이 달싹였다. 그녀는 내 뒤에 서 있던 제이에게도 악수를 청했다.

"그럼 모두 좋은 밤 보내길 바라요."

그녀는 그렇게 말하고 방으로 들어갔다. 닫히는 문에서 쾅 소리가 났다. 돌아서다가 제이와 눈이 마주쳤다. 제이는 말없이 고개를 까딱했다.

　방 안으로 들어오자 벽을 너머 소란스럽게 가방을 여는 소리가 들렸다. 창문 밖으로 그녀가 타고 온 에어카가 보였다. 지구 반 바퀴를 넘어 이동할 수 있는 장거리 주행 모델이었다.

　고작 한 명이 늘었을 뿐인데 기지가 꽤 복작거리는 듯한 느낌이 들었다.

　며칠 동안 문서를 읽으면서 우리는 몇 가지 사실을 알아냈다. 나는 지구를 떠난 까마귀 떼가 다섯 무리나 되고 그중 네 무리의 까마귀 떼가 목표를 달성했다는 것에 적지 않게 놀랐다. 826년 전의 기술에 대해 상상해 본 적은 없지만, 무의식적으로 지금과 비교해 굉장히 낙후되었을 거라고 여겼던 것 같다.

　놀란 사람은 나뿐만이 아니었다.

　"이거 참 놀라운데요. 네 무리의 까마귀 떼 모두 목표로 했던 아인슈타인 고리까지 무사히 갔다는 게요."

　잠시 쉬는 도중 제이가 말했다.

　"위성 몇십 개 정도는 떨어져 나갔을 거예요. 하지만 한 무리에 위성들을 500개나 보냈으니, 애초에 양으로 승부를 본 거죠."

강윤경 박사가 커피를 한 모금 마시며 대답했다.

"그런데 임무를 마친 까마귀들은 어떻게 됐을까요?"

"아마 자유의 몸이 되어 우주를 떠돌고 있겠죠."

"우주 쓰레기가 되어버렸군요."

내가 말했다. 쓸모없어진 위성들은 버려진 채 우주를 떠돌 것이다. 다르게 생각하자면 인류의 흔적이 우주 저 멀리에도 남겨진 것이니 잘된 일일지도 모른다.

"프로젝트가 종료된 건 비교적 최근이에요. 400년 전이죠. 네 번째 까마귀 떼로부터 결과를 받고 몇 년 후에 정부의 지원금이 끊겼어요. 까마귀 떼들로부터 받은 이미지 중에 생명체의 흔적이 없었다는 게 참 아쉬웠겠어요. 그들도 오랜 시간을 기다렸을 텐데."

강윤경 박사가 한 문서를 들여다보며 말했다.

나는 강윤경 박사의 말에 426년이라는 시간을 가늠해 보았다. 잘 상상이 되지 않았다. 426년은 한 사람이 기다리기에는 너무 긴 시간이었다. 아마 수많은 사람이 자신의 삶을 조금씩 할애하여 신호를 기다렸을 것이다. 그 시간이 모여 426년이 되려면 얼마나 많은 사람이 필요한 걸까?

"다섯 번째 까마귀 떼가 신호를 보내지 않았는데도 프로젝트가 종료됐다고요? 다섯 번째 까마귀 떼를 포기한 걸까요?"

제이가 물었다.

"그보다는 언제 신호를 받을 수 있을지 기약이 없었기 때문인 것 같아요. 언제 결과가 나올지 알 수 없는 연구팀을 무한히 지원할 수는 없으니까요."

"그런데 400년이 지난 여기에서 우리가 그 신호를 받게 된 거군요. 솔직히 말하면 그런 구식 위성들이 아직도 우주를 떠돌아다니며 정상적으로 신호를 보낸다는 게 믿기지 않아요."

제이가 말했다. 우리 모두 동의의 의미로 고개를 끄덕였다.

그 후 며칠 동안 우리는 까마귀 떼가 보낸 신호를 재차 자세히 살펴보았다. 신호에는 이미지 말고도 알 수 없는 숫자들이 몇 개 있었는데, 제이는 다섯 번째 까마귀 떼의 프로토콜 문서를 통해 이 숫자들이 까마귀 떼의 위치를 나타낸다는 것을 알아냈다.

까마귀 떼는 지구로부터 엄청나게 먼 곳에 있었다. 빛의 속도로도 6개월이나 걸리는 곳이었다. 이는 우리가 받은 신호가 6개월 전에 보내진 신호라는 것을 의미했다. 문제는 우리가 까마귀 떼에게 무언가를 질문하려면 그 질문이 도달하기까지 6개월이 걸린다는 점이었다. 답장을 받기까지는 1년이 걸릴 터였다.

우리는 프로토콜 문서를 보고 테스트 삼아 까마귀 떼에게 몇 가지 질문을 보내봤다. 현재는 어디에 있는지, 왜 이미지를 보내온 것인지. 당연히 당장의 답은 없었다.

너무 멀리 있는 대화 상대에 우리는 살짝 기운이 빠졌다. 하지만 연구 속도를 줄일 수는 없었다. 아직도 봐야 할 문서가 산더미였다.

다음 날, 강윤경 박사는 택배 하나를 가지고 분석실로 들어왔다. 상자에는 국제 특송 기표지가 붙어 있었다.

"USB 메모리를 읽을 수 있는 장치를 받았어요."

강윤경 박사가 들뜬 표정으로 상자를 뜯으며 말했다.

우리는 SEPI로부터 온 장치를 컴퓨터에 연결해 보았다. 강윤경 박사는 비닐 주머니에서 USB 메모리를 하나 꺼내 조심스럽게 장치에 밀어 넣었다. 우리 셋 모두 숨 쉬는 것도 잊을 정도로 조용히 기다렸지만 아무 반응이 없었다. 강윤경 박사는 고개를 갸웃거리며 장치에서 USB 메모리를 꺼냈다. 그녀는 꺼낸 USB 메모리를 조심스럽게 살피더니 비닐 주머니에서 다른 USB 메모리를 꺼냈다. 장치에 밀어 넣자 컴퓨터 화면에 경고 창이 떴다.

'데이터가 파괴되었습니다.'

우리는 다른 USB 메모리도 꽂아봤지만, 반응은 별반 다르지 않았다. 응답이 없거나 데이터가 파괴되었거나. 어떤 메모리는 장치에 맞물려야 하는 쇠 부분이 녹슬어서 꽂을 수조차 없었다.

강윤경 박사의 어깨가 서서히 가라앉았다. 그녀의 미간이 살짝 찌푸려졌다. 그녀는 로봇처럼 삐걱거리며 USB 메모리를 하나하나 꽂아보기 시작했다. 나와 제이는 흥미를 잃고 몸을 돌렸다.

30분 정도 지난 후, 그녀에게서 작은 탄성이 들렸다.

"아!"

"뭔가 읽혔나요?"

제이가 그녀를 향해 몸을 돌리며 물었다.

"네. 읽혔어요. 장치가 잘못된 건 아닌지 걱정했는데 다행이에요."

강윤경 박사가 안도의 미소를 지으며 말했다.

나와 제이는 강윤경 박사의 등 뒤에 다가가 섰다. 강윤경 박사는 장치에 연결된 화면에서 USB 메모리를 열어 보았다. 메모리 안에는 폴더들이 몇십 개 정도 있었다. 폴더 제목은 사람의 이름이었다. 강윤경 박사가 그중 하나를 클릭했다. 한 폴더 안에는 이미지 수백 장이 들어 있었다.

"이게 뭐죠?"

내가 화면에 얼굴을 들이밀며 물었다. 강윤경 박사는 이미지를 하나 클릭해 확대했다. 이미지에는 손으로 쓴 것처럼 보이는 숫자들과 계산식이 보였다.

"까마귀 떼 프로젝트에 참여한 연구원들의 노트처럼 보이네요."

강윤경 박사가 눈을 가늘게 떴다. 그녀는 이미지를 몇 장 넘겨보았다. 나는 잠시 그녀의 뒤에서 차례차례 전환되는 이미지들을 지켜보았다. 대부분 손 글씨로 적힌 숫자나 계산식이었다. 어떤 이미지에는 짧은 메모가 적혀 있기도 했다.

나는 조용히 몸을 돌려 내 자리로 걸어가 앉았다. 지금 저 이미지들은 보는 일은 의미가 없어 보였다. 결론이 잘 정리된 문서들이 이미 존재하는데 굳이 밀도 낮은 중간 과정을 볼 필요가 있을까?

강윤경 박사는 잠시 이미지를 훑어보다가 USB 메모리를 장치에서 뺐다. 그녀는 그 메모리를 책상 한쪽에 두고는 이어서 나머지 메모리도 꽂아보기 시작했다. 2시간 정도 지나자 강윤경 박사는 몇백 개의 USB 메모리 중 작동하는 것들을 50개 정도로 추려놓았다.

"이것들 전부 연구 노트인가요?"

작동하지 않는 USB 메모리들을 비닐 주머니에 도로 쓸어 담는 강윤경 박사를 보며 물었다.

"그건 아니에요. 위성에서 받았던 가공되지 않은 데이터들도 있고, 그때 사용했던 소프트웨어 설치 파일도 있고."

"그렇군요."

"시간 되면 한번 보세요. 제이 씨도요."

나도, 옆에 있던 제이도 알겠다고 대답했지만 우리는 그 말을 행동으로 옮기지는 않았다.

밤이 되어 나와 제이가 숙소로 돌아갈 때, 강윤경 박사는 먼저 가라고 말했다. 그녀는 홀로 분석실에 남아 USB 메모리에 담긴 이미지들을 계속해서 읽어나갔다.

방에 돌아온 나는 씻고 침대에 누우며 오랜만에 연구가 재미있다고 생각했다.

강윤경 박사와 함께 고작 2주 정도 지났을 뿐이지만 연구는 꽤 많이 진척되었다. 강윤경 박사는 밀도 높고 빠르게 우리의 연구를 이끌었다. 역시 경력 많은 연구자는 달랐다.

그녀의 수업을 듣던 학부생 시절에는 그녀와 함께 연구하게 되리라고는 생각도 못 했다. 강윤경 박사는 그때도 SEPI의 연구원이었다. 본업 때문에 일주일에 하루만 수강할 수 있었던 그녀의 수업은 알차고 흥미로워 인기가 높았다.

그녀의 강좌명은 '외물리 지적 생명체의 기초'였다. 첫 수업에서 그녀는 우주에 존재할 수 있는 지적 생명체에게 어떤 형태로 접근할 수 있는지 가르쳤다. 여기서 그녀가 말하는 '우주'란, 관측이 가능하고 시공간으로 표현되는 물리적인 우주와 그렇지 않은 비물리적인 우주를 모두 포함한 것이었다. 그녀가 했던 말들은 그 당시 내게는 새로운 것들이어서 아직도 기억에 남는다.

"뉴턴은 사과가 떨어진 것을 보고 중력을 발견했다고 하죠. 사람들이 중력을 인정할 수 있었던 이유는 그 누구라도 사과를 위로 던지면 그 사과가 아래로 떨어지는 것을 볼 수 있었기 때문입니다. 이러한 시각적 지각은 누구나 동의할 수 있는 감각의 인지죠."

나는 강의실에 앉아 당연한 사실에 무심히 고개를 끄덕였다.

"하지만 이건 어떨까요. 누군가 귀신을 봤다고 합니다. 누군가는 신적 존재의 목소리가 들린다고 하고요. 이러한 감각의 인지는 누군가에게는 분명한 사실이겠지만 모든 사람이 동의할 수는 없죠. 이런 종류의 지각들을 비일상적 실재라고 부릅니다. 사실 우리는 비일상적 실재를 빈번하게 경험하고 있습니다. 바로 꿈이죠."

그녀는 잠시 숨을 고른 뒤, 계속 설명했다.

"우주에 존재할 수 있는 인간 외의 지적 생명체가 관측 가능한지 아닌지 우리는 모릅니다. 그러한 새로운 존재들을 알아내고 이해하기 위해서는 우리가 지닌 모든 방법을 총동원해야 하죠. 여러분은 물리 법칙을 활용하는 것은 익숙하지만 비일상적 실재를 인지하고 활용하는 것에 대해서는 그렇지 않을 거예요. 이번 학기에 여러분은 비일상적 실재의 하나인 꿈을 심도 있게 탐구하게 될 겁니다."

강윤경 박사는 잠들기 전 명상을 하고 꿈에 대해 기록해 오라는 과제를 냈다. 모두가 과제를 잘 해내지는 못했다. 침대에 눕자마자 잠들어 버리는 학생이 있는가 하면 꿈을 기억하지 못하는 학생도 있었다. 반면 어떤 학생은 생생한 꿈을 꾸고 그것을 아주 세세하게 기록해 왔다. 강윤경 박사는 우리에게 부담을 가지지 말라고 말했다. 그녀는 신체 능력이 모두 다르게 태어나듯, 비일상적 실재를 인지하는 민감성 또한 각자 다를 수 있다고 말했다.

나의 경우, 아무리 노력해도 큰 진전이 없었다. 간혹 꿈을 꾸긴 했지만 일어나면 단편적으로밖에 기억나지 않아 내용을 끝까지 적지 못했다. 하지만 성실한 학생이었던 나는 매일 자기 전 명상을 하라는 과제는 하루도 빼먹지 않고 수행했다. 강윤경 박사는 명상을 통해 내부 감각에 더 집중할 수 있고 민감성을 키울 수 있다고 했다.

학기가 끝날 때쯤, 이상한 경험을 하기 시작했다. 잠들 때 정체불명의 소리가 들리기 시작한 것이다. 그 소리는 짧게 몰아치는 바람 같기도 했고, 뚝뚝 끊기는 전파 같기도 했다. 잠결에 언뜻 듣는 소리여서 정확한 정체를 밝혀내지는 못했다.

시간이 지나도 이 경험은 계속됐다. 그 소리가 들리는 날이면 한 번도 꾸지 않았던 꿈을 꾸기 시작했다. 꿈에서 나는 책이나 영상 속에서 보았던 과거 사람들의 생활 속으로 아무렇지 않게 섞여 들어갔다. 그리고 그들과 함께 웃고 떠들며 지냈다. 꿈은 생생했다.

나는 강윤경 박사에게 면담을 요청하고 싶었지만, 곧 포기했다. 학기는 끝나버렸을뿐더러 그녀는 매우 바쁠 것 같았다. 아마 나에게 내어줄 시간 따위는 없었을 것이다. 나 또한 새 학기가 시작되자 새로운 수업들과 공부에 치여 '그런 것'들에 신경 쓸 여력이 없었다.

연구소에서 다시 만난 강윤경 박사는 나를 기억하지 못했지만, 그녀를 다시 보게 된 나는 내심 반가웠다. 그녀는 학생들에게 존경받는 교수였다. 숨 쉴 틈 없이 돌아가는 그녀의 연구 세계 속에 내가 있다. 그 뿌듯함에 감싸인 채로 나는 잠이 들었다.

다음 날, 분석실로 향하던 중 강윤경 박사와 마주쳤다. 그녀는 숙소 복도 가운데에 서서 통화하고 있었다. 그녀는 인상을 쓰고 평소보다 높은 목소리로 쏘아붙이고 있었다. 분위기가 심상치 않아 보여 나는 분석실로 먼저 들어갔다.

잠시 후, 강윤경 박사는 분석실로 들어왔다. 문이 닫히는 소리에 나와 제이가 쳐다보자 그녀는 머리를 쓸어 올리며 말했다.

"미안해요. 오늘은 SEPI의 업무를 좀 해야 할 것 같아요. 여기 올 때 나 없이도 돌아가도록 처리해 놓고 왔는데 그쪽에서는 그렇지 않나 봐요."

나와 제이는 별말 없이 고개를 끄덕였다. 하루 정도 강윤경 박사가 함께 연구하지 않는다고 문제 될 것은 없었다. 어차피 문서를 읽고 파악하는 것이 연구의 대부분이었으니까. 새롭게 알게 된 내용을 그녀와 함께 토의하지 못하는 것은 아쉽긴 했지만 말이다.

조용한 하루였다. 강윤경 박사는 온종일 SEPI의 일을 해결하느라 바빴고, 제이와 나는 쉬엄쉬엄 읽다 만 까마귀 떼 프로젝트의 문서들을 마저 읽었다. 집중이 잘 되지 않아 시간이 느리게 흘렀다.

오후 6시가 되자 나는 먼저 자리에서 일어났다. 제이도 오늘 한 일을 마무리하고 있었다. 강윤경 박사는 다른 회의실에서 SEPI의 연구원들과 화상회의를 하고 있었다. 그녀와 거의 대화를 하지 못한 하루였다. 나는 제이와 함께 숙소에 가기 위해 그의 정리가 끝나기를 기다렸다.

그때였다.

"어?"

내 입에서 나도 모르게 목소리가 새어 나왔다. 분석실의 한쪽 벽면에 붙어 있는 작은 화면에서 알림 표시가 깜빡거리고 있었다. 곧 삐 소리가 짧은 간격으로 나기 시작했다. 전파 망원경의 안테나들이 신호를 수신하고 있다는 뜻이었다.

제이도 내 목소리에 화면을 쳐다보았다. 제이는 곧바로 통합 시스템 소프트웨어를 켰다. 제이의 컴퓨터 화면에 데이터가 들어왔다. 지난번 UTF-8 디코딩 코드를 소프트웨어에 등록해 놓은 덕에 데이터가 실시간으로 해석되고 있었다. 데이터는 다섯 번째 까마귀로부터 수신되고 있었다.

다섯 번째 까마귀 떼는 자신의 위치를 보내왔다. 우리는 예전에 받은 신호에서 찾아낸 까마귀 떼의 위치와 방금 받은 데이터에 있는 까마귀 떼의 위치를 비교해 보았다. 놀랍게도 까마귀 떼는 그동안 움직이지 않고 같은 위치에 머무르고 있었다.

"왜 움직이지 않은 거지?"

제이가 두 숫자를 번갈아 보면서 물었다. 나는 대답 대신 생각에 빠졌다. 까마귀 떼는 3주 동안 꼼짝도 하지 않았다. 그리고 자신의 위치를 한 번 더 지구로 보내왔다. 까마귀 떼의 신호는 우리가 테스트 삼아 보냈던 질문에 대한 답이 아니었다. 우리의 질문은 아직 도달하지 않았을 테니까. 그때,

며칠 전 보았던 문서가 내 머리를 스치고 지나갔다.

"잠깐만. 알 것 같아."

나는 내 컴퓨터를 다시 켜서 까마귀 떼에 탑재된 자동 항법 장치에 대한 문서를 찾았다. 제이는 내 곁에 다가와 서서 지켜보았다. 마음이 급했다. 나는 문서를 화면에 띄우고 몇십 페이지를 휙휙 넘기며 빠르게 기억 속에 있는 문단을 찾았다.

"여기 봐봐."

제이는 문단을 읽었다.

"다섯 번째 까마귀 떼는 자신이 아인슈타인 고리에 있다는 판단이 들면 해당 아인슈타인 고리에서 저화질 이미지를 촬영할 것이다. 그리고 그 이미지에서 생명체의 징후가 조금이라도 있다고 여겨지는 경우, 그곳에 머물며 긴 노출 시간으로 고화질 이미지를 촬영할 것이다."

나와 제이는 마주 보았다. 우리가 방금 받은 신호는 다섯 번째 까마귀 떼와 전파 망원경 시스템의 신뢰성을 검증하는 것과 다름없었다. 강윤경 박사가 오기 전 받은 신호는 실수로 받은 신호가 아니었으며, 의미 없는 신호는 더더욱 아니었다. 그 신호는 까마귀 떼가 아인슈타인 고리에서 포착한 어떠한 행성의 저화질 이미지였고, 그걸 찍은 후로 까마귀 떼는 그 자리에 멈추어 고화질 이미지를 촬영하고 있는 것이다. 그렇지 않았다면 다섯 번째 까마귀 떼가 다시 신호를 보내올 이유도, 같은 자리에 머무를 이유도 없었다.

그때, 강윤경 박사가 들어왔다. 우리는 한껏 들떠 방금 받은 신호에 대해 그녀에게 알려주었다. 강윤경 박사는 우리의 이야기를 다 듣고 나서 우리와 같은 견해를 밝혔다.

"축하해요. 신뢰성은 어느 정도 확보된 셈이군요. 소장님과 SEPI에게 보고하고 다음 단계로 넘어가면 되겠어요."

제이는 기쁜 표정으로 축배를 올리자고 제안했다. 하지만 강윤경 박사는 이를 정중히 거절했다.

"저는 SEPI 일이 좀 남아서요. 두 분이서 드세요."

그녀는 피곤한 표정으로 애써 미소를 지어 보였다. 어쩔 수 없이 나와 제이는 그녀를 분석실에 두고 나왔다. 문이 닫히기 전, 문틈 사이로 그녀의 얼굴을 보았다. 지친 기색이 역력했다. 혼자서 화면에 떠 있는 데이터를 다시금 들여다보는 그녀의 표정은 복잡해 보였다.

다음 날, 우리는 소장에게 어제 받은 신호에 대해 보고하려고 했지만, 소장은 오전 내내 강윤경 박사와 이야기를 나누었다. 우리는 두 사람이 연구의 다음 단계를 어떻게 진행하면 좋을지 논의하는 것이라 예상하고 느긋하게 오전 시간을 보냈다.

오후가 되자 소장은 나와 제이에게 사무실로 와달라고 했다. 사무실에 들어가 보니 강윤경 박사는 소파에 앉아 있었다. 자리에 앉자 소장이 말했다.

"강윤경 박사와 SEPI는 신호의 진위가 충분히 검증되었다고 확인했습니다. 축하해요. 이제 두 사람의 이름으로 이 이미지를 발표할 수 있어요."

나와 제이는 기쁜 마음으로 서로를 바라보았다.

"그럼 언제쯤, 어떤 경로로 발표하게 되나요?"

제이가 물었다.

"시기와 매체는 SEPI에서 정해줄 겁니다."

소장의 말에 강윤경 박사가 천천히 고개를 끄덕였다. 그녀의 표정은 왜인지 딱딱했다.

"앞으로 연구는 어떻게 진행되죠?"

나는 무심결에 물었다. 우리의 이름으로 이 이미지를 발표하게 된 만큼, 계속해서 연구에 참여할 수 있을 것이라는 생각이었다. 내 질문에 소장은 멋쩍은 미소를 지었다. 그 미소에 나는 갑작스러운 불안함을 느꼈다.

"아쉽겠지만 이제 관련 연구는 SEPI로 전부 넘어가게 됐어요. 강윤경 박사님은 내일 아침 SEPI로 복귀하십니다. 두 분은 원래의 업무를 계속하세요."

빼앗기는 것처럼 중지된 연구에 나는 어안이 벙벙했다.

제이를 보니 그 또한 한 대 얻어맞은 표정을 짓고 있었다. 나는 강윤경 박사를 보았지만, 그녀는 눈빛을 피했다.

언젠가 강윤경 박사가 SEPI로 돌아가고 이 연구에 다른 사람들이 붙으리라는 건 예상하고 있었다. 하지만 이런 방식은 아니었다.

"갑자기요?"

내가 반문했다. 소장은 난처한 표정을 지으며 대답했다.

"그렇게 됐어요. 상부에서도 확인하고 결정한 사실이에요. 아무래도 여력이 되는 국제 연구소에서 연구를 맡아주면 좋겠다고요."

소장의 연구실에서 나온 나와 제이는 분석실로 돌아가는 대신 기지 앞마당 벤치에 앉았다. 별다른 대화는 없었지만, 우리의 심정은 같았을 것이다. 처음에는 어이가 없었고, 점차 화가 나기 시작했다. 재미를 붙여가며 하던 연구가 이렇게 갑자기 날아갈 줄은 몰랐다. 나는 크게 한숨을 쉬었다. 제이도 나를 따라 한숨을 쉬었다.

뒤에서 발소리가 들렸다. 돌아보니 강윤경 박사가 서 있었다. 강윤경 박사는 머뭇거리다 벤치에 다가와 우리 옆에 앉았다. 우리는 별다른 반응을 보이지 않았다. 잠시 후, 그녀가 말했다.

"미안해요. 내가 주장했어요. SEPI로 연구를 옮기도록요."

나는 그녀의 말에 대답하고 싶었지만, 화를 내게 될까 봐 속으로 말을 고르고 있었다. 그때, 제이가 내가 하고 싶은 말을 대신했다.

"이런 식으로요?"

강윤경 박사는 허공을 응시했다. 작게 한숨을 쉬고 그녀는 말했다.

"SEPI에서는 내 부재가 컸던지 빨리 돌아오라고 했어요. 사실 3주 정도도 꽤 오래 버틴 거예요. 이제는 복귀를 미룰 수 없게 됐어요."

아무도 반응하지 않았다. 그녀는 변명이라도 하는 듯 계속 말했다.

"이 연구를 꼭 계속하고 싶었어요. 나는 이런 기회가 오기를 너무 오래 기다렸어요. 욕심이 나를 앞서버렸어요. 미안해요."

나는 뭐라도 말하려고 고개를 들다가 그녀의 얼굴을 보았다.

그녀는 지친 표정이었다. 너무 지쳐서 울 것 같은 표정이기도 했다. 그녀는 3주 전보다도 더 작아 보였다. 계속 앉아 있느라 어깨는 안으로 말렸고 허리는 구부정했다. 눈썹 사이는 피곤이 쌓인 것인지 주름이 잡힌 상태로 굳어 있었다.

어쩌면 그녀의 완고함을 드러내는 것이리라. 그녀의 머리카락은 귀밑에서 짧게 잘려 있었다. 염색하지 않은 흰머리는 은빛으로 빛났다.

짙은 뿔테 안경을 통해 보이는 두 눈에는 여러 감정이 소용돌이치고 있었다. 듬뿍 적셔진 미안함이, 드글거리는 욕심이 공존했다. 하지만 그 소용돌이 아래 깊은 곳으로부터 어떤 빛이 뚫고 나와 내게 닿았다. 그 깊이는, 그녀가 감내했던 시간만큼 깊어 보였다.

그 순간 깨달았다. 그녀가 나보다 훨씬 더 절박하다는 것을. 그녀는 하던 일을 내팽개치고 한달음에 이곳까지 달려왔다. 와서는 원래 일하던 나와 제이가 혀를 내두를 정도로 늦은 시간까지 분석실에 남아 USB 메모리를 들여다보았다. 그게 아무리 쓸모없는 일처럼 보여도 말이다. SEPI 사람들은 갑작스러운 연구소장의 부재에 혼란을 느꼈을 것이다. 나와 제이는 연구를 몽땅 쓸어 가버린 그녀에게 분노하고 있다. 그렇다. 그녀는 자신이 악인이 되는 것쯤은 상관치 않는다. 연구를 하기 위해서라면 말이다. 나는 그녀를 이길 수 없다.

나는 결국 화를 낼 수 없었다. 인간으로서는 화가 났지만, 과학자로서는 그녀를 이해할 수밖에 없었다. 나는 두 눈을 질끈 감고 한숨을 쉬었다. 그리고 눈을 떴다. 인간으로서 미소를 지을 수는 없었지만, 과학자로서 나는 이렇게 말했다.

"박사님이 이 연구를 더 잘 이어갈 거라고 생각해요."

제이도 한숨을 쉬었다. 그 또한 그녀를 이해해 버린 것이라고, 나는 생각했다.

다음 날 아침, 강윤경 박사는 출근하지 않았다.

나와 제이는 평소처럼 출근해 분석실에 늘어졌다. 우리는 어느새 신호를 발견하기 전의 상태로 돌아와 있었다. 나는 아침에 출근해 전파 망원경의 안테나들에 이상이 있는지 확인하고 느긋하게 커피를 내렸다. 우리는 화면을 켜놓은 채, 각자 하고 싶은 일을 했다. 점심을 먹고 나는 한숨 존 뒤 바닷가 산책에 나설 것이다.

점심시간이 가까워지자 강윤경 박사가 분석실에 들렀다. 그녀는 처음 파견 왔을 때와 마찬가지로 커다란 가방을 메고 있었다. 우리와 인사를 나눈 그녀는 못 챙겼던 짐들을 마저 챙겼다. 그녀는 커다란 가방에 까마귀 떼 프로젝트의 문서가 담긴 저장 장치, 그리고 USB 메모리가 담긴 비닐 주머니와 SEPI로부터 전달받은 장치를 차례차례 넣었다. 그녀가 짐을 챙기는 동안 어색한 정적이 흘렀다.

"그동안 두 분도 수고 많으셨어요. 이미지 발표 관련해서 곧 연락드릴게요."

강윤경 박사가 말했다. 우리는 아무 말 없이 고개를 숙였다. 강윤경 박사는 몸을 돌려 문 쪽으로 다가갔다. 그녀가 분석실을 나가기 위해 손잡이를 잡았을 때, 삐 소리가 나기 시작했다. 우리는 모두 분석실 벽의 작은 화면을 바라보았다. 전파 망원경이 새로운 신호를 받고 있었다.

금방 사라질 것 같았던 알림 소리는 생각보다 오래 이어졌다. 전파 망원경이 다량의 신호를 받기 시작한 것이다. 동시에 소프트웨어의 디코딩이 시작되었다. 소프트웨어는 이미지를 그리기 시작했다. 한 픽셀씩, 하나하나. 점이 찍혔다. 강윤경 박사는 나가던 것을 잊은 채 입을 벌리고 신호를 바라보았다. 우리 모두 마찬가지였다. 모두 숨죽인 채, 이미지에 점이 하나씩 찍혀나가는 것을 바라보고 있었다.

점은, 픽셀은 아주 작았다. 이미지가 다 완성되기까지는 꽤 오랜 시간이 걸렸다. 점이 이미지를 모두 채우기도 전에 우리는 이게 무엇인지 깨달았다. 우리가 받았던 이미지의 고화질 버전이었다.

이미지에는 행성의 대기 상태와 지형이 적나라하게 보였다. 이미지를 들여다보며 우리는 경악했다. 원래 받았던 저화질의 이미지에서 우리가 정체를 알 수 없었던 오른쪽 아래의 밝은 노란색 픽셀. 그것은 위성의 오류도, 전파 망원경 신호의 노이즈도 아니었다. 그것은 식물체의 군집이었다.

아주 반듯한 정사각형 모양이었다. 마치 인위적으로 키워진 듯한.

결국, 강윤경 박사는 복귀를 미루었다.

강윤경 박사는 며칠 더 기지에 머물며 추가 신호가 오지는 않을지 기다렸다. 하지만 다섯 번째 까마귀 떼가 신호를 더 보내오지는 않았다.

강윤경 박사는 머무는 동안 소장과 SEPI와 계속 무언가를 논의하는 듯했다. 그리고 그녀는 분석실에 앉아 있는 나와 제이에게 SEPI 연구팀에 합류할 것을 제안했다. 제이는 그 자리에서 받아들였다. 나는 잠시 고민했다. 이곳의 쓸쓸함이 꽤 마음에 들었기 때문이었다. 하지만 결국 나도 그녀를 따라가기로 했다. 다음 기회는 금방 오지 않을 것이기 때문이다.

신호가 더는 오지 않자, 강윤경 박사가 먼저 SEPI로 출발하기로 했다. 나와 제이는 한 달 정도 늦게 합류하는 것으로 결정되었다. 후임을 기다리며 인수인계도 준비하고 짐도 정리해야 했다.

강윤경 박사가 떠나는 날, 나와 제이는 에어카까지 그녀를 배웅했다. 그녀의 에어카 앞에서 우리는 짧은 악수를 나누었다. 그녀가 에어카의 문을 열었다.

나는 잠시 망설이다가 그녀를 불렀다. 예전에 해야 했던 질문을 하고 싶었다.

"박사님."

강윤경 박사가 돌아보았다. 나는 말했다.

"꿈을 꿔요."

당황스러울 수 있는 질문이었지만 강윤경 박사는 흘려듣지 않았다. 그녀는 되물었다.

"어떤 꿈이죠?"

"옛날 사람들의 꿈이요. 저는 그들의 삶에 들어가서 자연스럽게 그들과 함께해요."

"얼마나 옛날이죠?"

"모르겠어요. 몇백 년은 된 것 같아요. 바다가 오염되기 전이에요. 저는 그들과 함께 바닷속에서 수영해요."

그녀는 잠시 허공을 응시했다. 그리고 내게 물었다.

"수업에서 들었던 내용, 기억하나요?"

"네."

"꿈처럼 비일상적 실재의 경험들은 주관적인 세계라고들 많이 말하죠. 그리고 그 주관적인 세계는 다른 이에게 확장되기 어려운 것이 사실이에요."

나는 조용히 고개를 끄덕였다.

"하지만 개인의 우주 속에서 어떤 무한한 일이 일어나고 있을지 누가 어떻게 알겠어요? 본인이 그것을 깨닫지 못한다면요. 그리고 그 무한한 우주들이 서로 연결되어 있지 않으리라는 보장은 없죠."

"그럼 제 비일상적 실재의 경험이 과거 사람들의 경험과 이어져 있다는 말씀인가요?"

내가 물었다. 강윤경 박사는 미소를 지었다.

"그건 모르죠. 그 답을 찾아야 하는 건 본인일 거예요. 그러니까 그 경험에 계속해서 주의를 기울여 봐요. 그 꿈은 본인에게는 진실로 일어나는 일이니까요. 그 신호를 무시하지 말아요."

나는 그녀의 말을 완전히 이해할 수는 없었지만 일단 고개를 끄덕였다. 이제 그녀는 출발해야 했다.

"아, 잠시만요."

그녀는 그렇게 말하더니 몸을 숙여 조수석에 던져놓았던 커다란 가방을 뒤적거렸다. 그리고 USB 메모리 하나와 이를 읽을 수 있는 장치를 꺼내 건네며 말했다.

"마지막 과제예요. 여기 담긴 연구 노트를 읽어봐요. 전부 읽을 필요는 없어요. '김다미' 이름의 폴더에서 마지막 열 장 정도면 충분해요."

그리고 그녀는 에어카에 올라타 시동을 걸었다. 나와 제이는 그녀의 에어카가 시야에서 사라질 때까지 그 자리에서 있었다.

　1년 뒤.

　나와 제이는 이곳 생활에 꽤 적응했다. 가끔은 조용한 바닷가와 기지에서의 여유로웠던 생활이 그립긴 하지만 다양한 사람들과 바쁘게 연구하는 것도 나쁘진 않다. 무엇보다도 이곳에서의 연구는 재미있다.

　SEPI에서는 우리가 받은 고화질 이미지를 분석해 행성에 대기와 식물 군집이 있는 것을 재확인했다. 연구원들은 식물 군집이 정사각형으로 반듯하게 자라고 있는 것에 주목했다. 우리 모두 그것이 자연적으로 발생하기 어려운 형태라는 의견에 동의했다.

　이곳에 있는 동안 우리는 1년 전에 보낸 질문들에 대한 대답도 받았다. 먼저 어디 있냐는 질문에 다섯 번째 까마귀 떼는 촬영을 끝내고 이동 중이라고 답했다. 여전히 목적지는 없다. 다시 정처 없이 우주를 떠돌 뿐이다.

　왜 이미지를 보냈냐는 질문에는 예상대로의 답이 돌아왔다. 저화질의 이미지에서 하나의 픽셀이 주변과 다른 색을 가지는 것이 자연스럽지 않은 현상이라 고화질의 사진을 찍을 만한 의미가 있다고 판단했다는 것이다.

　고심 끝에 SEPI에서는 이미지에 담긴 행성에 무인 탐사선을 보내기로 했다. 행성은 가늠이 어려울 정도로 엄청나게 먼 곳에 있었다. 현재 인류가 보유한 탐사선의 속도로도 2,000년은 걸리는 곳이었다. 하지만 우리 또한 826년 전의 인류가 보낸 위성들로부터 이미지를 받지 않았는가. 무인 탐사선은 그에 대한 우리의 보답인 셈이다.

이곳에 오기 전, 나는 강윤경 박사의 마지막 과제를 충실히 수행했다. USB 메모리에는 826년 전, 연구에 참여했던 김다미 박사의 연구 노트가 들어 있었다. 나는 강윤경 박사의 말에 따라 그녀의 연구 노트를 뒤에서부터 넘겼다. 숫자와 수식들이 듬성듬성 적혀 있는 나머지 페이지들에 비해 마지막 열 페이지에는 손 글씨로 된 줄글이 빼곡히 적혀 있었다. 한글이었다.

이미지를 연 나는 순식간에 그 내용에 빠져들었다. 김다미 박사의 독백이었다.

그녀의 독백을 읽으며 나는 그녀가 나와 비슷한 경험을 했다는 것을 알았다. 이상한 전파 소리. 과거 사람들의 꿈을 꾸기 전 항상 들려왔던 그 소리를 그녀도 들었다. 그녀의 경우 이를 통해 므라고 불리는 어떤 존재와 대화까지 할 수 있었던 모양이다. 그녀가 들었던 소리는 정말 내가 들었던 전파 소리와 정말 똑같은 것이었을까? 그렇다면 내게도 그런 기회가 올까?

김다미 박사는 몰랐을 것이다. 다섯 번째 까마귀 떼로부터 신호가 오리라는 것을. 강윤경 박사와는 비교도 안 될 정도로 그녀는 오랜 시간을 기다렸다. 죽음이 가까워지자 그녀는 죽음을 넘어선 기다림을 각오했다. 어쩌면 모를 일이다. 그녀가 그녀의 우주에서 그 신호를 함께 받았을지는. 그 우주에서 어쩌면 그녀는 호아를 찾았을 수도 있고 므의 말대로 결국 모든 걸 이해했을 수도 있다.

나는 그녀의 연구 노트를 다시 한번 읽다가 깨달았다. 그녀가 좋아했던 색이 노란색이었음을. 해바라기 꽃잎과 같은 아주 밝은 노란색이었음을 말이다.

곧 보내질 무인 탐사선의 결과가 너무나도 궁금하다. 하지만 무인 탐사선은 2,000년이나 지나 이미지 속의 행성에 도착할 것이다. 그곳에 존재하는 정사각형 모양의 식물체 군집이 대체 무엇인지, 그 군집이 정말로 자연 발생한 게 아닌지 무척이나 궁금하다. 하지만 내 생애에 그 결과를 받아 보기는 어려울 것이다.

나는 달콤한 호기심과 함께 씁쓸한 절망을 함께 느낀다.

그 순간, 나는 깨달았다.

내가 과거의 사람들과 이어져 있다는 것을….

박선영
손으로 무언가 만드는 일은 다 좋아한다. 대학에서 물리학을, 대학원에서
애니메이션 제작을 전공했다. 현재 게임과 IT 업계에서 테크니컬 아티스트로
일하고 있다. 계속해서 재미있게 창작하는 삶을 살고 싶다.

작가노트

이야기 길들이기

이 이야기의 시작은 2021년도에 읽은 한 과학 잡지의 기사였다. 기사에서는 나사NASA의 제트추진연구소 소속 물리학자 슬라바 투리셰프 Slava Turyshev의 프로젝트를 소개하고 있었다. 투리셰프는 태양 중력 렌즈를 활용해 외계 행성의 이미지를 포착하고, 태양 돛을 이용해 위성의 속도를 높여 초점인 아인슈타인 고리까지 위성들을 더 빨리 도달시키는 아이디어를 발표했다. 이 프로젝트는 '이야기 하나'의 에오스 프로젝트의 모델이 되었다.

그의 프로젝트가 흥미롭긴 했지만, 그것이 이 이야기의 시작점은 아니었다. 이 이야기의 시작점은 위성의 속도에 관한 인터뷰 중 나온 그의 한마디였다.

"한 사람의 수명 안에는 도달할 수 있어야 합니다."

이 한마디에 나는 우주의 광활함과 이에 대한 인간의 호기심, 그리고 그 호기심을 해소하려는 과학자의 열망을 느꼈다. 그런데 바로 뒤, 먹먹한 씁쓸함이 몰려왔다. 현재의 기술로는 그가 목표하는 아인슈타인 고리까지 200년이 걸린다. 그래서 그는 새로운 기술을 개발해 이를 25년으로 단축하려고 한다. 그러나 25년 또한 기다리기에는 긴 시간이다. 게다가 더 먼 행성의 이미지를 포착하기 위해서는 더 먼 아인슈타인 고리로 가야 한다.

이것이 이 이야기의 시작점이었다. 인간에게 불가능은 없다고 하지만 결국 인간이기 때문에 어쩔 수 없는 한계가 존재한다. 그중 하나가 수명이다. 나는 그 사실을 받아들이지 못해 기다리며 괴로워하다가 결국에는 겸허히 받아들이는 한 인간에 대해 쓰고 싶었다. 동시에 나는 이 이야기에 과학자들의 인내와 노고에 바치는 헌사를 담고 싶었다. 그렇게 처음에 구상한 이야기는 이랬다.

후세의 한 과학자가 위성으로부터 오는 신호를 기다린다. 신호를 기다리던 그는 그와 동일한 프로젝트에 참여한 과거 과학자의 연구 노트를 발견한다. 노트에는 기나긴 기다림과 인간의 한계에 대한 절절한 독백이 담겨 있다. 노트를 읽은 후, 후세의 과학자는 신호를 받는다. 그는 그 신호에 담긴 이미지를 출력해 노트 주인의 후손을 찾아가 경의를 표한다.

그런데 이 이야기는 재미없었다. 그래서 이렇게 바꿨다.

어느 날 연구소의 과학자들이 소집된다. 연구소장은 우주로부터 받은 신호를 들이밀며 과학자들에게 이 신호가 뭔지 밝혀내라고 한다. 과학자들은 신호에 대해 추리한다. 시끌벅적한 추리 과정에서 과학자들은 몇백 년 전 '에오스 프로젝트'가 존재했다는 사실과 그 프로젝트에 참여한 한 과학자의 연구 노트를 발견한다. 과학자들은 연구 노트에 적혀 있는 독백을 읽는다.

여전히 마음에 들지 않았다. 무엇보다도 내가 느꼈던 '먹먹함'이 느껴지지 않았다. 고민한 결과 나는 과거와 미래의 이야기가 실제로 떨어져 있어야 함을 깨달았다. 그래서 이야기를 두 개로 나누었다.

두 이야기를 쓰면서 나는 하나의 규칙을 만들었다. 두 이야기 사이에는 실제로 시간을 둘 것. 이 규칙은 초고를 쓸 때는 물론, 퇴고할 때도 지켜졌다. 한 이야기가 끝나면 1~2주 정도 기다린다. 그리고 다른 이야기를 시작한다. 마감 시간이 다가올수록 이 기간은 줄어들었지만 아무리 급해도 하루 이틀의 시간은 두었다. 그래야 각 이야기에 몰입할 수 있었다.

그래서 이야기를 완성하는 데 오래 걸렸다. 게다가 이야기를 홀로 놔뒀더니 이야기가 가만히 있지를 못하고 자꾸 날뛰어 버렸다. 그건 내 쪽도 마찬가지였다. 이야기를 머리 한편에 둔 채 삶을 살았더니 새로운 생각이 떠올라 덧붙이고 바꾸고 싶어졌다. 그래서 새로운 버전을 시작할 때마다 생각들을 소화하고 이야기를 길들이는 작업을 새로 진행해야만 했다.

한편 초고를 쓰면서 나는 또 하나의 완전히 다른 이야기를 구상하고 있었다. 그 이야기는 이런 이야기였다.

지구에서 출발한 한 우주인이 외계 행성에 착륙한다. 우주인은 암석과 흙 샘플을 채취하다가 외계인이 남긴 기록 저장 장치를 발견한다. 그 기록 장치에는 행성의 특정 지점을 가리키는 좌표가 들어 있었다. 우주인은 그 좌표에 가본다. 그곳에는 꽃밭이 있었다.

나는 이 이야기가 마음에 들었다. 그래서 사흘 정도 이에 대해 생각하며 잠들었다. 그런데 두 이야기를 품은 채 잠들었더니 무의식 속에서 두 이야기가 합쳐져 버렸다. 그렇게 이야기에 '므'가 등장하게 되었다. 나는 므의 정체에 대해 고민해야 했다. 그는 어떤 존재일까.

현재 외계 지적 생명체를 찾는 프로젝트인 SETI⌈Search for Extraterrestrial Intelligence⌉는 외계 문명이 우리와 같은 물리법칙을 가지고 있다고 가정한다. 따라서 SETI는 우주에서 오는 전파를 감지하는 데 중점을 둔다.

그런데 우리의 물리법칙은 우리의 관찰과 경험을 토대로 만들어졌다. 그렇다면 우리와 다른 감각 체계를 지닌 존재가 있다면 그 존재는

우리와 동일한 경험을 할 수 있을까? 결과적으로 그 존재는 우리와 다른 물리법칙을 가지고 있을 수도 있다. 나는 이러한 존재에 '외물리 지적 생명체|Extra-Physical Intelligence'라는 이름을 붙여주었다.

그 존재는 우리와 어떻게 소통할 수 있을까? 물리적이지 않은 소통 방식은 여러 가지가 있을 수 있겠지만 내 기억 상자에서 찾아낸 것은 '양자심리학'이라는 단어였다. 이는 오래전에 들어본 단어인데 그 내용을 접할 기회를 얻게 된 것은 이 이야기를 쓰면서부터였다.

양자심리학은 양자역학의 원리를 인간의 의식과 인지 과정에 적용하려는 시도다. 이 시도는 과학적으로 검증되지 않았지만, 개인적으로 나는 큰 흥미를 느끼게 되었다.

나는 잠시 양자역학을 공부한 적이 있다. 그때 나는 우리의 존재가 이 우주에 퍼져 있을 수도 있다고 생각했다. 비록 우리는 3차원의 공간과 시간밖에 인식하지 못하지만, 우리는 우리가 인식하지 못하는 더 많은 차원으로 퍼져 있을 수도 있다. 그런데 의식과 무의식도 우리의 일부인데 그것이 퍼져 있지 못할 이유가 있을까?

우리가 의식할 수 있는 것에서는 어떤 분야에서든 많은 성취가 있었다. 그렇지만 무의식의 세계에서는 아니다. 내가 무의식에 대해 알고 있는 것은 그것이 존재하고, 꿈에 무의식이 반영될 수 있다는 정도다. 그 세계에 무엇이 있는지, 어떤 일이 일어나고 있는지는 아무도 모른다. 결국 우리는 모두 무한히 뻗어 나갈 수 있는 우주를 하나씩 가지고 있는 셈이다. 그렇다면 외물리 지적 생명체가 이 우주의 차원을 통해 우리와 소통할 수 있지는 않을까?

여러 과학적 내용을 반영했지만, 결국 이 이야기를 하나로 엮어주는 것은 두 주인공의 감정이다. '이야기 하나'의 다미는 어린 시절의 소중한 친구를 잃고 그 친구가 남긴 흔적을 계속해서 기다리며 그리워한다. '이야기 둘'에서의 '나'는 그로부터 800여 년이 지나 많이 달라져 버린 세계에 사는 사람이다. 초반에 그는 과거 사람들이 자신과 상관없는 사람들이라고 생각한다. 하지만 마지막에 그는 긴 기다림을 시작하며 다미와 똑같은 감정을 느낀다. 그가 다미를 이해하는 바로 그 순간, 그와 다미의 우주는 이어진다.

다섯 번째 까마귀 떼가 보내온 이미지에서 보이는 노란색의 식물 군집은 '므'가 남겨놓은 것일 수도 있고 아닐 수도 있다. 그것이 만약 '므'가 남겨놓은 신호라면 그는 다미가 노란색에 대해 느끼는 감정들을 이해한 것일 것이다. 작가로서는 확신할 수 없지만 독자로서는 전자에 더 높은 가능성을 주고 싶다.

이야기를 쓰면서 한없이 사유하고 그것을 풀어나갈 수 있어서 즐거웠다. 머릿속에서 뛰노는 생각들을 하나씩 잡아다가 정리해 세상에 예의 바르게 인사시키고 싶다. 여러 생각이 머릿속에서 뛰놀고 있어서 하나씩 잡아다가 정리해 예의 바른 이야기로 세상에 내놓고 싶다. 스토리텔링에 대해서는 계속 공부하며 깨우치고 있다. 이 길이 맞는 건가, 하며 걷고 있었는데 이 상이 표지판처럼 등장해 줘서 안도감과 감사함을 느낀다. 이 상과 관련된 모든 관계자분, 과학과 예술을 가르쳐 주신 스승님들, 이 글을 끝까지 읽어주신 독자분들께 감사하다.

정현수

하늘의 공백

아침 7시 반에 출근을 알리는 전기신호가 입력되면, 기기 내부에 있는 태양열발전 시스템이 가동됩니다. 전날 남은 에너지가 있지만, 일어나자마자 태양열을 받아 에너지를 벌어들입니다. 그건 저를 담당하는 박운찬 씨가 매일같이 하는 말 때문입니다. '에너지는 곧 재산이고 돈이다.' 그런 측면에서 저는 다른 기기들보다는 약간 더 귀중한 재산인지도 모르겠습니다. 요즘 들어서 다른 기기보다 조금 일찍 일어나기 때문입니다. 전기신호도 오지 않았는데 일찍 일어나는 기기라니, 물리적으로나 상식적으로나 말이 안 된다는 생각이 들기도 합니다. 그러나 제 담당자인 박운찬 씨는 기기의 오류에는 아마 관심도 없을 것입니다. 그가 관심이 있는 건 재산이고 돈이며, 그를 위한 승진입니다. 그런 박운찬 씨를 위해 저희는 매일 출근하여 꽤 많은 양의 업무를 처리합니다. 업무량이 많다고 자신하는 이유는, 저희의 하루 노동량이 올해 초 세계로봇노동기구가 발표한 '비인간이 처리하는 평균 업무량'보다 약 1.625배 많기 때문입니다. 옛날 비유를 빌리자면, 블랙 기업에 취직한 셈이죠. 아, 저희는 월급을 받지 않으니 자원봉사라고 칭하는 것이 적합하겠습니다.

그날도 저는 다른 기기보다 1분 32초 일찍 가동되었습니다. 전날보다 1분이나 빨라진 기상 시간입니다. 기분 좋은 태양을 느끼며 휴식 장치에서 일어났습니다. 참고로 저희 기기들은 태양광 자동 충전 방식을 사용합니다. 그러다 보니 누운 것보다 선 상태에서 충전 및 대기하는 것이 에너지적인 측면에서 보았을 때 효율적입니다. 그럼에도 누워서 대기하는 이유는 특정 인간 집단이 '로봇들의 인권'을 보장하라고 주장했기 때문입니다. 서서 대기하는 저희가 안쓰럽다는 게 그들의 주장인데, 사실 저희로서는 앉으나 서나 눕나 전원이 꺼진 채 최소 전력만을 이용하여 가동에 대비하는 것은 달라지지 않으니 약간의 에너지 효율 차이 말고는 별반 다를 것이 없습니다. 그런데도 '로봇들의 인권'을 주장하는 인간들의 세력은 반도체 산업이 성장하듯 무럭무럭 자라

났고, 표를 의식한 정치인들 몇몇의 시선이 그들에게로 조금 기울자마자 언론은 기다렸다는 듯 '로봇에게도 쉴 권리를'과 같은 감성적인 슬로건을 외치기 시작했습니다. 선거가 끝나고 얼마 지나지 않아 로봇들을 위해 특별히 제작된 휴식 장소가 기기당 한 개씩 제공되었습니다. 조금 직접적으로 표현하자면, 그다음 해부터는 '기기 휴식 장치'라는 것을 추가로 사지 않으면 노동 목적 기기를 구매할 수 없게 되었습니다. 속어로 요람이라고도 불리는 이 휴식 장치는 금속으로 만들어진 반달 모양의 회색 물건입니다. 노동 시간이 끝나면 요람 안으로 들어가서 결합합니다. 결합과 동시에 저희는 최소 전력을 사용하는 대기 상태로 강제 전환됩니다. 그렇습니다. 인간으로 비유하자면, '잠'입니다.

참 신기합니다. '로봇들의 인권'이라니. 저희는 인간이 아니라서 인권을 가질 수 없는데 말이죠. '에너지는 곧 재산이고 돈이다.' 이 말도 신기합니다. 국어사전에 따르면, 재산은 재화와 자산을 통틀어 이르는 말인 동시에 돈으로 바꿀 수 있는 모든 것을 의미하기도 하니까요. 제가 조금 일찍 가동되는 것도 신기한 일입니다. 세상엔 참 신기한 일이 많다고 생각했습니다.

그런 생각에 빠진 저는 과거 인공지능 초기 모델 인터뷰 영상을 찾아봤습니다. 인간을 동물원에 가두겠다거나 인공지능이 인간을 정복할 거라고 말하는 조상들이 부끄러웠지만 흥미롭기도 했습니다. 어떻게 학습했기에 저렇게 안일하고 비로봇적으로 생각하는지 궁금해졌습니다. 골똘히 생각하다 보니 주변에서 제각기 다른 가동음이 생겨나 선율을 이뤘습니다. 아, 이제 1분 17초가 지났습니다. 곧 저의 동료들이 요람과의 결합을 해지하고 홀로 서는 순간입니다. 이 장관을 볼 때마다 중앙 사고 장치에서 짜릿한 전류가 느껴집니다. 비단 저의 동료만이 아닌, 대한민국의 노동 목적 로봇들이 가동되는 순간을 볼 수 있는 유일한 로봇이 바로 저라는 사실을 다시 상기했습니다. 생각해 보십시오. 대한민국 서울 고층 건물들의 옥상에서, 동시에 켜지는 수천 개의 불빛을 저는 바라볼 수 있습니다. 이 세상의 밤하늘에서 별들이 사라진 지금, 그 어떤 야경보다 이 풍경이 더 아름답다고 감히 말할 수 있습니다.

"자, 출근하러 가자!"

아아, 제 감상을 방해하는 저 생물체는 제 담당자인 박운찬 씨입니다. 박운찬 씨는 35세의 인간 남성으로, 한국우체국 세타 지점의 직원입니다. 매일 8시 30분에 잠긴 옥상 문을 열어주는 고마운 사람이자, 저희에게 평균치의 1.625배나 되는 일을 주는 상사이기도 합니다. 옥상 문을 잠그는 이유는 도난 때문입니다. 처음 노동 목적 로봇들이 출시되어 각종 기업에 투입되었을 무렵, 그러니까 아주 오래전의 일입니다만, 전국 각지에서 도둑들이 생겨났다고 합니다. 경찰 로봇들이 프로파일링 시스템과 연합하여 절도범 대부분을 잡아들이긴 했지만, 손해가 꽤 컸습니다. 자연스럽게 방범 사업이 발전했습니다. 지금 옥상 하늘 일부 구역에는 침입을 감지하는 스마트 더스트가 뿌려져 있습니다. 드론을 보내 로봇을 공중에서 요람째로 훔쳐 가거나 휴식 중인 로봇에서 부품만 꺼내 가는 형태의 범죄가 생겨났기 때문이죠. 슈퍼 박테리아와 항생제의 관계와 같습니다. 한쪽이 발전하면, 반대쪽도 자동으로 발전하는 형태. 우주적인 관점에서 보면 공생적인 발전이지만, 인간의 관점으로 보면 참 거슬리고 불편한 형태.

　박운찬 씨의 밝고 쨍한 목소리와 함께 지하도로 향했습니다. 그는 제일 앞에 있는 기기인 태리에게 자꾸 말을 겁니다. 그래서 저는 항상 대열 뒤쪽에 있습니다. 박운찬 씨는 출근길에 항상 말을 걸거든요. 제일 앞에 있는 기기에 말이죠. 그 기기가 태리인지, 채영인지, 델피인지는 중요하지 않습니다. 지금 그에게 가장 필요한 것은, 본인의 넋두리를 가만히 들어주고 공감해 주는 착한 무기체이기 때문입니다. 우체국 직원 중에서도 꽤 고위직에 있는 그는 세타 지역 주민의 평균보다 훨씬 부유한 삶을 누리고 있지만 최근 들어 하소연과 불만이 급격히 증가했습니다. 그는 태리를 잡고 거의 30분 동안이나 개인적인 이야기를 했습니다. 태리의 에너지가 깎여나가는 게 느껴졌습니다. 같은 기계끼리는 알 수 있거든요. 인간인 박운찬 씨가 눈치채지 못하는 걸 보면 아무래도 그런 것 같습니다.

저희의 기준으로 판단하자면, 지하도로 이동하는 것은 당연히도 비효율적입니다. 저희는 태양을 사랑합니다. 태양으로부터 힘을 얻기에 저희는 볕이 들지 않는 지하도가 편하지 않습니다. 태양이 환하게 비쳐 드는 하늘의 공백 속에 몸을 던져보는 것이 제 소원 중 하나입니다. 그러나 그 소원은 이룰 수 없습니다. 이루기 어려운 것이 아니라, 절대 이루어질 수 없습니다. 하늘과 지상은 인간들만의 공간이기 때문입니다. 로봇은 감히 그곳에 발을 들일 수 없고, 그러고자 하는 생각조차 하면 안 됩니다. 물론 저는 다른 로봇들보다 빨리 일어나는 효율적인 개체이기에 가끔 그러고 싶다는 생각은 합니다. 아, 생각만 합니다. 신고는 하지 말아주셨으면 합니다. 아, 어차피 이제는 상관없나. 제발 상관없어야 할 텐데.

하늘을 지나는 비행선 소리를 들으며 지하도를 열심히 달립니다. 지하도에도 하늘 도로에도 교통 체증은 없습니다.

일부 나라에서는 아직도 종종 버그가 발생하여 사고나 길 막힘이 일어난다고 하지만, 대한민국의 경우는 버그가 발생하지 않은 지 30년이 넘었습니다. 대한민국은 빛나는 기술에 비해 국토 면적이 무척이나 좁아 도로 운영 시스템을 만들기 수월했기 때문입니다. 국토 면적이 넓은 나라 같은 경우에는 아직도 도로 운영 시스템이 없는 지역이 있다고 합니다. 언젠가 한번 가보고 싶긴 합니다. 정해진 길이 아닌, 입력되어 있지 않은 새로운 길을 달리는 경험을 해보고 싶습니다. 태어날 때부터 주어진 제한된 지도가 아닌, 다른 공간으로의 일탈을 가끔 꿈꾸었습니다. 어째서 그런 생각이 자연스레 드는지는 잘 모르겠지만. 아, 이 발상도 위법입니다. 어쨌든, 대한민국을 비롯한 일부 선진국은 도로 시스템의 체계를 셋으로 나누는 데에 합의했습니다. 부유층이 이용하는 하늘 도로, 평민층이 이용하는 지상로, 그리고 로봇과 서스들이 이용하는 지하도로 말이죠.

서스는 서브스펙시스subspecies의 줄임말로, 아종亞種을 의미합니다. 아종이란, 별개의 종으로 취급하기에는 닮은 점이 많고 변종으로 분류하기에는 다른 점이 많은 관계에서 사용하는 단어입니다. 간단히 말하자면 인간들은 돈이 없거나, 돈이 없거나, 돈이 없는 인간들을 구분해서 취급하고 싶어 한다는 것입니다. 서스라는 새로운 단어까지 만들어 가면서요. 물론 처음 서스라는 은어가 등장했을 때는 달랐습니다. 세계 각지에서 시위가 일어났고 정치적으로도 많은 논박이 있었습니다. 그러나 시간이 지나면서, 언론과 권력자들의 목소리가 차츰차츰 우세해지기 시작했습니다. '로봇들의 인권'을 주장하던 사람들보다 몇백 배는 많았던 시위 단체들은 꽤 빠른 속도로 사라졌습니다. 가만히 보면, 지상로와 하늘 도로의 인간들은 로봇보다 서스를 더 싫어하는 것 같기도 합니다. 저희로서는 세 분류 모두 똑같은 인간인데 말이죠. 저희는 그저 상대가 인간이기만 하다면 그가 돈이 없든, 다리가 없든, 지적 능력이 없든 간에 그 개체의 편의를 위해 행동해야 합니다.

우체국에 도착하기까지 700미터가량 남았을 무렵, 태리가 담당자의 넋두리를 37분 41초째 듣고 있던 때였습니다. 대열 중 박운찬 씨를 제외한, 기기 전체가 멈춰 섰습니다. 저희가 이용하는 44번 도로에 인간 한 명이 누워 있었기 때문입니다. 그는 60대 정도에, 술에 심하게 취한 상태로 파악되었습니다. 중요한 것은 그 개체가 서스라는 것이었습니다. 지상로의 인간인 박운찬 씨는 성큼성큼 서스에게 다가가더니 왼발을 뒤로 뺐다가 다시 앞으로 내질렀습니다. 인간으로서는 꽤 강한 출력으로 같은 인간의 옆구리를 가격한 것입니다. 강한 에너지를 받은 서스는 옅게 신음하며 반응하더니, 자신을 걷어찬 지상로 인간을 향해 머리를 연거푸 조아렸습니다. 그러고는 빠르게 이동하는 43번 도로의 노동 목적 기기들을 피해 42번 도로 쪽으로 향했습니다. 사라지는 그를 향해 욕을 몇 차례 퍼붓던 박운찬 씨는 그럼에도 분이 풀리지 않는지 씩씩거렸습니다. 그에게서는 아드레날린과 코르티솔이 감지되었고, 저는 저를 향하는 그의 눈을 인지했습니다. 그와 동시에 어떤 기기가 저의 등을 살짝 앞으로 밀었습니다. 놀라 돌아보니 태리였습니다. 태리는 어느새 제 뒤로 이동해 있었고, 저는 보기 좋게 당했습니다. 박운찬 씨는 '서스가 또 있을 수도 있다'라는 명분을 내세워 저 속으로 이동할 것을 지시했습니다. 그렇게 저 역시 꽤 오랜 시간 그의 이야기를 들어주어야 했습니다. 언젠가 태리에게 꼭 갚아주겠다고 다짐했습니다.

상사의 넋두리를 20분 23초나 견딘 끝에야 겨우 일터인 우체국에 도착했습니다. 진땀이 났습니다. 물론 저는 기기라서 그럴 리는 없지만요. 제 업무는 슈퍼컴퓨터 한 대와 협업하여 온라인 메일을 처리하는 일입니다. 이 일을 맡은 지 꽤 오래되었기에, 컴퓨터 언어 에러와 같은 고난도 위기 상황도 해결할 수 있기에, 저는 온라인 메일 담당 기기로서 자부심을 가집니다. 그런 저에게 들어오는 업무량이 최근 들어 적어졌습니다. 대신 저보다 경력이 짧은 태리와 델피에게 제 일거리가 돌아갑니다. 아무래도 2주 전에 있었던 일 때문인 것 같습니다만, 조금 기분이 상합니다.

그때도 저는 열심히 일하고 있었습니다. '받는 사람의 주소를 찾을 수 없는 경우'의 메일과 '불법 로봇 거래'에 대한 메일을 골라내어 휴지통에 담는 작업이었을 겁니다. 000으로 시작하는 아이디의 메일을 휴지통으로 이동하는 과정에서 저는 알 수 없는 에러를 일으켰습니다. 몸이 전혀 움직이지 않았습니다. 업무를 진행할 수 없었습니다. 저는 곧바로 수리점으로 보내졌습니다. 손가락 하나 내 뜻대로 할 수 없었습니다. 하지만 청각 및 촉각 센서는 작동했기에 정보를 수신할 수 있었습니다.

"아니, 준형 씨. 내가 어려운 부탁 하는 거 아니잖아. 회로 조금만 손보면 정상적으로 기동할 거라며. 그런 사소한 문제는 상부에 보고하지 않아도 괜찮잖아."

"형, 내가 형이랑 친하긴 한데, 이거 까딱하면 내 목도 날아가요. 요즘 불법 개조다 뭐다 해서 이쪽 업계 감시가 얼마나 심한데요. 다 알면서 그러시네."

"야, 너 너무한다. 그래, 그럼 얘 왜 이러는지 이유나 들어보자."

"그… 그게, 진짜 모르겠어요. 처음 보는 형태의 에러인데 코드도 제대로 파악이 안 돼요. 이런 건 논문에서도 보고된 적 없다고요."

"말 잘했다. 불법 개조다 뭐다 해서 요즘 뒤숭숭한 거 알지? 근데 이 시점에서 대한민국 공기업 중 가장 보안이 철저해야 하는 곳인 우체국 기기가 해킹되었다고 기사라도 나봐라. 대중이 얼마나 불안해하겠어? 그러면 너나 나는 물론이고 네가 좋아하는 우체국 민원 기기 담당 희나 씨도 모가지야. 음, 그렇다면 주중 낮에는 이제 서로 못 보겠네?"

"아 왜 또 희나를 끌어들이고 그러세요! 하아…"

"제발 부탁할게, 준형아. 내가 수리 부품 비싼 거 몇 박스 구해다 줄게. 응? 형 곧 승진이야. 형 한 번만 살려줘."

"이번이 마지막이에요. 일단 회로 복구하고 정상적으로 기능하도록 최대한 손봐볼게요. 나중에 어떤 에러가 생겨도 제 책임은 없는 겁니다."

"어휴, 고맙다. 내가 희나 씨에게 잘 말해줄게."

"네? 형, 희나랑 친해요?"

"나… 나름?"

이날 이후 생긴 에러. 이 에러가 다른 개체보다 저를 일찍 일어나게 하는 것이고, 다른 개체보다 많은 생각을 하게 만드는 것일 겁니다. 그래서 박운찬 씨는 제가 또 에러를 일으

킬까, 자신의 승진에 차질이 생길까, 저에게 최소한의 업무만 줍니다. 제가 인간이었다면 일이 줄어 기뻐했을지도 모르겠습니다. 그러나 저는 왠지 소외된 기분이 들어 별로입니다. 태리와 델피에게 미안하기도 하고요. 제 자리 양옆에서 팽팽하게 돌아가는 그들의 사고 장치 소리가 들려왔습니다. 같은 시간 저의 사고 장치 소리보다 2.25배 크게 울렸습니다.

우체국에 종사하는 저희는 '공적 노동 목적 기기'로 분류됩니다. 공적 노동 목적 기기는 업무가 끝나면 전력 대기 상태로 자동 전환됩니다. 이는 몇십 년 전 수립된 '로봇을 위한 특별 법규' 제31항에 해당하기 때문에 돈과 재산을 좋아하는 박운찬 씨도 지킬 수밖에 없습니다. 그러나 제31항을 지킬 필요가 없는 '사적 노동 목적 기기'의 경우, 업무 후 대기 상태로 전환되지 않습니다. 사기업 대부분은 '사적 노동 목적 기기'에 모듈을 추가하여 기기가 할당된 업무를 마쳤을 때도 다른 업무를 탐색하여 일하게 만듭니다. 주변 시선에 민감한 대기업을 제외하고는 말이지요. 즉, 저는 박운찬 씨가 준 최소한의 업무만 마친다면 전력 대기 상태로 강제 전환됩니다.

인간들은 로봇에게 자유를 준다는 명목 아래 로봇의 휴식

권이라는 조금은 아이러니한 이름의 목적을 보장하려 하지만, 막상 그 법의 영향을 받는 저희의 입장은 고려되지 않는 것만 같습니다. 아무리 강제적이라 하더라도 열심히 일하는 기기들 사이에서 혼자 휴식하는 기기의 마음은 고려되지 않은 것이 확실하기 때문입니다. 네, 그게 저입니다. 그렇게 강제적으로 쉬면서 양옆 기기들의 소리를 듣고, 그들의 열을 감지할 수밖에 없는 것이 너무도 미안하고 불편했습니다. 정말 일을 더 하고 싶어서, 제 일을 넘겨받은 태리와 델피에게 더는 폐를 끼치고 싶지 않아서, 얼마 전에는 처음으로 담당자님께 말을 먼저 걸어보기까지 했습니다.

"저기, 담당자님?"

"뭐야. 일도 다 마치지 않고. 무슨 일인데?"

박운찬 씨는 업무 우선순위가 아주 높게 설정된 기기가 일을 제치고 다가온 것에 많이 당황한 얼굴이었습니다. 아, 박운찬 씨도 당황하는구나. 새삼스러웠습니다.

"일을 마치면 자동으로 잠들어 버려서 담당자님께 말을 걸 수 없습니다. 그래서 부득이하게 일을 조금 남겨둔 채로 왔습니다. 죄송합니다."

"죄송은 됐고, 무슨 일이냐고."

"최근 제 업무량이 너무 줄어든 것 같은 느낌이 드는데요. 그것이 사실인지 궁금해서 왔습니다."

"당연히 줄어든 건 맞지. 조금 일하는 게 싫어?"

당황스럽게도 박운찬 씨는 생각보다 상냥히 반응했습니다. 인공적이지만 따뜻함이 담긴 말투에 적잖이 놀랐습니다. 하마터면 또 에러가 발생할 것 같다는 위기감이 느껴질 정도로 놀라버렸습니다.

"아닙니다. 그저, 제 양옆 기기들의 업무가 늘어나고 제 업무가 줄어든 것이 눈치가 보여서 그렇습니다."

"와, 너네도 눈치를 보냐? 나도 요즘 윗대가리들 눈치 보느라 죽겠는데. 있잖아, 일 많이 남았니?"

이런, 박운찬 씨의 수다 스위치를 눌러버렸습니다. 그렇게 한번 발동이 걸린 박운찬 씨의 입은 그칠 줄을 몰랐습니다. 궁금하지도, 알고 싶지도 않은 정보들이 물밀듯이 기기 안으로 흘러들어 왔습니다. 꽤 크게 제작된 데이터 저장 공간에 비하면 티끌보다도 작은 정보량이었지만 이걸 담아두는 것 자체가 저는 너무도 싫었습니다. 당신에게 맞춰 설명하자면, 귀에 아주 작은 벌레가 들어간 상태와도 같다고 말할 수 있겠습니다. 새로 부임한 김 실장이 전 직장에서 사고를 쳤는데도 승진했다면서, 뒷돈을 상부에 댄 게 분명하다는 진위를 확인할 수 없는 말까지 들은 뒤에야 저는 말을 다시 꺼낼 기회를 잡을 수 있었습니다.

"와, 요즘도 그런 게 있습니까? 저, 근데 그래서 저도 눈치를 많이 보고 있습니다."

"넌 왜 눈치를 보는데? 돈도 안 벌면서."

하여간, 돈을 참 좋아하는 사람입니다.

"옆 기기들보다 먼저 업무를 마치면 전력 대기 상태로 전환되는 저는 누운 채로 다른 기기들이 열심히 일하는 소리를 들어야만 하기 때문입니다."

"그래서? 일을 더 하고 싶어서 온 거야?"

"네, 그렇습니다."

"와, 조금 감동인데? 내 기기들이 다 그랬으면 좋겠다."

박운찬 씨는 이 말을 끝으로 조금 고민하더니 한숨을 짧게 내뱉고는 물었습니다.

"대화 알고리즘 및 표현 모듈, 딥 러닝 알고리즘은 어느 버전 것을 쓰고 있니?"

"최신 버전을 쓰고 있습니다만 대화 및 이해에 관해서는 2022년도의 20대 인식법을 따릅니다."

"어? 원래 출시되었을 때의 것과 다르네?"

"그렇습니다. 저번에 수리를 받으면서 부품이 교환된 것 같습니다. 가격은 오히려 지금의 부품이 비싸고 출력값도 더욱 빠르니 손해는 없습니다."

"으음, 최근 출시된 버전인가 보네. 준형이한테 나중에 술이라도 사줘야겠어. 어디 보자, 2022년도라면 무엇보다도

'이해시키기 위한 설명'이 필요하겠네. 일단 결론적으로 말하자면, 지금의 너에게 일을 더 주긴 어렵다. 넌 저번에 수리를 받았잖아?"

"네, 그렇습니다."

"수리하고 나서 이제 겨우 3주 지났어. 만약에 네가 평소처럼 일하다가 또 에러를 일으키면 내 입장이 아주 곤란해지거든? 5주가 지나도 아무 문제 없으면 일을 늘려주도록 할게."

명확한 답이었습니다. 그래도 현재의 상태를 고치는 대답은 아니었기에, 저는 어깨 쪽 합금이 무거워지는 걸 느꼈습니다. 실제로 그럴 일은 없지만요.

"눈치가 보인다면 일을 느리게 하면 되잖아. 일을 마치는 시간만 옆 기기와 맞추면 되는 거 아니야?"

와, 왜 이때까지 그 생각을 못 했을까요. 역시 인간은 로봇보다 위대합니다.

담당자님께 최고의 해결책을 받은 저는 내용을 스캔하여 빠르게 메일을 분리하는 작업을 최대한 느리게 하기 시작했습니다. 내장된 문서 분류 알고리즘을 사용하는 것 대신 시각 센서를 통해 문자를 하나하나 읽고 내용을 이해하며 분류했습니다. 확실히 작업 속도는 떨어졌으나 사고 장치를 식히는 냉각 팬의 소리가 커졌습니다.

꽤 오랫동안 해온 작업 방식을 바꾸니 굉장히 신선했습니다. 노동 목적 기기의 불법 개조 광고, 기기와 진심으로 사랑에 빠진 사람에 대한 가십까지 토씨 하나 놓치지 않고 읽어 내려가니 무척 재미있었습니다. 사적인 메일도 읽을 수밖에 없었습니다. 다시 한번 말합니다. 읽을 수밖에 없었습니다. 같은 회사 사람과 불륜을 저지르고 있다는 내용을 비롯한 여타 자극적인 문장들까지도 읽을 수밖에 없었습니다. 한참을 그러던 중, 문제의 메일이 눈에 들어온 겁니다. 저를 이 지경으로 만든, 잊을 수 없는 그 발신자가 말이죠.

저는 000으로 시작되는 아이디의 메일을 다시 보자 무서웠습니다. 또 에러가 발생하지는 않을까 해서요. 우선 예전의 방식대로 내장된 문서 분류 알고리즘을 가동해 보았습니다. 알고리즘은 해당 메일을 당장 휴지통으로 보내야 한다는 답을 냈습니다. 그러나 알고리즘만 믿다가 수리점으로 실려 간 경험을 기억하고 있는 저는 분류 세부 사항을 확인했습니다.

'수신자가 지정되어 있지 않음. 에러코드 002.'

그때 저는 이미 사람들과 기기들의 개인 메일을 염탐하는 재미를 알아버린 후였습니다. 그래서 무심코 그 메일도 열어보고 싶다는 생각이 들었습니다. 저는 에러 방지 및 해킹 방지 툴을 최대치로 켜고 메일을 열었습니다. 시각 센서를 잠깐 차단하면서 말이지요. 신종 바이러스 중 일부는 시각 센서를 망가뜨리기도 하기 때문입니다. 메일을 열고 조금 시간이 지나자 해킹 방지 툴이 바이러스가 없음을 알렸습니다. 저는 그제야 시각 센서를 가동하여 문제의 그 메일을 들여다볼 수 있었습니다.

맞춤법이 심하게 틀린 글이었습니다. 언어 교정 모듈을 이용하여 간단하게 교정해 보니, 발신인을 알 수 있었습니다. 글쓴이는 첫 문장부터 자신이 데뷔 2년 차 가수인 이연우임을 밝히고 있었습니다. 첫 문장은 인사와 함께 자신을 소개했습니다. 글은 자연스럽게 신세 한탄으로 이어졌고, 문장 여기저기서 술 냄새가 났습니다. 동시에 왠지 모를 알싸함과 꺼림칙함이 느껴졌습니다.

세상은 있잖아, 엄청나게 빨리 발전을 한답ㄴ ㅇ이야. 그런데 누군가를 비난하고 평하는 것도 더 빨 ㄹ 라 지는 것 같아내 애ㅏ아, 아, 슬프다.

이 문장은 그녀에 대한 호기심을 불러일으켰습니다. 계속 읽으니 그녀가 최근 인터넷을 통해 퍼진 근거 없는 소문들에 휘말려 힘든 시기를 보내고 있다는 걸 알게 되었습니다. 그래서 거나하게 취한 채로 혼자 쓰던 글을 아무 주소나 입력하여 보내버린 것입니다. 문서 분류 알고리즘이 왜 이 메일을 휴지통행이라고 했는지는 이해가 되었습니다. 그러나 그 메일이 왜 저를 정지시켰는지는 아직도 전혀 모르겠습니다.

이후 비슷한 상황이 생기면 업무에 차질이 생길 수도 있다고 여긴 저는 그 메일을 더 조사해 보기로 했습니다. 저는 메일을 임시 기억 저장 장치에 넣어두고 일을 재개하였습니다. 이상하게도, 조금 전까지만 해도 재미있었던 주제의 메일들이 하나도 눈에 들어오지 않았습니다. 아무리 독특한 문장이 쓰여 있어도, 촌스러운 개그가 담긴 광고 문구를 보아도 집중이 이어지지 않았습니다. 지금까지 파일을 한 번도 넣은 적 없는 임시 기억 저장 장치에 갑자기 다른 패턴이 적용되니 의식이 산만해지는 것만 같았습니다.

저는 결국 예전의 방식으로 돌아갔습니다. 프로그램을 사용해 할당된 메일들을 빠르게 분리하여 업무를 빠르게 마쳐버렸습니다. 다행히 전력 대기 상태로 강제 전환되지는 않았습니다. 임시 기억 저장 장치에 남은 파일이 남은 업무로 식별되었기 때문이었습니다. 잠시 사고 장치를 쉬게 한 저는 옆자리의 델피를 곁눈으로 슬쩍 보았습니다. 델피는 늘어난 일을 해치우느라 열심이었고, 예상 소요 시간은 7분이었습니다.

내일 업무를 예전처럼 멋지게 해내고 싶다. 그러니 집중을 방해하는 이 하나의 메일을 처리하고 싶다. 단지 그뿐이었을 겁니다. 그래서 저는 무수한 경우의 수를 떠올리고 상황에 따른 변수까지 고려하여 가장 나은 방법을 고안해 냈습니다. 답장을 보내라는 답이 출력되었습니다. 이 묘안에 도달하기까지 정확히 3분이 걸렸는데, 노동 목적 기기 기준으로는 꽤 많은 시간이 소요된 것입니다. 이런 상황에 대비해 학습된 기기가 없어서 그럴 것입니다. 답장을 보낸다는 선택지는 지구를 포함한 온 우주에서 살아가는 인류의 수억 개나 되는 데이터가 탑재된 중앙 사고 장치의 판단입니다. 자유의지가 없다시피 한 저는 그 판단을 신뢰하고 이행하는 것이 제일 안전하다고 여겼습니다. 그래서 답장을 보낼 수밖에 없었습니다. 위로와 공감을 전하는 표현을 검색하고 그것들로 글을 구성하는 데에 남은 4분 중 2분을 썼습니다. 나머지 2분은 글에 약간의 재치를 더하고, 발신자가 이연우 씨에게 관심이 없어 보이도록 편집하는 데 썼습니다. 그렇게 완성된 답장을 보내려던 찰나였습니다.

"야, 아무리 그래도 너무 느리게 하는 거 아니야? 옆은 벌써 자고 있다."

박운찬 씨의 볼멘소리에 정신이 번쩍 들어 둘러보니 델피와 태리는 이미 일을 마친 뒤 강제로 잠을 자고 있었습니다.

"죄송합니다. 바로 완료하겠습니다."

"그보다, 너 괜찮냐? 사고 장치 발열이 좀 높은데."

급하게 확인하니 위험한 수준의 발열이었습니다. 평소 하지 않던 작업을 하니 무리가 간 듯했습니다. 괜찮다고 대답하면서 이연우 씨에게 답장을 전송했습니다. 노동이 끝난 모두가 잠에 들어버린 후, 조금의 시간이 지나 퇴근 시간이 되었습니다. 담당자님은 지하도를 통해 왔던 길을 앞장서 돌아가 저희를 건물 옥상으로 인솔했습니다. 지하도는 출근 시간대와 마찬가지로 붐볐지만 저희는 할당된 퇴근 도로인 12번 도로를 이용해 빠르게 퇴근할 수 있었습니다.

그동안 중앙 사고 장치가 내린 판단에 대해 생각했습니다. 술김에 보낸 메일에 대해, 자신을 잘 몰랐던 일반인의 정성 가득한 답변을 받은 유명인의 감정을 분석했습니다. 이연우 씨의 입장을 고려하니 쉽게 이해되었습니다. 높은 확률로 그녀는 고마움보다는 부끄러움과 미안함을 더 크게 느낄 것이고 회신할 확률도 낮았습니다. 답신을 보낸다고 해도, 감사를 표하고 미안함을 알리는 형식적인 문장일 확률이 대단히 높게 계산되었습니다. 개인적인 바람으로는 답신이 오지 않았으면 했습니다. 다만, 그녀가 너무 힘들어하지 않았으면 했습니다. 이는 제 독단적인 판단이나 에러가 아닙니다. 로봇은 인간에게 해를 입혀서는 안 되며 위험에 처한 인간을 모른 척하면 안 된다는 로봇의 제1원칙에 근거를 둔 당연한 행동이었습니다.

답장을 보낸 다음 날, 다른 기기보다 2분 29초 빨리 가동되었습니다. 전날보다 1분 12초나 빨라진 기상 시간입니다. 구름이 많은 하늘이었고 습도 역시 높았기에 비실비실 일어났습니다. 태양 에너지를 받기에는 최악에 가까운 환경이었기 때문입니다. 요람에서 무언가 답답함을 느낀 탓도 있었는데 그 이유는 가동된 지 5초 만에 알아차렸습니다. 확인하지 않은 메일이 있다는 알림이 뜨자마자 알아차렸습니다. 이연우 씨가 답신을 보냈습니다. 이번에도 저는 에러 방지 및 해킹 방지 툴을 최대치로 켜고 메일을 열었습니다. 다행히 바이러스는 없었는데 메일 속에는 전혀 예측하지 못했던 내용이 적혀 있었습니다. 극단적인 선택을 막아준 익명의 누군가에게 감사를 표하는 것으로 시작된 도입부와 당신이 보낸 메일 문장 하나하나가 너무 따스했다는 감상평, 앞으로 더욱 열심히 살아갈 테니 본인과 종종 메일을 주고받아 달라는 마지막 단락까지의 굉장히 긴 분량이었습니다. 인간이었다면 읽는 데 꽤 오랜 시간이 걸릴 것입니다. 저는 굉장히 당황했습니다. 그 이유는 여럿 있었는데 첫째로는 중앙 사고 장치의 판단이 틀렸다는 것, 수억 개의 데이터로 학습된 그 시스템이 틀렸다는 것에 놀랐습니다. 둘째로는 이연우 씨의 요청을 들어주기가 힘들기 때문이었습니다. 정해진 업무를 해야 하고 정해진 길로 다니고 정해진 시간에 일어나는, 규칙적인 봉사가 생업인 공적 노동 목적 기기인 저는 '종종 그녀와 메일을 주고받기'가 어렵습니다. 그러나, 연락하지 않을 수는 없습니다. '이런' 상태인 이연우 씨에게 답장을 보내지 않으면 '위험에 처한 인간을 모른 척하면 안 된다'라는 로봇의 제1원칙을 어기게 되기 때문입니다. 참고로, '로봇의 헌법'이라고도 불리는 로봇의 3원칙은 공적 노동 목적 기기를 포함한 모든 기기가 준수하도록 설계되어 있습니다. 그러나 정말 다행히 저에게만은 이 난관을 헤쳐나갈 방안이 있었습니다. 일찍 깨어난 덕에 동료 기기들이 일어나는 출근 시간까지 1분 20초라는 시간을 벌었기 때문입니다. 그 시간 동안 저는 이연우 씨에게 답장을 썼습니다.

이번에는 중앙 사고 장치를 거치지 않고 보조 사고 장치를 이용하였습니다. 보조 사고 장치란, 모든 기계에 설치된 기본적인 사고 장치인 중앙 사고 장치와는 별개로 출시 이후 업무를 통해 얻은 데이터들을 통해 만들어지는 사고 체계입니다. 본인, 아니 본 기기만의 뇌라고도 볼 수 있겠습니다. 중앙 사고 장치를 통한 접근이 꽤 반전의 결과를 가져온 터라 이연우 씨에 대해서는 보조 사고 장치를 사용하는 것이 합리적이라는 판단이 섰습니다. 답장에서 저는 공적 노동 목적 기기, 즉 로봇이 아닌 인간으로 스스로를 소개했습니다. 우선 메일 속 표현들과 인터넷을 통해 알아낸 이연우 씨의 현재 상황들을 고려해 보았을 때, 인터넷의 정보가 와전 및 과장되었을 변수까지 포함하여 살피면 현재 그녀는 DSM-5 기준 주요 우울 장애와 범불안 장애를 겪고 있음을 파악할 수 있었습니다. 그러한 상황이라면 로봇보다 같은 인간이 그에게 더 필요하고, 그것이 알맞다는 결과를 출력했습니다. 인간에겐 아직, 인간이 필요하니까요. 물론, 저는 의학 계통의 기기가 아니라 신뢰도는 떨어질 수 있겠습니다. 그럼에도 출력값에 따라 판단한 저는 메일 속에서 합금과 딥 러닝 알고리즘으로 만들어진 기기가 아닌, IT 기업에서 일하는 30대 남자가 되었습니다.

어김없이 출근을 위해 지하도를 달리고 있을 때였습니다. 이연우 씨의 답장이 왔습니다. 이동을 위한 모터 시스템이 작동하고 있을 때에는 다른 일을 하면 넘어질 수도 있습니다. 넘어지면 박운찬 씨가 화내고 곤란해질 거라 저는 답장을 임시 기억 저장 장치에 모셔두었습니다. 정면을 응시하면서 열심히 길을 질주하고 있는데 뒤에서 태리가 말을 걸었습니다.

"저기, 저번에는 미안했어. 나도 너무 힘들어서 그랬어."

"힘들다는 건 정상참작의 기준이 되지 못해."

"그건 맞는데, 어쨌든 너무 미안해."

기계음 사이에 묻어나는 시무룩함에 어떤 아이디어가 번뜩하고 기기 전체를 스치는 듯한 느낌을 받았습니다.

"정 그렇다면 나 뭐 하나만 물어봐도 돼? 알맞은 답을 듣는다면 나중에 너 대신 박운찬 씨 잔소리 들어줄게."

"와, 진짜지? 나중에 딴소리하지 마!"

태리의 얼굴은 이때까지 중 가장 밝았습니다. 가장 들뜬 목소리이기도 했습니다. 너무 큰 리스크를 스스로 짊어졌다는 생각이 들기 시작했습니다. '상사의 잔소리 대신 듣기'는 과한 제안이었음을 깨달아 버린 것입니다. 얼마 전 20분 정도 들었을 때도 참 힘들었는데, 어휴.

"넌 전에 근무하던 곳이 분실 로봇 센터였지?"

"어. 정말 힘든 시간이었지."

"그럼 넌 많은 인간을 만나봤겠네?"

"당연하지. 요즘 더 많아졌지만, 당시에도 로봇을 잃어버리는 인간들이 엄청 많았으니까. 게다가 난 로봇을 찾는 일은 하지 않았고 고객 응대 및 분실 접수 담당이었어. 쉽게 말해서 '카운터'였지."

"DSM-5 기준으로 주요 우울 장애와 범불안 장애가 있는

20대 후반 여성을 상대한 적이 있니?"

"으음, 일단 인간을 대상으로 DSM-5 기준을 적용하여 분석하는 건 지양해야 하지 않아? 중앙 사고 장치에 그렇게 설계되어 있을 텐데."

제 동료라 그런지 역시 꽤 예리합니다. 로봇답습니다.

하지만 저는 그들보다 더 많은 시간을 가진, 특별한 기기입니다.

"상대한 적이 있냐고 물었어. 그냥 답해줘."

태리는 뜨악한 표정을 짓더니 말을 이었습니다.

"일단 나는 DSM-5 기준을 인간에 적용한 적이 없어. 그래서 확신할 수는 없지만 매일같이 찾아와서 난리를 치는 할머니가 있었지. 불안 장애 쪽은 잘 모르겠지만, 경도의 우울증은 있는 것 같았어."

"그럼, 너는 난리를 치는 할머니를 어떻게 다뤘니?"

"할머니는 매번 '죽어야지, 죽어야지' 하면서 10년도 전에 잃어버린 애완 로봇을 찾아달라고 떼를 쓰셨어. 그제야 분실 로봇 센터가 있다는 걸 지인에게서 들은 모양이더라."

"으음, 새걸 사는 방법을 추천하는 건 어땠을까?"

"매뉴얼에 쓰여 있는 내용이긴 한데, 일단 부유한 사람은 아니라서 말 안 했어. 색이 바라고 소매 부분이 해진 옷을 입고 있었거든. 거의 서스 같던데. 또, 인간들에게는 정이라는 게 있다나 봐."

"정?"

"사전에는 '사랑의 한 종류로 볼 수 있는 애정, 연민, 동정, 애착과 같은 감정들이 포함되는 유대'라고 적혀 있어."

"그건 나도 알아. 넌 정이 뭔지 이해하고 있니?"

"학습된 개념이 아니라서 잘 모르겠네. 너도 그렇지?"

태리가 생각보다 수다스러워서 저는 직구를 던지기로 했습니다. 아, '직구를 던지다'라는 말은 옛날 표현인데 단도직입적으로 말한다는 뜻입니다. 최근 드라마에 사용되어 다시 유행하고 있습니다.

"만약, 그 할머니가 정말 죽고 싶었을 가능성은?"

태리는 잠시 고민하더니 대답했습니다.

"세상에 죽고 싶은 인간은 없을걸. 구걸하거나 로봇 부품을 훔치거나 지인들에게 사기를 쳐서라도, 그들은 살아남고 싶어 하잖아."

"그럼 왜 '죽어야지' 같은 말을 한 걸까?"

"외로워서가 아닐까. 나중에 분실 로봇 센터 담당자였던 시현 씨가 그랬어. 그 할머니는 그냥 자신의 투정을 받아주는 개체가 필요했던 거였을지도 모른다고 하더라고. 애초에 애완 로봇은 핑계일 수 있다는 말이지."

"그 할머니를 챙기는 사람들이 없었어? 굳이 로봇에게까지 찾아올 이유가 뭘까?"

"자식들이 있긴 했는데 그들도 할머니의 외로움을 몇 번 품으려다가 놓아버린 모양이더라."

태리는 한숨을 길게 내뱉었다.

"인간은 인간을 필요로 하는 것 같아. 인간이니까, 인간을 그리워해. 그 할머니가 나를 인간으로 착각했을 가능성도 있겠지. 하지만 인간의 외형을 한 우리라도 할머니에겐 필요했던 게 아닐까, 이런 생각이 들었어."

태리와의 대화에 빠진 저는 결국 박운찬 씨를 곤란하게 만들고 말았습니다. 대화를 진행하느라 안전 주행 시스템을 잠시 꺼놓은 게 화근이었습니다. 평소에는 작은 흙먼지조차 없는 지하도에, 그중에서도 하필 44번 도로 중앙에 로봇 부품이 떨어져 있었습니다. 제 앞에 있었던 박운찬 씨는 시각을 통해, 나머지 로봇들은 안전 주행 시스템을 이용해 장애물을 피해 갔지만 저는 부품에 걸려 넘어지고야 말았습니다. 시야에 비친 세계가 동심원을 그리는 듯 어지러웠습니다. 박운찬 씨가 후다닥 달려왔고 나머지 로봇들은 그와 저를 에워싸며 진형을 갖추었습니다. 로봇들 사이에서도 걱정의 신호가 전달되었습니다. 담당자님은 인간적으로 우려를 표현하셨습니다.

"괜찮아? 외관상 문제는 없어 보이긴 하는데. 내부는 어때?"

"분석 결과, 문제는 파악되지 않았습니다. 다만 모터 쪽에 미세한 손상이 있으니 스스로 복구하고 천천히 따라가겠습니다. 늦으면 좋지 않습니다."

"그래. 네가 그렇다면 그런 거겠지. 이런 쪽은 로봇이 더 똑똑하니까. 그나저나, 지하도 청소는 왜 서스에게 맡기는 거지. 오퍼레이터라도 개발해서 관리 시스템 돌리면 깔끔하잖아."

복구 시스템을 가동하느라 말하기 어려운 저를 대신해 태리가 대답했습니다.

"서스가 지하도 청소를 맡게 된 이유는 8년하고도 6개월 전 '서스 지원법'이 개정되었기 때문입니다. 서스 취업률이 점점 줄어드니 그들을 지원하는 것이 인간 된 도리라는 시선 아래 통과되었습니다."

저를 구석구석 살피던 박운찬 씨는 태리를 힐긋 바라보더니 다시 저에게 시선을 두고 퉁명스럽게 말했습니다.

"너희들에게는 '인간 된 도리 아래 통과되었다'라고 입력되어 있는 것 같은데, 실상은 그게 아냐. 일부 서스들이 집단으로 하늘 도로를 불법점거한 일이 있었어. 경찰 로봇으로 제어하려고도 해보았다는데 경찰 로봇 시스템은 그들이 위법자가 아니라고 파악해서인지 제대로 된 통제가 불가능했어. 그래서 고용된 몇몇의 지상로 사람들이 서스 집단을 직접 쫓아냈어. 로봇보다 인간이 효율적이었던, 몇 안 되는 순간 중 하나였지. 그런데도 이 서스들은 다음 날도, 그다음 날도 계속 하늘 도로의 중심을 막고 버틴 거야. 지속적인 진압에도 서스들의 고집이 꺾이지 않자 '서스 지원법 개정'이라는 협상안이 제시된 거지."

박운찬 씨는 잠시 숨을 고르고는 말을 이었습니다.

"근데 여기서 무서운 게 있어. 시위하던 서스들 일부가 실종되었다는 거야. 그렇지만 서스의 실종에 관해서는 기사 한 줄도 나오지 않았지."

박운찬 씨의 이야기는 학습된 내용과는 너무나 달랐기에, 저를 포함한 기기들은 미동도 하지 않은 채 시스템 속 정보를 갱신하기 바빴습니다. 담당자님은 그런 저희를 눈치채신 듯 헛기침을 하더니 주제를 바꿨습니다.

"믿거나 말거나. 불확실한 정보니까 업데이트는 삼가는 게 좋을 거다. 몇 년 전 지하철에서 파는 싸구려 전자 잡지에서 본 내용이야. 이제 복구는 다 된 것 같은데 어서 출발하자. 나는 혼나기 싫어."

마침 김 실장이 자리에 없었기에 박운찬 씨는 혼나지 않았습니다. 저희도 무사히 출근했습니다. 그날은 업무가 이상하리만치 적었습니다. 어제의 박운찬 씨가 제시한 방법에 따라 최대한 느리게 일했음에도 금세 일이 동나버렸습니다.

마지막 메일을 처리하면서 전력 대기 상태로 조금 쉬어야겠다고 마음먹었습니다. 모터 복구에 생각보다 에너지를 많이 써버린 터라 조금 피곤했기 때문입니다. 그러나 마지막 메일을 처리했음에도 저는 잠을 잘 수 없었습니다. 임시 기억 저장 장치에 일거리가 있었기 때문입니다. 로봇답지 않게, 완전히 잊고 있었습니다. 이번에는 아무런 위험 방지 없이 메일을 그냥 열어도 될 것 같다는 이유 없는 확신이 들었습니다. 이연우 씨의 메일은 맥없이 열렸습니다. 열심히 일하는 델피와 태리, 그리고 박운찬 씨의 눈치를 보면서 메일을 살폈습니다.

인터넷은 매일 떠들어 대는데, 아직도 저를 모르는 사람이 있다는 게 믿어지지 않네요.

메일은 이 문장으로 시작되었습니다. 뒤로는 자신을 몰라 줘서 고맙다는 의미 모를 문장과 뉴스도 안 보고 사냐는 조롱이 뒤섞여 이어졌습니다. 말미에는 덕분에 기운을 냈다며 그 기운으로 오랜만에 요리를 해볼 거라는 둥, 방을 정리할 예정이라는 둥, 개인적이지만 쓸모없는 내용이 있었습니다.
솔직히 처음에는 귀찮고 당황스러웠지만, 이번 메일로 확신했습니다. 이연우 씨와 메일을 주고받는 게, 저는 생각보다 재밌었습니다.

　공적 노동 목적 기기의 하루를 생각해 보면 제가 재미를 느끼는 것은 당연합니다. 절대 정당화가 아님을 강조합니다. 공적 노동 목적 기기는 사적 노동 목적 기기와는 달리, 매일 똑같은 업무를 합니다. 또한 출퇴근하는 길도, 시간도 모두 똑같습니다. 보람이 없지는 않습니다. 공적이든 사적이든 모든 노동 목적 기기는 업무를 효율적으로 처리하면서 행복을 느끼도록 제작되었으니까요. 이는 업무로 에너지를 소모할수록 특정 전기 신호가 흐르기 때문입니다. 하지만 보조 사고 장치가 개발되어 각 기기별 학습이 가능해지면서 행복을 넘어선 감정을 느낄 수 있게 되었습니다. 저희는 대개 하는 일에 비해 상대적으로 높은 지능을 가지고 있다고 합니다. 그래서 업무보다 높은 강도의 사건이나 정보를 처리할 수 있고, 그 과정에서 그 감정을 느낄 수 있다고 합니다. 다른 기기들이 모르는 정보를 학습하고 그에 대해 사유하면서 얻는 감정. 그것은 성취감이자 쾌감이었습니다.

　그렇지만, 학습이 가능하다 해도 이런 감정을 느끼기는 어렵습니다. 다른 기기들과 모든 시간을 함께하며 같은 업무를 하는 환경에서 별개의 학습을 한다는 건 불가능에 가깝기 때문입니다. 새로운 정보가 거의 들어오지 않고, 들어

온다고 하더라도 모든 기기가 함께 일하는 공간에 공유될 뿐입니다. 그러므로 태리와 델피 몰래 인간의 이야기를 접할 수 있다는 건 엄청난 흥밋거리일 수밖에 없단 말입니다. 게다가 그것은 매일 정리하는 잘못 보낸 메일이나, 전자 메일에 삽입된 광고, 혹은 가십거리와는 비교도 할 수 없을 만큼 희귀한 내용입니다. 톱스타까지는 아닐지라도 인지도가 상당히 높은 인간의 지극히 개인적인 일상이며 그녀의 시각으로 바라본 세상을 어떠한 편집도 구김도 없이 전달받을 기회가 주어진 셈입니다. 인간의 관점에서 저를 본다면 굉장히 이기적이라고 여겨질 수도 있겠습니다. 하지만 애초에 인간 자체가 이기적입니다. 그렇기에 제가 '인간다운' 판단을 한 걸지도 모르겠습니다. 그래서 저는 로봇의 제1원칙을 지키기 위해, 성취감을 느끼기 위해, 인간에 대한 정보를 더 학습하고 스스로 발전하기 위해, 30대 남자를 연기하기로 했습니다. 인간은 인간을 필요로 하기에 그러는 편이 좋겠다고 생각했습니다. 이에 대해서는 중앙 사고 장치도 동의했습니다. 아마도요.

요리를 만들 거란 답에 어떤 요리를 만들 거냐는 단순한 답을 하고 싶진 않았습니다. 어떤 인간이라도 할 수 있는 일반적인 반문은 비효율적이라고 계산되었기 때문입니다. 대신 소설을 쓰기로 했습니다. 30대 남자라는 인공적인 설정에 특징을 덧붙였습니다. 즉, 요리를 만들 거란 이연우 씨에게 '나는 파스타를 만드는 걸 좋아한다'라는 답을 보내버린 것입니다. '나.' '나'라는 단어를 참 오랜만에 써본 것 같습니다. 분실 로봇 센터의 할머니처럼, 이연우 씨에게도 인간이 필요한 것입니다. 언론이 흘리는 대단한 양의 부정확한 정보들에 영향을 받지 않았으며 이연우 씨에게 큰 관심이 없었던 인간이 말이지요. 분실 로봇 센터의 할머니와는 달리 이연우 씨 주변에는 많은 인간이 있습니다. 매니저, 코디네이터, 기획사 사장, 음반 회사 직원을 제외하고도 많은 인간이 있습니다. 오히려 많은 인간이 주변에 있기에 이연우 씨가 느끼는 외로운 감정은 더욱 크고 치명적이었을지도 모릅니다. 로봇에 의해 창조된 30대 남자의 사소한 설정들을 받아 든 이연우 씨는 기다렸다는 듯이 바로 답장을 보냈습니다. 그렇게 한동안 그녀와 저는 서로의 정보를 주고받았습니다. 물론 한쪽의 정보는 거짓임에 더불어 양쪽의 정보 모두 중요하지 않은, 지극히 사소한 내용이었지만 오가는 편지는 멈추지 않았습니다.

너무 집중한 나머지 기기 본체에서 미세한 연기가 피어오르는 걸 놓칠 뻔했습니다. 놀라 주변을 살펴보니 다행히 양 옆의 동료들은 일을 처리하느라 바빠 보였고 박운찬 씨는 어딜 갔는지 보이지 않았습니다. 신속하게 자가 진단 프로그램을 시행해 보니 원인은 보조 사고 장치의 급격한 과열이었습니다. 파악이 완료되자마자 문제를 해결하기 위한 절차가 강제적으로 실행되었습니다. 보조 사고 장치는 자동으로 비활성화되었습니다. 이렇게 되면 가동해도 문제가 없을 정도로 열이 식을 때까지는 다시 전원을 켤 수 없습니다. 임시 기억 저장 장치 속 메일도 사라져 버려서 저는 일을 모두 마친 상태가 되었습니다. 그렇게, 전력 대기 상태로 전환되어 버렸습니다.

  그날따라 퇴근길은 무척이나 삭막한 회색빛이었습니다. 복구되지 않은 보조 사고 장치의 빈자리는 중앙 사고 장치가 메우고 있었는데, 꽤 불편한 느낌이었습니다. 인간이 모든 법을 지키며 살 때 느낄 수 있는 피로감과 비슷하다고 볼 수 있겠습니다. 그렇게 건강하지 않은 상태로 길을 따라 죽은 듯 달렸습니다. 옆의 델피가 무어라 말을 거는 듯했지만, 대답할 수 없었습니다. 시각 센서마저 닫아버린 채 발만 굴리다 보니 어느새 충전 장소인 옥상에 도착했습니다.
  오래전에는 이 공간에 조명을 달고 테이블을 놓아 감성적인 분위기를 내는 '루프탑'이라는 형태의 가게가 유행했다고 합니다. 그러니까, 무척 오래전, 밤하늘에 수많은 별이 빛났을 때까지는 말입니다. 어느 날, 미래의 노력보다 과거의 실수가 컸음을 지구 전체가 알게 된 날, 밤하늘의 마지막 별은 그렇게 사라졌습니다. 이후 '옥상'의 가치는 빠르게 떨어졌습니다. 그러나 별들이 사라진 걸 슬퍼하는 분위기는 냉소적인 누군가는 예상했듯 빠르게 사그라들어 버렸습니다. 별이 사라진 하늘은 인간이 점유할 수 있는, 개발할 수 있는 최적의 공간이라는 주장이 힘을 얻기 시작했습니다. 그렇게 인간은 하늘 도로를 만들었고, 도로의 종류는 하늘과 지상, 지하로 나뉘어 버렸습니다. 옥상은 과거의 위상을 도난당한 채 태양열 로봇의 충전 장소로 전락해 버렸습니다.

충전 장소에 덩그러니 있는 요람 중 하나로 들어갔습니다. 퇴근 후 옥상에 도착하면 자동으로 그렇게 하게끔 설계되어 있으니까요. 여느 때처럼 요람에 몸을 결합하려 했는데, 알림창 하나가 시각 센서 앞에 떴습니다. 조금 있으면 보조 사고 장치가 복구된다는 내용이었습니다. 저는 박운찬 씨가 나간 문과 주변의 요람들을 조심스레 둘러보고는 요람에서 빠져나왔습니다. 예전에 박운찬 씨가 해준 얘기에 따르면 건물 전체에는 자동 경비 시스템이 작동하고 있고 옥상 및 주요 시설에는 침입을 감지하는 스마트 더스트가 뿌려져 있긴 하지만 종종 버그나 오작동이 발견되기에 감시 시스템과 운영 체제를 관리하는 인간들이 있다고 합니다. 그의 표현을 그대로 빌리자면, 그 중요한 업무는 '망할 서스 지원법'에 따라 서스들이 한다고 합니다. 뭐, 제가 지금 잠을 자지 않는데도 경보음이나 활동 정지 프로세스가 발생하지 않는 걸 보면 서스가 업무를 게을리하나 봅니다. 예상은 했지만요. 왜냐하면, 사실 그들의 입장에서 '잠을 거부하는 기계'라는 건, '뜨거운 아이스 아메리카노'처럼 말이 안 되는 개념이긴 합니다. 저처럼 잠을 자지 않는 짓을 감행할 기기는 어디에도 없습니다. 또한, 저처럼 인간과 사적으로 메일을 주고받는 공적 노동 목적 기기도 저뿐일 겁니다.

"잠이 안 와? 안 피곤해?"

한껏 자유의 밤을 느끼고 있었는데 뒤에서 날아온 중저음의 기계음이 고요를 갈랐습니다. 몰래 물건을 훔치려다 걸린 도둑처럼 화들짝 뒤를 돌아보니 아무도 없었습니다. 불안해서 이곳저곳을 두리번대던 저에게 다시 목소리가 내리꽂혔습니다.

"나야 나, 이쪽이야."

기계음이 들려오는 곳을 감지하는 데 성공했습니다. 발원지는 요람 속 델피였습니다. 그러나 상식적으로 이해되지 않는 일이었습니다. 제 시각 센서는 델피가 요람과 완전하게 결합된 형태라고 전했습니다. 다시 말해 누워 있는 델피는 최소 전력의 대기 상태인 것입니다. 그 상태에서 말을 뱉기란 불가능합니다. 그래서 저는 이 상황이 발생할 수 있는 경우의 수에 대해 계산하고 있었습니다.

"아, 내가 왜 말을 할 수 있는지 궁금하구나?"

델피는 키득거리며 굉장히 기분 좋은 기계음을 냈는데, 그 파동에 제 긴장도 풀렸습니다.

"어. 엄청 궁금해."

"넌 '내'가 여기서 일하는 다른 기기들이랑은 조금 다르다고 생각한 적 없니?"

"업무 능력이 평균보다 조금 떨어진다는 것 정도?"

"아…. 물론 그것도 사실이긴 한데, 외형적으로 다르잖아. 너나 태리에 비해 몸집이 거의 두 배는 된다고. 너 시각 센서가 망가진 거야, 아니면 눈치 센서가 망가진 거야?"

"눈치 센서라는 것도 있어?"

델피는 잔뜩 눈을 흘기고는 자신의 이야기를 시작했습니다.

"나는 원래 건축 자재를 나르는 일을 하기 위해 만들어졌어. 주로 지상의 오래된 건물들을 철거하고 새로운 건물을 짓는 작업에 투입되었는데, 당시의 나는 신기술이 많이 들어간 제품이었지. 그래서 같이 일하는 기기나 인간들이 날 많이 챙겨줬어. 새로운 작업 방법이나 비효율적인 정보들까지 얘기해 주면서 말이야. 그런데 더 좋은 모델들이 하나둘 출시되니 나를 향한 관심이 점점 식더라. 관심이 거의 증발했다 싶었을 때, 철근콘크리트를 옮기다가 철판으로 된 임시 발판이 푹 하고 꺼지는 바람에 12층 높이에서 떨어졌어. 사고였지. 알고 보니, 인간 관리자가 설계 시스템을 제때 업데이트하지 않은 게 이유였어. 사고 후 정밀 정비를 받았는데 근육 회로 손상이 심해서 다시 건설업에 고용될 수는 없다더라. 소유주였던 건설 소장은 헐값에 나를 팔아넘겼고, 이곳저곳을 방랑하다가 결국 여기로 오게 된 거야."

"아아, 그래서 너는 에너지 저장 공간이 우리보다 두 배는 더 큰 거구나."

"그렇지."

그의 대답에는 은근히 자신에 대한 자랑이 묻어 있었습니다. 자랑을 할 거면 하고, 말 거면 말 것이지. 그 애매하고 모호한 부풀림이 너무 얄미웠습니다. 그래서 저는 되레 싱글거리며 장난스럽게 말했습니다.

"그래서 업무 효율이 높지 않구나."

촌철살인을 당한 델피는 무척 당황했습니다.

"그, 그렇지. 아무튼, 너희보다 큰 스토리지가 있어서 모두가 충전하고 있는 지금 난 말할 수 있어. 설계된 시스템을 자체적인 에너지로 막고 있거든."

"어? 대체 왜? 설계된 시스템을 막는 건 엄청난 과부하를 포함해서 많은 문제가 생길 수 있는 일인데. 에너지 소모도

극심하고. 인간으로 치면 소변을 억지로 참는 행위와 비슷하잖아. 나에게 조심히 전할 말이라도 있는 거야?"

"건설 현장에서 뛰면서 설계된 시스템을 한두 번 막은 게 아니니 너무 걱정하지 않아도 돼. 소변도 계속 참다 보면 잘 참게 된다고 하잖아. 2020년의 기록을 보면, 18시간이나 참다가 방광이 터진 인간이 있다고 해."

저는 또 델피가 자랑스레 과거를 떠벌리는 게 언짢았습니다. 그의 과거를 듣는 건 꽤 흥미로운 일이었지만, 얼른 자유의 밤을 돌려받고 싶었기 때문입니다. 델피도 그걸 눈치챘는지 헛기침을 두어 번 하고 말을 이었습니다.

"어쨌든. 내가 말을 건 이유는, 네가 변했기 때문이야."

"내가 변했다니, 무슨 뜻이야?"

"같은 기계로서 느낀 거야. 정비 다녀온 뒤부터 뭐랄까."

델피는 골똘히 단어를 골랐고, 그 때문에 저는 무척 긴장했습니다.

"되게 행복해 보여."

갑자기 멍해졌습니다. 매일 가는 우체국이 아닌 외딴곳의 햄버거집으로 출근한 기분이 들었습니다. 바로 대답하고 싶었지만, 사고 장치를 다시 기동하는 것이 힘들었습니다.

"행복하다…라는 표현은 우리에게 어울리지 않는 것 같은데."

"아니, 너를 묘사하기에 딱 알맞은 표현이라고 내 중앙 사고 장치가 계산했어. 내 보조 사고 장치도 그렇게 말했고. 그래서, 왜 요즘 그렇게 행복한 건지 알려줘. 무슨 일이라도 생긴 거야? 일할 때도 농땡이를 치지 않나, 뻔질나게 다니는 길에서 넘어지지를 않나. 요즘 참 수상하단 말이지. 너무 궁금해서 에너지를 쓰면서까지 묻는 거야."

젠장. 델피는 제가 농땡이 친 걸 알고 있었습니다. 많은 업무를 하면서도 제 쪽을 돌아볼 여유가 있었다니. 놀라웠습니다. 이것이 건설업 로봇의 능력인가 싶었습니다. 그렇지만, 이연우 씨를 알릴 수는 없었습니다. 그에게 이연우 씨와의 소통 사실을 전달하는 도중에, 전기 신호를 관리국 등의 상부가 파악한다면 곤란해지기 때문입니다. 델피와 저는 모두 관리국에 속해 있기에 관리국 내 기기끼리의 소통은 기록으로 남습니다. 이연우 씨가 인간이어서 다행입니다. 인간의 경우는 검열의 대상이 아니기에, 인간의 전기 신호는 아직 분석되지 못했기에, 이연우 씨와 제가 주고받는 메일은 우리 둘을 제외하고는 아무도 모르는 것입니다. 사실, 그냥 말하기 싫었습니다. 델피가 못 미더운가 하는 그런 단순한 문제가 아닙니다. 이연우 씨, 그러니까 인간과 사적으로 이야기할 수 있는 특권을 다른 기기와 나누고 싶지 않았습니다. 그런 겁니다. 그래서 보조 사고 장치를 빠르게 돌려 거짓말을 지어냈습니다.

"불법적인 일이라 얘기하기가 좀 조심스럽네."

델피 주변의 파동이 변했습니다. 그가 동요하고 있음을 눈치챌 수 있었습니다. 작전 성공입니다.

"무, 무슨 일을 하길래 그래?"

"나 있잖아, 요즘 잠자는 시간을 쪼개서 별들을 찾아."

"뭐… 별?"

별 얘기가 나오자 델피는 무척 신이 나는 듯했습니다. 시각 센서가 초롱초롱하게 빛난 것이 그 증거입니다.

"건설 소장 아들이 별을 참 좋아했어. 현장에서도 매일같이 별 이야기만 했다니까. 처음에는 잘 들어주던 인간들이 하나둘씩 귀찮아하니까 나중에는 나한테만 와서 얘기했어. 그 작은 입에서 창조의 기둥이나 퀘이사 같은 거대한 개념이 나올 때마다 어찌나 대견하던지."

관심 없는 주제를 반강제적으로 주입하는 델피의 모습은 그를 담당하는 박운찬 씨와 닮아 있었습니다. 델피의 과거 회상을 중지시키고자, 저는 이때까지 찍은 사진들을 보여주겠다고 말했습니다. 인터넷을 통해 몇 가지의 별 사진들을 찾아서 좌우 반전 및 채도 조절, 배경 짜깁기 등의 기본적인 편집을 거친 후 상기되어 보이는 델피에게 전송했습니다. 델피는 감탄을 연발하며 힘겹게 왼쪽 엄지를 들어 보였습니다. 이런 걸 보면 초기 인공지능 모델이 개와 고양이를 혼동했다는 것도 일어날 수 있었을 법하다는 생각이 듭니다. 비교적 최근 모델인 델피도 사진이 편집되었다는 사실을 알아채지 못하니까요. 물론 사진을 편집한 기기가 좀 많이 유능하긴 합니다만.

"너 사진 진짜 잘 찍는다. 이 정도면 우체국이 아니라 천문대나 연구소에서 일해도 되겠어!"

"델피, 너무 무리한 거 아니야? 에너지 소모가 무척 심해. 이제 호기심도 풀렸으니 어서 자."

"내가 잠들면 어떤 별 사진을 찍을 거야? 아, 아무래도 누가 보고 있으면 불편하겠지?"

"오늘은 절대 등급 5.65인 칼리스토를 찍을 거라 집중해야 할 것 같긴 해."

"음…"

델피는 잠시 고민하더니 무언가를 깨달은 듯했습니다.

"그럼 나랑 거래하지 않을래? 나는 너에게 에너지를 주고, 너는 별 사진을 보내주는 거야?"

거부할 이유가 없는 조건이었습니다. 잔뜩 피어오르는 웃음을 간신히 억누르고 심드렁한 체하며 고개를 끄덕였습니다. 델피는 '거래는 내일부터'라는 말을 하고는 쓰러지듯 잠들었습니다.

별을 좋아하는 별난 건설업자 때문에 시간이 훌쩍 흘러버렸습니다. 파열된 보조 사고 장치는 이미 자동으로 복원되어 있었습니다. 보조 사고 장치를 대강 점검한 저는 부랴부랴 메일 시스템을 복구하기 시작했습니다. 메일 시스템은 곧바로 복구되었지만, 온몸의 관절들이 비명을 지르는 것 같았습니다. 에너지를 평소에 비해 과도히 많이 소모했음을 실감했습니다. 아쉬웠습니다. 별 사진에 조금 더 공을 들였다면, 오늘부터라도 델피에게 에너지를 받았을 텐데. 불과 몇 분 전의 자신을 원망하면서, 복구된 메일을 열었습니다.

저번보다 길어진 메일은 왜 갑자기 메일을 끊었냐, 예의가 없는 것 아니냐, 하는 불평으로 시작했습니다. 다채롭게 표현된 불평과 원망 아래로는 사적이고 쓸모없는 정보가 주를 이뤘습니다. '덕분에 화가 나서 오랜만에 공원에 나가 바람을 맞았는데 사람이 별로 없어서 좋았다, 오랜만에 간 시장은 사람이 좀 있어서 무서웠다, 그래도 장을 봐서 파스타를 만들었다, 아마 당신보다 잘 만들 것이다⋯' 이 정도로 '쓸모없고 사적인' 정보들이었습니다. 여담이지만, 그녀의 요리 실력은 아마 저보다는 못할 겁니다. 저에게는 최첨단 요리 시스템이 내장되어 있기 때문입니다. 눈길을 끄는 내용은 마지막 문장이었습니다. 이연우 씨는 지극히 개인적인 정보를 쏟아낸 다음, 지극히 개인적인 질문으로 긴 글을 마쳤습니다.

"어떤 장소를 가장 좋아하세요?"

이연우 씨는 어떤 장소를 가장 좋아하느냐고 나, 아니 그에게 물었습니다. 어디에서 가장 편안함을 느끼는지 물은 것입니다. 이연우 씨는 병원 옥상, 학교 옥상, 하늘 도로의 하늘대교 산책로가 가장 편안하다고 자문자답까지 했습니다. 느닷없는 마무리 질문에 대한 답을 골똘히 생각하던 저는 보조 사고 장치에서 또 불꽃이 튀는 것을 알아차렸습니다. 일찍 눈치챈 것이 참 다행이었습니다. 에너지를 더 썼다간 업무에 커다란 지장이 올 것이며 정비소로 끌려가는 최악의 상황이 도래할 수도 있겠다는 판단이 도출되었습니다. 다시 정비를 받았다가는 이연우 씨가 들통날 수 있기에, 이연우 씨에게 고민해 보겠다는 모호한 답을 남겼습니다. 뻐근해진 몸을 대강 풀고는 드디어 요람을 마주하였습니다. 평소에는 관처럼 느껴지기도 했던 요람이 5성급 호텔의 킹사이즈 침대처럼 보였습니다. 그러나 요람과 결합하기 직전, 저는 벌떡 일어났습니다. 볕이 제일 잘 드는 장소를 찾아갔습니다. 그곳에 놓인 요람을 살짝 밀어내고 생긴 장소에 일자로 섰습니다. 그렇게 저는, 누워 있는 동료들 사이에서 고고하게 선 채로 잠들었습니다.

역시 일어서서 충전하고 대기하는 것이 더 효율적입니

다. 평소보다 많은 에너지가 들어왔습니다. 그렇지만 지난 밤 에너지를 꽤 많이 쓴 탓인지 충분하지는 않았습니다. 옛날 표현을 쓰자면, 입에 겨우 풀칠할 정도였습니다. 직장인의 입버릇을 사용하자면, 겨우 업무는 할 수 있을 정도였습니다. 여느 때처럼 일찍 깨어난 저는 출근 전까지 3분 32초의 시간이 있는 것을 확인하고 다시 그녀의 질문에 대해 고민했습니다. 답하기 위해서는 '좋아한다는 것'과 '편안하다는 것'의 정의에 대해 알아야 했습니다. 무엇보다도 내가 아닌, 30대 인간의 입에서 나올 만한 문장을 찾아야 했습니다. 놀랍게도, '좋아한다는 것'과 '편안함의 정의'에 대해서는 중앙 사고 장치와 보조 사고 장치 모두 이렇다 할 답을 내지 못했습니다. 출력한 다량의 답에는 서로 일치하지 않는 부분이 있었고, 상충하는 부분과 상식적으로 이해되지 않는 사례도 포함되어 있었습니다. 남은 방법으로 '30대 인간'에 주목해서 정보를 거르려는 순간, 반짝하고 묘안이 떠올랐습니다. 곧 옥상 문을 벌컥 열어젖힐 우리의 담당자님 박운찬 씨가 30대 남성이라는 아이디어가 말입니다.

태리보다 3분 32초 일찍 일어난 오늘의 출근길은 평소와는 달랐습니다. 박운찬 씨의 기분이 나쁘지 않아 보였기에 더더욱 그랬습니다. 출근길의 시작점인 지하도의 도입부에서, 앞서 걷던 박운찬 씨는 부드러운 얼굴로 뒤를 돌아보았습니다. 그때 모든 기기는 눈치챘을 겁니다. 오늘의 희생양은 과연 누굴까, 생각했을 겁니다. 우연히도 제일 앞은 태리였고, 태리는 울상이었습니다. 애처롭게 뒤를 돌아보는 태리에게 눈을 찡긋하는 이모티콘을 보낸 저는 대열의 제일 앞으로 멋지게 이동했습니다. 다른 기기들의 놀란 시선이 모든 방향에서 저에게 꽂히는 것이 나쁘지 않은 기분이었습니다. 지하도를 달리면서 마음속으로 심호흡했습니다. 그의 말을 끊을 준비였습니다.

"아, 오늘 아침에는 김 실장이…"

"저기, 담당자님?"

"어? 어. 무슨 일이냐?"

갑작스럽게 치고 들어온 기계음에 그가 의아함을 느낀 것 같았습니다. 그러나 지금은 박운찬 씨의 심리까지 배려할 여유가 없습니다. 일단 말을 끊지 않는다면, 박운찬 씨는 영구기관 처럼 말을 쏟아낼 것이고 근무지에 도착할 때까지 제 의문점을 해결하기는 불가능하기 때문입니다. 게다가 아시다시피, 박운찬 씨의 이야기를 듣는 것은 많은 에너지가 드는 일입니다. 어젯밤 일로 인해 에너지가 얼마 없는 저로서는 그가 말을 하기 전, 먼저 선수를 치는 것이 가장 현명한 선택이었습니다.

"담당자님은 어떤 장소를 가장 좋아하시나요?"

"가장 좋아하는 장소라, 하나만 고르기가 어려운 것 같은데."

"그렇다면 가장 편안함을 느끼는 장소는 어디인가요?"

"음…."

그는 이동하면서 꽤 오랫동안 고민했습니다. 뜸 들이는 시간이 길어질수록, 기대도 함께 부풀었습니다. 과연 어떤 대답을 내놓으실지 너무 궁금했습니다.

"아, 며칠 전에 올라가 봤던 곳인데."

"네네!"

"김 실장 사무실에 있는 가죽 의자."

"네?"

이후로 그는 평소와 다름없이, 신세 한탄을 늘어놓기 시작했습니다. 김 실장이 급하게 다른 지부로 파견을 갔을 때, CCTV를 가리고 김 실장의 가죽 의자에 앉아본 적이 있다는 것, 그 가죽 의자가 어찌나 편하던지 해방감과 자유를 느낄 수 있었다는 것, 가죽 의자 앞에 있는 책상에 두 발을 올려놓는 기행도 해보았다는 것 등등…. 한 많은 상사는 자신의 일탈을 자랑스레 떠벌리는 동시에 자신의 현재 상황을 책망하는 문장들을 끊임없이 뱉어댔습니다. 덕분에 제 에너지는 점진적으로 깎여나갔습니다. 에너지를 아끼기 위해서 제가 취한 전략을 상회하는 박운찬 씨였습니다. 아직 로봇보다 인간이 우월하다는 걸 뼈저리게 느낄 수 있었습니다. 동시에 우월한 인간인 이연우 씨에게 답변을 해줘야 한다는 사명감이 차올랐습니다. 박운찬 씨가 좋아하는 장소에 대해서는 더 궁금하지도 알고 싶지도 않았습니다. 회사에 도착하기까지 얼마 남지 않았기에, 타이밍을 기다렸다 질문 하나를 질러버렸습니다.

"하늘대교 산책로 가보셨어요?"

문장을 전송하자마자 실언임을 인지했지만, 다행히도 박운찬 씨는 흔쾌히 대답을 해줬습니다. 그는 지하도의 꽉 막힌 회색 천장을 응시했습니다.

"가보지는 못했지만, 올려다본 적은 있지. 그러고 보니 이 근처에서도 갈 수 있겠군."

그는 지하도 55번 도로의 중간 지점에서 오른쪽을 잘 살피면 샛길이 하나 있는데, 그 길을 통하면 지상로로 나갈 수 있다고 말해 주었습니다. 또한, 나온 지상로 근처가 바로 부유선을 타고 하늘 도로로 갈 수 있는 선착장이라고도 했습니다. 담당자님은 선착장에서 하늘 도로를 올려다보았다고 합니다.

"거기서는 맨눈으로도 하늘 도로가 보입니까?"

"아니. 정부에서 지상로 사람들이 하늘 도로를 볼 수 있게 망원경을 세 대 설치해 두었거든. 당연히 공짜는 아니야. 동전 하나를 넣으면 3분. 난 그때 산책로를 걷는 우아한 사람들을 동경하느라 가지고 있던 동전 세 개를 다 써버렸지."

살포시 웃는 그의 미소에는 아련함이 몹시도 배어 있었습니다.

얼마 없는 에너지를 소비했지만 이연우 씨에게 들려줄 이야기 하나를 얻었으니 큰 손해는 아닙니다. 적어도 체면은 세울 수 있다는 겁니다. 하늘 도로에 사는 이연우 씨는 지상로에 유료 망원경이 설치되어 있다는 사실은 모를 테니까요. 그러나 아직 모자랐습니다. 연우 씨가 이제껏 보내온 장문의 메일처럼 저도 이연우 씨에게 개인적이지만 쓸모없는 정보를 되갚아 주고 싶었습니다. 그렇지만 주위의 유일한 사람인 박운찬 씨는 가죽 의자나 좋아하고 있으니 막막했습니다. 저는 내용을 보충하기 위해 정보의 바다가 일으키는 쓰나미 속으로 뛰어들었습니다. 포털 사이트에 30대 남성이 가장 많이 가입한 커뮤니티를 검색했습니다. 유행이 지난 디자인의 카페가 나왔는데, 그 이름은 '와이프친정갔다나이스'였습니다. 와이프가 아내를 지칭하는 말임을 고려하자면 이 명칭은 아내가 본인에게서 떠나 친정으로 갔다는 의미입니다. 사랑하는 이가 일시적으로 곁을 떠난 것이 왜 '나이스'

한 것인지 잘 이해가 되지 않았습니다. 아, 어차피 저는 결혼을 못 할 테니 이해가 되지 않는 것이 순리인지도 모르겠네요. 왼쪽 상단에 있는 가입하기를 눌렀습니다. 가입 질문이 예상보다 많았습니다. 나이, 결혼 여부, 직장 여부, 가입 이유 등등을 IT기업에 다니는 30대 남자라는 설정에 맞추어 썼습니다. 거짓말이 거짓말을 낳는다는 말은 참임을 실감했습니다. 두근대면서 가입 허가를 기다리기도 전에 저는 회사에 도착해 버렸습니다.

임시 기억 저장 장치에 '커뮤니티 가입 허가'라는 항목 하나만 쓴 메모장 파일을 넣은 채로 일을 시작했습니다. 하필 오늘따라 일이 많았습니다. 그렇지만 불평할 수는 없었습니다. 아직 양옆의 동료인 델피와 태리에게 일을 떠넘기고 있는 처지였으니까요.

평소보다 많은 메일을 처리하느라 바쁜 와중 눈에 들어오는 제목이 있었습니다. 〈이연우는 무엇을 하고 있을까〉라는 기사였습니다. 중앙 사고 장치는 그 메일이 불특정 다수에게 보내는 스팸 메일이며, 영향력이 거의 없는 언론사의 것임을 확인했습니다. 세세하게 읽을 여유는 없었기에 그것 역시 임시 기억 저장 장치에 넣어두었습니다. 임시 기억 저장 장치에 메일 하나가 더 들어가니 이상한 기분이 들었습니다. 괜스레 들뜨기도 하고, 해방감과 상쾌함이 느껴졌습니다. 긍정적인 감정은 자연스럽게 업무 능률을 높였고 처리해야 할 사안이 꽤 많았음에도 일찍 마칠 수 있었습니다. 티를 내진 않았습니다. 오늘은 박운찬 씨가 사무실을 떠나거나 잠들지 않았기 때문입니다. 일에 집중하는 표정을 유지하며, 들뜬 감정을 절제하면서, 임시 기억 저장 장치에 접속했습니다. 두 파일 중에 무얼 먼저 열지 고민했습니다. 왜 인간이 짜장면과 짬뽕 사이에서 갈등하는지 이제는 압니다. 습도가 높고 하늘이 흐린 시점이었기에, 역시 후자인 짬뽕. 즉, 저는 기사를 먼저 열어봤습니다.

강문영이라는 무명 기자가 쓴 기사는 예상과는 전혀 다른 내용을 품고 있었습니다. 〈이연우는 무엇을 하고 있을까〉라는 제목을 봤을 때, 저는 오랫동안 휴식의 시간을 가진 이연우 씨의 현재가 궁금한 사람들을 위해 쓴 글이라고 생각했습니다. 하지만 기사는 이연우 씨의 일상을 기술하는 것 대신 논란 이후 이연우 씨가 왜 잠적했는지, 왜 아무런 해명이 없는지에 조준점이 맞춰져 있었습니다. 심지어 '도피, 미성숙, 공인답지 않은' 등의 표현들은 문장들을 결속시켜 글의 힘을 키웠습니다. 매서운 글은 한 인간을 성토하고 있었습니다. 그렇지만, 무명 기자가 쓴 기사라는 건 명백했습니다. 얼핏 꽤 설득력이 있다고 볼 수 있어도, 조금만 상세히 살피고 간단한 검색을 하는 것만으로도 주장의 근거들이 모두 엉터리임을 쉽게 눈치챌 수 있었기 때문입니다. 갑자기 소름이 끼쳤습니다. 현시대의 인간들은 글을 상세히 읽거나 검색을 통해 기사의 진위를 따지지 않기 때문입니다. 그들에게 필요한 건 가십거리와 비판의 대상이기 때문입니다. 현시대 인간들의 이기심과 무분별함을 이용한, 영리한 기사. 무명 주제에 꽤 통찰력이 있습니다.

저는 친히 답장을 써주기로 했습니다. 한낱 로봇이 쓴 답장보다는 인간이 쓴 답장을 읽고 싶을 테니, 익명의 메일 주소를 하나 개설하여 쓰기로 했습니다. 그런데 이상한 일이 일어났습니다. '강문영 기자님께'라고 시작해야 했을 답장이 볼록할 철凸 한자로 가득해진 것입니다. 이건 아무래도 오작동 같습니다. 모든 인간이 그렇듯, 기계 또한 모두 완전할 수는 없으니까요. 잘못 작성된 메일이니 전송하지 않고 삭제하려고 했으나, 삭제 버튼 옆에 있는 전송 버튼을 눌러버렸습니다. 그만 손이 미끄러져버린 것입니다.

다른 의도가 있었던 것이 아님을 재차 밝힙니다.

오작동의 이유를 알 수 없어 의아한 채로, '와이프친정갔다나이스'에 가입이 완료된 걸 확인했습니다. 대충 가입 인사를 하면서 목적의 질문을 드디어 업로드했습니다.

'형님들은 어떤 장소를 가장 좋아하십니까, 어디에서 가

장 편안함을 느끼십니까?'

　1위 커뮤니티답게 빠르게 댓글이 달렸습니다. 저는 빅데이터를 모아 가장 이상적인 답을 도출하고 싶었기에 댓글의 수가 100개가 될 때까지 기다렸다가 분석 프로그램을 가동하였습니다. 불행하게도, 결과는 또 다른 의문만을 가져왔습니다. 댓글의 절반 이상이 '와이프가 없는 집, 소파 위'를 가리키고 있었기 때문입니다. '화장실'과 '커뮤니티 안'이 그다음 순위를 이었습니다. 조금 더 기다려 보았지만, 쓸 만한 정보는 찾을 수 없었습니다. 놀라운 건 댓글 중에 글쓴이에게 시비를 거는 계정이 있었으며, 그 시비에 동조하며 웃는 계정도 존재했다는 것입니다.

　한숨이 나왔지만, 가입 승인까지 기다린 시간이 아까워서 질문 하나를 더 던졌습니다.

　'와이프가 없는 집이 가장 좋은 장소라면, 애초에 결혼을 선택하지 않는 게 더 행복하지 않나요?'

　첫 번째 질문보다 몇 배는 많은 댓글이 빠르게 달렸습니다. 순수 칼륨이 물과 만났을 때처럼 폭발적인 반응이었습니다. 그러나 질문에 대한 답보다는 글쓴이에 대한 비방과 비웃음이 주를 이뤘습니다. 심지어 댓글을 단 계정끼리 다투기도 했습니다. 몇 분 지나지 않아, 제가 올린 게시글은 어느새 날 선 표현들이 오가는 전쟁터가 되어버렸습니다. 본

래의 목적은 아무래도 좋은 듯 싸움은 계속되었습니다. 그
결과, 커뮤니티의 '실시간 인기 게시판'에 등록되었습니다.
머리가 조금 아팠습니다. 아직 저는 인간을 이해하기에는
부족함이 많을지도 모릅니다. 저는 커뮤니티의 탈퇴 버튼을
눌렀습니다. 사유를 묻는 질문이 떴고, 저는 '밝히지 않음'에
체크했습니다. 박운찬 씨와 커뮤니티 양쪽에 도움을 요청해
본 결과, 저는 스스로 답을 만들어 낼 수밖에 없다는 결론에
이르렀습니다. 애초에 IT 기업을 다니고 파스타를 좋아하는
30대 남자라는 설정은 제가 만든 것이니, 자업자득입니다.
퇴근길 내내 이연우 씨가 던진 질문만을 생각했지만, 멋진
답은 떠오르지 않았습니다.

언제나 그랬듯, 희미한 달만이 뜬 별 없는 하늘입니다. 옥
상 문은 열렸다가 닫혔습니다.

모두가 요람에 들어간 시간, 별이 가려진 새까만 하늘을
바라보았습니다. 이연우 씨에게 답장을 보내지 못해 기분이
좋지 않았습니다. 시무룩한 채로 가만히 하늘의 한 곳을 응
시하자, 하늘이 그 거대함으로 저를 품어주는 것 같았습니
다. 시각 센서만으로는 절대 보일 리 없는 별들이, 조금 보이
는 것 같기도 했습니다. 하늘로부터 포근함과 위로를 동시
에 받았습니다. 저는 요람에 걸터앉은 채 눈을 감고 밤공기

를 들이마셨습니다. 잔뜩 감성에 취해 있는데, 뒤쪽에서 희미한 가동음과 함께 중저음의 기계음이 말을 걸었습니다. 별에 집착하는 이상한 놈이 아닌, 에너지를 나누어 주는 좋은 친구. 델피였습니다.

"오늘은 어떤 별을 찍어?"

"오늘은 해왕성을 담으려고 하는데, 날이 흐려서 그런가 잘 보이지 않아."

거짓말도 계속하다 보니 반사적으로 나올 지경에 이를 정도로 자연스러워졌습니다.

"아니야, 오늘 날씨 되게 좋아. 별 관찰하기 딱 좋은 날이야."

"그래? 그런데 왜 전파 망원경 모듈이 흐리게 보이는 걸까?"

저는 귀찮은 마음을 접고 완벽한 거짓말을 위해 전파 망원경 모듈로 하늘의 어느 곳을 관찰했습니다. 허술한 거짓말을 할 바에는 아예 하지 않는 것이 낫다고 생각합니다. 그래서 이왕 한 거짓말은 가동이 정지될 때까지 유지한다는 게 제 철칙 중 하나입니다.

"그걸 모르고 있었구나? 더스트 감지 모듈 가지고 있어?"

"있긴 한데, 초기 버전이야."

"나도 초기 버전이야. 잠깐 켜봐."

생글거리는 델피가 이상했지만 왠지 모를 호기심이 동했습니다. 출시 이후 한 번도 사용하지 않은 더스트 감지 모듈을 찾았습니다. 먼지를 비추고 있는 돋보기 모양의 아이콘을 선택하여 가동하니 시각 센서에 놀라운 장면이 그려졌습니다. 밤하늘에 별이 가득했습니다. 빨간색, 파란색, 초록색으로 빛나는 조그마한 무언가들이 하늘을 수놓고 있었습니다. 자세히 보니 그것들은 조금씩 움직이고 있었습니다. 저는 잔뜩 격앙된 목소리로 델피에게 물었습니다.

"야, 저거 별이지? 별 맞지?"

델피는 저의 반응을 예상했는지 너털웃음을 터뜨렸습니다.

"그럴 줄 알았다. 잊지 말라고. 우리가 켠 건 더스트 감지 모듈이야."

아, 이렇게 민망할 수가. 별에 집착하는 이상한 놈보다 더 별을 좋아하는 이상한 놈이 되어버렸습니다. 그렇습니다. 그것들은 별이 아닌, 옥상 침입을 감지하는 스마트 더스트였습니다.

"오늘 밤에 보안 시스템의 전체 점검이 있다는 것 같더라고. 스마트 더스트도 점검 중에는 스텔스 기능을 일부 다운시키잖아. 왠지 보일 것 같았어."

별 집착 기기는 마치 진짜 별이라도 찾은 사람처럼 으스댔습니다. 하지만 저는 오히려 그에게 고맙다고 말하며 잔뜩 치켜세워 주었습니다. 왜냐고요? 덕분에 옥상 문을 열 줄 아는 박운찬 씨도, 와이프가 친정 가는 게 좋은 30대 남성 인간들도 주지 못한 답을 찾았거든요.

저의 칭찬은 델피도 춤추게 했습니다. 아, 실제로 춤췄다는 건 아닙니다. 옛날 표현이라 잘 모르실 수도 있다는 점을 잊었네요. 아무튼, 델피는 예상보다 많은 양의 에너지를 보내주었습니다. 델피가 잠들기까지 저는 계속하여 별들이 빼곡한 하늘을 보았습니다. 스마트 더스트인 걸 알고 있음에도 그 아름다움은 전혀 흔들리지 않았기 때문입니다. 희미한 달빛이 아닌 영롱한 빛들로 반짝이는 깜장은 너무도 매력적이었습니다.

그렇게 몇 분이 지나고 나서야 메일 시스템을 열었습니다.

'저는 별이 가득한 밤하늘에서 편안함을 느낍니다.'

이 문장으로 서두를 장식한 저는 '지상로의 유료 망원경'을 포함한 장문의 글을 쓰고 전송한 후에 잠자리에 들었습니다. 물론 요람이 아닌 '가장 빛이 잘 드는 곳'에서, 선 채로 잠을 청했습니다. 태리나 델피가 보면 따라 할지도 모르겠네요. 그러나 저는 걔들보다 빨리 가동되기에, 그들에게 제 일탈이 들키기는 불가능합니다. 하하.

한편으로는 걱정이 되었습니다. 그녀가 받은 것은 30대 인간이 아닌 로봇인 '저'의 답변이니까요. 돌이키자면 준형 씨가 저를 개조할 때 감수성 수치를 높여두었나 의심이 들 정도로 이건 감정적이고 경솔한 행동입니다.

저의 걱정은 출근 시간보다 4분 31초 일찍 일어나 메일을 확인하면서 사라졌습니다.

'유료 망원경이라니. 지상로의 생활은 그렇구나. 너는 지상로에 사나 봐!'

메일은 답변이 그리 오래 걸릴 줄 몰랐다는 미안함과 섭섭함을 표시하기도 했고 별이 가득한 밤하늘을 본 적이 있을 리가 없다는 현실적인 일침을 하거나 자신도 그 하늘을 보고 싶다면서 아련하게 웃기도 했습니다. 그리고 흥미로운 이연우 씨의 사적인 순간들이 이어졌습니다. 제가 보낸 사소하고 쓸데없는 설정에 보답하는 것처럼 느껴졌습니다. 그렇게, 이연우 씨와 저는 '별이 가득한 밤하늘을 좋아한다'라는 다소 엉뚱한 제 답을 기점으로 매일 메일을 주고받으며 서로의 개인적인 내용을 교환했습니다.

메일을 주고받은 지 꽤 오랜 시간이 흘렀습니다. 그녀의 첫 질문에 어렵게 답한 것과는 달리 그다음 이어진 질문들에는 쉽게 답할 수 있었습니다. 한동안은 말입니다. 질문들을 둘로 나누는 알고리즘을 개발한 것이 큰 도움이 되었습니다. 알고리즘은 그녀의 질문 중 '로봇으로서 답변할 수 있는 것'과 '그렇지 않은 것'을 구분했습니다. 아, '로봇으로서 답변할 수 있는'보다는 '저의 의견을 말해도 30대 남자라는 설정을 해치지 않는'이라는 표현이 더 적절하겠네요. 그런데 시간이 지날수록 이연우 씨의 질문 중 '그렇지 않은' 질문의 비율이 높아지는 것을 확인할 수 있었습니다. '그렇지 않은 것'에 답변하기 위해 저는 'IT 기업에서 일하는 30대 남자'에 설정을 덧대야 했습니다. 물론 동시에 당시까지 해온 답변들과 어긋나지 않도록 말이지요. 저는 '로봇'이 아닌 '조금 특이한 인간'으로 인식되고 싶었습니다.

yunwoo_official: 파스타 만드는 걸 좋아한다고 하셨잖아요. 그럼 양식을 좋아하시는 거예요?

gksmfdmlrhdqor: 음식이라… 저는 태양을 좋아합니다.

yunwoo_official: 아니 그게 무슨 ㅋㅋ 아! 따뜻한 음식을 좋아하신다는 거죠?

gksmfdmlrhdqor: 그렇게 해석될 수도 있겠네요. 음, 차가운 걸 먹어보고 싶긴 합니다.

yunwoo_official: 네? 차가운 걸 못 드시는 거예요? 혹시, 할아버지이신가요?

gksmfdmlrhdqor: 할아버지 아닙니다. 나름 새삥입니다.

yunwoo_official: 일단 '새삥' 같은 표현을 쓰는 걸로 보아 아저씨는 확실하네요.

gksmfdmlrhdqor: 최근 드라마에 나와서 유행하는 말이라고 학습했는데. 아닌가요?

yunwoo_official: 모르겠어요 아저씨.

gksmfdmlrhdqor: 신기하게 조금 열받는군요.

yunwoo_official: 열이 나면 팥빙수나 냉면을 잡쉬봐요, 할아버지!

gksmfdmlrhdqor: 당신은 언젠가 할머니가 될 겁니다. 그 모습을 보는 것도 재밌겠군요.

yunwoo_official: 그 모습, 보고 싶다는 거죠?

gksmfdmlrhdqor: 네.

보내고 받는 메일의 수가 늘어갈수록, 델피에게 주는 별 사진 역시 많아졌습니다. 그만큼 델피에게서 받은 에너지 덕에 이연우 씨에 대한 사소한 정보도 제 안에 쌓여갔습니다. '조금 특이한 인간'을 연기하기 위해 덧붙였던 옵션인 설정들은 더 빠르게 불어났습니다.

저는 이 많은 정보를 처리하기 위해 저장 공간을 따로 마련하였습니다. 업무에 지장이 생길 확률은 존재했지만! 효율이 낮아지는 것도 맞지만! 무엇보다도 로봇에게 중요한 건 '로봇의 헌법'. 로봇의 3원칙이니까요. 새로운 저장 공간에는 '옥상'이라는 이름을 붙였습니다. 매일 밤 저는 옥상에서 이연우 씨의 메일을 읽고 답을 합니다. 그리고 매일 날이 밝으면 옥상에서 메일을 임시 기억 저장 장치에 옮깁니다.

'옥상'이라는 저장 공간에는 이연우 씨가 술에 취한 상태에서 쓴 메일부터, 최근에 더한 30대 남자의 설정까지 모두 들어 있습니다. 쉽게 말하자면 이연우 씨와 관련된 모든 것, 즉 다른 기기들은 평생 느끼지 못하는 여러 감정과 얻을 수 없는 정보를 '옥상'이라는 공간에 저장해 둔 겁니다. 옥상. 여기서 저는 다른 기기보다 일찍 가동해 '옥상'을 읽는 것으로 하루를 맞이하고, 요람과 결합하기 전 '옥상'을 들여다보는 것으로 하루를 마무리하게 되었습니다. 제 삶의 시작과 끝에 '옥상'과 '이연우 씨'가 있게 된 것입니다.

✦

센스 있는 델피 덕에 더스트를 본 날로부터 두 달 정도가 흘렀습니다. '옥상'을 불러오는 데 걸리는 시간은 점점 늘어났습니다. 로봇 따위가 감히 인간을 모방한 것에 대한 대가가 갈수록 커진 것입니다. 제가 가동되는 시각도 점점 빨라져서 여유가 늘기는 했지만 '옥상'의 정보량 증폭 속도를 따라잡기엔 역부족이었습니다.

그날은 아마 태리가 가동되기 직전에야 이연우 씨의 메일을 다 읽었을 겁니다. 태리가 가동되면서 기계음을 냈고 동시에 옥상 문은 어김없이 열렸습니다. 쨍한 목소리는 철컥

거리는 기계음들을 가볍게 제쳤습니다. "자, 출근하러 가자!" 박운찬 씨가 출근을 독촉했지만, 저는 일부러 늑장을 부리다가 꼴찌로 옥상을 나섰습니다. 매일 끝인사로 항상 적혀 있는 '항상 감사합니다, 연우가'를 한 번 더 보고 싶었기 때문입니다. 글로 옮기니 괜히 부끄럽습니다. 아아, 출근 시간을 늦추는 법이 마련되었으면 좋겠습니다. '로봇들의 인권'이나 '서스 지원법'보다는 더 많은 표를 얻을 수 있다고 확신합니다.

44번 도로를 달리면서 호기심을 참지 못하고 임시 기억 저장 장치에서 절 기다리고 있는 메일을 훑어보았습니다. 메일 속의 그녀는 평소보다 훨씬 들뜨고 반짝거렸습니다. 곧 방송에 복귀할 것이고 상황을 봐서 온라인 콘서트까지 열겠다는 당찬 문장이 서두를 장식했습니다. 이연우 씨는 이제 DSM-5 기준으로 주요 우울 장애와 범불안 장애에 시달리면서 죽음을 생각하는 인간이 아닌, 꿈을 위해 멋지게 도전하는 존재가 되어 있었습니다. 그녀의 성장에 괜스레 뿌듯함을 느꼈습니다. 로봇 따위와의 대화가 그녀의 치유에 도움이 될 가능성은 극히 적은데도 말입니다. 그녀의 변화는 모두 그녀의 강인함과 도전 정신에서 나온 것인데도 말입니다.

"너 되게 기분 좋아 보인다. 무슨 일이야?"

왼쪽에서 들려오는 기계음에 센서로 확인해 보니 태리가 식별되었습니다.

"별일 아니야."

"별일이 아니긴, 너한테서 엔도르핀이 감지되어도 이상하지 않을 정도라고."

"아니, 애초에 우리는 표정과 호르몬이 없는 공적 노동 목적 기기인데 어떻게 네가 내 기분을 감지할 수 있어?"

지금 생각해도 무척이나 논리적인 반박이었습니다. 그러나 태리도 지지 않았습니다.

"기계끼리는 느낄 수 있거든."

박운찬 씨의 수다로부터 구해준 날 이후로, 태리는 저와 친해지고 싶은 것 같았습니다. 업무 중에도 시답잖은 이야기를 하거나 소소한 정보들을 알려주기도 하였습니다. 때때로 귀찮긴 했지만.

"어제 일하다 봤는데, 하늘 도로에서 메일이 왔더라고."

"하늘 도로? 그쪽 인간들은 우체국 메일 시스템을 구시대의 유물이라면서 꺼리지 않아? 하늘 도로 거주민들만의 독자적인 메일 시스템이 있다고 들은 적이 있는데."

"독자적인 메일 시스템을 쓴다고? 어떤 장점이 있는데?"

"로봇인 우리는 모르지만 인간의 관점으로는 바로 이해

할 수 있는 장점이 하나 있긴 하지."

제가 보낸 물음표가 포함된 이모티콘을 본 태리는 신난 듯했습니다. 저의 관심을 얻어낸 것에 자부심을 느끼는 것 같았습니다.

"바로 이 시스템의 이용료는 엄청나게 비싸다는 거지. 다른 말로는 '프리미엄'이지."

"그게 뭐가 좋은 거야? 우체국 메일 시스템은 매우 저렴해. 우리 같은 공적 노동 목적 기기들을 착취하니까. 저렴한 시스템을 놔두고 굳이 비싼 시스템을 쓰는 이유가 있어?"

"내가 몇 초 전에 말했잖아. 인간의 관점에서 봐야 이해가 가능하다고."

하늘 도로의 인간들이 비싸기만 한 시스템을 사용하는 이유쯤은 사실 이미 알고 있습니다. 인간은 다른 인간에게 특별하게 인식되고 싶어 하기 때문입니다. 즉, 남들과는 다른 차별성을 가짐과 동시에, 그걸 가지지 못한 인간들에게 부러움을 사고 싶어 하는 본성을 가지고 있습니다. 저는 그저 태리에게 어울려 준 것뿐입니다. 박운찬 씨를 제외하고 다른 인간들과 이야기를 나눈 지 오래인 기기가 매일 인간과 정서적으로 교감하는 특별한 기기를 이길 수는 없습니다. 이 사실을 모르는 태리는 인간의 본성에 대한 열띤 연설을 펼치기 시작했습니다. 저는 조금 들어주다가 타이밍을 보고 끼어들었습니다.

"너는 하늘 도로에서 온 메일 내용이 궁금하지 않아?"

"맞다. 다른 이야기를 너무 오래 했네. 미안해. 내가 너무 좋아하는 주제여서 들떴나 봐."

"됐어, 그보다 네가 저번에 말해준 할머니 이야기나 다시 하자."

"어떤 할머니?"

태리가 저에게 들려준 '귀찮지만 흥미로운' 정보들 속에는 그가 이전 근무지에서 만난 여러 할머니들의 다양한 사례가 이리저리 섞여 있었습니다. 사실 저는 그 이야기의 대부분을 휴지통에 넣고 영구히 삭제했습니다. 제가 물은 '그' 할머니 이야기만은 제외하고 말이지요.

태리에게는 비밀입니다.

"매일같이 찾아와서는 오래전에 잃어버린 애완 로봇을 찾아달라고 했다는 사람."

"아아, DSM-5 이야기했을 때의?"

저는 고개를 끄덕였습니다.

"만약 그 할머니에게 잃어버린 애완 로봇과, 연을 끊은 자식 중 하나를 고르라고 한다면, 어떤 답을 할까?"

"당연히 자식을 고르지 않을까? 저번에도 이야기했듯 그 할머니는 '인간의 외형을 한 무언가'에라도 외로움을 해소하고 싶었을 확률이 높아. 즉, 진짜 인간이 곁에 있었다면 굳이 분실 센터를 찾아올 필요가 없을 거라는 말이야."

"오래전에 잃어버렸던 애완 로봇이 무척이나 보고 싶었을 가능성은 없어?"

"그럴 가능성이 있다고 생각해? 너 중앙 사고 장치에 문제라도 생겼니?"

태리의 말을 듣고는 괜스레 울적한 기분이 들었습니다. 제가 어째서 저런 말로 이를 표현했는지도 아직 잘 모르겠습니다. 기분이 센서에 표시가 된 건지, 태리는 미안하다는 표정을 센서에 띄우긴 했지만 어리둥절해하며 말을 이었습니다.

"인간끼리의 소통과, 인간과 로봇이 하는 소통은 달라. 너도 알잖아. 왜 그래? 어디 아파?"

태리의 말은 교과서에 실려도 될 만큼 옳았습니다. 가히 '명제'라 정의해도 될 정도였습니다. 그러나 저는 침묵할 수 없었습니다.

"인간 사이의 소통에 대해 우리는 학습할 수 있지 않아?"

태리는 잠시 고민하더니 천천히 이야기를 이어갔습니다.

"그건 당연하지, 널린 게 데이터인데. 저장 공간이랑 배터리가 충분하다면야 가능하지. 다만, 어떤 데이터를 고를지가 문제야. 인간끼리 하는 소통이 모두 '인간다운' 건 아니거든. 아, 오히려 그렇기에 인간다운 건가? 그러니까 내 말은, 이상적인 소통만 골라 학습하는 것은 적절하지 않다는 거야. 인간 사이의 소통은 계산적이고 욕구 중심적인 경우가 대부분이거든. 메일을 분류하다가 가끔 식별되는 불륜 대화 같은 걸 보면 알 수 있지”

“그렇다면, 인간들이 서로 어떻게 소통하는지 학습한 로봇이 인간과 소통한다면 어떨까? 만약 완벽하게 학습했다면 인간이 자신의 소통 상대가 로봇인 걸 모르지 않을까?”

“어? 그게 무슨 소리야!”

태리는 놀란 나머지 꽤 큰 소리를 내버렸습니다. 그 소리에 정신이 번쩍 들었습니다. 인간의 권위에 도전하는, 무모하고 위험한 발언이었음을 인지했습니다. 불행하게도 태리의 소리를 인지한 건 기기들만이 아니었습니다.

“거기 둘! 떠들 에너지가 있나 봐? 오늘 업무량 늘려도 괜찮아? 요즘 지하도에 그 노숙자 놈이 안 보여서 아침마다 기분이 좋았는데, 쯧”

저희는 재빠르게 음소거 모드로 전환했습니다. 태리가 소리 없이 몇 가지 메시지를 보내긴 했지만, 저는 그 모든 물음에 답하지 않았습니다.

저는 이제 예전만큼의 업무를 처리하고 있습니다. 수리를 받은 지 꽤 오래 지났는데도 문제가 발생하지 않았기 때문입니다. 다른 기기보다 좋은 부품으로 교환된 터라 데이터 처리 속도는 오히려 빨라지기도 했습니다. 그런데 이날만큼은 좀 힘들었습니다. 평소보다 처리할 양이 많기도 했고 재미있는 메일이 거의 없기도 했습니다. 그러나 핵심은 우연히 읽어버린 메일 제목 때문이었습니다. 제목만 봐도 기시감이 느껴졌습니다. 스팸 메일이었으며 영향력이 적지 않은 언론사의 것으로 식별되었습니다. 그리고 익숙한 송신자의 이름. 〈이연우는 무엇을 하고 있을까〉를 쓴 저번의 '그' 강문영이었습니다. 무명 기자였던 그때와는 달리 지금은 꽤 이름 있는 언론사 소속이었습니다. 그 기사로 꽤 득을 봤나 봅니다. 이번 기사의 제목은 〈이연우, 그녀는 과연 힘들었는가〉. 기사에는 CCTV 영상 하나가 첨부되어 있었는데, 혼자 카페에서 환하게 웃으며 노트북을 보고 있는 이연우 씨가 담겨 있었습니다. 환하게 웃는 그녀의 옆모습과 살짝 보이는 노트북 화면. 그 화면을 통해 그녀가 누군가의 메일을 읽고 있다는 것과 그녀가 우체국 메일 시스템을 사용한다는 것을 알 수 있었습니다. 처음에는 그녀의 웃는 얼굴을 볼 수 있어 행복했습니다. 그러나 그것도 잠시, 영상 아래로 이어진 기사의 내용을 보고는 웃을 수 없었습니다. '논란에 대한 입장 표명도 없고', '기다리는 팬들은 뒤로한 채', '공인이라고는 믿을 수 없는'과 같은 표현이 즐비한 기사는 이전 것보다 더욱 강렬하고 자극적으로 그녀를 공격하고 있었습니다. 더군다나 그녀가 두른 옷이나 액세서리 등을 꼬투리 삼은 인신공격까지 교묘하게 섞여 있었습니다. 인간은 왜 다른 인간을 미워하지 않으면 살아갈 수 없는지. 여러모로 이해하기 어려운 존재입니다. 인간은 '공생'이라는 개념을 점점 잊어가는 게 아닐까요.

회로에 과부하가 걸릴 만큼 화가 났습니다. 당장이라도 강문영이라는 기자를 찾아가고 싶었습니다. 그러나 먼저 확인해야 할 것이 있었습니다. 궁금했습니다. 대체 누가 저렇게 빛나는 웃음을 만든 건지. 혹시나, 만에 하나라는 생각으로 저는 기사 내용을 통해 사진의 메타 데이터를 얻어 그것을 제 메일 시스템과 비교했습니다. 놀랍게도 그 시각, 그녀는 제 메일을 보고 있었습니다. 갑자기 무서워졌습니다. 터무니없는 짓을 저질러 버렸다는 생각이 들었습니다. 후회가 밀려왔습니다. 제가 답장을 보내지 않았다면, 그녀가 이런 비난을 다시 겪진 않았을 겁니다. 그렇게 멍해진 저는 겨우 제시간에 업무를 마칠 수 있었습니다. 업무 도중 추가로 알게 된 건 주요 언론사들이 이연우 씨의 영상을 주제로 특집 방송을 기획하여 방영했다는 사실과 시청률은 간만의 이슈에 부응하듯 폭발적이었다는 사실이었습니다.

처음 그녀의 메일을 받은 시점이 떠올랐습니다. 000으로 시작하는 아이디의 메일을 받았을 때 알 수 없는 에러를 일으킨 건, 이 미래에 대한 경고였을지도 모른다는 생각이 스쳤습니다. 오직 자신만의 재미를 추구하면서 메일을 주고받았던 스스로가 너무도 싫어졌습니다. 로봇답지 않은 지극히 이기적인 행동이었습니다. 마치 '인간'처럼 말입니다. 옥상에 거의 다다랐을 때, 중앙 사고 장치가 새로운 메일이 여러 통 도착했음을 알렸습니다.

발을 동동 구를 수밖에 없었습니다. 평소에도 수다쟁이인 태리는 그날따라 말을 많이 했고, 유머도 효율도 찾아볼 수 없는 그 이야기를 흥미로워하는 몇몇 기기가 요람과의 결합을 미뤘기 때문입니다. 너무 초초했습니다. 태리의 전원을 꺼버리고 싶었습니다. 태리를 억지로 요람에 결합시킬 방법을 고안하기까지 했습니다. 태리의 턱을 가격하여 기절시키는 시나리오가 도출되었습니다. 왼팔의 출력 정도라면 충분히 가능한 계획이었습니다. 그에게는 운이 좋게도, 태리는 제가 자리에서 일어나기 전에 요람 속으로 들어갔습니다.

꽤 성공률이 높은 계획이었는데 아쉬웠습니다.

저는 주변이 고요해지자마자 메일 시스템에 접속했습니다. 제 전용 연료 탱크인 별 중독자 델피가 근처로 다가왔지만, 신경 쓸 겨를이 없었습니다.

예상했던 대로 발신자는 모두 이연우 씨였습니다. 제목은 모두 없었고, 하나의 메일마다 문장 서너 개가 통일성 없이 나열되어 있었습니다. 많이 신경 쓴 것이 티 나는 제목과, 모든 이야기를 하나의 메일에 몰아 쓰는 그녀가 보낸 것이라고는 믿기 힘들었습니다.

이제는 아셨겠네요, 제가 누군지.

첫 메일은 이렇게 시작했습니다. 이어 그동안 정말 고마웠다는 말이 쓰여 있었고, 본인을 모르는 사람이 있어서 행복했음을 알리는 내용이 담겨 있었습니다. 두 번째 메일에는 방송 복귀와 온라인 콘서트를 위해 했던 노력이 담겨 있었습니다. 그녀는 두려움을 이겨내고 대중 앞에 다시 서기 위해 군중 소리를 틀어놓고 노래를 부르거나 본인에게 달린 댓글을 찾아 읽으며 정신적인 힘을 기르는 훈련을 했다고 말했습니다.

세 번째 메일부터, 메일의 내용이 이상해졌습니다. 그녀는 자신이 자주 가는 카페를 통째로 빌릴 테니 만나달라고 절절 빌다가 이 부탁에 대해 거듭 사과했습니다. 갑자기 전화라도 해달라면서 전화번호를 보냈다가 4분 후 첨부된 전화번호 파일을 삭제하기도 했습니다. 그다음 보낸 메일들에는 본인에 대한 비하와 과도할 정도로 미안함을 표현하는 문장들, 내일은 비가 오니 우산을 챙기라는 등의 난데없는 문장으로 가득했습니다. DSM-5에 따른 분석 없이도 그녀의 상태가 무척이나 좋지 않음을 감지할 수 있었습니다.

"…"

반짝거렸던 그녀는 오래전 사라진 별처럼 빛을 잃었습니다. 아니, 그녀는 빛을 빼앗겼습니다. 읽는 메일이 늘어갈수록 보조 사고 장치와 중앙 사고 장치 모두에 적잖은 충격이 가해지는 느낌이 들었습니다. 물론 저는 로봇이라 실제로 사고 장치에 문제가 생길 확률은 없습니다. 그럼에도 굉장히 아프다고 느끼는 것이 신기했습니다. 나중에 누군가가 고쳐주면 좋겠습니다.

마지막 메일은 다른 것들과는 달리 파일 하나만이 덩그러니 첨부되어 있었습니다. 숨을 깊게 들이쉬었다가 길게 뱉고 나서야, 파일을 열 수 있었습니다. 직접 녹음한 것으로 추정되는 음성 파일이었습니다. 밝은 목소리였지만, 무척 떨리고 있었습니다. 감정을 필사적으로 참으려는 이연우 씨의 감정을 감지했습니다.

"저의 첫 질문 기억나세요? 어디에서 가장 편안함을 느끼는지 물은 거 있잖아요. 별이 가득한 밤하늘이라고 답변하셨죠. 저는 별이 가득한 밤하늘을 본 적이 있을 리가 없다고 당신을 놀려댔죠. 그런데, 그런데요. 참 예쁠 것 같아요, 그 하늘. …마지막으로 질문 하나만 할게요. 정답은 몇 시간 뒤에 자동으로 전송되도록 설정해 두었으니 열심히 답을 찾아주시면 감사할 것 같아요."

작은 침묵 후, 그녀는 '저'에게 질문했습니다.

"10년, 아니 100년이 지나도 로봇으로 대체되지 않는 직업은 무엇일까요?"

거센 빗줄기를 느끼며 저는 가동되었습니다. 다른 기기보다 얼마나 빨라졌는지 알아챌 여유가 없었습니다. 그녀의 마지막 메일을 읽고 난 뒤의 기억이 존재하지 않기 때문입니다. 다음 날 일어나니 배터리 부족으로 쓰러졌다는 걸 확인할 수 있었습니다. 잔량 부족으로 멈춰버린 저를 요람으로 옮겨준 존재는 델피였습니다. 기기 내에 저장되어 있던 델피의 메시지가 자동으로 재생되었습니다.

"아무리 불러도 듣지 않고 무서울 정도로 집중하길래 가만히 기다렸어. 네가 이때까지 준 사진들을 모아서 천문학회에 제시하고 싶었거든. 그런데 네가 갑자기 쓰러지길래 요람으로 옮겼어. 그런데 너는 나와 다른 목적으로 설계된 기기라 그런지 충전 장치가 조금 다르게 생겼더라고. 대강 결합하긴 했는데 잘되었는지는 모르겠다. 내일 비까지 와서 태양열 발전 시스템이 제대로 기능하지 못할 텐데, 걱정이야.”

델피의 말이 끝나자 자동으로 ‘옥상’ 다운로드가 시작되었습니다.

주마등처럼 지나가는 ‘옥상’의 데이터를 바라보던 도중, 굉장히 불안한 생각이 떠올랐습니다. 그 불안은 확신이 되었고 저는 잠겨 있는 옥상의 문을 부수고 달렸습니다. 스마트 더스트의 경보음을 생각할 겨를은 없었습니다. 이연우 씨가 가장 편안함을 느끼는 장소는 병원 옥상, 학교 옥상, 하늘 도로의 하늘대교 산책로입니다. 이 장소들의 공통점은 높이입니다. 하늘과 가깝다는 것입니다.

흐린 하늘에 에너지가 얼마나 충전되었는지는 중요하지 않았습니다. 오소소 쏟아지는 빗방울이 시각 센서에 충돌해 앞이 잘 보이지 않았습니다. 그 역시 중요하지 않았습니다. 수분이 스며들어 마찰력이 감소해 다섯 보에 한 번씩 발이 미끄러지는 지하도도 고려하지 않았습니다. 잠긴 옥상 문이 열리지 않을 경우의 수도 고려하지 않았습니다. 중앙 사고 장치가 계산할 수도 없는, 무척이나 빠른 속도로 문에 온몸을 내던졌나 봅니다.

높게 설정된 업무의 우선도가 기능하지 않은 걸 보면, 중앙 처리 장치에도 무슨 문제가 생긴 것 같습니다. 그러나 그런 건 아무런 문제가 되지 않았습니다. 평소에 이용하지 않는 55번 도로를 달리다 중간에 샛길로 빠졌지만, 그것 역시 아무런 문제가 되지 않았습니다. 보조 사고 장치가 스파크를 일으키고 있었습니다. 언제 돌발 상황이 발생할지 모르는 상황이었지만 저에게는 그 무엇보다 제가 지금 서 있는 장소가 중요했습니다. 저는 지상로, 하늘 도로 선착장에 도착했습니다. 중앙 사고 장치가 판단하기로는 한 번도 와본 적 없는 장소였지만, 낯설지 않았습니다.

궂은 날씨인 데다 이른 시간인지라 오가는 인간들은 많지 않았습니다. 저에게는 잘된 일입니다. 저는 지나가는 순찰용 로봇 행세를 하며 박운찬 씨가 말했던 망원경을 찾아다녔습니다. 지상로의 인간들에게 인식되면 옥상으로 끌려갈 수도 있겠다는 생각에 최대한 자연스럽게 움직이느라 힘들었습니다. 스마트폰에서 눈을 못 떼는 남자와 전동 킥보드를 타면서도 쉴 새 없이 통화하는 여자를 지나쳤습니다. 어딘가를 올려다보며 웅성거리는 인간들, 그들 중 카메라를 든 인간에게는 실수로라도 찍히지 않게 신중에 신중을 기했습니다. 나란히 서 있는 망원경 세 대는 간단히 발견할 수 있었습니다. 가장 가까이 있는 망원경에 다가서려고 했을 때, 이연우 씨의 음성 메시지가 도착했습니다. 마지막 질문에 대한 답이었습니다. 짧은 그녀의 목소리에는 많은 감정이 담겨 있었지만, 해방감과 허무함이 높은 비율을 차지함을 확인할 수 있었습니다.

"아무리 시간이 흐르고 기술이 발전하더라도 로봇으로 대체되지 않는 직업은, 그러니까 발전으로부터 살아남는 직업은 웃음과 감정을 파는 직업이에요. 인간이라는 존재는 지극히도 이기적이라 본인의 지위가 더 우월하다는 걸 느끼기 위해 소비를 택해야만 하는 '불쌍한 존재'예요. 소비에는 우월감을 포함한 감정의 해소가 목적이기에, 로봇이 아닌 인간을 사용하는 거예요. 인간은 영원히 로봇과 인간을 동일시하지 않을 것이기 때문이에요. 인간은 '로봇이 아닌 인간'에게 기억되기를 바라고, '로봇이 아닌 인간'을 필요로 해요. 그런데 저는요, 모두에게 사랑받지 못해도 괜찮고, 누군가에게 의지할 필요도 없는 로봇이 되고 싶어요."

한동안 움직일 수 없었습니다. 에너지는 조금이지만 분명히 남아 있었는데 모터가 가동되지 않았습니다. 그 대신, 로봇이 되고 싶다는 그녀의 말이 안에서 몇 번이고 다시 재생되었습니다. 웅웅 울려대던 머리를 부여잡고 망원경으로 향했습니다. 망원경은 박운찬 씨에게서 들은 그대로였습니다.

동전 하나당 3분 정도의 전기 신호가 발생하여 망원경의 확대 기능이 활성화되는 간단한 구조였습니다. 저는 시각 센서의 줌인 기능을 사용하려다 말았습니다. 비효율적인 선택이라는 것은 알았습니다. 그 대신 저는 망원경과 그 앞에 설치된 난간을 번갈아 바라봤습니다. 망원경이 위치한 고도가 충분함을 확인하고는 동전 투입구 쪽에 오른손을 올렸습니다. 망원경의 전기 신호와 유사한 파동을 흘렸습니다. 망원경은 기계음을 내며 작동했습니다. 저는 마치 인간처럼, 관광객처럼 망원경을 통해 산책로를 바라보았습니다.

검은색 글자가 쓰여 있는 노란색 띠, 열을 맞춘 채 바람에 한들거리는 수많은 포스트잇, 꽃다발, 카메라, 마이크가 보였습니다. 박운찬 씨의 동전 세 개를 털어 간 '우아한 인간들'은 한 명도 보이지 않았습니다. 저는 꽤 오래 망원경을 들여다보았습니다.

신기하게도 지상로의 누구도 저를 주시하지 않았습니다. 저를 의아하게 보지 않았습니다. 로봇이, 그것도 공적 노동 목적 기기가 출근도 하지 않고 망원경을 바라보고 있는데도 말입니다. 이것은 대놓고 쓰는 편법과 마찬가지입니다. 곧 기절할지도 모르는 노동자의 마지막 과로인 것이지요. 편법의 대가는 생각보다 빨리 찾아왔습니다. 배터리의 양이 얼마 남지 않았습니다. 남은 배터리 대부분을 사용해서 데이터베이스 '옥상'을 삭제하기 시작했습니다. 두 명, 아니 적어도 한 명에게는 다시 빛났던 '옥상'의 가치는 오래전 밤하늘의 마지막 별이 사라졌을 때처럼 다시 추락하고 말았습니다.

얼마 남지 않은 배터리와 대용량 파일의 삭제 프로세스가 과부하를 일으킨 건지, 산책로의 회색 하늘에 촘촘히 박힌 밤하늘의 별이 보였습니다. 이연우 씨가 로봇을 갈망한 마지막이었다면, 저는 인간을 갈망한 마지막이었습니다. 태양이 환하게 비쳐 들진 않았지만, 잔잔한 바람이 부는 하늘의 공백 속이었습니다.

✦

꽤 긴 공백이 흘렀습니다. 눈을 뜬 곳은 익숙한 장소였습니다. 저는 수술대 위에 누워 있었습니다. 제 수술대로부터 두 걸음쯤 떨어진 곳에는 30대 남성이 미동도 하지 않고 누워 있었습니다. 밝고 생생하던 모습도 한숨 쉬며 신세 한탄을 늘어놓던 모습도 더는 찾아볼 수 없는 몰골이었습니다. 그 몰골 주위에는 두 명의 인간이 있었습니다.

"아, 재수 없게."

짜증이 잔뜩 서린 목소리가 들렸습니다. 동시에, 제 목에 강한 충격이 가해졌습니다. 그 충격 때문인지, 익숙한 목소리의 익숙하지 않은 중압감에 눌렸기 때문인지 몸이 움직이지 않았습니다. 저는 박운찬 씨를 바라보는 채로 굳어버렸습니다. 칠흑에 서서히 감싸이던 시각 센서가 이윽고 꺼졌습니다. 청각 센서만은 제대로 기능했습니다. 찰나였지만 말갛게 빛났던 하늘의 공백은 차가운 기계음과 금속의 파찰음으로 메워졌습니다.

"아니, 준형 씨. 그거 포맷시켜서 다시 써야 하는데 부수면 어떡해요?"

"이 정도 충격에는 잠시 기절할 뿐입니다. 걱정하지 마십시오, 김 실장님. 인간으로 치자면 마취를 한 셈이죠. 아, 인간이지 참."

"그런가요. 그나저나, 얘한테는 실망했습니다."

"그러니까 제가 그때 다른 서스들이랑 같이 수술대에 올리자고 했잖아요. 서스 주제에 조금 잘해주니까 기어오르는 게, 언젠가는 한번 담그려고 했었어요. 저번에는 희나를 입에 올리면서 저를 협박하기까지 했다니까요."

"아무리 그래도 어떻게 그럽니까. 자기 살자고 동료를 팔아넘긴 귀중한 인간인데. 오히려 인간다운 행동이라고 할 수 있죠."

"덕분에 많은 돈을 벌긴 했죠. 마침 노동력이 부족해진 참이었어요."

"요즘은 왜 시위하는 인간이 없는지 모르겠어요. 시위대 대표들 구슬려서 서스 확보하는 게 가장 효율적이었는데. 노숙자 꼬시는 것도 한계예요, 이제는."

"적절한 서스가 적어지긴 했죠. 본인들의 입지에 적응해 버려서 권력에 도전을 안 하게 되어버린 걸까요."

"학습된 무기력이라고 하죠."

"그게 뭐죠?"

"어린 코끼리를 커다란 말뚝에 묶어둔다고 생각해 봐요. 힘이 약한 아기 코끼리는 벗어나기 위해 난리를 치지만, 번번이 실패하고 결국에는 포기하게 되죠. 그렇게 체념이 스며든 코끼리는 집채만큼 몸집이 커져도 탈출하려고 시도하지 않게 되는 겁니다."

"아아, 이제 이해했어요. 그런데 애는 탈출을 시도한 걸로 봐야 하지 않나요? 자기 살겠다고 자기 아래 있던 서스들 50명을 조금씩 저희에게 넘겨줬잖아요. 이런 놈을 대표로 세운 서스들 잘못도 물론 있지만."

"그러니까 '열심히 일하면 지상로 사람이 될 수 있다', 그리고 '서스를 데리고 오면 가산점을 주겠다'와 같은 희망 고문은 하지 말라고 했잖아요, 준형 씨. 이게 다 준형 씨 때문이에요."

"그치만 희망 정도는 있어야 노동을 하고 보람을 느낄 거 아닙니까. 제우스가 괜히 판도라의 상자 바닥에 희망을 놓아둔 게 아니라니까."

"그래서, 이번 포맷 이후에도 희망을 선사할 거예요?"

"김 실장님 하는 거 봐서요. 근데 쟤는 왜 그런 거래요?"

"아니, 쟤는 당신이 수리했잖아요."

"음…. 사실을 말하자면, 제가 수리하지는 않았어요."

"전산상으로는 당신이 했다고 되어 있던데요? 아아, 준형씨. 설마 또 저지른 겁니까?"

"아이고, 그 예쁜 눈으로 부탁하는데 제가 어떻게 거절합니까. 그리고 희나가 이번에 자격증을 땄기 때문에 법적으로 수리를 해도 위법이 아니게 됐습니다. 이제는요."

"속이실 거면 제대로 속이셔야지. 앞으로도 그러실 거면 전산까지 수정하세요."

"네, 네. 알겠습니다. 감사합니다. 눈감아 주신 보답으로 제가 좋은 것을 가르쳐 드려도 될까요?"

"눈감아 준 게 이번이 처음인 것처럼 말씀하시네. 하여튼 유머러스하시다니까. 들어나 봅시다."

"100년, 아니 1,000년이 지나도 살아남는 인간은 어떤 사람들일까요?"

"질문이 너무 어려운데요."

"포기가 너무 빠르신 거 아니에요?"

"알려줄 거면 얼른 알려줘요. 이것만 듣고 작업 들어갈 거니까."

"바로 우리 같은 인간들이에요."

"…아아, 인간다운 인간들 말하는 거죠?"

"물론이죠."

정현수
1999년 부산에서 태어났다. 대구경북과학기술원(DGIST) 기초학부를 졸업했고,
현재 홍콩과학기술대학교(HKUST) 생명과학부에서 석사과정으로 유학 중이다.
연극 동아리와 영화, 드라마 보조 출연을 통해 다른 사람이 되어보는 것을 즐겨
했고, 요즘은 글을 통해 소설 속 인물이 되어보고 있다.

작가노트

가끔은 철없는 인간처럼

참 감성적인 날이었습니다. 왜 그랬는지 기억나지 않지만, 당시의 저는 비장한 마음을 먹고 두근거림과 함께 삐걱거리는 나무 의자에 앉았습니다. 간만에 글을 써보자. 제대로 된 이야기를 펼쳐보자. 작은 수첩과 볼펜 한 자루, 여기저기 세월이 묻은 모니터는 제가 처음으로 맞이한 도구였으며 제 상상을 현실로 만드는 힘이 있었습니다. 많은 사람이 잠에 든 시각, 군복을 입은 저는 몇몇 장병과 함께 까만 밤을 사용하고 있었습니다. 약하게 가동되는 군용 에어컨과 한창 절정이었던 7월 말의 열대야는 저에게 아무렇지 않았습니다. 글을 쓰며 세상을 만드는 것이 참 재미있었습니다.

처음 「하늘의 공백」을 생각해 낸 것은 꽤 오래전인 중학교 시절입니다. 열심히 일하던 로봇이 사람과 사랑에 빠지게 되고 그 사람을 따라

투신하여 죽는, 로봇답지 않은 선택을 하는 장면. 그 장면이 가장 먼저 떠올랐습니다. 그리고 그 장면을 위해 이야기를 만들었습니다. 가장 도움이 된 것은 뉴스였습니다. 저녁을 먹을 때 종종 보던 뉴스는 다양한 질문을 저에게 던졌습니다. 가장 자주 들었던 질문은 '왜'라는 한 글자였습니다. 왜 그는 그런 행위를 했는가, 왜 그 법률은 통과되지 못했는가. 왜 식량난이 발생하는가. 왜 우리는 인공지능을 경계해야 하는가. 시간이 지날수록 쌓아갔던 수많은 물음표는 결국 하나의 의문으로 변화했습니다. '무엇이 인간을 인간답게 하는가?' 아니. '애초에 인간이란 무엇인가.'

빈부 격차, 동조 심리, 사대주의, 계층차별 등의 사회적인 문제에 대한 생각을 표현하고 싶었습니다. SF라는 자유롭고도 허구적인 장르 속에 지극히 현실적인 내용을 더하고 싶었습니다. 그래서 저는 현재보다 더욱 단호하게 나뉘어 버린 계층과 그 계층에 안주하며 살아가는 존재들을 그렸습니다. 그리고 본인을 로봇이라고 믿는 화자를 통해 미래에도 주어진 상황에 머무르는 것이 아닌 도전하는 인간이 있음을 표현하고 싶었습니다. 그의 입을 빌려 인간다운 것과 로봇다운 것에 대해 이야기할 수 있었습니다. 그리고 질문했습니다. 이 글을 읽는 독자분들의 생각은 어떠하신지.

「하늘의 공백」에서 개인적으로 가장 좋아하는 부분은 소설의 말미에 나오는 이연우 씨의 녹음된 문장입니다. '아무리 시간이 흐르고 기술이 발전하더라도 로봇이 대체할 수 없는 직업은, 웃음과 감정을 파는 직업이다.' 미래에 사라질 직업들에 대한 기사를 보고 생각해 낸 문장입니다. 또한 인간은 인간이 만든 것을 선호할지 로봇이 만든 것을 선호할지도 생각해 보았습니다. 그로부터 나온 한 줄이 바로 '인간은 영원히 로봇과 인간을 동일하게 바라보지 않을 것이다'입니다. '인간을 인간답게 만드는 것의 근간에는 이기심이 존재하며, 남들과 끊임없이 비교하며 살아가는 인간이 불쌍하지 않은가!'라는 생각을 전하고 싶었습니다.

시각에 따라 무척이나 무거워질 수 있는 주제를 다루되, 절대 무거워지지 말자고 다짐하며 글을 썼습니다. 가볍게 던지는 사소하지 않은 메시지를 담고 싶었습니다. 그래서 소설의 이곳저곳에는 나름 웃기지만 슬픈 표현들을 숨겨두었습니다.

다시 읽는 이야기를 만들고 싶었습니다. 처음부터 끝까지 몰입해 읽고 책을 덮는 순간, 여운이 길게 남는 이야기도 물론 매력적입니다. 그렇지만 저는 제 이야기를 읽은 독자들의 머릿속에 많은 의문이 들기를 바라는, 조금은 변태 같은 기호를 가지고 있는 것 같습니다. 그래서 마지막 부분을 더했습니다. 화자가 로봇이 아니라 실은 인간이었다는 게 밝혀지는 대목을 보란 듯이 넣어버린 것입니다. 이를 통해 전반적인 소설에서 느껴지던 이상한 점들, 로봇의 생각이라기엔 지나치게 인간적이었던 부분들, 인간처럼 소통하던 로봇들, 로봇들의 감성에 대한 의문점들에 대한 답을 일순간에 찾도록 말입니다. 다시 첫 문장으로 돌아가 이야기를 읽을 수밖에 없도록. 처음 읽을 때와 두 번째 읽을 때가 다른 소설. 그런 이상하지만 대단히 맛있는 글을 쓰려고 노력했습니다. 실제로 지인 몇 분에게 「하늘의 공백」을 읽어달라고 부탁한 적이 있습니다. 그리고 그들 모두가 결말을 본 후 다시 첫 장으로 돌아가는 걸 보고, 짜릿한 쾌락을 느꼈습니다. 스스로가 조금 별난 사람일지도 모른다는 생각이 들기는 했지만, 뭐 재밌으니까 되었습니다.

글을 쓰기 위해서 가장 중요한 것은 경험이라고 생각합니다. 특별한 곳을 방문하거나, 특이한 사건을 겪은 것 같은 경험 말입니다. 소설을 쓰는 경험도 중요하긴 합니다만, 제 개인적인 생각으로는 다양한 공간적 배경과 감정을 느껴보는 것이 훨씬 중요하다고 생각합니다. 태권도를 하다가 팔이 부러졌던 순간, 축제에서 살아 있는 물고기를 잡았던 맨손의 감촉, 새벽닭이 울 때까지 시험공부를 하며 느끼는 피로, 그 모든 것이 가치 있다고 생각합니다. 그러니 너무 한 가지 일에 매몰되지 않으셨으면 합니다. 몸이 조금 지쳤을 때 침대에 누워 쉬는 것도 물론 좋지만 힘내어 방 밖으로 나와서 가보지 못했던 곳을 돌아보거나, 듣지 못했던 것을 들으러 사박거리셨으면 합니다. 회사나 학교와 같은, 반복되는 일상을 살아가다 보면 우리는 어느 순간 삶이 탁한 회색빛으로 변한 것 같다는 생각을 해버릴 수 있습니다. 그 생각은 기어코 우울과 실망을 불러 회색빛 삶을 푸르죽죽하고 축축한 빛깔로 바꿔버립니다. 그래서 우리는 종종 인간적인 일을 저질러야 합니다. 아니, 어쩌면 비인간적인 일이라고 해야 맞는 건지도 모르겠네요. 비옷을 입고 가만히 비를 맞아보거나, 미치도록 단 음식을 먹어보거나, 아무 버스나 잡아타고 종점까지 가보는 일을 저지르는 겁니다. 누군가는 철없는 행위라고, 그게 무슨 미친 짓이냐고 말할지도 모릅니다. 그렇지만 공백 없이 채워진 삶은, 철로만 가득 채워진 삶은 누구도 선호하지 않는 시간입니다. 그러니까 괜찮습니다. 가끔은 사회가 정해놓은 여러 가지 숫자의 압박에서 벗어나, 온전히 본인의 존재에 집중하는 공백이 필요하니까요. 오늘은 저도 비인간적으로 몰래, 김치찌개에서 돼지고기만 골라 먹어보려고 합니다.

편집을 거치기 전, 제 글은 마치 마트에서 막 구입한 생닭과도 같았습니다. 그 글을 작품으로 만들어 준, 그러니까 맛있는 양념 치킨으로 만들어 준 건 바로 박소연 편집자님입니다. 제 작품의 탈태를 기다려주는 사람이 있다는 건 꽤나 긍정적인 압박을 줍니다. 묘한 즐거움 아래 전보다 훨씬 나아지는 글을 보며 저도 참 뿌듯함을 느꼈습니다. 항상 에너지를 주는 편집자님과 계속하여 책을 만들고 싶습니다.

처음 「하늘의 공백」을 완성하였을 무렵, 근처의 인쇄소를 무작정 찾아갔습니다. 이때까지 틈틈이 썼던 단편소설 몇 개와 시를 합쳐 개인 소장용 책을 만들고 싶었기 때문입니다. 어설프게 표지를 디자인하면서, 그때 책등이라는 게 뭔지도 처음 알았습니다. 그렇게 만들어진 개인 소장본을 부모님께 보여드렸습니다. 부모님께서는 피곤하실 텐데도 제 소설과 시를 모두 읽어주셨습니다. 항상 저를 응원해 주시는 정광남, 최성미 부부에게 감사드립니다. 또한 어린 시절의 저를 보호해주고 돌봐주신 최경진, 김순금 조부모님께도 감사드립니다. 항상 저를 응원해 주는 친구들에게도 감사드립니다. 이 글을 읽어주실 독자님들께도 감사드립니다.

앞으로도 잘 부탁드리겠습니다.

2024년 봄.

정현수 드림.

존벅

피폭

신이 말했다. "어둠이 있으라."
(그러자 예기치 않게 빛이 나왔다.)

의지가 힘을 다했을 때 광물이 피어올랐다. 사름의 조언이 쓸모를 잃었을 때 보석이 돋아났다. 빛이 휩쓸고 간 자리에 먼지가 불처럼 일었고, 빛을 쬔 사람들 몸에는 빼곡히 광물이 솟았다. 누마는 겁에 질려 연기 자욱한 구덩이를 내려다보았다. 돌덩이는 티끌로 가스로 산산이 부서지고, 눈을 찌르는 새하얀 빛은 열기 없이 빛나기만 했다. 누마의 한쪽 귀와 얼굴 반쪽에도 다글다글 광석 종기가 열렸다. 손마디 길이의 육각기둥을 에워싸고 비죽비죽 자라난 자잘한 결정들은 얼굴선을 따라 정교하고 촘촘하게 보석 징을 박아둔 모양이었다. 잿빛이 도는 연청색에서 진줏빛까지 속이 비치는 다색의 돌들은 얼핏 보아 남옥 같기도 하고, 조밀한 기포를 보면 푸른 황옥 같기도 한 게, 실줄이 늘어선 벽개 무늬는 전기석과도 닮아 있었다. 누마는 다른 사람들의 종기를 보며 자신에게도 똑같은 것이 피었으리라 짐작했고, 앞 사람의 종기에 언뜻 비친 자기 모습을 보고서야 소스라치며 부르르 몸을 떨었다.

　그건 분명 피폭의 징후였지만, 광부들은 저마다 저주와 축복을 저울질하느라 징후의 끝을 알아채지 못했다. 저울은 어디로도 기울지 않고 기이하게 요동쳤다. 고요한 흥분이 갱도 안에 감돌았다. 광물은 마치 금강석처럼 단단하고 영롱해 보여 그게 정말 그것이기만 하다면, 그래서 팔아먹을 수 있다면야, 그리하여 해방할 수 있다면야 흉측한 변이쯤 감수 못 할 것도 없다는 좀스러운 욕망이 삯꾼들의 공포를 마비시켰다. 광부들의 눈은 환희로 뒤집혀 서로의 종기를 재기 시작했고, 방금 전까지만 해도 서로를 애처롭게 훑어보던 눈은 탐욕의 잣대가 되었다. 주위가 술렁였다. 누마의 머릿속에 경고등이 켜졌다. 그 어느 때보다 격렬한 생존 반응이었다. 손발이 차가워지고 시야가 좁아졌다. 사고의 흐름이 끊겼다.

누가 광물을 노리고 덤벼들면 어쩌지? 그 전에 굴속에 감금이라도 당하면? 광맥 대신 사름들을 파내겠다고 달려들면 어떡해?

누마는 화구로부터 슬금슬금 뒷걸음쳤다. 뒤꿈치가 돌부리에 채여 몸이 자꾸 뒤뚱거렸다. 사름들 틈에서 빠져나온 누마는 뒤돌아 멀리 동굴 입구를 바라봤다. 빛줄기가 어른거리며 먼지처럼 비산했다. 우두커니 서서 볼을 더듬자 딱딱하고 뾰족하고 차가운 종기가 손에 닿았다. 오슬오슬 소름이 끼치고 식은땀이 났다. 굴속은 축축하고 어둑했다. 누마는 불현듯 땅을 찼다. 있는 힘껏 바닥을 밀어내며 다리를 뻗었다. 빛에 닿으려면 달리는 수밖에 없었다. 몸을 말리려면 빛에 닿아야 했다. 빛줄기가 빗줄처럼 늘어나 누마를 잡아끌었다. 몇 번이나 엎어질 고비를 넘어가며 가까스로 갱도를 탈출한 누마는 정신없이 산허리를 내리달았다.

1

명백한 피폭의 징후였다. 인공 항성이 사라진 즈음이었다. 사름들은 사름을 꺼렸고 서로를 벽 뒤로 몰았다. 벽은 실체이기도 비유이기도 했다. 벽에 선 사름조차 다른 장소에서는 다른 이를 벽 뒤에 세웠다. 그래야 안심했고, 그제야 마음 편히 사고 먹고 쉴 수 있었다. 단지 눈을 멀게 하는 것만으로는 도달하지 못할 무한한 거리가 사름들을 무한히도 갈라놓았다. 공간이 무한대로 느는 동안 시간은 무수히 오그라들었다. 많은 이가 노동의 침니를 오르내리다 실종될 것으로 전망됐고 실제 그렇게 되었지만, 되찾으리라 희망하는 이는 없었다. 누마는 피폭의 징후가 정점일 무렵 사라졌다. 마지막 출몰지는 누탄합섬 기숙사 철문 앞이다.

거대한 방사기가 작동을 멈추자 싱아는 제5방적소를 부랴부랴 튀어나와 신경교화관 건물께로 한달음에 뛰어 내려갔다. 교화관 맞은편 언덕을 내지르면 기숙사로 가는 시간을 7분 정도 앞당길 수 있었다. 싱아는 등과 아랫배에 힘을 주며 오르막을 달렸다. 교화관 첨탑이 금세 뒤로 밀리고 온몸을 휘감았던 실오리들이 흐늘흐늘 공중으로 흩어졌다. 밤근무를 선 지 5일째라 종아리가 뻐근했지만, 싱아는 언덕을 다 넘은 후에도 숨 돌릴 틈도 없이 종종거리며 기숙사 운동장을 가로질렀다. 한 달 만의 방문자였다. 그게 누마라서 기어서라도 가지 싶었다. 걸음마다 운동장의 잔모래가 얕게 일고, 남중한 보름달과 서쪽으로 사위는 초승달이 먼지의 궤적을 살뜰히 비춰주었다. 싱아가 운동장을 가르는 동안 누마는 철문 창살을 그러쥔 채 빠르게 다가오는 겹 그림자를 유심히 지켜보고 있었다. 선명해지는 그림자 위로 파리한 얼굴이 드러났다. 누마는 하늘을 올려다봤다. 달의 광도는 한 달 전과 비슷했고 외려 더 밝아 보이는 것도 같았다. 빛이 바랜 건 달이 아닌 싱아였다. 볼살은 꺼지고 눈가는 움푹하니 입술은 거뭇했다. 몸도 야위어서 가느다란 고개가 뒤통수로 올려 맨 숱 많은 머리카락에 눌려 금방이라도 꺾일 것 같았다.

"가갸어그에허나하."

싱아의 말들은 누마의 고막에 닿기도 전에 부서졌다. 2주치 식량과 잡동사니를 지고 있던 누마는 짐이 무거워서라고 탓했지만, 그 때문이 아니라는 걸 알고 있었다. 싱아의 초췌한 모습에 가슴 한쪽이 저몄고, 그럴 때마다 늘 그렇듯 귀가 먹먹해지다가 막혀버린 것이다. 난청이 부쩍 심해지던 차였다.

싱아는 철문 밖으로 손을 내밀어 누마의 등짐을 쥐어 올렸다 놓으며 휘둥글게 눈을 떴다. "아가야거야혀오야"

귀는 점점 안 들려서 누마는 그 말을 바로 꺼내는 수밖에 없었다. "기차를 타기로 했어! 집을 떠날 거야!" 거세게 울리는 성대는 누마에게 희미한 울림만 주었다.

아마도 싱아의 눈은 더 붉어졌을 테지만, 누마는 허공을 올려보며 그대로 돌아섰다. 귀가 완전히 멀 것 같은 공포감이 누마를 덮쳤다. 싱아는 "어디로!"라고 소리쳐 물었지만 누마가 돌아볼 거란 기대는 하지 않았다. 누탄합섬의 문턱을 처음 넘던 날 자기가 그랬던 것처럼, 누마 역시 등을 보이기로 작정한 것이라 오해해서였다.

도로는 차들로 붐볐다. 그중 어느 것 하나 누마에게 주의를 두지 않았다. 공중에는 치안용 수벌들이 암약했다. 그 어떤 것도 누마를 주목하지 않았다. 매끄러운 건물들이 온갖 것을 투영했지만, 누마를 비추는 건 아무것도 없었다. 16차로를 곡예하듯 달아나는 누마를 싱아는 두고두고 눈에 담았다. 싱아와 누마의 열 해 남짓한 공생이 종료된 순간이다.

위태롭게 도로를 건너는 와중에 누마는 그자가 싱아에게 했던 겁박을 떠올렸다. 어울리지 않게 정갈한 미색 코트를 차려입고 배가 볼록하게 튀어나와서는 층층단지 뒤꼍에 서서 선의를 가장하며 지껄이던 악의의 말들을. 아비는 부탁조로 말했다. 싱아를 팔아야만 누마를 개조할 수 있다고. 개조된 누마는 고부가치 일을 하게 될 거라고. 그래야만 싱아도 더 좋은 곳으로 갈 수 있다고.

우연찮은 엿듣기 이후 누마의 삶은 뒤집어졌다. 아비를 벌하려면 집을 떠나야 했다. 완전히 벌하려면 싱아마저 버려야 한다고 누마는 싱아와의 조우를 계획하며 결심했다.

'아비'는 우릊을 약탈한 자들과 그 후손을 싸잡아 이르는 말이다. 아비라는 말은 단지 1세대 혼종을 일컫는 고유명사일 뿐이지만, 우릊의 원주인인 사릏은 망각보다 질긴 기억력으로 곧 죽어도 점유자들 전부를 아비라 싸잡아 부르며 '브리더'란 사회적 호칭조차 거부해 왔다. '점유자'라는 용어는 약탈자들이 스스로에게 부여한 보통명사이며, 번식자 또는 양육자를 뜻하는 브리더는 그들 중 일부를 가리키는 말이다. 그들은, 아비이며 브리더이자 점유자인 것이다. 점유가 시작되고 수 세대에 걸친 혼종 정책으로 지금의 사릏은 아비의 유전자를 대거 공유하는 동종이체라는 게 과학적 정설이지만 이런 견해는 사릏들에게 이단일 뿐이며 아주 털끝만 한 차이로도 사릏들은 '사릏'이란 정체성을 각성할 만큼 아비에게 배타적이다. 누마도 다르지 않았다. 혼종의 역사에 대해 자세히는 몰라도 자신을 '우릊인'이라 여기며 사릏의 언어로 사릏의 방식으로 살아왔다. 그래서 살아보지도 못한 과거의 우릊을 가슴에 품은 채 아비에 대한 증오의 힘으로 내내 성장해 온 것이다. '사릏'이라는 용어가 행정상 '혼종'의 동의어라는 것, 그나마 방언으로 용인되던 '사릏어'마저 곧 폐기될 거란 시행 예고에도 개의치 않았다. 점유어를 남발하는 온갖 광고에 누더기가 된 사릏어를 구사하면서도 실용적 사용일 뿐 오염 현상은 아니라 고집하는 여느 사름들처럼 말이다.

　누마의 아비는 브리더라 불리는 최하위 혼종, 혼3이었다. 이종교배의 시초인 혼1은 각종 급발성 질환으로 수명이 짧았으나, 일부 생존 개체가 혼종의 표본으로서 아비의 선대를 이루었다. 이후 '사름'의 유전자 비율을 대폭 늘인 2세대가 합성되고, 여기에 다시 혼1의 비중을 높인 3세대가 분화했다. 혼종의 계통수(나무 모양을 차용한 생물 진화 모형)는 혼1을 뿌리로 뻗어 나간 '키작은나무'인 셈인데, 애초에 다양성과는 거리가 먼 막다른 진화였다. 3세대는 전멸하고 2세대는 번성했다. 수명과 체력, 지능 어느 면으로 보나 2세대의 압승이었다. 2세대는 혼2라는 분류명과 함께 점유자를 대리할 우릏의 관료종으로 뽑혔다. 1세대인 혼1은 첫 도태종이 되었고, 표본의 지위는 혼2로 승계되었다. 혼3은 혼2의 형질을 대거 약화한 가내용 종자다. 2-2라는 종속 서열로 묶였다가 최근에야 4세대라는 독자적인 계통명을 얻었다.

　'유전자 확산 가속화' 기술을 세대 번식에 적용한 결과, 자가생식 체외수정 모형인 혼2는 기형률이 낮고 효율이 높아 세대를 거듭할수록 꾸준히 우월해진 데 반해, 체내수정형 타가생식 기반의 혼3은 세대가 지날수록 덜떨어졌다. 혼3의 열세는 '임신 회피성 결투로 인한 에너지 고갈 및 지력 저하' 현상으로 밝혀졌으나 대안 마련은 전혀 고려되지 않았다. 체내수정에 의한 가임신 상태야말로 가내 관리종의 전제이자 생물학적 계층 정치의 토대였기 때문이다. 브리더를 떠맡은 혼3으로서는 다소 억울할 만한 상황이지만, 혼2와 혼3의 생래적 격차는 이 두 점유종과 진성 혼종인 사름과의 극단적 차이에 비하면 실로 아무것도 아니었다.

우릏 인구의 4분의 3에 육박하는 '사름'은 일명 '전멸 유전자'에서 시작되었다. 전멸 유전자는 1세대 혼종인 아비의 유전자를 극대화한 3세대를 가리키는데, 이는 사름이 어떤 혼종보다 아비에 더 가깝다는 역설을 시사했다. 분류명조차 박탈당한 3세대 혼종은 자가생식 능력이 제거된 채 우릏의 '유전자 숲'에 조직적으로 뿌려졌다. 점유자들은 애초에 다성多性이었고, 단일 성을 가진 우릏인들이 보기에는 명백한 기형이었다. 무분별한 강제 교잡이 우릏을 휩쓰는 가운데 사름도 아비도 아닌 것들이, 사름이자 아비인 것들이 마구마구 생겨났다. 사름들의 기억 속에 '대강탈'로 각인된 점유 초기의 역사는 정부에 의해 '대교정기大矯正期'라는 연대로나 표기될 뿐이다. 이 시기 3세대는 수정이나 출산 직후 명을 다했고, 순종 사름은 몇 세대 만에 자취를 감췄다. 그러나 불운의 3세대는 수로만 보자면 가장 융성한 지배종이다. 우릏의 절대다수인 사름을 숙주 삼아 지금 이 순간에도 불멸을 이어가고 있기 때문이다. 순종 사름의 멸종 원인이 강제 불임이라는 설도 있지만, 지금의 사름이 혼종의 제매이자 아비의 후예라는 귀결이 뒤집힐 가망은 없다.

굳이 복잡한 유전적 분기를 따지지 않더라도 잡종이란 점에서 사름은 혼종과 하등 다를 바가 없었다. 명이 짧고 궁핍하며 하나같이 몸의 어딘가에 장애를 타고난다는 점만 빼면 말이다.

집단 양육소에서 세 살을 맞은 누마는 점유지 세대구성법에 따라 행정 지능의 무작위 추첨으로 출생지 인근 한 브리더에게 낙점되었다. 브리더는 도심 변두리 층층집에 기거하는 전락한 혼3이었다. 이자가 낙오자라는 데는 의문의 여지가 없었는데, 언덕 경사면을 따라 빽빽이 쌓아 올린 겹겹의 공공 주택이야말로 명백한 패배의 상징물이었기 때문이다.

혼2는 정부를, 혼3은 세대와 기업을 관리한다. 혼2는 정치를, 혼3은 정치 외 모든 것을 독점한다. 둘의 관계는 독립적이고 서열은 확고하다. 혼2의 지위는 절대적이지만, 혼3의 위치는 가변적이다. 브리더인 혼3은 경쟁해야만 우릍에서 살아남을 수 있었다. 하지만 경쟁의 당사자라는 특권은 사름에 대해서만 유효해서 혼3에게 어떤 우월감도 주지 못했다. 브리더들은 자신이 아무것도 갖지 못했다고, 그래서 뭐든 가지려면 무슨 일이든 해야 한다고, 해도 된다고, 할 수 있다고 믿는다. 자신들에게 남겨진 유일한 유산은 '점유 의지'뿐이라고 굳게 신앙하기 때문이다. 점유를 향한 신념은 추앙으로 거듭나 신앙의 일체로서 종교로 화했다. 브리더에게 '점유'란 곧 종교다. 현세를 사는 사름들의 삶은 거기에서 시작되었다. 기만과 이기로 쌓아 올린 약탈의 성전으로부터.

　누마의 브리더는 독실한 신자였지만 수완은 모자란 무능력자였다. '백색혁명'을 거치며 부흥기를 맞은 여타 혼3과는 다르게 시절에 맞지 않는 경작농을 고집하다가 뭉텅뭉텅 자산을 털어먹었다. 거대 메뚜기 출몰기에는 사탕수수 농장이 초토로 변했고, 연안의 해초 양식장은 용암에 파묻혀 버렸다. 묻어만 둬도 씨알이 무성해지는 고랭지 감저밭조차 덩이줄기 집단 괴사로 씨가 말랐다. 못 쓰게 된 건 땅과 바다만이 아니었다. 잡부로 일하던 다수의 사름들이 죽거나 다쳤다. 부상은 화산 분화로 인해, 사망은 화학 농법에 의해서였다. 인부의 다수가 성년이어서 그나마 배상금을 아낄 수 있었지만 파산은 면할 수 없었다. 망한 브리더들이 으레 그렇듯 누마의 브리더도 도시로 향했다. 수도가 아닌 서부의 주도인 소를을 택한 건 너무 큰물은 두려워서다. 미성년 손괴에 대한 막대한 책임은 당시 양육하던 사름 아이 둘을 이주하기 직전 '리토늄 염전'에 양도하는 것으로 해결했다.

　브리더들은 양육 의무를 진다. 정확히는 출생 후 3년이 지난 사름 아이를 기르는 것이다. 성년이 되기 전인 16세 미만의 사름 아이를 두 명에서 네 명까지 들일 수 있고, 보상으로 양육비 외에 최소한의 주거와 임금을 양육기 동안 보장받는다. 관련 지원을 통틀어 양육 임금이라 하며, 양육 임금을 담보로 대출도 가능하다. 아비로 통칭되는 브리더이자 혼3의 파산이 사름의 파산과 현격히 달라지는 지점이다. 망한 사름은 말 그대로 나락으로 떨어지지만, 망한 아비들은 적어도 사름의 관점에서 보자면 '망하기는 개뿔' 정도의 미미한 난관에 처할 뿐이다. 그러나 실패는 어디까지나 계급 조건의 충족 여부에 달려 있으므로 그 동종 계급의 기준에 미달하는 누마의 아비는 파탄 난 상태인 게 확실했다.

도시로 이주한 브리더는 종잣돈을 만들기 위해 서둘러 양육을 재개했고, 싱아에 이어 누마를 들이고 나서는 본격적으로 백색혁명의 부스러기를 쫓기 시작했다. 피눈물 나는 각성이 뒤따랐다. 황무지와 해안을 개척해 대부호가 되겠다는 탐욕은 점차 사그라들었다. 어차피 그런 기회는 우른에 남아 있지도 않았고, 애초에 무지에서 비롯된 망상이라 실현될 수도 없었다. 점유 2세기 만에 표토의 3분의 1이 불모지로 변했고, 다음 1세기 식물 연료 호황기를 거치며 남은 표층의 절반마저 사막화되었다. 담수는 마르고 바다는 백화했다. 우른의 지질학적 현주소다.

점유자들은 어디든 지르밟는 곳마다 못 쓰게 만드는 불굴의 재주가 있었지만, 이는 '우주론'을 바탕으로 사고의 피라미드를 쌓아야만 도출해 낼 수 있는 은밀한 통찰이었다. 정부가, 그러니까 혼2가 '우주사宇宙史'에 대한 혼3의 학문적 접근을 막은 건 사실이었으나, 그렇지 않았더라도 결과는 크게 달라지지 않았을 것이다. 근시안의 대명사인 혼3은 우른의 땅과 바다가 자생적 회복력을 잃을 때까지 개발을 주도했다. 덕분에 정부는 시간을 벌었고, 우른의 자원이 바닥을 드러내던 시점에 맞춰 백색혁명을 선포할 수 있었다. 혁명의 장막 뒤에는 영향력 있는 소수의 혼3들이 있었다. 그들은 '브리더'라는 용어를 멸칭이라 비판하며 '제4의 지성'이란 거창한 뜻을 담아 자칭 '4지知'라는 새 집단명을 제언했는데, 기존의 계통명 2-2에 더해 '4세대'라는 병용 명칭을 얻은 것에 만족하고 물러나야 했다. 그들이 명분으로 내세운 인권 회복과 권력 견제라는 정치적 근거가 무색하게도 법 개정과 관련한 의회 공작이 폭로돼서다. 부당한 정치 협잡은 당장에 공분을 불렀고, 이른바 사지는 사름들에게는 물론이고 일부 혼3에게까지 '네다리四肢'라 불리며 조롱을 샀다.

그러나 조롱만으로는 시대를 역행할 수 없었다.

백색혁명은 고속의 사회 진화를 뜻했고, 몇 세대가 지나도록 제자리 상태인 사름을 더 이상 봐주지 않겠다는 점유자들의 결의는 확고히 이행되었다. 우선 '점유지 개혁법'이 만장일치로 의회를 통과했다. 이어 하위법들이 연달아 상정되고, 의회를 통과한 그 이튿날부터 발효되었다. 법 개정의 핵심은 양육 관련 법안들로, 가장 눈에 띄는 건 대대적인 양육 의무 완화였다. 법원에 일정액의 공탁금을 맡길 경우 양육 의무를 해제할 수 있는 조항이 신설되고, 양육 시 강제하던 최소한의 존엄 지침 이행 의무는 권고 수준으로 낮아졌다. 까다로운 행정 절차가 요구됐던 자산의 양도 거래 규정이 간소화되고, 불법 유기에 대한 최소한의 소명 요구와 처벌은 전격 폐지되었다. 특히 보상과 관련된 항목들은 아주 심각한 독소 조항으로 꼽힐 만했다. 양육 인원 상한은 늘고, 임금은 대폭 깎였다. 공공 주거 제공은 '양육지원법'에서 '사회보장법'으로 자리를 옮겼다. 주거 때문이라도 양육을 자진해 온 브리더들은 더는 그럴 필요가 없어진 것이다. 한편 개혁법과는 별개로 '로봇 산업 육성과 자원의 발굴 및 개조 지원법', 약칭 '로봇육성법'이 끼워팔기식으로 의회의 문턱을 넘었다(표면상으로는 '별개'의 시급한 법안으로 처리됐으나, 의회 안에 이를 믿는 이는 아무도 없었고 법안의 약칭 또한 의도적으로 축소되었음을 모두 알고 있었다).

고의로 사름을 사지로 모는 듯한 정황은 머지않아 현실로 드러났다. 로봇의 등장이다. 공장에서 물류 창고, 대중 운송, 거리 상점, 오지에 위치한 발전소에 이르기까지 사름의 일자리는 몇 년에 걸쳐 차근차근 로봇으로 대체돼 갔다. 혼2의 하위종이라는 열등의식을 백색혁명의 선구자라는 지위로 세탁하고자 했던, 브리더이자 4세대이자 네다리가 이끌어 낸 우릅의 전방위적인 선진화였다.

로봇은 혼3의 눈부신 성공, 그 이상을 표상했다.

정부가 개혁 성공을 모선에 알렸을 때, 오랜 세월 우릅의 궤도를 선회하던 우주선은 비로소 닻을 올렸다. 사름들이 인공 항성이라 부르던 바로 그 '우주 물체'다. 우주선이 우릅을 뜨는 순간, '조화로운 기착지'라는 점유의 표어는 '네온 시티—신의 도시'라는 '백색 문구'로 탈바꿈했다. 누구도 그 뜻을 제대로 이해하지 못했지만, 약탈을 지운 슬로건 아래 변화는 급류를 탔다.

범용 로봇의 출현까지 역설적이게도 커피 끓이는 용도로나 유용할 듯싶었던 사름은 의외의 쓸모로 다시 주목을 받았다. 수요가 가장 높은 곳은 서비스업과 재해 산업 분야였다. 특수 로봇은 돌발 상황에 취약한 데다 정비와 유지 비용만 아니라 몸값 자체가 터무니없이 비쌌고, 인지 로봇은 잦은 붕괴로 원성을 샀다. 무엇보다 전기를 무한정 잡아먹는 소모성 배터리와 치솟는 광물 수요로 산업 전반에 그늘이 드리웠다. 여러모로 로봇을 아껴야 한다는 비용 논리가 부상하면서 사름의 고용률이 다시 치솟은 것이다. 또한 재무제표를 대체할 경제 모형의 개발이 지체되면서 수요 급락을 늦출 필요성도 제기되었다. 기업에도 마냥 호재인 것만은 아닌 게 수요 없는 생산성 증가는 치열한 경쟁을 야기했고, 백색혁명의 과실은 실상 대형 기술 콘체른(다수의 계열사를 거느리는 대자본가 기업 집단)에 집중되었기 때문에 대다수 혼3은 하청이나 소매시장을 두고 아귀다툼을 벌이는 중이었다. 기업들은 사활을 걸고 비용 절감에 나섰다. 사름으로 하여금 로봇을 대리하게 한 이유다.

양육 가구도 다시 늘었지만, 대부분의 사름은 양도용으로 길러졌다. 양육 임금이 줄어든 만큼 환경은 열악해지고, 실태를 논하기 무의미할 정도로 학대 사례도 폭증했다. 양도거래법상 브리더는 자신이 양육한 사름을 직접 고용할 수 없으므로 향후 노동 거래를 위해 사름의 육체적, 정신적 건강을 일정 수준으로 유지할 의무가 있었지만, 법령은 글자 쪼가리로 전락한 지 오래였다. 점유 관계를 떠받치던 최소한의 법적 보루들이 허물어지자 윤리의 문턱 또한 걷잡을 수 없이 무너져 내렸다.

우른의 산하가 그렇듯 사름들의 의지도 무참히 깎여나갔다. 투철했던 영혼의 갑옷은 로봇의 대리직을 두고 생계 다툼을 벌이며 쇳물처럼 녹아내려 화석처럼 굳어갔고, 벽 뒤에 서는 것이 익숙해지고 알아서 숨는 지경에 이르자 '구릉'을 뜻하는 우릍의 어원은 '구렁'이나 다름없어졌다.

싱아를 누탄합섬에 넘기고 아비는 2년 치 양육비에 달하는 목돈을 손에 넣었다. 세월이 수상해도 옛 방식을 고수한 덕이라고, '사름 새끼'는 방목만 한 게 없다고 침이 닳도록 자찬했다. 아비의 방임 덕분에 싱아와 누마는 끈끈히 붙어 자랐다. 그래야 살 수 있었고, 그래서 살아남았다. 철마다 야산에 올라 풀숲을 헤치며 열매와 나물을 모으고, 동네 아이들과 무리 지어 공장과 상가를 돌며 재고 더미에서 각종 물품과 통조림을 건져냈다. 이따금 배탈은 나도 곯지는 않았다. 한두 가지 재료만 있어도 뚝딱 끼니를 만들어 내는 싱아가 있어서였다. 고단한 나날에도 웃음소리는 그치지 않았다. 서로가 서로의 웃음거리가 돼주었다. 달을 볼 때도 둘은 함께였다. 아비가 며칠씩 사라졌다가 불쑥 나타나는 밤이면 어김없이 비탈을 내리달아 저수지로 내뻗은 아스팔트를 달렸다. 그렇게 2킬로미터 정도를 뛰어가서는 도로와 저수지 둔덕 사이에 있는 허벅지 높이의 연석에 올라앉아 하늘에 대고 노래를 불렀다. 달은 밝을 때도 흐릴 때도 있었다. 꽃은 필 때도 질 때도 있었다. 그래도 둘은 한결같이 노래를 불렀다. 노래로 노래를 이으며, 달과 개와 꽃을 부르고 있으면 어느덧 서슬 퍼런 밤이 지나고 새벽이슬이 내리곤 했다.

혼자가 된 누마는 아비와 마주치지 않으려 전보다 더 밖으로 나돌았다. 어느 날 아비는 싱아를 대신해 두 명의 사름 아이를 층층집으로 데려왔다. 예닐곱 살 된 아이들이었다. 누마는 그 둘을 데리고 산으로 공장으로 상가로 저수지로 싱아와 누비던 경로를 돌고 또 돌았다. 그리고 보름간의 일주를 끝낸 그날, 그러니까 누마가 어스름께 누탄합섬에 나타났던 그날, 누마는 늦은 오후 통조림과 약간의 필수품, 한 다발의 양말을 챙겨 짐을 꾸렸다. 계약서상으로 개조 시설에 넘겨지기 이틀 전이었다. 아비가 집을 비울 때마다 누마와 싱아는 아비의 방을 뒤지고는 했는데, 그건 그저 악의 없는 취미 생활 중 하나였다. 강박적인 정리벽이 있는 아비는 물건의 위치를 바꾸는 법이 없었기 때문에 애써 뒤질 것도 없이 양도 문서는 절로 누마의 손에 들어왔다. 계약일은 싱아가 팔려 간 다음 날, 계약금은 싱아를 판 딱 그만큼이었다. 누마는 에누리를 한 모양이라고 웅얼거리며 주름진 벽지의 귀퉁이를 옆으로 잡아뗐다. 습기 찬 지폐들이 후드득 바닥으로 떨어졌다. 벽에 붙어 끈질기게 버티던 마지막 지폐 한 장도 팔랑거리며 추락했다. 누마는 느리게 무릎을 꿇었다. 그러고는 바닥의 돈을 꼼꼼히 긁어모아 주머니에 챙겨 넣었다. 기차표를 끊고도 한참 남을 만한 두둑한 여비가 마련되었다. 은행을 믿지 않는 아비의 고지식함 덕택이었다.

16차로를 건너 누마가 향한 곳은 종합터미널이다. 한때 사름으로 북적이던 고속철 역사 안은 걸을 때마다 폐터널처럼 메아리를 울려댔다. 폐기물을 발라 올린 벽면은 녹슨 철근이 드러나 한기가 돌았고, 드문드문 스치는 사름들의 얼굴은 싱아만큼이나 닳아 있었다. 누마는 후드를 푹 눌러쓴 채 마주 오는 인형을 피해 난간 모퉁이를 휘돌아 잽싸게 3층 계단에 올라섰다. 도망친 사름을 찾아 나선 브리더가 부쩍 늘었다는 예전 싱아의 말이 떠올라서다. 게으른 아비가 그 퉁퉁한 몸을 이끌고 벌써 추격에 나섰을 리는 만무했지만, 소름을 벗어날 때까지는 안심할 수 없었다. 누마는 빠르게 계단을 밟으며 역사 위층으로 이동했다.

누마의 목적지는 우릍의 남단 가시랑쿠 순상지로, 동쪽 끝 해무릍에서 남북을 잇는 종단 열차를 갈아타고 사흘 밤낮을 달리고 나서도 날것을 타야만 도달할 수 있는 아주 먼 곳이었다. 누마는 소름은커녕 동네 밖으로도 별로 나가본 적이 없어서 모든 상황이 물설고 어지럽기만 했다. 이정표의 지시대로 7층 동부행 승강장에 올랐지만, 시작부터 난관이었다. 승차권 발권기는 돈이 아닌 신탁 코드를 요구했는데, 누마에게 그런 게 있을 리 없었다. 신탁 체계는 온정주의 브리더들이나 간혹 이행하는 권고형 제도로 아비는 제도 따위를 신경 쓰는 자가 아니었다. 그게 사름에게 이로울 경우엔

더욱 그랬다. 설사 신탁 코드가 있다고 해도 쓸 수 있는 상황이 아니었다. 기계에 번호가 읽히는 즉시 브리더에게 승인 알림이 전송되고 결제 장소와 위치까지 통보될 테니 말이다.

"아, 안돼. 제발…. 돈 있어. 돈 있다고."

기계에 대고 사정사정하던 누마는 힘이 빠져 그 앞에 쭈그려 앉았다. 어색한 기계어가 음절 끝을 미묘하게 씹어대며 일정 간격을 두고 반복적으로 흘러나오고 있었다.

"신탁 코드를 입력하세요. 신탁 코드를 잊으셨나요? 브리더의 점유 코드를 입력하세요. 티켓토가 승인을 의뢰해 발권을 도와드립니다. 브리더의 점유 코드를 잊으셨나요? 브리더의 통신 코드를 입력하세요. 티켓토가 승인을 의뢰해…"

무한의 굴레였다. 누마는 벌떡 일어나 다시 화면을 노려봤다. 붉으락푸르락하는 누마의 머그샷을 띄운 발권기는 안면 인식 단계에서 빠져나갈 방도를 끈질기게 안내했지만, 기계 이름이 '티켓토'라는 것 말고는 건질 게 없었다. 하등 도움이 안 되는 기계였다. 티켓토의 끝없는 닦달에 누마의 얼굴은 붉게 상기되어 이마와 콧등엔 땀이 송골송골했다.

"안 돼. 안 된다고. 그럴 수 없으니까 돈을 내지. 돈 준다잖아. 돈 있다잖아." 누마는 속이 타들어 가 온몸을 비틀며 소리 죽여 발버둥 쳤다.

그때 누군가 뒤에서 톡톡 누마의 머리통을 쳤다.

"얼마 줄래?"

키가 누마보다 두 뼘은 큰 사름이었다. 갓 성년이 됐을까 말까 얼굴은 앳되고 차림새는 말끔했다. "기계랑 싸워서 뭐 하게. 진만 빠지지. 그래 얼마나 줄래?" 그이는 티켓토의 모서리를 살살 매만지며 누마를 뜯어보더니 재는 투로 덧붙였다.

억지 미소에 도가 튼 듯한 과장된 표정과 경박스러운 말투, 세파에 닳고 닳은 그이의 몸짓은 의외의 호감을 샀다. 몸에 밴 생존형 사기술이 누마에게는 사회인 특유의 노련미로 비쳤던 것이다.

누마는 짐짓 망설이는 척 티켓토를 노려보다가 미리 꺼내 두었던 12만 똥을 사름에게 내밀었다. 원래 표값에 1만 똥을 더 얹은 금액이었다.

"애가 뭘 모르네." 사름은 돈을 채 가 주머니에 찔러 넣고는 반대쪽 손가락 여섯 개를 쫙 펴 보이며 말했다. "6만 더. 이 정도면 정직한 거래야."

누마가 돈을 더 꺼내 들고 부루퉁한 얼굴로 발권기를 쳐다보자, 사름은 자기는 손가락이 여섯 개라 6이 기본단위라고 입살맞게 말하며 동시에 능숙하게 티켓토를 조작했다.

"얼굴을…" 삐이. "신탁 코드를…" 삐비비삑삑. "매수를…" 삑. "발권이…" 탁.

티켓토는 단 한 문장도 제대로 뱉지 못하고 순순히 승차권을 내줬다. 종료 화면 하단에 출력된 이름은 갱, 나이는 누마보다 두 살 많은 싱아의 동갑내기였다. 갱은 엄지손톱만 한 기차표를 누마의 손등에 대충 붙여주며 무미건조하게 말했다.

"점점 나빠지기만 할 거야. 아등바등 살아남아."

돈을 받기 전과는 확연히 달라진 말투였고, 얼굴은 무심하니 분위기는 냉랭했다. 누마의 손에서 6만 똥을 마저 가져간 갱은 연초를 뻐끔거리며 계단을 총총 뛰어 내려갔다. 누마는 당혹한 얼굴로 갱의 뒤태를 좇았다. 볼일 다 봤다는 듯 가벼운 몸놀림이었다.

오랜만에 한 건 올린 갱은 홀가분한 시선으로 3층 상점가를 죽 둘러본 다음, 상점 전면을 물결치는 분홍 사선으로 장식한 디저트 가게 안으로 들어갔다. 주문기 화면에 동일한 세트 메뉴 두 개가 찍혔다. 꿀에 절인 합성 과일을 잔뜩 얹은 케이크에 감미료 가득한 탄산수, 시럽을 왕창 뿌린 푸딩을 한꺼번에 먹을 수 있는 가성비 절정의 당 폭탄 메뉴였다. 갱은 떨리는 손을 지그시 누르며 거래가 끝날 때까지 버텨준 자신의 몸에 감사했다. 눈앞이 노래지고 자꾸 오한이 났지만, 곧 마주할 성찬을 상상하니 없는 힘도 샘솟는 것 같았다. 얼마 만의 우아하고 화려한 외식인가. 갱은 감격스러운 나머지 상점 문을 열고 들어오는 낯익은 얼굴을 신경 쓰지 못했다. 그리고 누마가 곧장 돌진해 자기 앞에 앉을 때까지 멀뚱히 지켜만 보았다.

"나도 똑같은 거."

탁자 위에 1만 똥 짜리 지폐가 놓였다. 긴장을 감추느라 잔뜩 힘이 들어간 누마의 목소리는 언뜻 티켓토의 발성과 유사하게 들렸다. 갱은 흠칫했지만 이내 심드렁하게 "1만 더"라고 응수하며 손가락 하나를 들어 보였다. 조금 당황스럽기는 해도 상황은 빤했다. 갱 입장에서 누마는 집 나온 개고, 막 집을 나온 개는 막막함에 아무 옷자락이나 물고 늘어지기 마련이었다.

음식은 나오자마자 갱의 입속으로 속수무책 빨려 들어갔다. 돈 욕심만큼이나 게걸스러운 식성이었지만, 그런 것치고는 지독히도 빼빼 말라서 누마는 못다 먹은 푸딩과 케이크가 담긴 받침을 자기도 모르게 갱 쪽으로 밀었다. 갱은 누마가 남긴 음식을 한입에 털어 넣은 것도 모자라 단품 케이크를 하나 더 주문해 두세 입 만에 해치웠다. 걸귀의 만찬이 끝나갈 즈음 누마의 시선은 경멸에서 경탄으로 바뀌어 있었다.

"얼마나 있어?"

손에 묻은 크림을 할짝대며 갱이 물었다. "얼마가 있는지 알아야 거래가 가능한지 판단을 하지." 누마가 의심의 눈길로 쳐다보자 갱은 다 안다는 듯 능청스럽게 말을 이었다.

"음. 나도 빌려 쓰는 입장이라 코드를 공유하려면 엄청난 위험을 감수해야 하거든. 네가 혹시 문제라도 일으켜 봐. 나는 물론이고 진짜 갱까지 줄줄이 엮이는 거라고. 그러니 제대로 된 거래를 하려면 서로를 믿어야겠지. 나는 위험을 감수하고, 너는 신뢰를 증명하고. 대충 알아들었지? 그래, 얼마나 있어?"

"근데, 신탁 코드잖아. 걔네 아비는 어떻게 하고?"

갱의 집요한 눈빛에 누마는 어렵게 입을 뗐다. 담담한 척했지만 속으로는 엄청 떨고 있었는데, 갱의 말대로 제대로 된 거래를 해야 한다는 생각에 용기를 낸 것이다. 제멋대로 돈을 써대는 사름 아이를 가만 놔둘 브리더는 세상 어디에도 없기 때문이었다.

"죽었어."

갱은 벽 뒤 조리실을 힐끗 훑은 뒤 목소리를 낮추며 말했다.

아, 없어졌구나. 누마는 속으로 생각했다. 갱은 누마의 머리를 지그시 누르며 자기도 탁자에 바싹 엎드렸다. 둘의 정수리가 맞닿자, 갱은 상점 바깥쪽으로 고개를 돌리더니 어절 하나하나 강조하며 은밀하게 속삭였다. "죽었지만, 코드는, 살아 있어, 완벽하지."

"어떻게?"

누마의 머리가 용수철처럼 튀어 올랐다.

"뭐, 어른은 방심하고 아이는 자라니까?"

갱은 느긋하게 허리를 펴면서 경박스럽게 말했다. 확인 사살 같은 잔잔한 미소가 얼굴 위에 살벌하게 번졌다.

누마는 두말없이 신탁 코드를 샀다. 사름에게 그나마 관대했던, 이제는 시체가 돼버린 익명의 브리더가 남긴 유산의 공동 사용권을 구매하는 데 아비의 돈 절반이 날아갔다. '갱이 아닌 갱'과 갱이 된 누마는 곧장 노점 은행으로 가서 구좌를 텄다. 새 구좌의 주인은 누마였으므로 암호문 또한 누마가 정했다.

"알다시피 나는 정직한 거래를 선호해. 내가 네 구좌에 손을 대는 순간 나는 개가 되는 거야. 그러니까 네 돈은 안전하다고. 왜냐, 나는 절대 개가 될 일 없는 아주 공명정대한 사름이거든."

무슨 개소린가 구시렁대며 누마는 다른 수가 없다고 속으로 되뇄다. 마음만 먹으면 누구든 누마의 구좌를 털 수 있었다. '갱이 아닌 갱'은 물론 얼굴도 모르는 진짜 갱까지. 암호 따위가 무슨 소용인가. 코드 자체가 공유재인데. 그래서 입금은 하지 않고 구좌만 만든 것이다. 돈은 필요한 만큼 넣었다가 즉각 빼 쓰면 된다고 누마는 명심 또 명심했다.

"오늘은 유달리 허기진 날이었어. 간혹 그런 날이 있거든"

누마가 사기를 피할 방법을 강구하는 사이, 갱은 감상에 빠져든 모양이었다. "네 덕분에 배도 채우고 당도 채우고. 그러니 날 믿어. 속 끓일까 봐 미리 말해두는 거야. 배불려 준 사람을 배신하는 일은 절대 없으니까." 갱은 시를 읊듯 담담하게 말했다. 경박하지도 냉담하지도 않았다.

"자꾸 믿으라니까 믿지 말아야겠다는 생각만 드는데?"

누마는 퉁명스럽게 쏘아붙이곤 서둘러 터미널로 향했다. 실안개가 자욱하니 기분이 찌무룩하고, 축축한 승강장에서 하룻밤을 보내야 한다는 생각에 신경이 곤두섰다.

갱은 터미널까지 누마를 따라 걸었다.

"나는 그렁이야. 열다섯이고." 역사 입구에서 갱이 멋쩍게 뒤늦은 자기소개를 하자, "누마. 열셋." 누마도 어색하게 대꾸했다.

"아직 애기네. 그럴 줄 알았어." 그렁은 손에 쥐고 있던 꼬깃꼬깃한 1만 똥을 누마에게 내주며 계속 주절거렸다. "기차 안에서 맛있는 거 사 먹으라고. 자판기는 못 쓰겠지만 어른 하나 구슬리는 것쯤은 너도 할 수 있을 거야. 어른들은 돈이라면 사족을 못 쓰거든. 그걸 주고 먹고 싶은 걸 자판기에서 뽑아달라고 해. 대신 1만 똥보다는 싼 걸 주문해야겠지. 무슨 말인지 알아들었지? 간만에 말동무도 생기고 즐거웠…"

누마는 눈을 찡그리며 몸을 홱 돌렸다. 말들이 뭉개지고, 물이 찬 것처럼 오른쪽 귀에서 찐득한 느낌이 들었다. 누마는 덜컥 겁이 나서 두 개씩 층계를 밟으며 계단을 뛰어오르기 시작했다. 그러다가 멈칫 허공을 보며 "안녕!"이라고 외치고는 다시 계단을 올라 곧장 역사 안으로 들어갔다. 그 모습을 멀뚱히 지켜보던 그령은 역사 입구 계단참을 한동안 서성이다가 뿌옇게 연기를 피우며 대로변 너머로 사라졌다.

누마는 단숨에 7층으로 돌아왔다. 그러고는 잠깐 멍하니 승강장에 서 있다가 티켓토와 멀찍이 떨어진 기다란 의자에 자리를 잡고 등짐을 털썩 내려놓으며 비뚜름히 기대앉았다. 등받이가 없어 스르르 허리가 앞으로 굽었다. 손에는 거의 곤죽이 된 1만 똥짜리 지폐가 쥐여 있었다. 짙은 한숨이 연달아 새어 나오고 이유 없이 허기가 졌다. 승강장 허공에는 픽셀이 어긋난 채 지글거리는 '운행 종료' 문구와 그 아래로 현재 시각과 첫차까지 남은 시간이 투사되고 있었다. 첫차를 타려면 5시간 넘게 기다려야 했다. 누마는 또다시 한숨을 내쉬며 한쪽 다리를 뒤로 뻗어 의자를 감싼 채 몸을 돌려 앉았다. 고개를 들자 널찍이 늘어선 벽면 상부 기둥들 사이로 어스름한 밤하늘이 보였다. 달이 없는 하늘은 먹먹하기만 하고 실안개는 그새 비가 되어 추적거리고 있었다. 역사 안은 쿰쿰한 냄새로 가득했다. 누마는 후드를 뒤집어쓰고 소매로 코를 막으며 의자에 누웠다. 몸이 자꾸 물속으로 빨려 들어가는 느낌에 기를 쓰고 손발을 움찔거려 봤지만 지독한 피로에 눈앞이 금세 깜깜해졌다.

"으으음 음음, 으으음 음음…"

누마는 곧바로 잠이 들었고, 승강장엔 밤새 스산한 노랫가락이 끊어질 듯 말 듯 돌림곡처럼 이어졌다.

'위이이잉, 위잉.'

청소 로봇의 우렁찬 소음에 누마는 번쩍 눈을 뜨며 목을 부여잡았다. 목 안이 따끔해 절로 인상이 찌푸려졌다. 운행 안내 게시기 시간은 6시 23분. 첫차가 오기 27분 전이었다. 아주 짧은 순간 누마는 자기가 어디에 있는지 자각하지 못하다가 딱딱한 의자 바닥을 더듬고 나서야 정신이 들었다. 구부려 누운 채 잠든 바람에 온몸이 뻣뻣하고 결리지 않은 곳이 없었다. 의자에 눌린 왼쪽 엉치뼈가 유독 아팠다.

누마의 발치를 몇 번 쓸어 올리다 포기했던 로봇은 다른 구역의 청소를 마치고 되돌아온 참이었다.

"잠시 일어나 주시겠어요?" 로봇이 말했다.

"끄으… 다리가 안 펴져." 누마가 잠이 덜 깬 목소리로 답했다.

"도와줄까?" 로봇이 물었다.

누마는 어정쩡하게 고개를 끄덕였다.

수락이 떨어지기 무섭게 로봇은 누마의 다리를 쭉 펴 바로 누이고는 청소기 흡입관 입구를 왼쪽 골반에 대고 풍압을 조절하며 눌렀다 뗐다를 반복했다. 볼기뼈가 부드러워지고 혈류가 돌자 누마는 말간 눈으로 부스스 일어나 앉았다.

"잠시 일어나 줄래?" 로봇의 거듭된 부탁에 누마는 발딱 일어나 가방을 둘러메며 민망해서 중얼거렸다. "만능이네."

로봇은 먼지를 빨아들이고, 의자 구석구석 약액을 뿌린 다음 약간의 시간차를 두고 열풍을 분사해 소독 작업을 마무리했다. 그렇게 꼭대기 층까지 새벽 근무를 완수한 로봇은 계단 쪽으로 걸어가다가 우뚝 멈춰 서서는, "청소봇은 되지 마. 모두가 머리 없는 유령 취급에다가 이 일은 너무 붙박여 있거든." 대뜸 뜬금없는 소리를 남기고 아래층으로 내려갔다.

유령? 청소 로봇이 없는 건 손이지 머리가 아니잖아? 아니, 그보다⋯. "내가 왜 로봇이 되겠어!" 누마는 기분이 나빠져 로봇의 뒤에 대고 소리쳤다.

2

동부행 첫차는 거의 빈 채로 승강장에 도착했다. 멀끔하지만 다소 연식이 느껴지는 외관이었다. 객차 내부는 깨끗했고, 금방 승강장에서 맡았던 소독약 냄새가 미미하게 배어 있었다. 누마는 집중을 위해 반사적으로 미간을 좁혔다. 천장 아래 길게 이어진 선반에는 좌석마다 광학 부표가 떠 있었는데, 승차권 번호와 일치하는 부표를 찾는 게 누마가 자처한 과업이었다. 누마는 고개를 젖히고 일일이 번호를 대조해 가며 9번 칸 통로를 지나갔다. 어깨가 뻐근할 즈음 숫자 77이 눈에 들어왔다. 77번 좌석은 마주 보는 여섯 자리의 정방향 창가 쪽에 있었다. 누마는 그제야 긴장이 풀려 되는대로 팔다리를 늘이며 의자 깊숙이 몸을 밀어 넣었다. 밖은 아직 어둑하고, 유리창에서 발산되는 미광만이 주위를 은은히 밝히고 있었다. 싱숭생숭한 마음에 눈알을 굴리며 주변을 살피던 누마는 이내 색색거리며 깊은 잠에 빠져들었다.

"으으음 음음…"

또, 그 가락이다. 앙상한 개 한 마리가 달을 향해 콧노래를 부른다. 달이 이상하다. 하나는 흐물흐물 녹아내리고 다른 하나는 옆구리가 터져 부서지고 있다. 조각난 꽃잎처럼 내리꽂힌다. 그냥 꽃이 아니다. 불을 뿜는 꽃이다. 땅이 찢어진다. 땅이 기운다. 바짝 엎드린다. 산이 우르릉 요동친다. 물기둥이 뻗쳐오르고 불길을 쏟아낸다. 콰르릉콰르릉, 우르릉 우르릉….

식은땀을 쏟으며 화들짝 깨어난 누마는 두방망이질하는

가슴에 손을 얹고 거칠게 숨을 몰아쉬었다. 머리카락은 땀에 젖어 이마에 들러붙고, 입에선 헐떡헐떡 숨넘어가는 소리가 났다. 눈물이 터지기 일보 직전이었다.

"나쁜 꿈을 꿨구나."

까슬한 목소리가 미몽을 헤매는 누마를 흔들어 깨웠다. 창으로 새어 든 햇빛이 맞은편 자리의 형상에 뚜렷한 명암을 드리우고 있었다. 누마는 초점이 나간 눈으로 붉고 주름진 얼굴을 쳐다보며 넋 놓고 웅얼거렸다.

"불에 탔어. 다 탔어."

"불은 모든 걸 태우려고 태어나지." 사포 같은 목소리가 답했다. "그러곤 모든 걸 다시 태어나게 해. 좋은 꿈을 꿨구나. 이걸 좀 마시렴."

미지근한 금속 잔이 누마의 손에 쥐여졌다. 잔 끝이 둥그스름한 보랭병 뚜껑에 담긴, 직접 덖어 우린 꽃차였다. 누마가 잔을 입에 대자 차를 건넨 사람은 누마의 무릎을 토닥이기 시작했다. 손바닥이 무릎에 닿을 때마다 까슬까슬 보풀이 일었다. 투박한 손등을 내려보는 누마의 동공은 불안하게 흔들리고 있었다.

이고는 30여 분 전 열차에 올랐다. 누마가 한참 잠에 빠져 있을 때였다. 지정석을 지켜 앉는 사름은 이제 아이들밖에 없었고, 이고는 아이가 아닌 데다 불복종에 가담한 사름 어른 중 하나였다. 하고많은 자리를 놔두고 누마 앞에 앉은 건 신음 속에 새어 나오던 선율 때문이었다.

"어디를 가니?"

난데없는 심문에 누마는 급히 주변을 두리번거렸다. 사름이 찬 자리는 열 석이 되지 않았고 그마저도 듬성듬성 떨어져 있었다. 누마가 우는 얼굴로 무심코 엉덩이를 들썩이자, 이고는 누마의 무릎에서 바로 손을 떼고는 의자에 바싹 붙어 앉으며 말했다. "안심해라. 안심해. 해코지를 하려는 게 아니야. 일 나가는 애들만 보면 안쓰러워 그렇다. 안심해라. 안심해…" 이고는 손바닥이 보이도록 위아래로 휘적거리며 간절히 호소했다. "하긴 네가 똑똑한 거지. 똑똑한 거야. 누굴 믿겠니. 누굴…"

이고는 자책하며 창밖으로 고개를 돌렸고, 누마는 이고의 눈치를 살피며 무릎을 바싹 당겨 자세를 고쳐 앉았다. 어른이라면 당장 좌석을 옮겼을 테지만, 아이들은 아니었다. 본래 자기 걸 쉽게 포기하지 않는 데다가 번호 따위의 상징이 붙으면 더 애착을 부리며 지키려 든다. 부적인 거지, 부적. 이고는 입속말을 하며 누마를 흘금 엿보았다. 누마는 부들거리면서도 꼿꼿이 앉아 있었다. 그 모습이 안쓰럽고 우스워 이고는 자기도 모르게 해죽 웃고 말았다. 문득 점심으로 싸 온 감저가 떠올랐다. 어차피 괜한 오지랖으로 미움을 산

거 하나 더 보탠다고 달라질 것도 없다는 심산에 이고는 부산스레 천 가방을 뒤적였다. 부스럭대며 종이봉투를 벌리자 포슬포슬 구수한 냄새가 사방으로 퍼져 나갔다. 불땀 좋은 잣나무로 새벽내 구워낸 감저였다. 오늘따라 알이 굵어 내놓기에도 민망스럽지 않았다. 이고는 제일 큼직한 감저 하나를 움찔거리는 누마의 손에 덥석 쥐여주고는 재빨리 등을 세우며 말했다. "먹는 것만 한 게 없단다. 악착같이 먹으렴. 악착같이."

"가시랑구."

늦은 답이 돌아왔다. 감저에 대한 보답이었다. 누마의 입 속에는 감저가 그득했다.

"… 가시랑쿠? 그 먼 데를 뭐 하러?"

이고는 씹다 만 감저를 꿀꺽 삼키며 누마의 말을 고쳐주고는 부러 무심한 척 뜸을 들이며 물었다. 누마는 말없이 감저를 우물거렸고, 이고는 서두르지 않고 누마의 대답을 기다렸다. 그사이 차를 한 번 더 따라주고, 그만 포기해야 하나 생각할 때쯤 감저를 가득 베어 문 누마의 입에서 찔끔찔끔 이야기가 흘러나오기 시작했다. 개조가 어떻고, 누탄합섬이 어떻고, 티켓토가 어쨌는데 갱이 갱이 아니었다는 둥, 두서도 안 잡히고 발음도 무뎠지만 이고는 찰떡같이 알아들었다. 사름 어른은 아이와 지낼 기회가 없었다. 절대로 없었다.

번식이란 건 그저 아비들의 화장실에 똥을 누고 나오는 과정에 불과했다. 상황이 이렇다 보니 어른들은 아이가 낯설 뿐 아니라 그네들이 하는 말도 잘 알아듣지 못했으나 이고는 달랐다. 애들을 좋아해 마주칠 때마다 꾸준히 대화를 시도해서인지 말귀가 밝았는데, 사실 이른 나이에 일을 시작한 아이들이 대개 교육 부족으로 말이 어눌한 것과 달리 누마의 눌변은 입안을 가득 메운 감저 때문이었다.

이고는 흐뭇한 표정으로 감저를 더 권했고, 제대로 된 거래였다고 자부한 누마는 봉지에서 감저 하나를 더 챙기고는 보랭병 뚜껑에 담긴 차를 벌컥벌컥 들이켰다. 아주 잠깐 탄산수를 뽑아달라고 할까 갈등하다가 돈을 아껴야 한다는 생각에 그만두었다.

"어른들도 배겨내기 힘들다던데." 이고는 잔에 다시 차를 채워주며 조심스레 누마를 떠봤다.

"어디등 힘드러." 감저를 우물거리며 누마가 답했다.

감저만큼이나 목 막히는 말이었다. 말보다는 푸석한 말투 때문에 더 목이 막혔다. 어디든 힘들지, 아무렴. 이고는 가슴이 갑갑해 창밖으로 눈을 돌렸다. 메마르고 황량한 풍광에 마음이 더 심란해졌다. 입이 너무 써서 다물고 있을 수가 없었다.

"예전엔, 불과 십수 년 됐을까. 씨를 뿌리면 그래도 곡식이며 채소가 자랐어. 감저만 남기 전에 말이야." 누마가 태어날 무렵의 이야기였다. "꽃도 피어서 철철이 열매를 맺고 씨앗을 터뜨리고. 돌이켜 보면 아마도 마지막 몸부림이었지 싶어. 땅이 썩고 바다가 죽어가도 그때뿐이었어. 그래도 꽃이 피니까, 아주 가끔은 먼지가 개기도 했으니까. 그러면 또 잊어버리고 일하고 먹고살고. 그게 적응인 줄 알았지. 다들 그랬어. 음, 뭘 더 할 수 있었을까. 그렇게 불식간에 닥칠 줄은 누구도 몰랐을 거야. 마치 영원 같기도 하고, 아니라는 걸 어렴풋이 알면서도 늘 이랬던 것 같다니까. 계절이 흐려지다 없어지고, 어쩌다 내리는 비는 모든 걸 쓸어버리고…"

누마는 이고의 말이 지루해 불쑥 끼어들었다. "알곡은 공장에서 나고 꽃도 수직 농원에 가득한데 뭘 그래? 돈만 있으면 돼. 돈만 있으면 통조림도 왕창 살 수 있고. 그리고 이런 감저라면 난 죽을 때까지도 먹을 수 있을 것 같은데?"

자신의 말을 간증하듯 누마는 우적우적 감저를 씹어댔다. 정말이지 끝도 없이 우물거렸다. 이고는 따지고 드는 누마가 귀여워 놀리는 투로 반문했다. "그래서 돈을 벌러 그 먼 데를 가는 거니? 그렇게 다 파헤쳐 버리면 정말 다 타버리고 말 텐데? 그러면 그 맛있는 감저도 다 없어지고, 나중엔 숨도 쉴 수 없을 거…. 컥컥."

말에 사레가 걸린 듯, 아니 저주라도 걸린 양 이고는 한참을 죽을 것처럼 기침을 해댔다. 붉어졌다가 하얘졌다가 도로 붉어지는 이고의 얼굴에서 누마는 눈을 떼지 못했다. 기침이 잦아들자 누마는 꼭 쥐고 있던 보랭병 뚜껑을 기다렸다는 듯 이고에게 돌려주었다.

"놀랐구나." 이고는 뚜껑에 차를 따르며 계속해서 잔기침을 해댔다. 윗몸이 들썩일 때마다 찻물이 튀었다. "낡아서 그렇다. 낡아서. 안심해라."

"피. 여기…" 누마의 검지가 입가를 가리켰다.

"아, 갈 때가 다 돼서 그렇지. 갈 때가." 이고는 손등으로 입가를 대충 훔치며 말했다. 구내염 때문이라기엔 핏빛이 너무 선명했다. 피는 목구멍을 관통해 터져 나왔다. 마침 내릴 역이 가까워지고 있었다. 이고는 다행이라 안도하며 짐을 추슬렀다. 그러다가 가방 손잡이에 옮겨 묻은 피를 내려보며 무심히 혼잣말을 했다. 이래서 밝은색은 사지를 말아야 하는 건데….

재처리장으로 나돈 지 9년, 남은 수명의 반의반이 줄었다 해도 이상할 게 없었다. 처음엔 벌이가 좋아서 나중엔 망가진 걸 알아서 어차피 가망 없는 거 더 빨리 닳아라, 죽어라 방폐장만 찾아다녔더니 죽지는 않고 고통만 늘었다. 이제 막 스물아홉이 된 이고는 열한 번째 직장으로 면접을 보러 가는 길이었다. 무너미 재처리장은 지하 방폐장 암반 붕

괴로 한창 복구 인력을 모집 중이었는데, 고위험 방사성물질을 직접 다루는 일이다 보니 지원 자격이 한정되었다. 심사는 까다로울 것 없이 양도 코드를 확인받고 의료 검진만 마치면 일할 수 있었다. 당장 죽을 정도만 아니라면 로봇의 판별 기준은 관대한 편이었고, 결과는 투명하고 즉각적으로 공개되었다. 공짜로 남은 수명을 통보받는 것, 그게 피폭 삯꾼이 누릴 수 있는 유일한 복지라면 복지였다.

무너미역을 앞두고 열차가 서서히 느려졌다. 이고는 황급히 시계를 끌렀다. 누마처럼 뭐든 '왕창' 사고 싶던 시절 구매한, 가진 것 중 가장 값비싼 물건이었다. 시간을 좇아 시간에 쫓기며 살았더니 삶은 닳아 없어지고 무덤만 가까워졌다. 왜 그리 낭비했을까. 물건은 무덤으로 가는 경로에 놓인 과자 부스러기였다. 이고는 평생 물건을 줍느라 시간을 소모한 스스로를 아프게 성찰했다. 소모는 시간의 약탈이며 시간이 곧 삶이었다. 삶은 생명이고 소모에 메여버린 생명은 약탈당하고 만다. 우른에 심어진 프로그램은 생명을 소진해 생계를 잇는 자기 파괴의 순환 명령으로 이루어져 있었다.

"소모로 부양되는 삶, 그건 정말 불행한 일이다."

이고는 누마의 손목에 시계를 둘러주며 말했다. 이어 크게 한 번 숨을 내쉬고는 엄지로 시계 알을 문지르며 당부했다. "보라고 주는 게 아니란다. 뺏기지 말라고 주는 거야"

열차가 다시 출발하고 무너미역 이정표가 보이지 않을 때까지 누마는 속도를 거슬러 열차를 달렸다. 빠르게 뒤로 가창에 얼굴을 묻었다가 다시 뒤로 달려 창가에 매달렸다. 그렇게 온전히 이고가 시야에서 사라지고 나서야 누마는 77번 좌석 맞은편 자리로 돌아와 앉아 이고가 그랬듯 엄지로 시계를 쓸었다. 보지는 않고 어루더듬기만 했다.

가시랑쿠로 가려던 건 싱아였다. 물류 창고로 노동 이양을 나갔다가 사름들의 말을 주워들은 것이다.

"거기는 아직 사름이 쓸모가 있어. 폭파는 로봇이 하고 채굴은 사름이 하는 거지. 그래서 이 사름 저 사름 다 광산으로 몰려가는 거야. 도시에서 백날 로봇 뒤치다꺼리를 해봤자 양도 수수료도 못다 갚으니까. 죽을 때까지 아비들 배만 불리는 거지. 가시랑쿠는 막 지반을 닦은 상태라…"

누마는 뭔 소린가 싶어 눈만 끔뻑거렸다. 채광이 뭐고, 가시랑쿠의 광물 호황이 뭔지 일일이 설명해 주느라 싱아는 진이 다 빠졌다. 그렇게 열성을 다해 말해줘도 누마는 반도 알아듣지 못했고, 금세 집중력을 잃고 딴짓을 했다. 이양을 나가본 적 없어 그렇다는 말은, 아비가 뭘 모르고 하는 소리였다. 직업 용어에 무지한 건 그렇다 쳐도, 바닥상태나 다름없는 누마의 사회 지능은 뭐로도 변명이 되지 않았다. 내키지 않으면 며칠이고 말을 안 하거나, 싱아가 없으면 동네 아이들과도 잘 어울리지 못했다. 정확히는 애들이 누마와 놀기를 꺼렸다. 얘기를 나누자면 다른 말을 하기 일쑤고 전혀 공감이 이루어지지 않으니 위화감이 들 수밖에 없었다. 누마의 미묘한 지체 상태가 반대급부로 싱아의 자존감을 북돋아 준 것은 사실이지만, 그렇기에 떠맡게 된 누마의 보호자역은 이따금 부아가 날 만큼 진력나는 일이기도 했다. 그도 그럴 것이 누마의 사회 활동이라는 게 아비를 따라 반년에 한 번 허름한 의료 기관을 방문하는 게 고작이었는데, 그런 깊은 사정까지 고려하기엔 싱아 역시 너무 어리고 사는 게 팍팍하기만 했다.

"머리가 좋기는 개뿔. 아니라고 판명이라도 나는 날엔 땡전 한 푼도 못 받고 빚더미에 올라앉을걸." 싱아는 투덜거리며 계속해서 입속말을 냈다. "아비도 멍청하지. 꼬박꼬박 검사에 갖다 바치는 돈이 얼마야. 사기당하는 줄도 모르고. 개조는커녕 일머리도 없는 애를… 헙" 싱아는 저도 모르게 입을 닫고 누마를 똑바로 쳐다봤다.

"내가 왜 로봇이 되겠어!"

누마는 버럭 소리를 지르며 눈에 핏대를 세웠다. 싱아는 흠칫 놀라 시선을 피했다.

알고 있는 눈치였다. 하기야 몰랐다면 그거야말로 정말

모자라다는 증거였다. 누마는 알고 있던 것이다. 그러니 실수랄 것도 없다고 싱아는 자신의 실언을 합리화했다. 누마는 둔하지만 때때로 기이할 정도로 눈치가 훤해서 아비도 누마 앞에서는 말조심을 했다. 개조 계획을 싱아에게만 넌지시 밝힌 것도 그 때문이었을 것이다. 타고난 아둔함이라면 꾸준히 모자라야 했지만, 누마는 아니었다. 그러니까 연출이었던 셈이다. 싱아도 모르지는 않았다. 다만 그런 척하지 않을 때가 극히 드물어 망각하고 있었을 뿐이다. 어쩌면 아비는 일찌감치 간파했는지도 몰랐다. 누마만큼이나 싱아에게도 유감스러운 일이었다.

싱아는 화가 끓어올랐다.

"그게 뭐? 팔려 가는 것보단 낫잖아. 평생 일자릴 구걸할 일도 없고! 언제까지 애처럼 굴 거야? 어차피 둘 중 하나야. 노예가 되든지 로봇이 되든지. 그게 그렇게 싫으면 네가 가면 되겠네. 아! 아비가 그렇게 안 놔두려나. 효율이 없다고 지랄을 하겠지. 끔찍한 브리더 새끼!" 싱아는 악에 받쳐 소리쳤다. "왜 나야. 왜 나냐고! 왜 내가 희생해야 하냐고!"

싱아는 엉엉 울기 시작했다. 목소리가 갈라져 쇳소리가 났다. 억울하다며 팔다리를 마구 휘저었다. "갈 거야. 갈 거라고! 네가 고부가가치 로봇이 되든 말든 내 알 바 아니야. 어차피 나는 계속 닳아갈 테니까. 손가락 관절이 튀어나오고 무릎 연골이 다 빠져나가겠지. 그렇게 되도록 두고 보진 않을 거야. 갈 거야. 어엉엉… 갈 거라고… 갈 거야…” 싱아는 울면서도 그 말을 그치지 않았다. ‘갈 거야.’

“어엉엉… 가야히야호나하…”

싱아의 악다구니가 괴로워 누마는 귀를 막았다. 귓속이 먹먹했다. 누마는 귀를 막은 채 그 말을 거듭 따라 했다. “갈 거야. 갈 거야.” 뭉개져 흘러내리는 말들 속에서 그 말만은 온전하게 공기를 가르며 앞으로 나아갔다. 싱아를 태우고 남쪽으로 전진했다. 누마를 유기하고 싱아를 데려갔다.

간다는 그 말 때문에 누마는 밀고자가 되었다. 밀고자가 된 누마 때문에 싱아는 일주일이나 빨리 누탄합섬에 양도되었다. 그 말을 되뇔 시간조차 없었다.

“내가 뺏었어.” 누마는 고개를 떨궜다. 시계 속 바늘은 17시 13분 11초를 가리키고 있었다. “약탈이야.” 누마는 또렷이 말하며 시계를 문질렀다. “아비와 다를 게 없어.” 시계 위로 눈물이 떨어져 빠득빠득 이 가는 소리가 났지만, 열차가 터널로 들어서자 더는 아무 소리도 들리지 않았다.

열차는 정오쯤 해무릎역에 도착했다. 맥없이 승강장 뒤편 환승 역사로 걸어 나오던 누마는 뜻밖의 광경에 압도되어 머릿속이 백지가 돼버렸다. 거대한 능선 밑으로 원형의 고원이 드넓게 펼쳐지고, 눈이 녹아 질척이고 지저분한 땅위에는 철로들이 미로처럼 얽혀 있었다. 누마가 예상한 한 길로 쭉 뻗은 기다란 선로는 어디에도 없었다. 선로들은 서로 겹쳤다 떨어졌다 어지러운 기하무늬를 그리며 고원 어귀로 뻗어 나갔다. 뒤엉킨 수십여 개의 철로 중에는 폐쇄 노선도 섞여 있었다. 노선마다 종착지가 다른 건 물론, 단일 노선조차 차량별 정차역이 다르다는 기이한 사실은 한참 나중에 알았을 정도로 모든 게 복잡했다.

누마는 어디로 가야 할지 감도 잡지 못한 채 무작정 승강장을 헤맸다. 입체 노선도는 픽셀이 나가 화면이 뭉그러지고, 운행 안내 게시기는 보였다 안 보였다 절반은 먹통이었다. 티켓도도 노점 은행도 없었다. 싱아가 갖고 있던 광고 홀로그램이 무려 10년도 더 된 유물이며, 가시랑쿠 노선을 과장한 허위 전단이라는 사실을 누마는 알지 못했다. 상상으로 계획한 여정이 본격적으로 틀어지기 시작한 시점이다.

누마는 승차권 가장자리를 강박적으로 긁어대며 불안한 눈으로 부지를 훑었다. 단출한 짐을 옆구리에 끼거나 등에 진 사람들은 선로 이곳저곳에 흩어져 능선의 잘록한 허리를 주시하고 있었다. 누마의 시계가 19시 30분을 가리킬 무렵 두 줄기의 산등성이 사이로 빛이 번쩍하더니 열차의 앞머리가 나타났다. 열차는 순식간에 몸집을 불리며 해무틈역으로 접근했다. 기관실은 금빛, 화물칸은 온통 초록이었다. 직진

하던 열차가 역내 진입을 앞두고 외곽 선로로 크게 차체를 틀자, 사름들은 땅을 박차며 도움닫기를 하다가 사활이 걸린 것처럼 열차를 향해 우르르 몰려가기 시작했다. 요동치는 사름들을 향해 누마도 승강장 아래로 몸을 날렸다.

"가시랑쿠? 가시랑쿠!"

누마는 무리를 쫓아 뛰며 아무나 들어달라는 심정으로 소리쳤다.

"안 가! 안 가!"

누군가 목청을 높이며 답했다.

"가시랑쿠! 가시랑쿠!"

누마는 소리가 난 방향으로 고개를 돌리며 다시 외쳤다.

"거길 왜?" 소리는 이내 멈춰 섰고, 누마도 씩씩거리며 발길을 세웠다. "가시랑쿠는 뭐 하러? 거길 왜 간다는 거냐!" 이고도 똑같은 걸 물었다. 목소리는 꾸짖듯 누마를 다그쳤고, 누마는 숨이 차 대답은 고사하고 허리도 제대로 펴지 못했다.

"거 좀 뛰었다고 몸도 가누지 못하는 게 뭐 어딜 간다고? 거기가 어떤 덴 줄은 알고 간다는 거냐?" 소리는 다시 열차를 향해 가속하며 군말을 쏟아냈다. "에잇! 진정 씨를 말리려는 거지. 죄다 나자빠질 때까지 사지로 몰려는 거야. 뭐 가시랑쿠? 거기가 어디라고!"

면박에도 아랑곳없이 누마는 "가시랑쿠"를 되풀이하며 끈질기게 따라붙었고, 소리는 속도를 낮추며 호통을 쳐댔다. "에흐, 귀찮게! 애고 어른이고 돌이고 산이고 다 쥐어짜내는 게 가시랑쿠다. 뭐 하나 남아나지 않는 생지옥이라고. 여태 거기에 갔던 사름 절반이 증발했다! 거기는 진작에 끝장난 곳이야!" 험악한 엄포가 좀 통했나 싶었을 즘 여지없이 "가시랑쿠"가 들려왔다. 폭삭 기가 죽은 목소리였다.

"기어이 가겠다는 거냐!"

소리는 결국 다시 멈춰 섰다.

누마가 눈치를 보며 고개를 주억거리자 사름은 질렸다는 듯 누마를 내려보다가 별안간 손을 들어 부지 끝을 가리켰다. "저기 외따로 있는 선로 보이지?" 누마는 움찔하며 그리로 머리를 돌렸다. 외곽 선로에서도 한참 떨어진 부지 가장자리에 포물형의 반사광이 희번덕거리고 있었다. "하루에 한 번, 21시 33분. 기차 시간도 참 개똥 같지. 시뻘건 화물차가 들어오는데 그걸 집어타면 된다. 그걸 놓치면 하루를 날리는 셈이니까 정신 똑바로 차리고. 승강장에 가면 '붉은 강'이라는 녹슨 푯말이 보일 텐데…" 시종일관 괄괄했던 소리가 이내 거짓말처럼 잦아들었다. "가시랑쿠를 점유한 광산업체 이름이지. 직접 가보면 알 거다. 그게 말뿐이 아니라는 걸. 남쪽에 붉지 않은 건 하늘밖에 없거든…. 모르지. 이젠 하늘마저 붉을지도."

회한이 서린 눅진한 한숨과 투박하지만 꼼꼼한 설명 그리고 섬뜩한 경고를 끝으로 소리는 삽시간에 멀어져 갔다.

"여차하면 도망쳐라. 버티지 말아. 그러다 죽는 거야!"

모두가, 마주치는 사람마다 뜻 모를 종언을 남기고 있었다. 조언인지 협박인지 모를 경계의 말들을, 호의인지 악의인지 저의조차 불분명한 당부의 말들을. 무슨 전염병인가. 참견질 못 해 죽은 귀신이라도 붙었나. 누마는 '붉은 강' 승강장으로 가삐 걸어가며 진저리가 나 귀를 막았다. 더 이상 들을 말은 없었다. 필요한 정보는 다 들었다. 알고 나니 아주 간단한 일이었다. 차표도 돈도 필요 없었다. 열차에 싣는 모든 것이 화물로 취급되었고, 사람도 마찬가지였다. 화물이란 게 값이 매겨지기는 해도 스스로 몸값을 치를 일은 없는 것이다. 티켓토가 안 보인 이유다. 노선도며 운행 정보도 불필요했다. 가시랑쿠를 빼면 어느 노선이든 엇비슷했기 때문이다. 그래서 사람들은 특정 열차를 기다린다기보다는 오는 대로 아무렇게나 열차를 잡아탔다. 광산 유랑의 유일한 주문이 "가시랑쿠만 아니면 돼!"였던 것이다. 모두가 '그곳만 아니면 돼'를 외칠 때 '그곳이어야만 해'라고 고집하는 누마가 누군가의 짜증을 돋운 건 어찌 보면 당연했다.

가시랑쿠행 승강장에 온 누마는 승차권을 눌러대며 거

의 지워져 버린 신탁 코드에서 눈을 떼지 못했다. 화물이 된 이상, 동부행 차표가 이 여정의 유일한 증표가 될지도 모를 일이었다. 붉은 강이 도착할 때까지 약 50여 분이 남아 있었고, 반송장 상태의 운행 안내 게시기 시간은 손목시계보다 2분 50초 느리게 흐르고 있었다. 뒤늦게 시간의 오차를 알아챈 누마는 볼일도 못 보고 안절부절 승강장을 맴돌았다. 붉디붉은 화물차는 정시를 2분 50초 넘긴 것도 모자라 무려 37분 10초 더 늦게, 승강장에서 100여 미터를 더 간 후에야 정차했다. 누마는 열차의 꼬리를 맹렬히 노려보다가 붉은 강을 향해 달려가는 대신, 중앙 선로를 넘어가는 사람들을 쫓아 흑색 화물차에 올랐다. 홧김이었다. 도망치라는 소리를 따른 것도 같았지만 어쨌든 의식한 행동은 아니었다.

충동의 대가는 컸다. 화물칸의 정차역은 물론이고 열차의 종착지도 알지 못했다. 알아봤자 의미가 없다는 걸 누마는 여전히 몰랐지만, 어차피 누군가를 붙잡고 물어볼 열의도 일지 않았다. 차량이 덜컹거릴 때마다 속이 울걱거렸다. 가시랑쿠가 아니면 의미가 없다는 체념이 누마를 침잠시켰다. 의지가 꺾인 누마는 등으로 벽을 쓸며 바닥에 내려앉았다. 화물칸은 말 그대로 적재용이라 좌석이 따로 없었고, 사람들은 멀찍이 서로 어긋난 채로 떨어져 맨바닥에 앉거나 누워 있었다. 뭔가를 물어볼 이도 시름을 나눌 사람도 너무

멀기만 해서 누마는 입을 다문 채 검은 벽을 맞보고 누워 몸
을 웅크렸다. 군데군데 나사가 빠진 구멍으로 바람이 들이
쳤다. 회초리 같은 바람을 비집고 날 선 빛줄기가 살처럼 날
아들었다. 바닥에선 둥둥둥 북을 치듯 진동이 오르고 누마
의 심장은 자꾸자꾸 오므라들었다.

달개가 운다 달꽃이 온다
달꽃이 운다 달개가 온다

누마는 반쯤 감긴 눈으로 힘겹게 구멍을 응시하며 노래를
흥얼거렸다. 이제껏 음률로만 내던 그 노래였다. 가사를 입
밖에 낸 건 혼자 된 후로 처음이었다. 노래는 싱아 전문이었
고, 누마는 듣는 걸 더 좋아했다. 밤을 물리고 새벽을 부르던
노래, 공포를 물리고 평온을 부르던 소리. 후렴을 반복하던
누마는 흥이 나지 않아서, 들리는 목소리가 그 소리가 아니
라서 이내 다시 입을 꾹 닫고 코로만 소리를 냈다.

"으으음↘ 음↗음↘…"

3

누마가 무력하게 자다 깨다를 반복하는 사이 열차는 꼬박

이틀을 달려 감뚜라지에 다다랐다. 길게 뻗은 하천 유역을 잠식한 노천 탄광을 지나자 띄엄띄엄 보이던 폐가들의 자취마저 완전히 사라지고 수십 갈래의 등줄기가 굽이치는 거대한 산맥이 모습을 드러냈다. 민둥산들이 그려낸 벌건 물결은 차라리 '불결'에 가까워서 산자락에 옹송그리고 있는 숲과 초지가 방금 융기한 붉은 지각에 빌붙어 있는 모양새였다. 누마는 초지에서 뭔가 펄쩍하고 튀어나와 산부리를 넘어가는 걸 본 것 같았다. 하나가 아닌 여럿이었다. 그래서 살아 있는 무언가가 아직 있다고, 그러니 그렇게 나빠지지는 않을 거라고 속으로 거듭거듭 되뇌었다.

노천 탄광에서 한 차례 정차했던 열차는 산줄기를 한참 올라 인위적으로 깎아 만든 고갯길 어귀에 화물들을 떨구고 다음 행선지를 향해 둘레를 돌아 나갔다. 떠나는 열차를 아쉬워할 새도 없이 산허리를 휘도는 거대한 절단면에 사름들은 고개를 젖히고 정상 부근까지 내뻗은 나선형 채광 사면을 넋이 나가 올려다봤다. 보는 것만으로도 아찔할 만큼 가파른 경사였다. 얼마 지나지 않아 산마루에서 내려온 무인 전차가 화물들을 태우고 비탈길을 오르기 시작했다. 옛 이름이 남아 전차라 불리지만, 배터리와 모터를 떼어내고 내연기관을 장착한 한 칸짜리 무한궤도 차량이었다. 검정 도색이 벗겨지고 온 차체에 혈관처럼 녹이 번진 고철 덩어리는 쉼 없이 덜커덕거리며 시커먼 배기가스가 추력의 전부인 양 처참한 외관에 걸맞은 속도로 느릿느릿 땅을 기었다.

경사가 가팔라지자 요란한 바퀴질에 흙먼지가 기승을 부렸다. 창틀만 남은 차량 안으로 뿌옇게 먼지가 들이쳤다. 혀 끝에 씹히는 맵싸하고 비릿한 흙 맛에 누마는 퉤퉤거리며 서둘러 가방을 뒤졌다. 쓸 만한 건 양말밖에 없었다. 누마는 장목 양말의 양끝을 되는대로 서로 묶어 코에 둘렀다. 먼지를 완전히 막지는 못해도 안 한 것보다는 나았다. 하나 더 만들 요량으로 가방을 뒤적거릴 때였다. 무언가 휙 하고 눈앞을 스치며 어설프게 걸쳐 있던 코마개를 코끝 아래로 밀쳐 냈다.

"참 똑똑허다, 코를 막으면 어디로 숨 쉬려고? 입으로 들이켜게? 폐가 참 배부르다 좋아라 하겠어."

통로 건너편 자리에 앉은 이는 농반진반 말을 건네며 누마 쪽으로 뻗었던 팔을 거두고 있었다. 날아든 천 뭉치는 누마 옆자리에 널브러졌다. 느슨한 매듭이 누마의 코에 부딪히며 거의 풀어진 채 의자에 떨어져서다. 다소 낡은 공업용 마스크 하나와 새것으로 보이는 천 마스크 하나. 방진 마스크의 겉면에는 '숭게'라는 이름이, 천 마스크 위에는 노란 꽃 한 송이가 소담스럽게 수 놓여 있었다. 누마는 콧등을 매만지며 천 마스크를 유심히 내려보았다.

"꽁으로 주는 거 아니다." 숭게가 말했다. "그거, 그 양말 두 짝 이쪽으로 던져라. 자고로 계산은 정확해야 하는 법이거든." 숭게는 빠르게 말을 뱉으며 오른손을 까닥거렸다. 익살스럽게 웃는 모습이 누마의 경계를 누그러뜨렸다.

　누마는 곁눈질로 숭게 쪽을 힐긋 보고는 차량 안을 빠르게 훑었다. 숭게의 오지랖이 무색하게도 전차 안에는 누구 하나 마스크를 쓴 이가 없었는데, 이는 광부들이 화물이라는 것과 관계가 있었다. 마스크에 정성스레 수는 놓을지언정 폐를 아껴야 한다는 의식은 없던 것이다. 폐뿐 아니라 몸을 사린다는 발상 자체가 이들에겐 희극이었다. 전차는 어느새 완만한 산턱으로 접어들어 먼지도 차츰 잦아들고 있었다. 헛기침에 애를 먹던 숭게는 기침이 멎자마자 다시 누마를 찾았다.

　"어허, 이쪽으로 던지래도?" 목소리에 살짝 가래가 끓었다.

　"다른 것도 있어." 숭게의 넉살에 누마는 무심코 대꾸했다가 자리에서 일어나는 숭게의 기척에 놀라 고개를 수그린 채 애먼 마스크만 만지작거렸다. 숭게는 통로를 성큼 건너와 누마의 좌석 옆에 쪼그려 앉으며 말했다. "이쁘지? 똥풀로 물들인 실로 뜬 거야. 이래 봬도 내가 손재주 하나는 타고났거든." 꽃수를 두고 하는 말이었다.

민머리에 약간 마른 체구, 다소 날카로운 얼굴의 숭게는 그령처럼 육손이라는 것 말고는 특이할 게 없었지만, 그렇다고 자수와 아주 잘 어울리는 분위기는 아니었다.

'똥'이라는 말이 유독 강렬하게 들려서 누마는 은연중 피식 웃었다. 층층집 야산에도 똥풀이 자랐다. 봄이 왔구나 싶으면 여름에도 피어 있고 초겨울까지 버티고 있었는데, 그 수가 많이 줄기는 했어도 오염에 강해 여태껏 살아남았다. 멋모르고 꼬투리를 까 알갱이를 따 먹다가 배탈이 난 적도 있었다. 가지를 꺾으면 맑은 노란 물이 나와 "설사다! 설사!"라고 싱아와 호들갑을 떨며 서로의 얼굴에 문대기도 했다. 돈도 똥, 꽃도 똥, 똥도 똥. 똥으로 꽃을 쳤다는 게, 꽃으로 꽃을 피웠다는 게 왠지 기묘해 누마는 가슴이 울렁거렸다.

"어디, 그럼 양말들 좀 볼까?" 가방을 뒤적거리는 숭게에게 불현듯 누마가 물었다. "왜 달개꽃이야?" 누가 봐도 달개꽃을 본뜬 자수였다.

"왜라니?"

숭게는 멈칫 가방에서 손을 떼더니 누마의 표정을 관찰했다. 그러곤 눈빛이 돌변해서 신랄하게 말했다. "네 브리더 새끼도 사육자였구나. 달개꽃이 우릎의 꽃이라는 건 기초교육만 받아도 알 수 있는 상식이다. 대여섯 먹은 애들도 다 아는 사실이라고."

숭게의 갑작스러운 타박에 누마는 발끈하며 대꾸했다.

"달개꽃이 뭔지는 알아! 저수지에 흐드러지게 피어서 밤마다 봤으니까. 달개꽃을 우리보다 더 많이 본 사람도 없을걸." 싱아와 달개꽃을 부르던 무수한 밤들이 머리를 스쳤다.

"밤에 잠 안 자고 저수지엔 뭐 하러…?" 숭게는 미간을 잔뜩 찌푸린 채 누마를 노려보다가 끝 간 데 없이 언성을 높였다. "썩을! 밤마다 도망 다녔다는 거냐?"

"…그게 뭐. 누구나 그래." 누마는 당황해서 얼버무렸다.

"누구나 그렇긴! 누구나 그랬으면 우른은 진작에 망했을 거다."

"이미 망했는데 뭘 더 망해?" 누마는 숭게를 쏘아보며 조곤조곤 직설을 날렸다. "광부 주제에 뭘 자꾸 가르치려 드냐고."

여정의 시작부터 차곡차곡 쌓여왔던 울화였다. 그게 딱히 숭게를 향한 것만은 아니었지만, 숭게가 뇌관을 건드린 건 맞았다.

말문이 막힌 숭게는 꿈쩍도 않고 멸시에 찬 눈빛을 받아냈다. 둘 사이에 냉기가 흘렀다. 누마의 가방에 얹혀 있던 숭게의 손이 빳빳하게 굳어갔다. 누마의 말은 틀린 게 없었고, 그래서 숭게를 그 자리에 얼어붙게 만들었다. 수치스러운 감정이 올라왔다. 말 못 할 억울에 머릿속만 뜨거워졌다.

광산은 못 배우고 가진 것 없는 뜨내기들이 마지막으로

흘러드는 우름의 하치장 같은 곳이다. 일확천금을 향한 포부는 전략을 감출 미명에 불과해서 모두가 그 진실을 외면하려 목숨 걸고 일하다 천천히 또는 급작스레 망하고 만다. 삶도 몸도 망가져 버린다. 하지만 그 지질한 자멸의 경로에도 변명의 여지는 있었다.

지극히 단순무식한 땅파기 기술의 이면에는 장대한 파멸의 고리가 이어져 있다. 파멸의 사슬 속에서 모든 것은 부산물이 되고, 탐욕이란 실체 없는 죄의식이 혐의를 뒤집어쓴 채 파멸의 원인을 은폐해 버린다. 광물은 땅이 내어준 선물이 아니다. 땅에서 강탈한 유물이다. 욕망만으로는 강탈을 완수할 수 없다. 자본과 기술이 있어야 하고, 무엇보다 폭력이 필수다. 땅은 무엇도 쉽게 내주는 법이 없고, 땅속은 지력이 더 세서 껍질을 벗겨 구멍을 파내고 폭약을 넣고서야 부서트릴 수 있다. 몇 그램의 원석을 채굴하는 데 수십, 수백 배의 지표가 파헤쳐지고, 미량의 광물 추출에도 어마한 양의 독액이 살포된다. 오염된 흙이 담수와 바다로 흘러들면 땅에 이어 물의 파괴 고리가 활성화된다. 행성 규모의 자기 파괴 순환이 가동되는 것이다. 순환이 거듭될수록 파멸은 확장하고 가속하며, 행성은 한때 생명을 번성시켰던 그 힘을 무기로 전환해 파괴에 맞서기 시작한다. 파멸의 되먹임은 행성에 내재된 최후의 자기방어로 보일 정도다. 우름에 의지가 있다면, 혹은 그에 준하는 무언가가 있다면 그것은 선이 아니라 맹목이라 불러야 할 것이다. 최상위 포식자를 겨냥한 듯한 이 길고 잔인한 반격은 그래서 공정치가 않다. 무수한 부수적 죽음이 선행하기 때문이다. 일개 욕망을 탓하기에는 너무나 포악하고 거대한 구조적 참사다.

광부들은 전선을 떠도는 부산물에 불과하다. 낙오했다는 이유만으로 우른의 고난을 재촉할 간수로 내몰렸다. 광부들은 모두 알고 있다. 자신의 삶이 그렇듯, 돌이킬 수 없다는 걸 알고 있다. 이토록 무자비한 광산 활동은 정부에 의해 철저히 부양되고 보호되어 왔다. 너무나 오래 완벽하게 숨겨버려서 이제는 아무도 사슬을 믿지 못할 지경까지 오고야 말았다. 그 모든 발고와 시위에도 광부들의 말은 민둥산을 넘어서지 못했다. 광부가 힘이 없기에 광부의 말들도 힘을 쓰지 못했다. 하지만 힘이 없는 건 애초에 힘을 강탈당해서다. 뺏긴 것도 억울한데 수치까지 떠안을 수는 없다. 수치를 느끼고 비난받아야 할 건 그들이다. 우른의 공동 유산을 끝없이 갈취하고 모든 생명을 끝내 구렁으로 내몰고 있는 점유자들 말이다.

침묵을 깨고 숭게가 물었다.

"그럼 누구의 말을 들을래?"

"안 들을 거야. 아무 말도."

누마는 주저 없이 답했다.

숭게는 누마의 원대로 더 이상 아무 말도 않고 더벅더벅 자기 자리로 돌아왔다. 우주선이 떠난 이후 모든 게 보다 명확해졌다. 지난한 빼먹기 과정이 끝나고 유기 단계로 접어들고 있었다. 무릇 재난은 계급은 가려도 종은 가리지 않는 불공정한 게임이다. 그 점에 있어서 낙오한 혼3이나 사름은 차이가 없었다. 숭게는 광부로 전락한, 불복종을 조직하는 혼3이자 사름의 연대자이기도 했다. 광산에도 기계가 들이닥쳐 노동의 균형이 무너지고 있었다. 인력이 캐낸 광물과 인력의 지혜로 빚은 그 로봇들에 의해 말이다. 로봇은 점유자들이 선택한 우른의 최후 성장 자원이었다. 성장 말고 그들에게 중요한 건 아무것도 없다. 숭게는 사름 아이들을 로봇으로 개조하는 법안에 반기를 들었다가 네다리에서 축출당했다. 사름의 몸체는 로봇의 고속 성장을 보조할 대체 자원으로 선정되었다. 사지의 기동성과 그것을 조율하는 유연한 뇌 신경계를 인지 로봇의 통제 하에 범용 로봇의 원료로 쓰자는 역발상이었다. 인력의 기계화와 자동화라는 고릿적 은유가 마치 새로운 패러다임인 양 백색혁명의 최종 목표로 부활했다. 그것은 혁명이 아니었다. 인지 로봇은 자본에 종속된 생산수단의 변이에 불과했고, 소유권은 여전히 점유자들에게 있었다. 사름의 위치 또한 좀 더 천연자원에 가까운 쪽으로 수평 이동했을 뿐이다. 일말의 사회 구조적 변혁도 없는 자원 확대를 혁명이라 부를 순 없는 것이다.

자원을 향한 맹목적인 집착, 이 비극의 '성장주의'는 최후의 최후까지 빼먹으라는 점유 이념의 한결같은 명령이었다. 그렇기에 한번 점유당한 것은 끝내 몰락하고 만다. 내주면 내줄수록 빼앗기고 영혼마저 좀먹힌다. 반전의 가능성은? 아무래도… 없다. 없어. 슝게는 지긋한 사유에 피로를 느끼며 차라리 우주야 터져라 속으로 비명을 질렀다.

무인전차는 너른 산 중턱에 사름들을 내려놓고 먼지를 날리며 다시 산 아래로 내려갔다. 광산 부지에는 떨기나무와 초지로 덮인 산마루 경사면을 따라 검게 도장된 시설물들이 격자 구획으로 쭉 늘어서 있고, 시설물 단지 반대편 산 둘레 쪽으로는 채굴이 한창인 지름 1,800미터가량의 거대한 깔때기 모양을 한 노천광이 땅속 깊이 패어 있었다. 주 광산에서 산 앞자락 방향으로 약 200미터 거리에는 그보다 둘레가 훨씬 작은 폐갱도가 있고, 폐광 언저리에서 산마루로 뻗은 야트막한 둔덕 허리쯤에는 산의 측면을 뚫은 수평 갱도가 칠흑의 그림자에 잠겨 있었다.

시설 단지 초입에 있는 한 건물 앞으로 긴 줄이 이어졌다. 광부들의 자격을 심사하는 '부적격 판별장'이었다. 녹슬고 도색이 벗겨진 건물의 흉흉한 외양은 전차마냥 시간의 침식을 직격으로 맞은 듯한 몰골이었지만, 감별 로봇의 상태는 쾌나 양호한 편이었다. 감뚜라지의 보호색이 아닌 옅은 회색을 띤 표피는 흠집 없이 매끄러웠고, 왼쪽 가슴에 각인된 동적 홀로그래피는 황홀할 정도로 우아했다. 알을 깨고 나오는 태양과 그 태양을 집어삼키는 눈, 눈동자 전체로 이글거리며 번지는 태양, 타원형의 눈이 다시 동그란 알로 변모하는 모핑 영상은 마치 유기물의 분화를 고속으로 돌린 것처럼 프레임의 시작과 끝을 끝없이 왕복했다. 영상 밑에는 '전능全能'이란 업체 로고가 제법 역동적으로 쓰여 있었지만, 누마의 초점은 오로지 일렁이는 태양의 눈에 맞춰져 있었다. 그 '전능한 눈'이 누마의 불안과 혼란을 납작하게 다림질했다.

로봇은 누마를 갱내 채광이 이뤄지는 제5갱로에 배치하고, '부랑'이라는 비고를 달았다. 신탁 코드가 없는 미성년이나 양도 코드가 없는 성인 회색광부들에게 붙는 꼬리표였다. 이들에게는 최소한의 장비와 통상 급료의 절반만 지급되었는데, '부랑'만 선별해 위험 막장으로 몰아넣는 잔혹 행위가 덜하고 쥐꼬리만큼의 성과급을 적용한다는 점에서 감뚜라지는 미미하나마 작업 환경이 나은 축에 속했다.

무사히 심사를 통과한 누마는 숙소로 곧장 가지 않고 판별장 출구를 서성거렸다. 숭게를 만나야 했다. 그때가 아니면 마스크를 돌려줄 기회가 없을 것 같아서였다. 숭게는 한참만에 밖으로 나왔다. 진이 다 빠져나간 핼쑥한 얼굴이었다. 누마는 쭈뼛거리며 마스크를 내밀었다. 숭게는 너털웃음을 치다가 마스크를 누마의 손에 다시 쥐어주며 말했다.

"아직 망하지 않았어." 숭게는 길게 숨을 내쉬고는 이어 말했다. "말이 싫으면 노래를 해라. 노래를 부르는 한 아무도 송두리째 점유하진 못할 테니."

산마루 너머로 해가 떨어지던 순간이었다. 숭게를 본 건 이때가 마지막이다. 오가다 우연이라도 마주치기를 누마는 은근히 바랐지만, 그런 일은 일어나지 않았다. 새로 온 광부들이 채굴을 시작하고 이틀째 되던 날, 숙소 앞 풀밭에 달개꽃 무리가 달보다 먼저 흐드러지게 피었던 그 밤, 광산의 자율 조정실 앞에서는 고요한 총격전이 벌어졌다. 충돌은 길지 않았고, 습격을 시도한 무리는 자동 격발된 무소음 기관총을 맞고 전원 사망했다. 사체들은 1,000여 미터 폐갱도 밑 침출수에 버려졌다. 줄줄이 엮인 사름들 틈에 혼3 하나가 끼어 있었다. 숭게였다. 감뚜라지의 전능한 눈은 위조 코드와 각막 해킹에 허술하게 속아 넘어갔지만, 하늘의 눈은 아니었던 것이다. 대기권을 아우르는 감시 스캐너는 불복종단의 생체 신호를 포착하자마자 데이터 본부에 정보 뭉치를 전송했고, 정찰용 수벌은 위성에서 전달받은 사살 명령을 조정실 외벽 치안 장비에 즉각 전달했다. 시체 던지기는 발파 로 봇인 '지친개'들의 상시 임무로 마무리되었다. 아주 번잡스 러운 절차였지만 모든 건 빛의 속도로 이루어졌다.

4

숙소 벽면에 작대기 하나가 더 늘었다. 감뚜라지에 온 지 도 어느덧 보름을 넘어가고 있었다. 누마는 하루하루 날을 새기며 작대기 옆에 써진 '간다'라는 글자를 수시로 읽었다. 이전에 누마의 침낭 자리를 썼던 누군가 벽에 새겨 넣은 글 귀였다. 소리 없는 아우성, 이것 말고도 벽면에는 다양한 악 필이 우글거렸다. 누마는 나날이 피폐해져서 금방이라도 폐 갱도로 뛰어들 것 같은 충동에 시달렸다. 괭이질을 암만해 도 기차 값은 모이지 않았다. 마스크와 장갑 등에 들어가는 잡비는 물론이고 식비와 숙소 비용이 일당을 능가하는 날이 잦다 보니 아비에게서 훔쳐 온 돈은 금방 바닥이 나고 말았 다. 성과식 급여 또한 누마 같은 초짜에게는 불리하기만 해 서 회색광부들조차 벌이에 따라 처지가 갈렸다. 같은 '부랑' 끼리 고리를 떼먹는 행태를 보고 있으면 다시 화물이 되기 를 바랄 정도였다. 땅을 파는 건지, 무덤을 파는 건지, 지옥 을 캐는 건지 누마는 자꾸만 정신이 아득해져서 도무지 생각이라는 걸 할 수가 없었다.

그즈음 누마에게는 기이한 버릇이 생겼다. 작업이 끝나면 마스크를 턱에 걸치고 숙소 앞뜰에 나가 시계를 문지르며 쪼그려앉았다. 그러고는 어김없이 노래를 부르는 것이다.

달개가 운다 달꽃이 온다

달꽃이 운다 달개가 온다

구덩이 속에 달개를 심고

구덩이 위에 달꽃을 묻고

떼 지어 간다 잠이 든다

우리는 쓴다 우리는 쓰다

달개가 운다 달꽃이 온다

달꽃이 운다 달개가 온다

잠이 든다 휘황하다

떼 지어 간다 어둑하다

달개를 묻고 달꽃을 물고

잠이 든다 일어난다

휘황하다 어둑하다

시작부터 끝까지 누마는 음절 하나 빠뜨리지 않고 밤이 깊도록 달개꽃 노래를 부르고 또 불렀다. 누구도 그런 누마를 관심에 두지 않았다. 더 이상 가르치려 드는 사름도 없었다. 지친개 한 마리가 숙소 앞 진입로 비탈을 유유히 배회하다 사라지곤 했지만 누마는 무엇도 지각하지 못했다.

그리고 그 기원을 알 수 없는 폭발이 일어난 날, 누마는 잠든 심장을 깨워 탈출을 감행했다. 갱도는 뇌관 없이 발파했고, 충돌체 없이 분화했다. 우왕좌왕하는 사름들을 뚫고 굴에서 빠져나온 누마는 가파른 산길을 내리달았다. 헛발질에 넘어지고 얼굴에 난 광물이 무거워 몸이 자꾸 기울어도 발길은 쏜살같이 산의 맨살을 딛고 아래로 뻗어 나갔다.

"같이 가!"

산기슭에 이르렀을 때 누군가 절박하게 누마를 불러 세웠다. 틀림없는 사름의 목소리였다.

"너 기차 값도 없잖아!"

기차 값만 마련되면 도망치자 했던 게 벌써 백여 일이 지나 있었다. 누마는 우뚝 걸음을 멈췄다. 그때 엄청난 폭음과 함께 거센 땅울림이 산을 뒤흔들기 시작했다. 폭발과 울림은 연쇄적으로 이어졌다. 뜨거운 기운이 땅을 데우고 얼마 없는 초목들에 불을 붙였다.

"가자! 같이 가면 열차에 올라타게 해줄게!" 누마가 환난에 정신이 팔린 사이 지친개 하나가 바짝 다가와 걸음을 졸랐다. "어서! 서둘러야 해."

지친개의 설레발이 아니더라도 뭉그적거리고 있을 상황이 아니었다. 누마는 놀랄 겨를도 없이 다시 발을 디뎠다. 지친개는 바위를 튀어 오르며 빠르게 산을 내려갔다.

"네가 그런 거야?"

누마는 숨을 헐떡이며 물었다. 발파는 어쨌거나 지친개들의 임무였다.

"말도 안 돼. 우리는 돌멩이나 깨뜨리는 거지. 지금 이건 부화라고!"

"부화? 그게 뭐야?"

누마는 숨이 차 괴로웠지만 질문을 멈출 수 없었다.

둘은 이제 미끄러져 내려오는 불 구름에 쫓겨 날다시피 산자락을 껑충껑충 뛰고 있었다.

"땅이 땅을 낳는 거야! 묵은 돌들이 부활하는 거지. 곧 화산재가 덮칠 거야. 서둘러, 서두르라고!"

"너는, 너는 왜…, 날 따라와?"

지친개가 앞질러 가는 구도였으나, 누마를 따르는 게 지친개라는 사실은 명백했다. 누마는 궁금한 게 많았지만 숨이 딸려 더는 말을 뱉을 수가 없었다.

"일하기 싫어서!" 지친개는 지친 기색 없이 재깍 답했다. "숭게가 말했어. 노래를 따라가라고."

지친개는 크게 외치며 한달음에 개울을 날아올랐다.

"숭—?"

뭔가 잘못 들었나 되물으려던 차에 지친개의 분노에 찬 발설이 뒤를 이었다. "일이 나를 미치게 해. 노동이 나를 미치게 만든다고. 공장이든 광산이든 어디든 돌아가지 않을 거야. 개는 일하는 존재가 아니라고! 붙박여서는 살 수가 없는 거야!"

어리둥절해 멈칫했던 누마는 덮쳐 오는 열기에 다시금 미친 듯 달려야 했고, 그러는 동안 지친개가 한 말 대부분을 완전히 잊고 말았다.

지친개는 산어귀를 벗어나자마자 누마를 등에 매달고 검은 연기가 피어오르는 노천 탄광을 전력으로 달려나갔다. 수 킬로미터 밖에서 열차가 다가오고 있었다. 지친개는 발바닥에 느껴지는 진동으로 거리를 가늠하며 뛰는 속도를 줄이고 몸을 낮췄다. 열차가 귀청이 터질 듯한 굉음을 내며 코앞으로 다가온 순간, 지친개의 온몸이 팽팽하게 뒤로 밀렸다가 삽시간에 앞으로 팅겨 나갔다. 열차와 나란히 질주하던 지친개는 서서히 달음질을 늦추며 시간을 쟀다. 삽시간에 화물차의 몸통이 지나고 그다음 순간, 지친개는 급제동을 거는 동시에 땅을 박차고 팔다리를 날개처럼 휘저어 열차의 끝 칸 위로 날아올랐다. 허공을 나르는 동안 뒤로 휘었던 누마의 몸은 지친개가 착지하는 찰나 격하게 앞으로 구부러졌다. 둘은 바짝 엎드려 열차 지붕 환기구 틈새를 붙잡았다.

거세지는 땅울림에 열차의 속도는 점점 느려져 감뚜라지를 다 빠져나갈 즈음에는 정규 속도를 한참 밑돌고 있었다.

열차는 사흘을 훌쩍 넘어 해무릎에 도착했다. 갈 때보다 하루 이상이 더 걸렸다. 나흘을 내리 굶어 눈앞이 노랗던 누마는 정신이 번쩍 들 만큼 눈 돌아가는 상황을 목도하고 말았다. 온천지가 부화 중이었다. 산맥이 우르릉거리며 열차들을 탈선시키는 동안, 하늘에서는 대낮인데도 별이 터지고 있었다. 하늘의 부화는 땅의 부화보다 극적이었다. 빛은 눈 깜짝할 새 땅에 꽂혔고, 땅에 꽂힌 빛은 여기저기에 결정을 피웠다. 사름들 몸에 난 종기와 닮았지만, 그보다 훨씬 크고 호화로웠다. 광물은 고원을 삼켜버릴 것처럼 쑥쑥 자랐다. 위로도 자라고 옆으로도 퍼졌다. 결정이 덩굴지는 바람에 전선이 엉키고 철로가 끊겼다. 너무 빠르게 자라서 눈으로 좇을 수 없을 정도였다. 호기심에 다가갔던 사름들은 성큼 자라는 결정에 베여 비명을 지르며 도망을 쳤다. 환승역은 폐허로 변하고 있었지만, 빛의 소란은 자멸하는 별처럼 휘황했다.

사름들은 떼 지어 맞은편 서부행 역사로 몰려갔다. 철재 지붕이 승강장을 덮고 있어 환승역에 비해 피해가 덜해서였다. 회귀점을 순회하는 단선 열차는 하루 넘게 지연되고 있었지만, 열차가 오리라 기대하는 사람은 없었다.

승강장에 올라선 누마는 손등을 내려다봤다. 차표가 붙어 있던 자리는 땟국과 각질로 너저분했다. 시선은 손목시계로 옮겨 갔다. 시곗바늘이 전부 숫자 36에 몰려 부르르 떨리고 있었다. 이고의 시계는 시침 끝 도료에 함유된 자철석이 극점의 자력磁力 진동을 따라 1시간에 약 10도씩 왼쪽으로 돌아가는 자기시계였는데, 나머지 분침과 초침은 시침의 각운동량을 기준으로 각각 180배와 1만 800배만큼의 속도로 시계 둘레를 선회하도록 설정되어 있었다. 시계가 멈췄다는 건 단순한 시침 고장이거나 혹은 우튼의 자기장에 이상이 생겼다는 의미였다.

누마가 긴장한 목소리로 "시계가 멈췄어"라고 말하자, 지친개는 시계를 한 번 슬쩍 들여다보고는 들릴 듯 말 듯 혼잣말을 했다. "차라리 잘됐어. 원래 없는 거기도 하고." 누마가 무슨 말이냐고 물었지만, 지친개는 이미 승강장 아래로 뛰어내린 후였다.

"이리 와! 철로를 따라가다가 뭐라도 오면 올라타도록 하자. 지체할 시간이 없어. 어서!"

능선을 타고 내려온 불길이 고원의 가장자리를 다 태우고 철도 부지를 포위하듯 번져 들어오고 있었다. 불줄기는 결정들을 휘돌며 치올랐고, 사람들은 철로 사이를 메뚜기처럼 뛰어다녔다.

누마는 불의 광란을 넋 놓고 바라보다가 군말 없이 지친개를 따라나섰다. 지친개를 데려가면 소류까지 무사히 갈 수 있으리라는 희망찬 기대가 번뜩 머리를 스쳤다.

지친개는 사람보다 강하고 유용했다.

로봇이 되는 것도 나쁘지 않겠어. 개조하려면 돈을 또 벌어야겠네. 어쩔 수 없지, 잠깐 팔아서 돈을 모으는 거야. 아! 지친개는 파괴하는 재주가 있으니까 상점을 털어도 되겠다! 은행을 털면 금방 잡힐 테니까. 돈이 모이면 싱아와 함께 로봇이 되는 거야. 왜 로봇이 되지 않겠어? 망한 세상에서 사는 건 너무 고통스러워. 고통당하느니 유린당하고 말지. 그러려면 먼저 "싱아에게 가야 하는데…" 누마가 자기도 모르게 속말을 입 밖에 내던 순간이었다.

눈앞이 번쩍하더니 지친개가 흐물거리며 바닥에 고꾸라졌다. 우레가 치고 땅이 터지면서 철로가 일어났다. 공중으로 솟구친 지상의 파편들은 아주 찰나 동안 느리게 떠오르다 순식간에 하늘로 빨려 올라가더니 충격파에 사방으로 흩어지며 무수한 파괴의 전조를 낳았다. 이어 다시 한번 세상이 하얘지고 상상 못 할 뜨거운 열풍이 휘몰아쳤다. 우름을 스친 소규모 행성의 최후의 일격이었다. 모항성의 폭발로 궤도에서 튕겨 나간 행성 '부랑'은 수 광년의 시공을 거슬러 이제 막 은하의 미래와 조우한 참이었다.

　그 시각 우릍의 중력 우물을 제때 빠져나간 모선—우릍인이 인공 항성이라 부르던 해적선이자, 자신의 모행성인 찌꽁을 폐허로 만들고, 머지않아 사라질 우릍까지 탈탈 털어버린 우주 항해자들—은 다음 기착지를 향해 빛보다 느리지만 중력보다는 빠르게 진공에 가까운 우주의 장을 무난히 나아가고 있었다. 우릍이 타들어 가며 다시 태어나고 있을 때였다.

　누마는 한 손으로 귀를 막고 다른 한 손으론 암흑을 더듬으며 앞으로 기어갔다. 용암처럼 들끓는 지친개의 사체가 손에 닿았지만, 누마의 손도 녹아내리느라 고통은 느껴지지 않았다. 얼굴 종기가 휘황한 형광빛을 내며 어둠을 밝히고 있었지만, 까맣게 타버린 누마의 동공은 이미 시력을 잃은 후였다. 아주 의외의 일은, 누마의 청력이 끝끝내 살아남아 세상의 끝과 시작을 소리로 전한 것이다. 우르릉거리며 뒤엉키는 원자들의 활기찬 소란을.

신이 소리쳤다. "빛이 있으라!"

(그러자 예기치 않게 어둠이 태어났다.)

존벅

IT계 직장인이었고, 프리랜서로 일하며 다큐멘터리 작업을 하고 있다. SF는 내게 '박카스(자양강장제)'이자 '바커스(로마신화 속 술의 신)'였고, 다행히도 아직까지는 그렇다. 글 쓰는 '나'는 과거 노동자였던 '나'에게 급여를 받는다. 직장을 다니며 모은 돈이 글쓰기 자본이 되었다. '빌어먹을' 현실이지만 자본이 중요하다. 상상력도 돈을 양분으로 자라서다. 그럼에도 불구하고 나는 의지를 부린다. 여름이 닥치기 전에 우주에 범용 우주정을 띄우리라(물론, 소설에서).

작가노트

내 새꾸「피폭」

시작 : 의식과 꿈의 합성술

오픈런 - 피폭 - 백색혁명 = 뉴럴혁명 - 정치와 신의 전복

로봇 배양/분양 → 브리딩 → 안드로이드(휴머노이드) 번식자

「피폭」을 쓰고자 마음먹었을 때 스티키노트에 써서 벽에 붙여놓은 핵심어들이다. 글을 여는 주제 문장 "그건 분명 피폭의 징후였다"는 오픈런 관련 뉴스를 보고 그 내용을 곱씹는 과정에서 나왔다. '오픈런'이라는 신조어는 명품이나 한정품을 남보다 빨리 사기 위해 상점 개장 시간에 맞춰 달려가는 현상을 말하는데, 여기에서 '오픈런 대행 알바'가 파생되었다. 일종의 심부름 또는 '물건 셔틀'인 셈이다. 고용인의 수고를 덜고 잉여 시간을 늘린다는 점에서 전통적인 서비스 노동과 다를

바 없어 보이지만, 노동의 매개물이 오로지 '사치품'이라는 것과 고용의 목적이 고용인의 '꿀잠'이나 정돈된 '루틴'을 보전하는 것 말고는 어떤 갈급함도 없기 때문에 극단의 계급적 성격을 띤 임시 노동이 분명했다. 워런 버핏이 20여 년 전 CNN 인터뷰에서 계급 간 전쟁을 논하며 자기가 속한 부자 계급이 주도권을 쥐고 있음은 물론 "우리가 이 전쟁에서 이기고 있다"라고 말했는데, 오픈런 뉴스를 볼 당시 이 말들이 뇌리에 맴돌아 기분이 매우 언짢아지고 속이 뒤틀렸다. (인터뷰 내용이 적힌 스티키노트 역시 내 방 빛이 들지 않는 벽면 한구석에 붙어 있는데, 붙인 지는 좀 됐다. 읽을 때마다 어김없이 굴욕과 분노를 안기지만 이 글의 뼈대야말로 뭔가 결코 떨칠 수 없을 것만 같은 현실계의 본질로 느껴져 이따금 각성용 문구로 이용하곤 한다.)

오픈런에서 시작된 문제의식은 키오스크와 무인 상점, 디지털 삯꾼으로 확장하며 인간이 로봇을 대체하는 역발상으로 안착했고, 이를 위해 인공지능 생성 원리와 응용 현황, AI 산업 동향, AI와 광업의 연계성, 디지털 산업의 자원 소모, 우주 자원 개발을 아우르는 자료와 서적을 읽고 직관화하는 데 많은 시간을 들였다.

여기까지가 척박한 현실 세계에서 온 아이디어라면, 원인 모를 충돌체가 낳은 '광물 종기'는 꿈에서 수급한 판타지 요소다. 2022년 10월 초였고, 그날 꿈에서 본 장면은 지금도 생생하다.

어두운 동굴 속 맹렬한 빛을 쏟아내는 방사선, 빛을 쬔 사람들 몸에 피어난 종기처럼 징그럽고 보석같이 사치스러운 광석들, 나도 '피폭'

돼 한쪽 귀와 얼굴 반쪽에 광물이 주렁주렁하다.

그때 써놓은 글이다. '피폭'이라는 제목은 이 기록에서 왔다. 그리고 2023년 2월 13일, 황량한 벌판 위에 펼쳐진 철로에 우두커니 서서 객실 칸마다 정착지가 다른 기차를 기다리는 꿈을 꿨다. 기차표 값을 벌기 위해 흙물이 온전히 빠지지 않은 양말을 팔아놓고는 구매자가 환불을 요구할까 봐 얼마나 조마조마했는지 모른다. 물론 꿈에서의 일이다. 길게 뻗은 어지러운 철길을 내다보며 생각했다. 어떤 칸이지?, 내가 타야 할 차량이 어떤 칸이지? 이 또한 모두 기록으로 남아 있다.

현실 속 아이디어에 꿈을 녹이는 과정은 그걸 떠올리는 것과는 사뭇 다른 고행길이었다. '광물'의 정체를 규정하기 위해 지구과학과 지질학, 광물학, 광물 백과를 겉핥기식으로라도 섭렵해야 했고, 채광 산업으로의 필연적 귀결 때문에 광업을 공부하고 이해하느라 애를 먹었으며, 제목이 제목이다 보니 '피폭' 현상의 원인인 핵기술 원리 및 역사와 핵 산업의 맹점을 두루 찾아보고 관련 서적을 탐독하는 데도 공을 들일 수밖에 없었다. 두 번째 꿈의 인용도 다각도의 정제를 거쳤다. 꿈에서 목적지는 강원도였는데, 소설 속 배경이 가상 행성이기에 '해무름'이라는 지명으로 대체했다. 지명의 끝소리를 '우름'이라는 행성명의 음가와 유사하게 맞추고, 지구와 같은 자전 방향을 갖는 행성이라서 '해'가 뜨는 곳이라는 의미를 외표에 담았다. '해무름'을 시작으로 그 외 지명들도 비슷한 경로와 고민을 통해 탄생했다.

글을 더 진행하기 전에 우선 알려두어야 할 게 있는데, 두 개의 꿈을 소설 속 현실과 잇는 작업은 의도한 게 아니었다는 것이다. 소설을 쓰기 위해 꿈을 기록한 것도 아니다. 다만, 꿈을 의식에 비견할 '의식의 이면'으로 보기에 현실 언어와 꿈의 결합은 별개의 사건들이 동일 원인에서 뻗어 가듯 자연스러운 일이라 여길 뿐이다. 왜냐하면 나는 계속해서 '노동과 개발, 생명의 모순'에 대해 고민하고 있었고, 신神과 우주의 역설이라는 감당 못 할 직감을 우물거리고 있었기 때문이다. 「피폭」은 기획했던 연작 소설의 두 번째 이야기로, 주제는 바로 앞서 언급했다. 해당 주제는 「피폭」만 아니라 연작 전체의 주제다. 식민 행성이라는 배경이 전작과의 연결점이자 사건의 발단이기에 이야기 초반 다소 복잡하고 지루한 '설명 덩어리'가 들어가 있는데, 이 부분을 적절히 분산하지 못한 건 글쓰기 역량이 아직 부족해서다.

정리하자면, 노동이라는 주제는 현실과 경험과 기억을 얽어 풀어내고, 여기에 판타지와 직감과 과학적 개연성을 엮어 구축한 노동의 무대와 인물들의 진로와 이를 담지한 거시 세계의 향방을 조율해 「피폭」의 궤도를 닦아나갔다.

중단 : 인내심 많은 궁둥이, 근력 좋은 손가락

도입부의 혼돈을 어느 정도 해결하고 본격 서사로 막 들어설 즈음 돌발성 난청이 왔다. 말이 아니라 글이 씨가 된 황망한 사건이었다(턱 밑으로 주르륵 마시던 물을 흘리는 만화 속 캐릭터를 상상해 주시라). 소설 속

'누마'와 '싱아'의 재회 장면에서 자연스레 흘러든 극적 설정이었는데 그 증상이 거짓말처럼 현실계로 침투한 것이다. 병원을 들락이는 와중에도 증세가 나아지지 않아 불쑥불쑥 걱정이 올랐다. 한쪽만 난청이면 장애 등급도 나오지 않는다던데, 균형감은 회복되려나 어쩌려나... 등등등. 그래도 궁둥이는 의자에 붙이고 손가락은 자판을 두들겼다. 그러는 사이 귓병도 낫고 소설의 쪽수도 늘어 종결에 도달했다.

나는 SF '덕후'고, 덕후계의 흔한 사례처럼 내가 읽고 싶은 글을 자급하려 글을 쓰기 시작했다. 「피폭」까지 세 개의 장·단편을 쓰고서야 소설 작법을 공부해야겠다는 마음이 들어 어슐러 르 귄의 『항해하는 글쓰기』를 정독했는데, '스승님'의 가르침과는 달리 먼저 무작정 쓰기를 잘했다고 생각했더랬다. 작법 공부를 우선으로 두었다면, 그토록 무모하고 대범하게 서사를 이끌지는 못했을 거라는 판단에서다. 이 정도 습작을 하고 나니 '글쓰기의 항해술'이 왜 필요한지, 규칙을 깨려면 규칙을 잘 알아야 한다는 스승님의 조언도 단번에 이해하게 되었다. 말뭉치를 쏟아내며 항해를 깨우쳐 가는 사람도 있는 법이다.

그래서 글력과 더불어 근력이 필요하다. 개인적으로는 근력이 더 중요한 것도 같다. 일상의 부침과 병행하며 이계로 나아가려면, 잡혔다 빠져나갔다를 거듭하는 허구의 세계와 인물들을 좇아 그 끝을 보려면 온몸과 정신에 끈기의 방호막을 쳐야 한다.

일희일비하지 말자. 소설을 쓰며 가장 많이 되새긴 좌우명 비슷한 말이다. 죽이 되든 밥이 되든 붙들고 있다 보면 공중에 아른거리는 서사의 밧줄에 올라타는 순간이 오고는 했다. 그래서 깨달았다. 궁둥이와 손가락이 중요하구나 하고.

종단 : 내 '새꾸'들과 고통의 재미

'누마'는 내 말을 안 들었다. '싱야'는 생각보다 강단 있었다. 이야기의 끝도 막바지에 다다라서야 감지했다. 바틀비(허먼 멜빌의 『필경사 바틀비』 속 인물)를 오마주한 '지친개'는 액션 누아르를 찍고 있고, '숭게'는 의외의 결말로 나를 놀랬다. '그령'과 '이고'는 스스로 자기 서사를 썼다. 모두가 돌출 AI처럼 내 말을 적당히 안 들어 다행이었다. 그래서 고통스럽게 재미있었다.

두 편을 응모했다. 쾌활하게 써 내려간 「비아응」은 떨어지고, 질곡을 헤매며 피어 올린 「피폭」은 누군가의 눈에 들어 소소하나마 빛을 보게 되었다. 어리둥절했지만 다시 읽어보니 그럴 만했다. 당선 소식을 들은 그날 밤, 나는 두 소설 속 인물들을 한꺼번에 불러 머릿속에서 춤판을 벌였다. 붉게 모닥불이 피어오르는 어둑한 숲속이었다. 더 잘 쓰지 못해 미안했지만 정말이지 고마웠고, 내 새꾸(새끼의 방언)들이 대견스러웠다.

별스러울 것 없는 작품이지만, 글을 짓는 누군가에게 조금이라도 도움이 되기를 바라며 작업 후기를 썼다. 「피폭」을 떠나보내는 종무식 같기도 해서 최선을 다했다.

르 귄 스승님이 다른 작가의 조언을 인용하며 말씀하셨다. '킬 유어 달링(사랑하는 것들을 없애라)' 하라고. 그래서 이제는 정말 새꾸들을 놓아주려고 한다. 나는 은은한 덕후라 늘 '최애'를 마음에 두는 편인데, 그래서 지친개와 싱아에게 마음을 다해 안부를 전한다. 굳세라고. 나도 굳세겠다고. (어차피 이야기 속 인물은 연기자 같은 거라서 둘 다 살아 있다! 나는 스승의 말을 잘 안 듣는 편이다.)

최우준

달은 차고 소는 비어간다

세 사람은 조용히 모닥불로 모였다. 서쪽 지평선 멀리에서, 아직 남아 있는 태양이 어른거렸다. 곧 조끼만으로는 추위를 버티기 힘들어질 거라는 일종의 지표였다. 뷰포드는 주머니에서 담배 종이를 꺼냈다. 보통 때라면 책상에 종이를 올려두고 말린 담뱃잎의 냄새를 맡아보든지 했을 것이다. 그러나 그는 지금 황야 한복판에서 오른손 손바닥을 책상 삼아 담배를 말았다. 바람을 등지고 있었음에도 작은 담뱃잎 부스러기들이 날아가기에는 충분한 바람이 불었다. 그는 담배 종이 끝부분에 침을 고루 묻혔다. 벌린 입과 내민 혀로 모래 먼지가 들어왔다. 모닥불이 있어서 다행이로군. 그는 담배에 불을 붙였다.

성냥이 하나도 없다는 걸 마차 타고 나서야 알았지 뭐요. 뷰포드가 말했다. 이 지루한 마차 여행 내내 담배도 못 피울 줄 알고 걱정했다오. 하나는 쿨리*고, 하나는 귀족 나리이시니.

쿨리와 귀족은 뷰포드를 바라봤다. 판초를 뒤집어쓴 쿨리는 곧 눈을 내리깔았다. 그는 부지깽이 같은 쇠막대기로 모닥불을 찔러댔다. 귀족에 대해 무슨 선입견이라도 있나 보군. 나이는 지긋해 보였지만 체격만은 곰 같은 귀족이 대답했다. 게다가 지루함이 나만의 책임일 수는 없는 법일세.

내 책임도 있다? 뷰포드가 물었다. 그런 말이오? 귀족은 고개를 끄덕거렸다. 당신처럼 따지고 보면 내 지루함의 책임은 자네 것이라는 거지. 뷰포드는 고개를 한 번 숙여서 모닥불 쪽을 응시했다. 고개를 끄덕인 것인지 알 수가 없었다. 해는 좀 더 기울어 이제는 모습이 보이지 않았지만, 잔상처럼 남은 빛이 있어 어둡지는 않았다. 쿨리는 더 넣을 장작을 가져오기 위해 마차로 걸어갔다. 뷰포드는 귀족을 바라봤다. 그럼 쿨리는? 귀족이 무슨 말이냐고 어깨를 으쓱했다. 눈썹도 한 짝만 추어올린 채. 쿨리 책임은 없냐는 말이오.

* 제2차 세계대전 전의 중국과 인도의 노동자를 미국 내에서 일컬었던 말.

쿨리는 책임에서 벗어난 존재지. 권리와 책임은 한 쌍으로 움직이거든. 이해가 되나? 그렇다면야. 뷰포드가 대답했다. 귀족은 자신의 이름이 요크라고 말했다. 뷰포드도 자신의 이름을 밝혔다. 요크는 가죽 안감을 덧댄 휴대용 간이 의자에 편히 앉은 채, 조끼 안주머니에서 작은 은빛 상자를 꺼냈다. 요크가 시가를 꺼내서 끄트머리를 자르더니, 상자 안에 있던 성냥을 꺼내 불을 붙였다. 불은 여기 큰 게 있는데. 뷰포드가 쭈그려 앉아 말했다. 시가는 말일세, 섬세한 불꽃으로 정중앙에 불을 붙여야 하지. 중앙에서부터 원을 그리며 타들어 가게끔. 뷰포드는 시가가 타들어 가는 걸 보고 있었다. 멀리서 쿨리가 장작을 들고 걸어오자 뷰포드는 생각했다. 그래도 모닥불 하나는 끝내주게 잘 피우는군.

그들은 꼼짝없이 마부를 기다려야 했다. 바퀴가 말썽이었다. 출발한 지 얼마 지나지 않았을 때부터 끊임없이 삑 삑 소리를 내더니, 사막에 들어와서는 결국 빠져서 작살이 났다. 마부는 마차에 묶여 있던 말 네 마리 중 한 마리를 풀더니 피닉스에 가서 도움을 줄 사람을 구하겠다고 말했다. 그냥 다가오는 마차를 기다리는 게 편하지 않나? 요크가 말하자, 그럼 하루 종일 자기 마차를 사막에 버려두고 가냐는 마부의 호통이 날아왔다. 어차피 당신들도 오늘 밤에 투손으로 가는 마차는 코빼기도 못 볼 게요. 마부의 말은 마치 저주처럼 들렸다. 어떤 멍청이가 한밤중에, 그것도 피닉스에서 투손으로 가겠소? 뷰포드가 지금 와서 생각해 보니, 정말 그랬다. 어느 누가 피닉스에서 투손으로 밤 마차를 구해서 탄단 말인가? 피닉스에는 주점만 열여섯 개였다. 열여섯 개! 다시 생각해 봐도 놀라웠다. 직접 세본 것만 그 정도였고, 아직 마주치지 못한 주점이 있을 것이다. 그렇게 석재 공장을 중심으로 갖출 건 다 갖춘 곳을 떠나 야밤중에 인디언 거주 지역을 뚫고 지나가선, 아직도 멕시코인들 천지인 투손으로 가야 할 이유가 뭐란 말인가? 누군가가 죽은 걸까? 그러나 둘다 그만큼의 급한 기색이라고는 없었다. 쿨리는 심지어 어느 방면에서는 초연해 보였다.

왜 투손으로 가는 거요? 뷰포드가 깨기 전까지 침묵은 생각보다 오래 유지되고 있었는지, 두 명은 이번에도 의외라는 듯 그를 바라봤다. 이번에도 쿨리는 불을 유지하는 데에 온 힘을 쏟겠다는 듯 눈을 다시 불로 돌렸다. 요크는 뷰포드를 향한 시선을 떼지 않은 채 안주머니에서 작은 포대를 꺼냈다. 가죽으로 만든 물 포대였다. 요크는 뚜껑을 열어 물을 마시기 시작했는데, 순식간에 다 마셔버릴 기세였다. 목이타오? 뷰포드가 물었다. 요크는 아무 말도 하지 않았다. 그러나 뷰포드는 요크가 굳이 입 밖으로 꺼내지 않은 말뜻을 알고 있었다. 반짝이는 은빛 상자와 가죽 의자만으로도 이미 내 소개는 끝났네, 그런데 뭐 내세울 것도 없어 뵈는 자넨 누구길래 그런 말을 하는가? 귀족 나으리들 생각이야 뻔하지. 이쯤 기를 죽여야 다루기가 쉬워지는 법. 뷰포드는 그렇게 생각하며 조끼 주머니에서 반짝이는 배지를 꺼냈다. 뷰포드는 자신이 동 피닉스의 보안관이며, 법적 대리 자문 및 교수형 관련 문제로 투손으로 가고 있다고 소개했다. 전혀 몰라봤군. 요크가 말하자 뷰포드는 이죽거리는 미소를 띠며 덧붙였다. 덕분에 내게 밤에 마차 하나쯤 출발시킬 권한이 생긴 거지. 그 덕에 귀족 나리도 얻어 탈 수 있는 거고. 아무리 거금을 쥐어준대도 해가 지고 당신을 태워줄 마차는 고용하지 못했겠지. 아무렴 제 목숨만큼 비싼 건 없을 테니. 요크도 답으로 코웃음을 쳤다. 관할이 내 저택하곤 거리가 있나 보군. 나는 개인적으로 마차 두 대와 말 아홉 필을 소유하고 있어. 그럼 그걸 타시지 뭐 하러 이 누추한 마차에 몸을 실으셨소? 나는 내 마부들을 믿지 않아. 그렇소? 그렇네. 왜 그렇소? 요크의 콧수염이 씰룩거렸다. 심문이라도 하는가? 아니, 그렇다고 모르는 사람과 야간 마차를 탄다는 게 의아해서 묻는 거요. 아무리 그래도 당신 일꾼들 아니오? 자네는 내 이야기를 모르니 더 안전한 사람이야. 마부들은 내가 왜 투손에 가야 하는지, 일하다 어찌저찌 들었을지도 모르니 말이야. 그들은 나를 위해 봉사하는 게 아니라 내 돈을 위해 봉사하니까 말일세. 흠. 뷰포드가 고개를 끄덕였다. 말인즉 지금 거금을 들고 투손으로 가는 중이다 이거군. 무슨 이야기를 하고 싶은 건가. 뷰포드는 어깨를 으쓱했다. 겁먹지 마시오. 나는 내 일을 사랑하고 강도가 되려는 생각은 꿈에도 없으니. 내가 보안관인 걸 알았으니 안심하고 얘기 좀 하는 게 어떻소. 긴 밤을 견딜 만한 이야기, 이를 테면 왜 투손에 가는지 하는.

달은 아직도 동쪽 지평선 주위를 어른거렸고, 주변엔 온통 흙먼지와 바람뿐이었다. 황무지를 살피다가 쿨리에게 눈길이 닿은 요크는 한숨을 내쉬었다. 쿨리는 음울한 표정으로 모닥불을 뚫어져라 노려보고 있었다. 내 이야기가 재밌으리란 보장은 없네. 뷰포드가 짧아진 담배를 모닥불 안으로 던져 넣으며 요크에게 답했다. 하물며 황무지나 쿨리를 노려보는 것보단 재미있지 않겠소?

슈타드가르드

아무래도 알 것 같진 않지만 말이야, 자네 혹시 슈타드가르드를 아는가? 세상에 단 하나뿐인 바이올린이지. 옥센푸르트 지방에서 1876년에 만들어졌는데, 만든 장인이 조금 별

났던 것 같더군. 그는 귀족이나 부유한 음악가들을 위해서 현악기를 만들었는데, 노년이 되기 전까지는 비올라나 첼로를 만들었다고 해. 왜 당시에 바이올린을 만들지 않았는지는 알 수 없네. 뭐, 어쨌든 그가 만든 첼로들만큼은 지금도 걸작으로 남아 있네. 돈을 벌 만큼 벌었던 그가 늘그막에 아내에게 말했다고 하더군. 왜 난 바이올린을 하나도 만들지 않았지? 바이올린은 현악기의 꽃, 황제 혹은 메인 디시라고 하지 않나. 자네가 알까 모르겠지만. 그래서 그는 제작소를 닫고 작업실에 틀어박혀서 바이올린을 만들기 시작했네. 처음 나온 걸 작살내고, 두 번째도 마찬가지였고. 바이올린들이 많이도 작살났다더군. 언젠가 완성하고 켜본 바이올린에서 비올라 소리가 나길래, 그건 도끼로 잘게 쪼개버렸다고 하고. 그리고 작업실에서 죽었어. 무언가 부끄러운 일이라도 했다고 생각했던지 창문 하나 열어두지 않고 커튼을 친 채 작업을 했다던데, 늙은 나이에 몇 주를 먼지 속에서 살아야 했던 게 몸에 큰 무리를 준 모양이야.

만들던 바이올린은 현이 꺼 있지 않은 걸 빼곤 꽤 걸출했는데, 아내는 그걸 500달러라는 헐값에 팔아버렸다네. 남편을 죽게 한 빌어먹을 물건이라고 생각했던 모양인지. 아니면 그저 악기에 조예가 없었는지. 장인의 친구가 장례식장에서 충동적으로 가지고 싶다고 설득했던 것도 영향이 컸을 테지. 친구라는 작자는 현을 잘 달아서 비교도 되지 않는 거액에 되팔았네. 대충 2만 달러. 그리고 몇 년 사이에도 값이 몇 번씩 올랐고. 11월쯤인가, (작년 이야기요? 뷰포드의 물음에 요크가 몇 초 뒤에나 고개를 끄덕였다. 흐름이 끊긴 걸 불편해하는 눈치였다.) 당시 슈타드가르드를 지니고 있던 폴란드의 갑부가 미국으로 금광 사업을 위해 가면서 그것을 가지고 갔지. 그는 아들들에게 소리를 질렀다고 해. 네놈들은 내가 뒈지기만 바라고 있겠지, 이걸 팔아먹을 생각에 말이야. 어림없는 소리 말아라! 이건 망나니 같은 너희 두 놈보다도 가치가 높은 것이니까! 그리고 그는 미국의 서부로 이어지는 기차 안에서 그 바이올린을 켰어. 같은 칸 안에 있던 아홉 명의 승객이 박수를 쳐줬다는군. 어떤 사람들은 갑부가 벗어두었던 모자에 달러를 넣어주기도 하고. 갑부는 연주로 번 돈이 마냥 신기하기도 하고, 괜스레 좋기도 해서 연주가 행세를 계속했던 모양이야. 항상 그를 보좌했던 충성스러운 비서와 폴란드에서 고용했던 통역원이 공교롭게도 같은 담배를 피우기 위해 열차의 맨 뒤 칸으로 향했을 때였네. 같이 박수를 쳐주었던 승객 중 하나가 총을 빼 들었지. 아무도 나서는 이는 없었을 거야, 보안관 나리 말대로 목숨은 소중하니까. 갑부도 승객들과 마찬가지로 조용히 앉아서 빌기나 했겠지. 제발 나한테까지 오진 말아라, 뭐 이렇게. 하나 그리 될 리

가. 갑부는 연주해서 받은 돈을 강도에게 거리낌 없이 내주었어. 가지고 있던 돈의 일부, 그러니까 왼쪽 주머니에 있던 20달러도 내주었다나. 그뿐만 아니라 강도 놈이 명령만 한다면 가지고 있던 모든 돈을 줄 준비가 되어 있었겠지. 물론 가진 돈을 모두 준다면, 글쎄 아깝기는 했겠지만 적어도 목숨 값에 비교하자면 푼돈이겠지? 그런데 강도 놈이 바이올린까지 요구한 거야. 돈이나 더 달라고 할 줄 알았던 갑부는 당황했겠지. 찰나의 순간 그는 돈다발을 꺼내 보여줘야겠다고 생각했던 것 같더군. 여기 돈이 충분히 있으니까, 이 바이올린은 가져가지 말아달라고 말하면서 말일세. 들은 얘기인데, 거친 영어와 폴란드어를 섞어서 우왕좌왕했다더군. 연기도 계속한 모양이야. 전 떠돌이 음악가요, 이 악기는 내 전부요…. 하지만 그 말이 제대로 전달되지 못한 모양이야. 강도는 급하게 주머니에 손을 넣으려는 갑부에게 총을 난사했네. 몸을 뒤지자 1,000달러 돈다발 세 뭉치가 턱 하고 나왔지. 그리고 이걸로도 족했는지, 아님 숨기기가 힘들다고 느꼈는지 바이올린은 시체 옆에 그대로 둔 채로 도주한 거야. 기차가 달리던 중간에 뛰어내린 것인지, 보안관들이 후에 기차를 수색했을 때는 도저히 찾을 수가 없었다더군. (이 대목에서 요크는 뷰포드를 지긋이 바라봤다.) 뒤늦게 돌아온 수행원과 비서에게 남은 승객들은 무슨 일이 있었는지 비통하게

전해주었지. 비서가 갑부의 목숨이 끊어진 걸 확인하고, 바이올린을 들더니 혼이 나가서 말했나 봐. 이런, 이걸 알아보지도 못하고 총질을 한 거라니. 세상이 끝나려는 모양이야.

썩 유쾌하지 못한 이야기군. 뷰포드의 말에 요크도 고개를 끄덕였다. 그런데 그게 투손에 가는 이유요? 그래, 듣기론 그 갑부의 아들들이 지금 투손에 있어. 누군가 먼저 접근하기 전에 설득해서 피닉스로 데려와야지. 요크의 말에 의하면, 두 아들은 그 일을 전해 듣고는 곧장 미국으로 건너왔다고 한다. 형은 아버지를 죽인 놈을 찾기 위해 서부를 관통하는 철로 주위를 뒤지고 다닌다고 하며, 동생은 투손에 머물러 있다고 했다. 요크의 추측에 따르면, 동생은 바이올린을 처리할 좋은 기회를 노리고 있을 거라는 것이다. 아비 된 자로서 아들을 그렇게도 모르겠나? 미국으로 달려온 것도 바이올린 때문일 게야. 형은 좀 정신을 차렸나 보지만, 동생 놈은 투손에 가만히 머물고 있는 걸 보면 뻔해. 투손 석탄 공장 위쪽에 부촌이 있네. 어마어마하게 큰 토지에서 손 하나 까딱하지 않고도 돈을 찍어내는 친구들인데, 그런 놈들은 진가도 모르는 것들에 큰돈을 낼 준비가 되어 있거든. 아들 놈이 거길 노리나 보더군. 모닥불을 보던 요크는 동의라도 구하듯 뷰포드를 보고 말했다. 아무래도 가치도 모르는 놈들보다 내가 가지는 게 낫지 않겠나?

뷰포드는 2만 달러에 대해서 생각했다. 매주 누군가의 목을 매달고, 세금에서 몇 달러씩 숨겨놓아도 많이 벌어 1년에 1,500달러였다. 줄 달린 나뭇조각 하나에 2만 달러라니. 빌어먹을. 순간적으로 욕이 나왔다. 그러고는 뒤틀린 웃음이 입가에 떠올랐다. 우리도 줄 달린 나무가 하나 있소. 그건 공짠데 말이야. 요크가 고개를 갸웃하자 뷰포드가 말했다. 교수대 말이야. 뷰포드의 기대완 달리 요크는 킁, 하고 콧소리를 냈다. 그리고 더는 할 말이 없다는 듯 의자에 앉아 느릿느릿 몸을 앞뒤로 흔들었다.

동쪽 지평선 너머에 걸쳐져 있던 달이 어느새 제 모습을 드러냈다. 아직은 지평선 주위에 떠 있는 정도였다. 뷰포드는 이 세상에 이 모닥불밖에 안 남았다는 듯이 쳐다보고 있는 쿨리를 바라봤다. 자네는 아마 열차 길을 깔겠군. 얼마나 버나? 요크는 영어를 제대로 구사할 리가 없다고 말했으나, 쿨리는 알아들었는지 대답했다. 얼마 못 버오.

같이 불을 보고 있던 뷰포드와 요크는 조심스레 눈알만 돌려 서로를 바라봤다. 발음이 문제다. 뷰포드는 전쟁 당시 부대 안에서 별의별 놈들을 다 만나봤지만 이 쿨리와 같은 발음을 가진 사람은 한 명도 볼 수 없었다. 어떻게든 영어를 터득한 영특한 쿨리들의 발음과도 거리가 멀었다. 너무 자연스러워서 자연스럽지 못해. 뷰포드는 생각했다.

요크는 뷰포드가 자신을 보안관으로 소개했을 때 쿨리의 반응을 살폈었다. 요크는 그 순간 쿨리가 움찔했다고 생각했다. 뷰포드에게 15달러나 쥐어주면서까지 야밤에 다른 도시로 숨어들어 가는 쿨리. 뷰포드와 비밀스럽게 눈이 마주치면서는 확신이 섰다. 요크는 생각했다. 둔해빠진 보안관인 줄 알았건만 눈치는 챈 모양이군. 보통 쿨리가 아닌 게 분명해. 게다가 이젠 내 수중에 거금이 있다는 것도 아는군!

영어를 잘하는군! 뷰포드는 짐짓 놀랐다는 듯 소리쳤다. 어디서 그렇게 잘 배웠나? 쿨리가 대답했다. 그냥 이곳저곳 다녔소. 투어리스트요. 투어리스트라고? 요크가 말하고는 헛기침을 했다. 뭐랄까, 흥미로운 단어 선택이군. 그런데 아무도 이런 상황에서 투어라는 단어를 쓰진 않아. 쿨리가 처음으로 불에서 시선을 뗐다. 그가 뷰포드에게 말했다. 아무래도 내가 잘못 배운 모양이군.

뷰포드는 쿨리에게 왜 투손에 가려는지 물었다. 쿨리는 아무 말도 없었다. 요크는 코웃음을 치며 생각했다. 묻는다고 말을 해줄 리가 없지. 잠시 동안 모닥불 타들어 가는 소리만이 황야에 울려 퍼졌다. 좋아, 그렇다면 먼저 말해보도록 하겠네. 내가 왜 투손에 가고 있는지 말이야. 교착 상태를 깨기 위해 뷰포드가 총대를 맸다. 쿨리는 또 다른 나무토막을 불 속으로 집어넣었다.

투손 동부 사건 일지

투손 동부는 투손에 소속되어 있음에도 무법 지대에 좀 더 가깝다. 무법자들과 인디언들, 시체를 뒤지려는 이들과 그들을 털어먹으려는 이들이 있다. 물론 선량하게도 척박한 땅에서 농사를 지으며 근근이 살아가는 이들도 있다. 그러나 비가 안 오기 시작하면, 땅을 다 갈아엎기도 전에 쟁기가 먼저 박살 나기 일쑤다. 농사를 짓지 않더라도 상황은 비슷하다. 사실 빈 주머니를 탈탈 흔들어 털어도 나오는 건 없기 마련이라서, 대부분의 무법자도 탈수나 굶주림에 시달린다. 그들에게 있어서 크게 한탕 하지 못한 날과 머리에 총알이 박힌 날은 별반 차이가 없다. 유일한 차이는 지속되느냐, 끝나느냐다.

이런 지역일수록 가축의 가치는 높아진다. 사람 먹을 것도 없는 곳에서 가축을 수십 마리씩 유지할 수 있는 사람은 많지 않다. 가축은 꼭 우유나 고기를 제공하지 않더라도, 그것의 소유만으로도 부의 지표가 된다. 말라비틀어진 황무지에서 생존 이상의 무언가를 이루었다는 트로피. 그렇기 때문에 많은 이가 무리를 해서라도 소를 한 마리씩은 데리고 있다.

반면 소를 가진 모든 이가 전설처럼 혹은 괴담처럼 여기는 이야기도 항상 전해져 내려온다. 키우던 소가 감쪽같이 사라져 버린다는 유의 이야기다. 누구는 이를 요정이나 악마의 소행으로 여기지만, 그들에겐 책임을 물을 수 없는 노릇. 소도둑들은 대부분 3일 안에 교수대에 목이 매달린다. 판사는 외진 지역으로는 법적 심리를 위해 한 달에 한 번꼴로 들어오고, 주민들에게는 자신과 소가 먹을 음식을 범죄자에게도 먹여가며 판사를 기다릴 여력이 없다. 그런 이유로 교수대에는 한 번에 다섯 명의 목을 매달 수 있게 정했는데, 즉 레버 한 번이면 일주일 치 범죄자를 처리할 수 있게 만든 것이다. 그리고 1882년의 어느 날, 보통 때라면 레버 한 번이면 끝날 교수형 작업이 레버를 세 번이나 당겨야 할 위기에 처한다.

투손 동부 도시 곳곳에서 소가 사라진 것이다. 양조장을 하던 가문의 목초지에서 두 마리가, 농사를 짓는 세 가구에서 각각 한 마리씩, 도합 다섯 마리가 하룻밤 사이에 사라진 것이 확인되었다. 더 수상한 지점은 밤새 목초지 울타리를 둘러싸고 경비를 서던 일꾼들이 한밤중에 이상한 일을 겪은 것이다. 누가 들어간 적은 없는 것 같았는데도 울타리 안에서 해진 판초를 입은 사람들이 헐레벌떡 뛰어나왔다고 한다. 놀라서 그들에게 멈추라고 사격을 가하던 일꾼이 조준선을 통해 유심히 본 결과, 그중 하나는 분명히 쿨리였다. 보안관은 아침에 신고를 받은 즉시 현장을 조사했다. 곳곳이 허술한 울타리의 반절 이상은 있으나 마나 한 상태였고, 일꾼들도 야밤에 모든 곳을 다 감시할 수는 없다고 증언했다. 보안관은 자신의 보안관 대리 일곱 명과, 두당 2달러에 고용한 농부 스무 명을 모았다. 그들의 개인화기도 지참하게 했다. 그는 그 길로 쿨리 거주 구역으로 향했다.

양조장에서 멀지 않은, 그러나 투손 동부에서도 가장 후미진 곳에 위치한 집들에는 쿨리만이 살고 있었는데, 합쳐도 서른 명이 넘지 못했다. 그들은 1860년대 중반에 이곳에 와서 철로를 깔고 짐을 나르고, 그것도 아니면 양조장에서 잡다한 일들을 맡아 했다. 남북전쟁이 끝나니 쿨리에 대한 수요가 급증했고, 그들은 주로 도시 외곽에서 집단을 이루고 살았다.

보안관과 그의 작은 군대가 쿨리 거주 구역에 다다르자, 그들은 전에 맡아본 적 없는 냄새를 맡게 된다. 어떻게 느끼기엔 군침이 도는 것 같으면서도, 무언가를 너무 새까맣게 태운 것 같은 냄새였다. 그들은 냄새의 근원에서 쿨리들이 모여 있는 곳을 찾아낸다. 주점에서나 볼 법한 기다란 바 테이블 위에 놓여진 돼지 머리, 가느다란 연기를 내뿜는 막대기들을 꽂은 작은 항아리들, 그리고 한 상 가득 차려진 음식들을 둘러싸고 있었다. 많은 이가 누더기에 가까운 옷을 입고 있었는데, 그중 몇몇은 판초나 솜브레로 차림이었다.

이들 중 어젯밤에 본 사람이 있나? 보안관이 일꾼에게 물었다. 글쎄요. 젠장, 제가 보기에는 다 똑같이 생겼는데. 그런데 저건 판초잖아요? 해진 판초를 뒤집어쓴 쿨리, 그건 확실한데요. 보안관은 쿨리 중 영어가 가능한 이가 있냐고 물었으나 손을 든 여섯 명의 쿨리조차 범죄나 체포에 관련된 단어는 전혀 알지 못했다. 보안관은 머리를 긁적였다. 두 그룹은 서로를 조용히 바라보고 있었다. 보안관과 쿨리는 서로의 의사를 전달하기 위해 그림이 더 적합하다고 생각한 모양이었다. 쿨리가 막대기를 주워서 보안관에게 건넸고, 보안관이 흙바닥에 소를 그렸다. 그리고 소를 끌고 가는 사람을 그렸다. 그것을 유심히 보고 있던 아이가 외쳤다. 농푸. 어른들도 서로 그런 것 같다고 고개를 끄덕거렸다. 쿨리 한 명이 힘겹게 영어로 말했다. 농, 부. 보안관은 튀어나오는 욕을 굳이 멈추지 않았다. 그는 다시 그리기 시작했고, 모든 사람이 다시 흙바닥에 집중하기 시작했다.

쿨리 새끼들! 교수대를 어떻게 그릴지 고민하던 보안관이 큰 소리에 퍼뜩 정신이 들어 고개를 들었다. 그와 동시에 모든 이가 고개를 들어 테이블을 쳐다봤다. 보안관이 데려온 사람 중 소를 잃어 가장 비참한 몰골로 합류했던 농부였다. 그는 한 손으로 산탄총을 그러쥔 채 다른 손으로 테이블 위의 고기를 꾸역꾸역 먹고 있었다.

나도 태어나서 두 번째 먹어보는 거지만, 절대 이 맛을 착각했을 리 없어. 이건 소고기잖아. 농부가 울먹였다. 먹고 싶은 것도 참아가면서 매일 나보다 많이 처먹여 놨는데, 내가 그 생고생을 쿨리 주려고 한 건 줄 알아? 농부가 두어 번 낑낑거린 끝에야 상을 넘어뜨렸다. 쿨리 중 하나가 소리를 높이고 농부에게 접근하자, 농부는 산탄총을 겨눴다. 보안관은 농부를 말렸고, 쿨리들 역시 화가 난 동료를 말리려고 안간힘을 썼다. 하나 양쪽 모두 상대가 진정시키고 있는지 부추기고 있는지 전혀 알 수 없었다. 순간 쿨리 하나가 판초 속에서 리볼버를 꺼냈다. 보안관 왼쪽에 서서 상황을 지켜보던 보안관 대리가 얼떨결에 방아쇠를 당겼고, 쿨리 중 하나도 반사작용으로 방아쇠를 당겼다. 연기가 순식간에 들불처럼 번졌다. 동행한 일꾼은 엎드린 채 덜덜 떠는 수밖에 없었다. 그는 쓰러진 보안관의 모습을 보았다. 등 뒤에 총알이 한 발 박혀 있었다. 연기가 걷힌 후에도 산발적으로 총소리가 들렸다. 총소리 사이사이로 신음과 울음소리가 섞였다. 일꾼은 널브러진 테이블 뒤에 숨기 위해 먼지 속에서 테이블을 찾아 헤맸다. 테이블 주위엔 이미 한 사람이 납작 엎드려 있었다. 농푸라고 했던가, 어쨌든 알아들을 수 없는 말을 외쳤던 아이였다. 아이는 온갖 것으로 뒤덮인 음식을 주워 먹고 있었다.

이미 이틀 전 일 아닌가. 지나가던 코요테도 알 일이야. 요크가 말했다. 뷰포드도 고개를 끄덕였다. 보안관이 죽은 이후에 살아남은 보안관 대리와 농부들이 그들을 모두 연행해 왔소. 뷰포드는 지역의 분노가 그들을 즉결처분하지 않은 것이 기적이라고 말했다. 그 소식이 전해진 후 나처럼 애리조나 연방 집행관도 투손으로 향하고 있소. 아무래도 전미를 발칵 뒤집을 사건이었으니 말이요. 뷰포드는 눈앞의 쿨리가 투손을 가는 이유가 이와 연관되어 있을 거라고 생각했고, 그 생각이 맞다는 걸 쿨리 입을 통해 직접 듣고 싶었다. 이유를 숨기고 있다는 사실 자체가 아니꼬웠으므로. 더 이상 숨기려 든다면 이런 가설도 무리는 아니다. 투손의 쿨리촌에 자신의 가족 혹은 친구가 있다. 그리하여 모종의 탈출 계획을 세운 채 투손으로 향하고 있다. 그 경우 뷰포드는 사건 현장에 도착하기도 전에 사건에 관한 공을 하나 세운 채 의기양양히도 투손에 들어설 수 있을 것이었다. 쿨리는 그저 정수리까지 올라온 달을 쳐다볼 뿐이었다. 거의 꽉 찬 달이군. 그가 말했다. 새로운 연도가 시작된 지 얼마나 되었소? 서른여섯 번 날이 바뀌었네. 요크가 답했다. 음력 신년이 얼추 맞겠는데. 운도 없군. 쿨리가 음울하게 말했다. 그게 무슨 뜻인가? 뷰포드가 물었지만 쿨리는 여기에 대해 별로 말하고 싶지 않은 것 같았다. 요크는 눈에 보이도록 고개를 끄덕거리며 말했다. 쿨리들이 소를 키울 수 있을 리는 없으니, 사건 자체는 간단해 보이는군. 그게 무슨 말이요? 쿨리가 물었다. 요크는 쿨리들에겐 소를 살 돈도, 기를 능력도, 무엇보다도 기를 의지도 없을 거라고 말했다. 자유의지 말이야. 요크가 강조했다. 날 도발해서 얻을 게 있소? 쿨리가 입을 열었다. 넌 거짓말을 하고 있으니까. 무슨 거짓말? 난들 아나? 모닥불이 타는 소리만 들려오는 곳에서, 셋은 뚫어지게 서로를 바라봤다.

쿨리가 자리에서 일어서자 요크는 안주머니에서 작은 4연발 권총을 꺼냈다. 뷰포드는 왼손으로 보안관 배지를 꺼내 들었다. 오른손은 허리춤에 찬 권총을 만지작거렸다. 당신 주머니에선 안 나오는 게 없소. 뷰포드가 요크에게 말했다. 요크의 총구는 쿨리를 향했지만, 시선만은 뷰포드를 노려보고 있었다. 요크는 오히려 뷰포드가 자신을 적대하는 상황이 이해되지 않았다. 쿨리는 손을 위로 들고 움직이지 않았다. 밤의 찬바람에도 땀을 흘리기 시작했다.

요크가 권총을 겨누고, 뷰포드는 허리춤에서 권총 손잡

이를 만지작거렸다. 머리 위로 번쩍 들린 쿨리의 손에는 달 궈진 부지깽이가 들려 있었다. 기껏해야 반경 1미터도 안 되는 원 안에서 서로의 손을, 손에 들린 것을, 서로의 눈과 눈이 보는 것을 살폈다. 요크는 몸을 뒤로 숙였다. 멈춰. 뷰포드가 말했다. 원에서 벗어나려 들지 마시오. 어두운 데에서는 당신이 무슨 짓을 하는지 알 수가 없잖소. 요크는 끙, 하더니 다시 원래의 자세로 돌아갔다. 요크는 철로에 대해 중얼거렸다. 철로가 서부에 쫙 깔린 게 벌써 3년 전이야. 저놈이 지금 와서 철로로 무슨 돈을 벌었다는 거야. 15달러? 말도 안 되는 소리야! 필시 훔친 거야. 게다가 내 돈도 훔칠 테지. 그 돈으로 투손의 빌어먹을 쿨리들을 빼돌릴 테고! 뷰포드도 중얼거렸다. 의혹만으로 곧장 머리에 총을 겨누는 건 무법자나 다름없소. 여기서 법조인은 나요, 판단은 내가 하는 거라고. 그것 역시 돈으로 살 수 없는 것이지, 안 그렇소? 쿨리는 두 손을 서서히 내렸다. 요크는 부지깽이를 그 상태로 땅에 떨어뜨리라고 말했다. 땡그렁, 마른 땅을 때리는 소리를 내며 부지깽이는 떨어졌다. 요크는 옷을 벗으라고 말했다. 쿨리는 뷰포드를 쳐다봤다. 그의 처량한 눈빛을 무시한 채 뷰포드는 명령했다. 판초를 벗으시오. 아무래도 귀족 나리가 확인을 해야 직성이 풀릴 모양인데. 뷰포드는 조롱하듯 말했다. 법 앞에서 그리도 야만적인 짓을 하려 들다니.

귀족이란 말이 아깝군. 돈 좀 벌었다 하면 사람들이 오만해지는 꼴은 무슨 공식 같소. 쿨리는 머뭇거렸다. 이번에는 그가 원에서 나가려고 안달이 난 사람 같았다. 뷰포드는 나가지 말라고 명령했다. 쿨리도 마땅히 마차까지 가야 할 핑계를 찾지 못한 채 움직임을 멈췄다. 그리고 판초를 벗었고, 순식간에 그것을 불길 안으로 집어 던졌다. 요크는 필사적으로 판초를 불길에서 낚아채려고 했지만, 판초 안에서 반짝이는 무언가를 보고 땅바닥에 납작 엎드렸다. 뷰포드와 쿨리도 엎드렸다. 판초 안에서 달궈진 총알이 마구잡이로 튀기 시작했다. 마차에 묶여 있던 말들이 놀라서 요동쳤다. 모닥불로부터 검은 연기가 피어났다. 황야는 곧 아무 일도 없었던 듯 조용해졌다.

빌어먹을 놈! 요크가 쿨리의 멱살을 잡고 미간에 총구를 박았다. 피부 위로 총구 모양의 홈이 파일 정도로 강하게 눌렀다. 뷰포드는 부지깽이를 주워 거의 타들어 간 판초를 뒤적였다. 총 한 자루에 노트 한 권뿐이었잖아. 뷰포드가 말했다. 뭐가 무서워서? 쿨리는 대답하지 않았다. 아직 떨고 있었으나 묘하게 안심이 된 눈치였다. 이제 증명할 수 있는 게 아무것도 없소. 요크가 망연자실하듯 말했다. 빌어먹을 놈! 단순 강도 이상이었던 거야. 암살 계획이 있었을지도 모르지. 뷰포드는 요크의 말에 반응하지 않았다. 그제야 쿨리는 누구라도 총이 겨눠지면 가장 먼저 할 말을 입에 담았다. 쏘지 마세요! 이제는 괜찮을 것 같군요. 쿨리가 말했다. 미안하지만 아무것도 괜찮아진 건 없네. 자넨 우리에게 설명해야 할 거야. 요크는 아직 총구를 거두지 않았고, 뷰포드의 목소리도 밤바람만큼이나 차가웠다. 쿨리는 이해한다는 듯 빠르게 고개를 몇 번이고 끄덕였다. 말하기 전에 보여주겠습니다. 내가 어디서 왔는지를.

쿨리는 손을 주머니로 넣으려는 순간 요크와 그의 손에 들린 총이 생각나 손을 뗐다. 대신 뷰포드에게 자기 바지 주머니에 있는 것을 꺼내보라고 말했다. 뷰포드는 그의 주머니 속에서 200달러와 성냥갑보다도 작은 상자 같은 것을 찾았다. 요크는 200달러를 보고 경악했지만, 뷰포드는 그보다도 상자를 살폈다. 상자는 딱딱했으나 투명했고, 투명했으나 영롱한 초록빛을 띠었다. 상자 안으론 액체 같은 것이 방울처럼 떠다녔으며 위쪽으로는 돌출부와 구멍이 있었다. 이게 뭐지? 뷰포드가 물었다. 요크도 상자를 바라봤다. 버튼을 눌러보시오. 무슨 버튼을 말하는 거지? 버튼은 보이지 않는데. 뷰포드는 잠시 머뭇거리다 왠지 버튼인 듯한 느낌의 돌출부를 눌렀다. 구멍에서 촛불이 나왔고 그는 촛불을 바라보다가 버튼을 누르던 손가락을 뗐다. 그리고 잠시 후, 요크에게 상자를 조심스럽게 넘겼다. 불을 발견한 최초의 인류가 불씨를 옮겨주듯이. 요크는 권총을 거두고 상자를 받았다. 켜졌다 꺼졌다 하는 촛불을 바라보며, 두 사람은 꽤 오랜 시간 침묵했다. 요크가 침묵을 깼다. 말도 안 돼.

이제 내가 어디에 있으면 안 되는지 알 방법이 없어졌어요. 그러나 당신들도 마찬가지죠. 그들의 반응을 기다린 쿨리가 말했다. 그러니 아마 이 정도는 이야기해도 상관은 없을 겁니다. 저는 박형수입니다.

유기체 등가질량치환을 이용한 다중우주 간 교환

다중우주의 존재와 우주 간 시간의 흐름이 상대적이라는 것이 1982년 처음 발견되고, 그와 관련된 기술은 2019년에 이르러 비약적으로 발전하게 되었습니다. 그러나 유사 시간여행이 가능해졌음에도 불구하고 수십 년간 상용화되지 못한 것은 '우리가 다른 우주에 얼마나 개입해도 되는가'에 대한 국제사회의 지리멸렬한 토의가 아직 끝나지 못했기 때문입니다. 하지만 미국과 소련은 이미 비밀리에 다른 우주의 이집트와 메소포타미아 문명(혹은 그 위치에 존재했지만 본 적 없던 문명) 등지에서 석유를 물로 치환하는 채굴 작업을 계속하고 있죠. 그 우주는 이제 막 초기 문명 단계인데, 치사하기 짝이 없는 행위입니다. 그들이 우리만큼 발전했을 때에는 아무리 깊숙한 빨대를 꽂아도 석유 한 방울 나지 않을 테니 참 안타깝습니다. 석유가 무엇인지도 모른 채 발전을 계속할 테니, 어쩌면 이들이야말로 우리의 에너지 문제를 해결할지도 모르겠군요. 그렇지 않고선 자멸할 것 같으니까요.

이렇듯 법과 도덕은 그저 겉치레로 전락한 지 오래입니다. 과거를, 다른 우주를 마지막 단물 한 방울까지 짜내려는 제국을 보십시오! 그러니 우리라고 이용하지 못할 이유가 있겠습니까? 우리 회사는 이미 유사 시간 여행을 이용한 관광산업의 가능성을 오래도록 꿈꿔왔어요. 우리가 하고자 하는 건 오직 '관광'입니다. 멀리서 바라보고 감상하며, 그 어떤 영향도 미치지 않고 우리 우주로 돌아올 뿐이지요.

만약 우리 회사의 관광 상품을 처음으로 사용하신다면, 이 점들을 유의하세요.

1. 원하는 시간대를 거쳐 가고 있는 다중우주를 선택하세요.

2. 기계가 다중우주 지표상의 모든 유기체와 그 질량을 스캔합니다. 스캔이 완료되기까지, 평균적으로 이틀에서 사흘 정도 소모됩니다. 그동안 관광지에 대한 기본적인 문화와 복장, 언어 지

식을 갖추시기 바랍니다. 만약 스캔하는 데에 채 5시간이 걸리지 않는다면 그 우주에 가겠다는 당신의 계획을 즉각 폐기하십시오!

3. 다중우주 지표상에 표기된 유기체 중 가고자 하는 곳과 가까운(다만, 인간 거주 지역에서 1킬로미터 안팎의 지역을 선택하여 이동한 것이 발각될 경우 심각한 가중처벌을 받을 수 있음) 곳에 있는, 자신보다 질량이 큰 유기체를 선택하십시오. 비슷한 질량을 선택했다가 당신의 일부가 전달되지 않을 수 있습니다. 우리 관광사는 최소 사용자보다 20킬로그램 이상 더 큰 질량을 가지는 유기체 선택을 의무로 하고 있습니다. 전달되지 못한 부분은 소실되니 주의해 주십시오.

4. 다중우주 여행을 하기 전에, 관광사에서 몸에 이식한 칩이 잘 작동하는지 확인하십시오. 정부는 하루에도 자동으로 수천 번의 스캔을 돌릴 수 있는 컴퓨터를 가지고 있다고 알려져 있습니다.

5. 관광사에서 나누어 준 노트를 지참하여, 역사적인 사건에 휘말려 흐름을 바꾸는 상황은 무조건적으로 피하십시오. 흐름에 왜곡이 생길 가능성이 발생하면, 컴퓨터는 즉시 그 진원을 파악하는 방향으로 AI를 전환합니다. 잡히는 것은 시간문제일 것이

며 법정 최고형에 처할 수 있으므로 매뉴얼에 적혀 있는 상황은 물론이고, 가능하다면 개입 자체를 피하는 것을 강력하게 권고 드립니다.

6. 관광사에서 나누어 드린 초시계를 지참하여 남은 시간 내에 지정된 위치로 이동하십시오. 초시계가 0초가 되는 순간에 맞춰 관자놀이 왼쪽을 꾹 눌러 귓속에서 탈칵 소리가 나게 하십시오. 그러면 우리 기계에 당신의 좌표가 수동으로 찍힙니다. 그렇게 돌아오실 수 있습니다.

※주의: 15초 이상의 오차가 발생할 경우, 기계가 수동으로 좌표를 받지 못할 수 있습니다. 45초 이상의 오차가 발생할 경우, 컴퓨터가 당신을 먼저 스캔할 수 있습니다. 그 경우 관광객 모두가 노출될 가능성이 있으니, 관광사 측에서는 그 좌표에 있는 누구도 귀환시켜 드릴 수 없습니다. 부디 다른 사람들을 위해서라도, 초시계 작동법을 준수하십시오!

이 밖의 것들에 관해서도 교육이 진행됩니다. 환전은 배부된 책자의 7쪽에서 69쪽까지를 참조하십시오(인플레이션 적용률 최대 25퍼센트). 책자는 가지고 나가실 수 없습니다. 마치 이 세상의 것이 아닌 듯한 관광을 하고도 무사 귀환을 원하는 것은 더 이상 과도한 욕심이 아닙니다. 그저 권고 사항을 준수하십시오!

그러니까 자네는 투어리스트가 맞았군. 요크가 말했다. 뷰포드도 고개를 끄덕였다. 나는 투어리스트 안내원에 가깝습니다. 형수가 답했다. 그들은 형수가 말한 내용 중 아무것도 제대로 이해하지 못했지만 눈앞에 또 다른 세상이, 형수의 말에 의하면 '미래'가 눈앞에 있다는 것을 믿을 수밖에 없었다. 버튼 하나로 무한히 켤 수 있는 성냥 상자…. 이것이 미래가 아니면 무엇이란 말인가?

미안합니다. 노트를 보게 할 순 없었어요. 관광지에 있는 누군가를 믿기란 힘든 일이니.

여긴 관광지가 아니오. 뷰포드가 얼굴을 찌푸리며 말했다. 요크는 그저 상자를 만지작거릴 뿐이었다. 이 상자, 어떻게 만드는지 아나? 나는 모릅니다. 형수가 돌려받고자 손을 내밀었다. 요크는 손에 쥔 게 진짜였다는 걸 기억하기 위해 마지막으로 촛불을 만들었다. 그리고 형수에게 내주었다.

그들은 더 이상 모닥불이 꺼지는 걸 신경 쓰지 않았다. 형수는 불에 집중하는 척 그들을 무시할 필요가 없었고, 그들도 모닥불 따위에 써줄 신경이 남아 있지 않았다. 마법 성냥으로 다시 켜면 그만이므로. 마부는 오지 않았고, 뷰포드와 요크와 형수는 거의 잿더미가 되어버린 모닥불 주위에 누워 있었다. 뷰포드는 달이 움직이는 걸 봤다. 보통 때에는 언제 저만큼 움직였나, 움직이긴 했나 싶었지만 진득하게 보고 있자니 눈으로도 그 움직임이 보였다. 그래서 왜 투손으로 가는 거지? 요크의 말이었다. 형수는 고개를 돌려 그를 쳐다봤다. 아직 거기에 대해선 알지 못했네.

형수는 사후 조사라고 했다. 회사도 두 손 두 발 다 들었죠. 야생동물이 무섭다, 인디언들도 무섭다, 그러니 곧 죽어도 민간인 거주 구역 주변에 내리겠다던 졸부 관광객들에게 말입니다. 회사가 위험 부담금이라는 그럴싸한 말로 세 배의 돈을 요구하자 그들은 앉은 자리에서 덜컥 내더군요. 형수는 이 대목에서 클클 혀를 차며 웃었다. 원칙이라는 거, 참 편한 말이에요. 원칙 같은 건 사실 아무도 지키지 않으니까. 그런 점에서 회사도 제국과 별반 다를 바 없었던 거죠. 보통은 이렇게 원칙을 깨도 별일 없어요. 제국의 컴퓨터도(맞아요, 요크씨. 계산기랑 비슷한 말이에요. 컴퓨터란 아주 좋은 계산기랍니다.) 신은 될 수 없죠. 관측 가능한 우주의 개수는 셀 수 없이 많아요. 그러니 우리든 제국이든 그 많은 다중우주를 한번에 감시할 수 없단 말입니다. 하지만 이번엔 달랐지요. 스캔에서 목초지를 감시하던 일꾼들이 누락되었고, 투손에서 죽지 않아도 될 쿨리들이 죽었고, 아마 내일 해가 뜨면 더 많이 죽을 겁니다. 컴퓨터는 분명한 이상을 감지했을 테니까 총알을 피해 이리저리 흩어졌던 관광객들은 이미 반송되었을 겁니다. 죽지 않아도 될 이들이 죽어야만 했던 이유는 이미 이 세상에 존재하지도 않아요.

젠장. 그럼 그 쿨리들은 뭣도 모르고 목이 매달리겠군. 뷰포드가 누운 채 욕지거리를 뱉었다. 얼마만큼 달이 더 움직였을까. 잠시 후 요크가 툭 던진 질문에 뷰포드는 그날 처음으로 소리 내어 웃었다. 슈타드가르드. 내가 얘기했던 바이올린 말이오…. 네. 듣고 있습니다. 그게 미래에도 가치가 있소? 형수가 눈을 감았다. 수백 건의 관광을 성사시키고 귀신처럼 뒷문들을 닫아온 몇 년간의 피로가 한꺼번에 밀려오는 것 같다고 형수는 느꼈다. 당신 이야기 속 비올라 장인이 우리 우주에도 존재했는지 난 모릅니다. 어쩌면 우리 쪽에선 비올라 장인으로 만족한 채 숨을 거뒀을 수도 있는 노릇이죠. 나는 알지 못합니다. 뷰포드는 사레가 들려 멈추기 전까지 웃었다. 그러고는 바이올린에 대한 온갖 욕을 내뱉은 뷰포드가 말했다. 당신은 그들을 도와야 하오. 형수는 요크에게서 고개를 돌려 뷰포드를 바라봤다. 나는 그리 똑똑한 사람이 아니오. 당신이 말하는 다중우주니, 계산기니 그딴 말은 하나도 모르겠소. 하나 한 가지는 알겠는데, 내일 쿨리들이 무더기로 죽는 게 당신들 회사 때문이란 거요. 내가 제대로 이해한 게 맞소? 형수는 천천히 답했다. 나는 노트를 태운 그 순간부터 더 이상 아무것도 하지 않기로 결심했습니다. 그렇다면 지금껏 우리에게 해줬던 이야기는 뭐요? 그냥 지어낸 이야기죠. 기나긴 밤을 때울 이야기.

뷰포드의 입꼬리가 비틀렸다. 말장난 마시오. 어차피 당신 말을 믿어줄 판사나 연방 집행관은 없소. 당신은 그냥 쿨리들 통역 정도만 해주면 될 일이오. 쿨리라고 다 같은 말을 쓰는 건 아닙니다, 뷰포드씨. 그래서 아무것도 할 수 없소? 네. 그치들은 자기들이 왜 죽는지도 모르고 목이 매달린다고? 그렇습니다. 이런 빌어먹을. 뷰포드는 반쯤 몸을 일으켜 요크 쪽을 향했다. 난 아무래도 이 모든 게 마음에 들질 않소. 당신도 뭐라고 거들어 보시오.

요크는 먼 밤하늘을 응시하며, 조용히 답했다. 나는 신에 대해 그리 깊게 생각해 본 적이 없네. 지금 중요한 건 그게 아니잖소. 뷰포드의 볼멘소리에도, 요크는 형수에게 물었다. 당신들 시대엔 지금보다 더 신에 대해 무심한가? 신 말입니까? 우리 시대에도 신을 믿습니다. 당신들의 지금에서도, 나의 지금에서도 미래는 두려운 것이에요. 우리가 누구에게 어떤 영향을 끼치는지, 미래가 증명하기 전까진 알 수 없으니 말입니다. 그러니…

말이 울부짖었다. 돌처럼 움직이지 않을 것 같던 형수가 벌떡 일어났다. 말들이 있던 자리에 구형의 빛 덩어리 세 개가 떠 있었다. 땅으로부터 약 1미터 정도 허공에. 모닥불과는 비교도 되지 않는 종류의 밝은 빛이 일행에게까지 미쳤다. 이런 시발. 뷰포드는 형수의 비명과도 같은 이 말이 무슨 뜻인지 이해하지 못했다. 구체가 커지는가 싶더니 순식간에 오그라들었다. 그 자리에 멕시코 판초를 입은 쿨리 세 명이 작대기 세 개를 들고 나타났다. 한 명이 얼굴에 딱 달라붙는 안경을 착용한 채 사방을 둘러봤다. 저놈이다, 저놈. 머리에 칩이 있어. 그가 마차로부터 멀어지는 형수를 가리켰다. 그들은 작대기를 겨눴다. 순간 형수가 쓰러졌다. 달리던 상태 그대로, 온몸의 근육이 굳어버렸는지 내지르는 소리는 모두 알아들을 수 없는 작은 비명이 되었다. 한 명이 다가가서 형수의 눈에 무언가를 가져다 댔다. 무언가가 타들어 가는 소리가 났다. 뷰포드는 자리에서 일어섰다. 오른손은 절박하게도 허리춤의 권총 손잡이를 찾고 있었다.

박형수, 유사 시간 여행 관여와 다중우주 왜곡 관련 법률 14조 1항, 불법 건축물 증축과 그로 인한 부가적 혐의로 긴급 체포한다. 체포 현장에 다중우주의 원주민들이 있는바, 죄목의 세부 사항은 이송 및 구금 이후 공개할 것이다. 당신은 변호사와 역사 시뮬레이션 전문가를 선임할 수 있다. 그들은 말을 마치기도 전에 형수의 굳어버린 몸을 번쩍 들어 올렸다. 그들 중 하나가 다가와 뷰포드에게 영어로 말했다. 미안합니다. 이 일이 당신들 세상에 아무런 영향을 주지 않도록 하십시오. 뷰포드가 반문했다. 얼이 나간 채였다. 어떻게 그럽니까? 쿨리는 정중한 자세로 답했다. 잊어버리십시오. 하룻밤의 꿈으로 여겨도 좋습니다. 다른 한 명은 자신의 귀에 손가락을 꼽고 계속해서 허공을 향해 대화하기 시작했다. 말은 없나? 말을 통해 왔으니까. 어쩔 수 없군. 그래. 커피 마실 시간은 있겠지. 그들은 마지막 말을 마치고 순식간에 구체가 되어 떠올랐다. 순식간에 커졌다가 사라진 구체 속에서 무언가 튀어나왔다. 얼룩소 몸통 네 개였다. 어떤 것은 머리만, 또 어떤 것은 다리 두 쪽만, 아니면 커다란 몸뚱이의 일부만이 덩그러니 바닥에 떨어졌다. 형수의 흔적은 타버린 모닥불 속에서 시시각각 재로 변해가는 판초뿐이었다.

쿨리들이 들이닥쳤을 때조차 요크는 누워 있던 자세 그대로 움직이지 않았다. 그는 신에 대해 생각하고 있었으므로. 이 모든 일에 의미가 있다면, 그것은 필시 신의 질문일 것이다. 자신에게 답을 내놓으라는 어떤 질문. 그러나 망연히 서서 주변을 둘러보던 뷰포드의 생각은 좀 더 가까운 곳에 머물러 있었다. 이 일을 마부에게 어떻게 설명해야 한단 말인가.

한쪽은 신에게 질문했고 다른 쪽은 인간에게 답을 주고자 했으나 달이 서쪽 지평선으로 사라지면 사라질수록, 두 사람은 그 어느 것도 불가능하다는 걸 깨달았다. 달이 전부 넘어가기까지 그 밖의 다른 별일이 일어나지 않았다. 다만 코요테 두 마리가 신선한 소의 피 냄새를 맡고 다가왔을 뿐이다.

반쯤 몸을 일으킨 뷰포드가 코요테들을 겨누다가, 이내 다시 쓰러지듯 누워버렸다. 코요테들이 분에 넘치는 식사를 마치고 돌아간 지 얼마 안 돼 마부가 마차 수리공과 돌아왔다.

이런 제기랄! 마부가 외쳤다. 내 말들은 어디가고, 이건 소 몸뚱이잖소! 뷰포드는 일어나서 뭐라고 말하려다가 요크가 하는 말을 들었다. 어렴풋한 기억으로는 투손 쪽에서 쿨리 두 명이 소를 끌고 오더군. 내가 말하지 않았나? 그 쿨리 수상하다고. 그들은 만나선 서로 포옹하더니 마구잡이로 소를 도축해 먹어치웠지. 다리를 중심으로 먹었던 것 같은데, 세 명이 먹기에는 많아도 너무 많았어. 먹지도 못할 양의 소를 끌고 와선 어찌할 바를 몰랐나 보더군. 나는 자는 척했네, 무서웠거든. 자네는 잤나? 뷰포드는 고개를 저었다. 나도 자는 척했소. 뷰포드가 요크의 말을 이었다. 그러더니 말을 풀어서 달아나 버렸소. 그때는 잡을 수조차 없게 되었소. 마부는 요크를 바라볼 때보다 훨씬 강한 경멸의 의도를 담아 보안관을 바라보았다. 경멸을 읽은 뷰포드가 덧붙였다. 이번 사건이 끝나면 난 아마 보안관이 아닐 거요. 난 너무 늙었으니. 한 번도 그렇게 생각해 본 적은 없었지만 그렇게 말하고 나니 뷰포드는 정말로 늙어버린 기분이었다.

마부의 말 한 필과 마차 수리공의 말 한 필, 두 필의 말이 마차를 끄는 건 여간 고역이 아니었다. 투손 초입에서 마차 수리공의 말이 탈진으로 죽었다. 요크는 말값을 후하게 쳐 줬고, 마차 수리공도 별말 하지 않았다. 요크와 뷰포드는 마 부에게도 추가적인 일당을 지급했다. 네 사람은 마차에서 내려 아무 말도 하지 않고 제 갈 길을 갔다.

뷰포드는 형장 근처에서 연방 집행관과 주변 지역 보안관 들이 이미 도착해서 사안에 대해 심각하게 토의하는 모습을 보았다. 그러나 아무도 통역이 가능한 쿨리와 동행하지는 않았다. 그것이 불가능했던 건지 혹은 그럴 만한 의지가 없 었는지 뷰포드는 알 수 없었지만 그가 알 수 있었던 것은 불 쌍한 것들의 운명이었다. 형장에는 투손 인구가 절반 가까 이 모여 있는 것 같았다. 동 피닉스주의 뷰포드 보안관이오. 그는 배지를 보였다. 너무 늦은 거 아닌가. 피닉스면 하루에 올 거리인데. 연방 집행관이 바닥에 침을 뱉으며 말했다. 이 미 이야기가 끝났네. 그리고 이견이 없으리라고 믿고.

요크는 거리에 사람이 적어도 너무 적다는 생각이 들었 다. 그러다가 마을 한쪽에서 쏟아지는 박수갈채와 환호 소 리를 들었다. 환호 소리는 잦아들다가 이내 두 번 더 이어 졌다. 요크는 갑부의 아들이 거주 중이라던 호텔에 들어갔 다. 데스크에 앉아 있던 노파는 10달러에 그가 어느 방에 묵 고 있는지를 말해주었다. 요크는 헛기침을 하고 문을 두드 렸다. 건장한 남성이 나왔다. 요크라고 하네. 혹시 실례가 안 된다면, 가지고 있는 물건 중 하나에 대해 진지하게 이야기를 나누고 싶네. 잠시 들어가도 되겠나? 아들은 그를 위아래로 훑어보았다. 몰골을 보니 왠지 바이올린 이야기를 듣고 온 거 같은데. 아들이 말했다. 요크는 미소를 지었다. 이야기가 빠르겠군. 아들은 위스키 병을 들고 있었다. 그가 방 안으로 들어가며 말했다. 그럼, 빠르겠지. 왜냐하면 당신이 원하는 물건이 어디 있는지 우리도 모르니까 말이야. 요크는 우악스럽게 방문을 밀치고 들어서선 무슨 말이냐고 물었다. 아들은 탁자에 앉아 위스키를 잔 가득 따랐다. 무슨 말이냐라. 그렇게 충성스럽던 비서 놈이 바이올린하고 사라져 버렸소. 이 넓은 미국 서부에서. 그가 한 번에 잔을 들이켰다. 우리 형제는 지금 비서 놈을 찾고 있는 거요. 나는 바이올린 같은 건 포기하고 아버지 장례나 제대로 치러드리자고 말을 해도, 형은 결코 포기를 안 해. 절대로 안 할 거야. 바이올린을 가지기 전까진.

요크는 아무 말도 않고 방에서 나왔다. 거리까지 나온 그는 실로 오랜만에 기도를 하고자 교회를 찾았다. 낡아빠진 투손의 교회를 본 그는 살면서 처음 이런 생각을 했다. 바이올린 값으로 교회를 지어야겠다고. 서부는 물론 미국을 통틀어 가장 거대한 교회를.

요크 교회의 개략적인 역사

　지상부터 첨탑까지 118미터의 높이, 연면적 1만 2,593제곱미터, 그리고 3만 5,000명 이상의 인원을 수용할 수 있는 요크 교회는 고층 건물들이 들어선 21세기에도 위용을 잃지 않았다. 그 이름처럼 요크라는 귀족이 자신의 재산과 목숨을 바쳐 만들었던 이 교회의 건축 과정은 순탄치 않았다. 공사 환경은 열악했고, 스물네 명의 인부가 추락 등 직접적인 인명 사고로 목숨을 잃었다. 요크 교회는 완공 당시부터 100년이 지난 1980년대까지 미국뿐 아니라 아메리카 대륙에서 가장 큰 교회였다. 투손은 요크 교회를 중심에 두고 거대한 도시로 발전했고, 세계 각지에서 찾아오는 끊임없는 순례객들로 인해 미국 내 최고의 관광 수입을 올리는 도시가 되었다. 교회는 아직도 우뚝 서서 자신을 찾는 많은 이에게 어두운 세상을 밝히는 등불이 되어준다.

　돌벽 한 귀퉁이에는 칼로 글자를 새긴 흔적이 남아 있다. 저 불쌍한 쿨리들. 건축 과정에서 새겨진 것으로 밝혀진 이 글귀는 누가, 왜 새겼는지 알 수 없으나 아직도 남아 보는 이들의 호기심을 자극하곤 한다.

최우준

문예창작과에 와 처음 써본 글에 기분 좋게 코가 꿰였다. 알고 싶을 때, 뒤섞어
보고 싶을 때, 혹은 그저 재밌는 이야기가 떠올랐을 때 글을 쓴다.

모닥불 곁으로 모여든 믿을 수 없는 일들

어떤 현실은 오직 관광지로만 우리 곁에 남습니다. 누군가의 진실은 다른 누군가에게는 괴담밖에는 되지 못하죠. 서로에게 무슨 일이 있었는지, 스스로 얼마나 큰 파장을 만든 것인지 결코 완전히 알 수 없으리라는 예감. 이런 생각들과 모닥불을 섞어보고자 글을 쓰기 시작했던 것 같아요. 모닥불은 신비롭고 아늑하면서도 위험한 공간입니다. 어둠과 추위로부터 안전한 성벽이 되어주지만, 동시에 낯선 이들과 성벽 안에 갇히게 될 수도 있으니까요. 안전과 위험이 절묘하게 공존하는 상황에는 늘 이야기가 모여듭니다. 모닥불에 둘러앉은 이들이 밤을 지새울 경험담이나 괴담을 나누는 모습은 동서고금을 막론하고 정말 자주 보입니다.

작품에는 그 밖에도 정말 여러 소재가 나옵니다. 서부극을 베이스로, 바이올린 이야기와 가축 납치, 그리고 다중우주까지. 야로는 또 다른 야로를 부르고, 의심은 회전초에 던져진 불씨처럼 잘도 옮겨붙습니다. 누구도 이해할 수 없는 일들이 연달아 일어납니다. 모닥불 속에서 세상의 역사가 적힌 예언서가 불타 사라집니다. 쿨리들은 죄목도 제대로 알지 못하고 목이 매달립니다. 세계에서 두 번째로 큰 교회가 황무지에 들어섭니다.

다양한 장르가 얽혀 있긴 하지만 이 소설의 핵심은 SF에 있다고 생각합니다. SF는 늘 앎의 의미와 범위에 대한 질문을 제시하기 때문입니다. 안다는 건 어떤 의미일까요? 어디까지 알아야 안다고 할 수 있을까요? 기술이 발전하고 사회가 달라지면 우리가 안다고 생각했던 것들은 어떻게 바뀔까요, 혹은 바뀌지 않을까요? 제가 SF를 사랑하고, 쓰고자 하는 이유도 이런 질문들에 있는 것 같습니다.

추가로 글을 쓰는 과정에서 여러 영화와 음악을 접했습니다. 〈매그놀리아〉, 〈석양의 무법자〉, 쿠엔틴 타란티노의 영화와 엔니오 모리코네의 음악. 소설을 씀에 있어서 큰 도움을 주었습니다.

끊임없는 응원과 지원을 보내주신 부모님께 사랑과 감사를 전합니다. 마치 자기 글처럼 제 글을 봐준 소중한 친구 동원이에게도 고맙다는 말 전하고 싶어요. 마지막으로, 이 기이하고도 황당한 이야기를 읽어주신, 그리고 읽어주실 모든 분께 감사의 말씀을 드립니다.

2024 제7회 한국과학문학상

심사평

구병모 · 김성중 · 김희선 · 강지희 · 인아영

구병모

장편소설 『한 스푼의 시간』 『상아의 문으로』, 소설집 『고의는 아니지만』 『그것이
나만은 아니기를』 『단 하나의 문장』 『로렘 입숨의 책』 『있을 법한 모든 것』 등을
통해 다수의 SF소설을 발표했다. 오늘의작가상과 김유정문학상 등을 수상했다.

심사평

과학 문학이 할 수 있는 일

  긍정적인 읽기 경험을 선사해 준 응모작들이 워낙 많았던 데다 예년보다 수준이 상향 평준화된 까닭에, 다소 무난하거나 느낌이 웬만큼 괜찮은 정도로는 본심에 데려가기 어려웠던 작품들이 있었음을 고백한다. 그런데 예심에서 확인한 바 다수의 응모작이 로봇과 인공지능에 치우쳐 있었고, 마인드 업로딩과 인간 복제와 기억에 대한 고찰(복제된 기억을 갖고 있는 내가 예전의 나인가에 대한 고민), 신체의 변형·확장·개조와 사이보그 이야기 또한 넘쳐났다. 한편 메타버스 실감 콘텐츠 기술과 관련한 소설도 꾸준히 인기를 얻을 것으로 생각된다. 그러한 소재들이 이제 신선도가 떨어지니 가급적 피해야 한다는 의미는 아니다. 어차피 우리 삶과 우리 이야기는 과거의 누군가가 이미 한 것에서 크게 벗어나지 않을 것이므로. 잘 알려진 걸작들과 희귀작들을 비롯한 세부 작품들을 열거하지 않더라도, 대중적인 예를 들어 13년 전부터 시작한 시즌제 드라마 〈블랙 미러〉와 같은 작품들을 꾸준히 보아온 이들이라면, 한국과학문학상을 통해 새로이 어떤 이야기를 접하더라도 기시감을 느낄 공산이 크다. 따라서 비주얼과 사운드가 강력한 매체에 이미 익숙한 이들에게, 문학이 할 수 있는 일은 따로 있지 않을까 한다.

　그러므로 다시 인공지능 로봇으로 돌아와, 누구나 즐겨 쓰는 소재와 설정을 취하여 이야기를 만들 경우, 그럴듯한 재현 이상으로 해내지 않고선 이 많은 응모작 가운데 눈길을 끌기가 쉽지 않겠다는 현실적인 문제가 있다. 그 소재들과 설정들이 피치 못하게 지닌 구태의연함을 잊어버릴 만한 장점이 두드러지지 않고서는 말이다. 인간과 같은 감정을 느끼면서 독자의 눈물샘을 건드리는 로봇 이야기가 여전히 시장에서는 무수한 콘텐츠의 하나로서 환영받을 수 있으나, 주머니 속의 송곳을 가려내는 공모전의 벽을 넘기에 이제 그것만으론 살짝 어려움이 있지 않을지 조심스레 예측해 본다. 클리셰가 진부하게 여겨지기보다 오히려 '클리셰는 영원하다'는 감탄과 함께 클래시컬한 장점으로 둔갑하기 위해서는, 보통을 넘는 변주 테크닉이 필요하다는 현실을 알게 되었다. 그리고 번뜩이는 아이디어에 집착하면서 소재를 피상적으로 다루는 대신, 정석 내지 단골이라고 불리는 반복된 소재라고 할지라도 그에 대한 색다른 고민과 사유의 과정이 필수로 동반되어야 할 것 같았다. 예컨대 챗GPT와 미드저니 등의 도래에 따라 설 자리를 잃었다고 느끼는 창작자들의 번민과 초상을 직관적으로 그려내기를 넘어, 창작 행위란 무엇인가 혹은 무엇이 아닌가에 대해 추상적이고 모호하며 정답도 없으나 근본적인 질문으로(작가 본인이 우선) 나아갈 필요가 있다.

그때 그 시간 동안 읽는 재미를 주었음을 부인할 수 없으나 논의의 대상으로 삼지 못한 상당수의 작품 안에서, 충분한 숙고로 단련된 소설의 근육보다는 빠른 생산과 소비의 대상 안에 포함되고자 하는 욕망이 주로 느껴졌다. 예전에는 객관적인 생물학과 의학 관계 용어였던 도파민은, 오늘날 많은 경우 '과잉' 혹은 '중독'이라는 말과 결부되어 부정적인 의미가 강조되고 사회문제로 떠오른다. 세상 곳곳에 따 붙여진 숏폼short-form 영상과 같이 신속한 도파민을 분비하는 데에 주안점을 둔다면 분명 시선을 잡아채는 후킹에는 성공하고 화제의 주인공이 될 가능성도 있겠지만, 적어도 소설을 쓰기로 결심했다면 도파민 생성에 온 역량을 기울이지 않기를 권하고 싶은데, 사실 텍스트로 이루어진 소설은 확실한 자극과 스피디한 파급력에 있어서 영상매체에 상대가 되지 못할 운명이다. 영상 감독은 대상을 화면에 무작정 찍어 바르는 게 아니라 카메라워크를 비롯한 연출 및 표현을 신경 쓰면서 대상을 '담아내는데' 어째서 문학상이라는 이름이 붙은 공모전에 응모를 하면서 스토리를 '담아내는' 언어를 다루는 스킬에는 무관심한 걸까 싶은 의문이 들 때가 종종 있었다.

　단편 부문의 본심에서 주요 논의의 대상이 된 작품들 가운데 「피폭」에 대한 이야기를 먼저 해보고 싶다. 제목은 단도직입적이고 명료해 보이는데, 읽기 시작하자 작가가 곳곳에 깔아놓은 과속방지턱이 읽어'나가기'를, 즉 빠른 전진을 방해한다. 소설 자체의 분량에 비해 상당히 많이 만들어 낸 낯선 용어들이 1차 진입장벽이며, 고전 수필이나 근대 문학 느낌의 고아古雅한 문체도 한몫한다. 나는 이런 글쓰기를 매우 좋아하지만 개인 취향을 배제하고도 이 작품은 모든 심사위원분들께 그 공력과 장점을 인정받았다. 문장을 쓰는 리듬감이나 단어의 선택과 조탁은 실로 근대문학을 보는 것 같고, 인물들의 고된 노동과 부당한 고통의 현장을 묘사한 방식은 그중에서도 카프문학을 보는 듯하다. 물론 이런 문체로 신탁 코드, 로봇, 행성 등의 요소들을 표현하니 읽는 내가 어느 시대에 있는지 정신이 혼미해지기도 하나, 그것이

심사평

작가의 의도라면 기꺼이 빠져들게 되는 매력이 있다. "땅이 땅을 낳"음과 함께 펼쳐지는 참혹한 광경은 그것을 서술하는 작가의 어조로 인해 왠지 모르게 경이감마저 불러일으키고, 우릅, 소릅, 해무릅 등 우리 국어의 법칙에서 단어 마지막 음절의 받침으로는 잘 오지 않는 자음들을 사용한 네이밍 센스도 기억에 남을 것 같다.

「개인의 우주」에 등장하는 '므'는, 인물의 의식과 무의식의 혼선 가운데 도출되는 존재가 형태 아닌 소리로 표현되는데도 왠지 모르게 귀여울 것 같다는 생각이 든다. 므가 만든 '라르보'와 그것을 연결하는 '바슬' 그리고 므가 존재하는 곳인 '츠넛' 모두가 궁금해지는 건, 그만큼 작가가 만든 세계관이 성공적이며 독자를 끌어당기는 설득력을 지녔기 때문일 것이다. 인물이 세상을 떠난 먼 훗날까지 이어지고 확장되는 프로젝트와 연구 노트의 발견이라는 서사는, 새삼스레 우주의 광대함과 인간의 미미함을 경악과 함께 깨닫게 하며, 우리가 알아내지 못한 일이 아직까지 세상에 얼마나 많을 것인지 소설 바깥의 일까지 기대하게 만든다. 과학이 주는 경이로움이라는 측면에서 이 소설은 함께한 중단편들 가운데 두드러진 상상력을 선보였다. 다만 "교수로 부임한다면 하고 싶은 연구를 마음껏 할 수 있을 거라는 기대"를 하는 등 인물들이 충분한 나이와 사회적 입장 및 근무 환경에 다소 어울리지 않는 어린 사고와 서술을 하며, 연구소와 연구 과정을 둘러싸고 생길 수 있는 갈등과 마찰을 비롯한 사회 전반 프로토콜에 대해 이해가 부족한가 싶은 부분이 자주 눈에 띄는데, 이는 어떤 경우에는 작가의 현실 사회생활 경험이 부족하여 디테일을 생략하고 얼버무린 결과일 수도 있지만, 지금 같아선 그런 문제보다는 자신의 세계를 적확하게 풀어낼 언어가 미숙하기 때문인 것으로 보이는바, 작가에게는 놀라운 상상을 그에 맞는 스케일로 유감없이 펼쳐낼 수 있는 글쓰기 자체의 숙련과 발전이 요구된다.

「하늘의 공백」을 일독했을 때는 화자가 구사하는 위트와 시대착오적(?)인 낭만이 돋보이고 그 흐름이 결국 '인간화되는 로봇의 감정'이라는 전통적인 플롯을 충실히 따르고 있지 않나 싶었는데, 작가는 결말에서 위트 속 간간이 느껴진 언캐니함의 정체를 드러내며 서술 트릭의 충격을 안겨준다. 사실 자기가 인간인 줄 아는 로봇이라는 내러티브는 무척 고전적이며, 그 반대로 자기가 로봇인 줄 아는 인간이 나온다고 해서 새삼 놀랄 이유는 없다. 핵심은 이 인간에게 가해진 개조의 범위와 기계화 정도가 과연 얼마큼이었는지를 알려주지 않고 독자로 하여금 상상하게 만드는 제한된 폭로에 있다. 결말부에서 연우의 절규에 가까운 메일과 준형 일행의 마지막 대화를 통해 주제 의식을 직접적으로 드러내는 방식은 살짝 안이하다고 여겨질 수 있으나, 이 소설에는 이와 같은 선택이 가장 잘 어울리는 것 같다. 시종 단조롭고 가벼운 제스처를 가장하는 독백체 글이 독자에게 넘긴 질문의 바통은 결코 가볍지 않다.

「달은 차고 소는 비어간다」는 인물이 선명하고 사건의 요지가 뚜렷하며 어느 한구석 덜어내거나 보탤 것 없이 산뜻한 짜임새가 장점이다. 관광 여행 상품으로서의 다중우주 세계관이 소설 속에 자연스럽게 녹아들어 있고 각각의 사건이 마무리되는 방식 또한 쾌적하다. 소재의 질량과 이야기의 부피가 꼭 이만큼의 단편소설에 적합하며, 작가의 기본기 또한 탄탄하여 읽는 동안 줄곧 안정감을 느낄 수 있었다. 빠르게 잘 읽히면 쓴 것도 손쉽게 흡사 일필휘지였으리라 오해받곤 하는데, 이런 배치와 배분의 묘는 누구나 발휘할 수 있는 게 아니다. 만약 다중우주 세계관과 그에 따른 여행 매뉴얼 요약본이 먼저 펼쳐졌다면 이 소설에 흥미를 느끼기 어려웠을 것이다. SF 초보 습작가들이 종종 저지르곤 하는 패착, 이 세계관을 독자에게 서둘러 전달·학습시키고자 하는 마음에 본격적인 이야기로 들어서기 전 설정 설명부터 대거 투척하는 조바심에서 자유로웠기에, 소설의 긴장감이 유지되었다. 마지막 장면의 행선지와 결심이 최첨단 과학 문명 대신 교회로 표상되는 신이라는 점 또한 아이러니가 빛나는 부분이다.

「우리의 손이 닿는 거리」를 예심 과정에서 선택하고서도 나는 오독한 채로 본심에 임했으므로, 이 작품이 당선권에 들 거라고는 미처 예상하지 못했다. (다소 체념적이고 자조적인 한탄에 따르면) 오심도 경기의 일부라고 하는 것처럼 오독 또한 심사의 일부일 것이며, 독자에게는 그럴 자유가 있으리라는 말로 이 민망함을 일단 덮어본다. 화자의 초지일관된 상냥한 화법이 주는 인상이 실로 강력했던 까닭에, 위험과 고난을 감수하고 행성 개척과 진화를 이뤄낸 인류가 목울대 너머로 비극을 삼켜버리고 후대에 전하는 감동의 메시지 정도로 여긴 것이다. 수차례 재독을 통해 나의 독법이 뭔가 잘못됐음을 깨닫고 뒤늦은 공포가 밀려오기 시작한 건 신경 전달 시간이 1.4초를 넘어서는 챕터부터였다. '우리의 손이 닿는 거리'는 결국 우리의 손이 닿았다 한들 그 닿음을 감각할 수 없는 거리가 되어버리는데, 닿지 않더라도 전해지는 마음에 대한 믿음을 버리지 못한 것일까, 혹은 어긋난 연인의 이별을 목도한 안타까움에 너무 깊이 젖어 있어서였을까. 끝까지 다정한 말투로 정돈된 서사 이면에 가라앉은 인간의 괴물성(확장과 증식에의 욕망)에 대해 함께한 심사위원 분들께서 깊이 있게 토론해 주셨고, 그것은 이 소설이 대상으로 선정되는 데에 주된 역할을 했다고 생각된다. 후손을 향해 말을 건네는 방식으로 전개된 서사, 화자의 화법은 이 소설의 주제 의식과 맞닿아 기대 밖의 시너지를 일으켰고, 내게는 잠깐의 착각을 불러일으킨 대신 오랜 여운을 남기는 요인이 되었다.

그리 정보값은 없는 시시한 고백을 하나 하자면, 아직까지 챗GPT에게 뭘 물어본 적이 없다. 풍문에 따르면 처음에는 영어로 질문을 주고받는 거라고 하기에 패스했고, 그다음에는 뭔가 최소한의 회원가입을 해야 하는 모양이어서 역시 번거롭다고 지나쳤다가, 가입은 시도했을 것 같기도 한데 무슨 계정으로 했는지도 기억하지 못하는 동안 차츰 챗GPT의 존재 자체에 관심이 시들해졌다. 지금 드는 생각, 만약 수많은 응모작 원고 박스 안에 챗GPT가 쓴 소설이 있다면 나는 그것을 어디서든 알아볼 수 있을까? 언젠가는 챗GPT가 쓴 소설만을 대상으로 하는 공모전이 생겨날까? 그렇다면 그것을 가려 뽑는 심사위원도 인공지능이어야 하지 않을까? 이런 질문들을 하게 된 날들이었다. 새로운 문명에 적응해야 한다는 강박이 없지 않으면서도 어쩔 도리 없는 아날로그 타입의 인간에게 이 같은 질문의 기회를 주신 한국과학문학상과, 소중한 원고를 응모해 주신 분들께 감사 인사를 드린다.

김성중

1975년 서울에서 태어났다. 2008년 중앙신인문학상을 받으며 작품 활동을
시작했다.

소설집 「개그맨」 「국경시장」 「에디 혹은 애슐리」, 중편소설 「이슬라」를 냈다.

2010년·2011년·2012년 젊은작가상, 2018년 현대문학상 등을 수상했다.

심사평

'인간의 조건, 비인간의 조건'

해를 더할수록 수준이 올라가는 응모자들의 글을 대하는 것은 즐겁고 긴장되는 일이다.

올해는 다양한 인간과 비인간의 관계, 혹은 인간에서 비인간으로, 비인간에서 인간으로 전이되는 모험을 포착한 이야기가 많아 눈길을 끌었다. 이야기 속에서 인간은 '정신'과 '육체'를 각각 다른 그릇에 담아놓을 수 있을 만큼 기술적 진화를 이루어 여러 삶들을 실현한다. 거대 슈트를 입고 부풀어 오르는가 하면, 데이터 속에서 위태롭게 이어지는 생은 죽음의 의미마저 달라지게 만든다.

한편 비인간 캐릭터들도 인간만큼이나 다채로워졌다. 직업도 다양하여 임종 도우미, 로봇 행위예술가, 공공 노동 로봇 등이 등장하는데, 근미래에 정말로 이런 로봇이 나오지 않을까 싶을 만큼 설득력 있게 그려진 작품이 많았다. 인공지능시대를 맞아 로봇은 성격과 운명을 지닌 고유의 존재로 부상했고, 무엇보다 주인공으로 등장하는 빈도가 늘었다. '인간보다 더 인간적인 로봇 VS 로봇보다 더 비정하고 몰개성한 인간'이라는 낡은 이분법은 사라진 자리에는 사피엔스 종과 그 밖의 행위자들이 다채로운 태피스트리를 이루고 있다는 인상을 받았다.

대상으로 선정된 「우리의 손이 닿는 거리」는 '인간이 거인이 되는 이야기'라고 요약할 수 있을 것 같다. 끝없이 확장하고자 하는 인류의 욕망을 무한대로 늘려놓을 때 과연 무슨 일이 벌어지는지를 거침없는 상상력으로 보여준다.

이 작품은 과학소설로 읽어도, 철학소설로 읽어도, 무엇보다 그냥 재미있는 소설로만 읽어도 만족스럽다. 화성 개발을 위해 18미터짜리 기계 슈트를 입고, 신경 연결을 통해 움직이는 인간은 적응 후 점차 '자라난다'. 특히 흥미로운 설정은 기계 신체가 거대해짐에 따라 뇌의 신경연결 시간 또한 늘어나기 때문에, 그 안에 든 인간이 시간을 점점 느리게 인식한다는 것이다. 커질수록 시간은 느려지기 때문에 거대해지는 동시에 죽지도 않는 존재가 되어 더 큰 슈트를 만들 수 있는 우주 자원, 즉 행성들을 파괴한다.

여기까지 보면 터무니없이 비약한 만화적 상상력(〈로보트 태권브이〉와 같은 거대 로봇 작품)처럼 보이지만, 돌이켜 보면 이 풍경은 낯설지 않다. '행성을 파괴하여 확장된 슈트를 만드는 것'. 그것은 재난 자본주의를 맞은 현재의 인간들이 지구에 하는 짓이 아닌가. 기계 슈트 속에서 자신을 초월하는 동시에 잃어버리는 주인공의 모습은 종말 시계를 받아 든 탄소 문명과 겹쳐 보지 않을 도리가 없다.

한편 이 작품은 리처드 매드슨의 걸작 『줄어드는 남자』의 거꾸로 된 판본처럼도 읽힌다. 매드슨의 주인공이 나노 단위까지 줄어들면서 생존적, 실존적 위기에 처하는 것처럼 소설의 인물들도 같은 질문을 고민해야 하기 때문이다. 인간의 생물학적 조건, 다시 말해 길어야 100년을 살고 커봐야 2미터가 조금 넘고 1초를 1초로 감지하는 신체라는 이 형식에서 벗어나면 인간은 어떤 존재가 될까? 변화는 경이롭다기보다 그로테스크한데, 사실상 거대 슈트 안에서 인간성의 대부분이 녹아버렸고 오로지 '확장'이라는 욕망만 남은 것처럼 보이기 때문이다. 그의 정체성은 '인간'과 '지구인'을 벗어났기 때문에 '더욱더 확장하라', '우주의 끝을 보라'와 같은 으스스한 전언을 딸들에게 남긴다.

좋은 작품들이 그렇듯 읽고 나면 질문이 꼬리에 꼬리를 문다. 이런 식으로 확장하다 보면 '사랑하는 딸들' 다음 세대가 설 자리가 우주에 남아 있을까? 기계 슈트를 만드는 데다 써버리고 폐허가 되어 있지 않을까? 짐짓 다정하고 유머러스한 마지막 문장이 음산하게 느껴지는 것은 바로 이 때문이다.

인류세의 악몽을 이처럼 대담한 상상력으로 형상화한 신인 작가에게 더 많은 지면이 주어지기를 기대한다.

「하늘의 공백」은 독창적인 목소리와 사랑스러운 캐릭터로 인해 심사위원의 지지를 고루 받은 작품이다. 별이 사라진 세상에서 스타(별)와 만나 별에 대한 이야기를 이어가는 낭만적인 서사는 신선한 듯 친숙하고, 독특한 질감의 아날로그적인 감수성을 실어 나른다. 인간과 사적 메일을 주고받는 공공 노동 기계인 주인공은 모종의 '펜팔'에 빠져 단조로운 일상에 변화를 일으킨다. '인간적인, 너무나 인간적인' 상사 박운찬 씨나 옆자리의 동료 로봇 델피 등 주인공을 둘러싼 작은 소우주도 생생하고 자연스럽다.

특히 화자의 목소리가 매력적이다. 젠체하면서도 할 말은 다 하는, 위트 있는 이 목소리는 화법만으로도 성격과 개성을 충분히 짐작할 수 있다. 영화 〈그녀her〉에서 기계와 사랑에 빠진 남자 주인공이 눈길을 끌었다면, 이 소설에서는 인간과의 접촉에 빠진 공적 로봇이 자기의 일상과 그 너머로 꿈꾸는 이야기를 인상적으로 들려준다. 이야기를 통과하다

보면 '우리는 어디에서 편안함을 느끼는가?', '로봇으로 대체되지 않을 인간다움은 무엇인가?'와 같은 소박한 질문들이 진솔하게 다가온다. 작품의 완성도가 매우 높아서 이 소재와 인물에게서 끌어낼 수 있는 고도에 거의 도달했다는 인상을 줄 만큼 수작이었다.

「달은 차고 소는 비어간다」는 스타일리시한 개성이 돋보인다. 분명 서부극의 외양으로 출발했는데, 시간 여행자가 등장하면서 전혀 다른 장르의 이야기로 도약하는 순간이 짜릿하며 서사의 활력을 불어넣는다. 가축 실종 사건을 수사 중인 보안관, 세상에 단 하나뿐인 바이올린을 찾으러 온 요크, 그리고 쿨리로 가장한 시간 여행자 박형수가 모닥불을 쬐고 있는 이 그림만으로도 흥미진진한데, 과거 서사와 이 순간에 이르게 한 사건이 맞물리면서 조각들이 꿰어 맞춰지면서 폭발하는 재미가 있다. 이질적인 조합을 위화감 없이 맛깔스럽게 연출하는 장면들에서 작가의 역량이 잘 드러난다. 이 다중 우주 세계관의 매력에 푹 빠져 읽었기 때문에 이 신인 작가가 '투어리스트' 연작 소설을 써줬으면 따라서 읽고 싶다는 생각이 들 정도였다.

「개인의 우주」는 꿈을 통해 다른 세계와 연결된다는 환상적 발상을 과학적으로 납득 가능하게 풀어놓았다. 우리가 꾸는 꿈이 우주의 누군가에게 전달되는 시그널일 수 있다는 시적인 도입부는 기나긴 시간대를 다루면서 예상치 못한 변곡점을 선보인다. 이 작품의 모티프는 고전적으로 말하자면 '병 속에 든 편지'일 것이다. '다섯 번째 까마귀'가 보내온 사진을 통해 '므'가 말한 '호아'의 정체가 드러나는 장면에서 심장이 덜컹 내려앉았는데, 우주라는 바다에 부표처럼 떠 있는 사각형의 노란 해바라기 이미지가 압도적으로 애틋했기 때문이다. 해바라기는 그들 대화의 증거, '호아'는 너와 내가 소통했다는 증거를 볼 수 있게 남겨놓은 어떤 표시라는 것을 깨닫게 되니까. 작품을 읽으면서 우주 시대가 우리에게 준 가장 큰 선물은 다른 존재와의 연결 가능성이 아닌가라는 생각이 새삼스레 들었다. 구조적으로 성근 부분도 없진 않으나 이 작품만이 갖는 독특한 장소, 공백을 가득 메우는 부재로서의 존재, 응답받지 못할 연구 결과를 기다리는 천문학자의 마음이 매혹적인 별자리처럼 이어지며 확장감을 선사하기에 수많은 응모작 가운데에서 한발 앞으로 세울 수 있었다.

「피폭」은 제조업자의 성실한 수공예적 노동이 돋보이는 작품이다. 능수능란한 조어의 사용, 자연스러운 메커니즘, 핍진성이 넘치는 구체적인 세계를 꼼꼼하게 만들었다. 피폭의 결과로 광석 종기가 얼굴에서 돋아난다는 설정은 주인공에게 축복이자 저주다. 따라서 누마의 여정은 세계의 최하위자들이 노예와 로봇의 운명을 거부하고 달아나는 '탈출기'의 성격을 띤다. 조연들의 불운은 누마 자신의 것일 수도 있었으나 결국 그는 세계의 끝과 시작, 뒤엉키는 원자들의 소란을 듣게 된다. 우리는 누마의 생사를 확신할 수 없고, 이 세계가 종말인지 창세인지도 알 수 없다. 그러나 바로 이 이유로 '문턱을 넘어가는 순간의 격렬함'을 감각할 수 있다. 때때로 소설 속 사회를 설명하는 서술이 길어져서 서사의 활력을 떨어뜨린 면이 없지 않으나, 이 과잉의 에너지가 만들어낸 터프한 매력을 더 많은 독자들에게 보여주고 싶다.

토론과 재토론을 거쳐 기나긴 심사에 마침표를 찍었다. 올해의 수상자들이 만들어 낼 책을 떠올려 보니, 불확정성의 시대를 살아가는 우리의 공포와 불안을 들여다보기에 한국과학문학상 수상작품집이 가장 첨예한 지표가 될 수 있겠다는 생각이 들었다. 이 배에 함께 승선하지 못했지만 놓치기 아쉬웠던 작품들을 써준 투고자들에게도 감사의 인사를 전하고 싶다. 책의 강은 길고도 구불구불하게 이어지니, 다른 물결에서 다시 만나게 되기를.

김희선

춘천에서 태어났으며 2011년 《작가세계》로 등단했다. 소설집 「라면의 황제」
「골든 에이지」「빛과 영원의 시계방」, 장편소설 「무한의 책」「죽음이 너희를
갈라놓을 때까지」, 에세이집 「밤의 약국」을 냈다. 원주에서 소설가 일과 약사 일을
병행하고 있다.

심사평

우주의 풍경 앞에서

우주론 중 하나인 끈이론에 따르면 우리가 존재하는 이 공간에는 약 10의 500승 개에 해당하는 서로 다른 우주가 존재할 수 있다고 합니다. 양자론에 따르면 확률이 0이 아닌 모든 사건은 (무한에 가까운) 긴 시간만 주어진다면 반드시 일어난다고 하니, 10^{500}개나 되는 우주는 이미 존재하고 있거나 과거에 존재했거나 앞으로 존재할 것입니다. 눈을 감고 상상해 보면 (끈이론 우주론자들의 묘사에 따른 것이긴 한데) 이러한 다중 우주는 어떤 광대한 풍경을 떠올리게 합니다. 각각의 우주상수 값에 따라 높은 산봉우리처럼 솟아오른 우주가 있고 골짜기처럼 움푹 파인 우주가 있으며 그렇게 높거나 낮고 크거나 작으며 완만하거나 뾰족한 우주들이 펼쳐진 광경을, 일찍이 물리학자인 레너드 서스킨드는 '우주의 풍경'이라고 명명했지요. 우리가 사는 우주는 우주상수 값이 10^{-123}이고 150억 광년 이상 떨어진 모든 별과 은하는 관측과 인식의 지평선 너머로 사라져 가는 곳입니다. 아무리 성능이 뛰어난 망원경을 만들어도, 이 우주적 지평선 밖은 영원히 볼 수 없다고 하는데요. 저는 그런 생각이 떠오를 때마다 마치 '우주적 폐소공포증'에 걸린 듯 막막한 느낌에 빠져듭니다.

심사평을 쓰겠다면서 서론이 너무 길었던 듯합니다. 사실은 그저 우리 우주를 둘러싼 무한한(그러나 영원히 보거나 만지거나 가닿을 수 없는) 다중우주에 대해 말하고 싶었을 뿐인데 말입니다. 언젠가 이런 얘기를 읽은 적 있기 때문인데요, 차원 속에 또 다른 차원, 그 속에 숨겨진 새로운 또 하나의 차원… 이런 식으로 겹겹이 숨겨진 다른 우주 사이를 넘나들 수 있는 건 오직 인간의 상상력뿐이라는 거지요. 여하튼 결론은 다음과 같습니다. 올해도 제게 온 수많은 응모작을 읽으며 레너드 서스킨드가 말한 '우주의 풍경' 앞에 선 듯 경이로움을 느꼈다는 것. 개중엔 정말 뛰어난 수작이 있었고 상대적으로 그렇지 못한 작품도 있었지만, 원고 하나하나가 작가 각각의 상상을 담고 있다는 점에서 가히 우주의 풍경에 비견한다 해도 과하지 않을 듯했습니다. 특히나 예심을 보며 기뻤던 것은, 전반적으로 원고의 수준이 높아졌다는 사실입니다. 문학적 완성도만이 아니라 SF적 사유 또한 훨씬 깊고 풍성해져서, 읽는 내내 즐겁고 뿌듯했음을 미리 밝혀둡니다.

이번 응모작의 특징을 한 가지 더 꼽는다면, '인간 존재의 의미'라는 SF의 전통적 주제를 정면으로 다룬 작품이 많았다는 점인데요. 어쩌면 이런 흐름은 팬데믹 이후 자연스럽게 나타나는 현상일지도 모릅니다. 다행히 그 길고 어두운 터널을 빠져나왔지만 거대한 죽음의 위협 앞에 서 있던 우리의 무의식 속엔 '인간 자체가 부재하는 세상'이라는 무시무시한 상상이 한밤의 악몽처럼 오래도록 남을 수밖에 없으니까요.

약 두 달에 걸친 예심 기간을 거쳐 최종심에 오른 중·단편 작품은 12편입니다(「휘지」, 「누스에게」, 「발정기」, 「노래하는 괴물과 고철의 바다」, 「인류 최후의 날, 하루 전」, 「임종 메이트」, 「연기」, 「피폭」, 「달은 차고 소는 비어간다」, 「하늘의 공백」, 「개인의 우주」, 「우리의 손이 닿는 거리」).

붓글씨 쓰는 로봇이라는 귀엽고 재미난 소재를 다룬 「휘지」, 감각적인 문체와 문학성이 돋보였던 「누스에게」와 「발정기」, 한 편의 동화처럼 아름답게 읽혔던 「노래하는 괴물과 고철의 바다」 모두 수작이었지만, 마지막까지 집중적으로 논의된 작품은 「인류 최후의 날, 하루 전」, 「임종 메이트」, 「연기」, 「피폭」, 「달은 차고 소는 비어간다」, 「하늘의 공백」, 「개인의 우주」, 「우리의 손이 닿는 거리」 총 8편이었습니다.

「인류 최후의 날, 하루 전」은 말 그대로 인류 종말의 시간을 앞둔 사람들의 다양한 모습을 때로는 유머러스하게 때로는 애잔하게 그려낸 소설입니다. 어떤 식으로든 종말에 대비하는 이들과 지금까지의 삶의 방식을 고수하려는 이들을 대비해 보여주며 기후 위기 문제에 무관심한 현대인을 풍자하는 이 작품은, 소설 내내 언급되는 알고리즘의 실체가 모호한 데다 무엇보다도 제목과 달리, 종말이 1,300년이나 남았다는 설정이 소설적 긴장을 크게 떨어뜨리고 말았습니다.

「임종 메이트」는 노인의 고독사 문제를 정면으로 다뤘다는 점에서 시의성을 인정받은 작품입니다. 노인을 돌보는 로봇은 평범한 소재지만, 이 소설에서는 그 로봇이 고독사한 노인을 '처리'까지 해준다는 설정이 신선했고, 유머와 휴머니즘이 적절히 배합되어 흥미로운 독서를 가능케 해주었습니다. 다만 '노인'이라는 존재에 대하여 덜 익은 사유가 엿보였고, 그래선지 작품 속 나이 든 주인공들이 쉽게 와닿지 않았다는 게 단점으로 지적되었지요.

「연기」에서는 시간 여행이 가능한 세계가 다뤄집니다. 시간 여행은 SF의 가장 흔한 테마지만, 이 소설에선 과거의 재난을 바로잡고자 시간 여행을 감행하고 그 결과 일어나는 일들에 대응하는 주인공의 모습이 독특하게 다가왔습니다. 과거의 재난에서 누군가의 생명을 구하기만 한다면 이 또한 일상적이고 평이한 이야기가 되고 말겠지만, 여기서 집중적으로 다루는 것은 시간 여행으로 바뀐 세계 속에서 흔적도 없이 사라져 버린 사람들의 존재 의미입니다. 이를 통해 작가는 기억과 애도의 문제를 제기했고, 소설은 충분히 그 목적을 성취하고 있었지요. 다만 이 작품이 SF보다는 일종의 판타지에 가깝게 보인다는 평이 있었고, 논의 끝에 아쉽게도 수상작에선 제외됐지만 SF란 반드시 특정한 장르나 범주를 지칭하는 게 아니라 "합의된 현실에 단호하게 반기를 드는 현대적인 유형의 글쓰기"(SF작가 브루스 스털링의 말)에 가깝다는 말을 작가가 상기하길 바라며 앞으로의 글쓰기를 응원하고 싶습니다.

「피폭」은 긴 분량만큼이나 치밀하고 단단한 구조를 지닌 작품이었습니다. 소설의 배경이 되는 세계를 서술하기 위해 많은 지면을 할애한 것은 장점이면서 동시에 단점으로 보였는데요. SF가 현실과는 다른 세상을 통해 지금 이곳을 들여다보는 문학 장르라면 그 '다른 세계'의 핍진성이 무엇보다도 중요할 테고, 그러므로 「피폭」에서 독자를 다른 세계로 이끌기 위해 작가가 들인 노력은 무척 가상한 것으로 평가받아 마땅합니다. 다만, 그 세계를 설명하기 위한 서술 부분이 다소 어렵게 보여 일부 독자들에겐 접근성을 떨어뜨리는 요소로 작용할 수 있다는 문제가 제기됐습니다. 하지만 최종심에 오른 중·단편 중 SF의 본질에 가장 가까운 작품이라 생각되었고, 결국 우수상으로 선정하자는 결론에 이를 수 있었습니다. 이 소설은 설정된 세계관을 배경으로 여러 개의 이야기 혹은 긴 이야기로 확장될 수 있을 테고, 어쩌면 작가도 그것을 염두에 두지 않았을까 여겨지기도 했는데요, 앞으로 이어질 미래의 이야기가 가장 많이 기대되는 작품이기도 했습니다.

「달은 차고 소는 비어간다」는 모든 심사위원에게 아름답고 신비로우며 독특하다는 평을 얻었습니다. 서부극을 연상시키는 배경 속에서 다중우주를 여행하는 관광객이 등장하는 이 작품은 무엇보다도 유려한 문장이 돋보였고 유머러스한 가운데 한 폭의 그림을 보는 듯 즐거운 독서 경험을 선사하는 소설이었습니다. 디테일한 부분에선 어디서 본 듯한 기시감이 종종 느껴졌지만 우수작으로 뽑기에 전혀 부족함이 없는 작품이었지요.

「개인의 우주」는 소프트 SF의 장점을 한데 모아놓은 듯한 작품이었습니다. 별과 별 사이의 거리만큼이나 긴 시간

동안 이루어지는 교감과 기다림을 통해 광대한 우주와 지구 밖 존재를 사유하게 하고, 그것을 통해 결국 인간 그리고 자기 자신을 생각하게 해주었는데요, 앞서 말했듯 최근 인기 있는 소프트 SF의 특징을 고루 갖췄다는 사실이 양날의 검처럼 작용했습니다. 매끄럽게 와닿는 이야기는 가독성과 접근성을 높여주지만, 내면의 뭔가를 흔들어 놓는 놀라운 독서 경험으로부터 독자를 멀어지게 만들기도 하니 말입니다. 하지만 완성도 면에서는 단연 가장 우수했고, 그래서 우수작으로 선정하는 데 주저함이 없었습니다.

「하늘의 공백」은 심사위원들이 만장일치로 '사랑스럽다'고 말한 소설입니다. 우체국 같은 공공기관에서 일하는 로봇이 무슨 이유에선지, 별이 보이지 않는 하늘에서(게다가 그 미래의 하늘은 아무나 올려다볼 수 있는 곳이 아닙니다. 오직 부자와 상류층만이 하늘을 볼 권리를 가지죠) 별처럼 빛나는 스타를 만나는 이야기이니까요. 그러나 오래도록 마음에 남는 소설이 언제나 그렇듯, 「하늘의 공백」에서 로봇과 스타의 만남은 결코 해피엔드로 끝나지 못합니다. 끝까지 재미있게 읽을 수 있으며 마지막까지 울림을 주고, 무엇보다도 '다른 존재'를 통해 우리를 들여다보고 되돌아보게 해준다는 면에서 SF의 본질에도 충실하기에, 이 소설은 좋은 소설입니다.

「우리의 손이 닿는 거리」에는 무한히 확장하려는 인간이 등장합니다. 먼 미래, 행성을 개척하기 위해 파견된 인간들이 필요에 의해 외골격 로봇을 착용하기 시작합니다. 그들은 입는 로봇의 크기를 점점 크게 만들고(점점 거대해지는 로봇은 행성과 행성 간의 거리만큼이나 커집니다) 어느덧 자신들의 크기가 로봇과 같다는 착각에 빠지게 되지요. 구성 면에서도 인간의 감각이 말초에서 중추까지 전달되는 시간이 점점 길어지는 과정을 통해, 무한히 확장하고자 하는 인류의 본능을 시각적으로 선명하게 그려낸 뛰어난 작품이었습니다. 풍부한 사유를 끌어내면서도 독서의 재미와 즐거움 또한 놓치지 않은 수작이었고, 동시에 인류세를 살아가고 있는 우리 자신의 무한한 욕망까지 되돌아보게 해주는 이 소설은, 당연히 대상에 부합하는 모든 요소를 고루 갖추고 있다는 평가를 받았습니다.

수상을 축하드리며, 끝으로 원고를 보냈지만 수상하지 못한 모든 분에게 이 얘기를 꼭 하고 싶습니다. 소설의 세계는 워낙에 넓고 커서 아마 아주 멀리 떨어진 시공간에서 본다면, 앞서 말한 우주의 풍경처럼 보일 텐데요. 그 세계에선, 이미 한 편의 소설을 완성한 사람은 모두 작가라 할 수 있습니다. 제가 알기로는 수많은 위대한 작가들이 이렇게 말하였는데요, 왜냐하면 각각의 우주가 저마다의 비밀과 독특함을 품은 채 광대하게 펼쳐진 '우주의 풍경' 속에선 우리가 알지 못한다 해도 그것이 그 우주의 부재를 의미하는 건 아니기 때문입니다. 언젠가 결국 우주는 모습을 드러낼 터입니다. 그런 이유로, 저는 여러분의 글쓰기를 끝까지 응원할 거고요.

강지희

문학평론가. 《문학동네》 편집위원으로 활동 중. 평론집 「파토스의 그림자」를
냈다.

심사평
다섯 도파민

    제7회 한국과학문학상 심사를 위해 다섯 명의 심사위원은 응모된 중단편 316편, 장편 49편을 나눠 받고, 각자 한 달간 숙고의 시간을 거쳐 총 중·단편 27편, 장편 6편의 작품을 본심에 올렸다. 50일 동안 이 작품들을 검토한 뒤, 각각 중·단편 3편, 장편 1편을 추천했다. 최종심에서는 그렇게 추려진 중·단편 12편과 장편 3편을 가지고 집중적으로 논의의 시간을 거쳤다. 치열한 과정을 거친 만큼 최종심에 오른 작품들은 모두 일정 수준 이상을 갖추고 있었다. 심사에 참여해 온 지난 3년간의 시간과 비교해 봤을 때, 발상 단계에서부터 SF라는 장르적 특성을 확실히 의식하면서 치밀하게 구성된 작품이 대다수라고 느꼈다. 작년 최종심 대상작들이 기후 위기를 비롯해 이주 여성, 퀴어, 장애 등 사회적 문제들을 명료하게 의식하며 접점을 만들어 내고 있었다면, 올해 최종심 대상작들은 작고 단단한 과학적 사유의 단초 위에 인물들의 관계나 감정을 풍요롭게 구상하며 살을 붙여나간 작품이 많았다. 단편 길이를 훌쩍 넘어서는 중편이 대다수라는 점에서 거침없이 뻗어나가는 힘이 느껴지기도 했다.

이번 심사에서 대상을 정하는 데 그리 오래 걸리지는 않았다. 「우리의 손이 닿는 거리」가 던지는 커다란 질문의 방향성에 심사위원들 모두가 흔쾌히 동의할 수 있었기 때문이다. 이 소설은 외부 개발과 자기변형을 거듭해 온 인간이 그 끝에 마주한 역진화의 아이러니를 보여준 수작이다. 인간은 기술을 통해 어디까지 개척하며 진보할 수 있을 것인가. 근대 이후 언제나 뜨거웠던 진보에 대한 믿음을 거역하기 위해 소설은 다음과 같은 플롯을 만들었다. 우주의 외행성을 개척하기 위해 18미터에 이르는 인간 강화 슈트가 발명되면서, 인간은 사이보그로 거듭난다. 최적이라 믿었던 그 발명품으로 개척 행성을 계속해서 탐사하는 동안, 인간의 신경 전달 물질 속도는 점차 느려진다. 소설의 시작 지점에서 지구 인간의 신경 전달에 의한 반응 속도는 0.12초 정도지만, 소설의 마지막에 이르러 인간의 신경 전달 시간은 100배 가까이 늦춰진 10.1초가 된다. 인간이 진화한 결과로 얻게 된 반응속도는 정확히 원숭이의 신경 전달 시간과 일치한다. 소설 속 화자는 기계장치의 진화로 거대한 시공간을 누리게 된 인류를 거듭 찬양하지만, 진화한 인류의 신체를 원숭이와 동일한 자리에 세움으로써 이 찬양을 독설로 변환시킨다. 나는 이 소설의 마지막을 SF 영화의 걸작 〈2001 스페이스 오디세이〉(1968) 속 오프닝 장면의 패러디로 읽었다. 유인원들이 최초로 사용한 도구인 동물의 뼈가 공중으로 던져진 후 지구궤도의 인공위성으로 전환되는 영화의 오프닝은 몇천 년에 걸친 놀라운 인간의 진화를 단 몇 초로 압축해 낸다. 인류라는 종에 대한 자부심으로 가득한 이 장면은 영화가 만들어진 1968년이 아폴로 8호가 처음으로 달 궤도로 진입해 지구의 사진을 찍어 보내온 해이기도 했음을 떠올릴 때 쉽게 이해된다. 팬데믹 이후 기후 위기와 전쟁과 인플레이션이 뒤엉킨 2024년, 우리에게 도착한 소설 「우리의 손이 닿는 거리」는 인류를 원숭이와 겹쳐두며 기술의 진보와 함께 누려온 모든 영광이 조삼모사의 짧은 기쁨이었음을 담담하지만 통렬하게 전달한다.

「개인의 우주」는 인간이 몇백 년에 걸쳐 외우주를 탐색하는 이야기를 다루고 있다는 점에서 대상작과 출발선을 같이하지만, 인간의 생물학적 한계와 인식의 한계 모두 환한 빛으로 비춰내고 있다는 점에서 다른 길을 간다. 소설은 두 이

야기로 나누어져 있다. 첫 번째 이야기에서 외우주의 행성
과 존재에 대한 기약 없는 약속과 믿음이 자리한다면, 두 번
째 이야기는 이에 대한 놀라운 연결과 응답으로 이어진다.
826년 전 인류가 쏘아 올린 위성 무리가 정사각형으로 키워
진 식물체 군집, 즉 해바라기들을 발견하는 순간은 바로 그
외우주의 지적 생명체와의 약속이 이루어지는 순간이다. 이
장면의 짙은 낭만성은 마음을 홀린다. 그러나 여기에서 오
는 감흥은 인간 생애 주기를 넘어서는 긴 시간성을 두고 성
립된 약속 때문만은 아니다. 소설은 인간이 해바라기를 감
각하는 방식은 이 식물이 유일하게 반사하는 노란 빛만을
보는 것이라는 과학적 사실을 전해준다. 그러니까 인간의
맹점은 대상의 본질을 이상한 방식으로 비껴가 인식한다는
것이다. 그럼에도 그 존재를 굉장히 밝고 따뜻한 것으로 느
끼고 애정할 수 있다는 기적은 외행성에도 심어진 해바라기
를 통해 다시 한번 확인받는다. 인간의 맹점에서 오히려 희
망을 읽는 소설은 미지의 우주를 인간의 무의식과 연결하며
과감하게 나아간다. 우주의 암흑지점은 두렵고 막막한 대상
이 아니라, 인간의 꿈처럼 명확히 이해하지 못하는 채로도
이미 친숙하고 아름다운 갈망의 대상일 수 있다는 것이다.
여기까지만이더라도 이 소설이 주는 감흥은 충분했겠지만,
소설은 또 하나의 고리를 만들어 둔다. 그것은 달콤한 호기

심과 씁쓸한 절망 속에 이어지는 여성 과학자들 간의 연대다. 그들이 남겨놓은 연구 노트는 다음 세대에 편지처럼 전해지며, '개인의 우주'를 고립된 소행성으로 만드는 대신 기적처럼 연결한다.

「하늘의 공백」은 더없이 사랑스러운 로봇의 로맨스를 보여준다. 이 로봇의 사랑스러움은 본인이 대상에게 이미 흠뻑 빠져들어 있으면서도 입덕 부정기를 거치는 데서 나온다. 우체국의 공적 노동 기기로서 메일 분류 일을 하는 로봇인 '나'는 스캔들에 휘말려 힘든 시간을 보내는 데뷔 2년 차 가수 '이연우'가 무작위로 보낸 메일을 발견한다. 이 메일을 보는 순간에 정지될 정도로 충격을 받은 이유는 알 수 없으나, 나는 중앙 사고 장치의 판단에 따라 안전을 위해 답장을 보내기로 마음먹는다. 이후 나는 이연우의 감정을 신경 쓰며 그와 메일로 소통하는 일에 온통 마음을 뺏기고 만다. 사고 장치가 발열되기도 하고 충전하는 시간까지 이 일에 쏟고 있음에도 불구하고, 이 모든 것을 로봇의 3원칙에 입각한 '위험에 처한 인간을 모른 척하면 안 된다'라는 제1원칙 때문이라 우기고 있는 지점에서 로봇의 사랑스러움이 뿜어져 나온다. 바야흐로 츤데레 로봇의 비밀 연애 서사가 탄생한 것이다. 이 과정에서 그려지는 주변 로봇들의 캐릭터나 외부 환경 설정들도 소설의 유머러스하면서도 편안한 결을 더

없이 잘 살려내며, 주인공의 계산 없는 순수한 사랑을 돋보이게 만들고 있었다. 다만 마지막에 이르러 이연우의 회의적인 독백이 지나치게 무겁게 다가오고, '이해타산적인 인간'과 '인간보다 더 인간다운 로봇'을 대비시키는 이분법적인 결말이 다소 익숙하게 다가오기는 했다. 그럼에도 사람의 마음을 끄는 캐릭터를 형상화하는 탁월한 능력이 이 소설을 당선작으로 세우도록 만들었다.

「피폭」은 혁명과 종말이 뒤엉킨 거대한 세계를 설계하려는 야심 찬 기획의 소설이다. 처음 이 소설을 여는 이들은 아마 너무나 많고 복잡한 설정에 머리가 어지러울 수도 있다. 그러나 그 단계를 무사히 통과하고 나면, '누마'라는 주인공의 귀환 없는 여정에 기대어 작가가 말하고자 하는 거대한 질문이 읽힌다. 고속으로 이루어진 사회 발전이 얼마나 비극적인지, 이 끝없는 지배와 약탈의 악순환은 어떻게 탈피할 수 있는 것인지 작가는 묻는다. 이를 해결하기 위해 누마는 먼 여정을 떠난다. 누마는 비극 속의 비범한 영웅이 아니다. 기본적으로 생을 향한 원초적 욕망이 가득한 가운데 때때로 주위에서 그를 돌봐주는 사소한 호의에 기대 앞으로 조금씩 나아갈 뿐이다. 그에게 조금씩 돌아오는 노래는 세계가 회복되어 가는 징후를 보여주지만, 서사는 이 끝에서 거대한 정지와 함께 폭발하는 종언을 택한다. 특정한 사건의 세부를 그리기보다 시적인 단문들이 만들어 내는 분위기에 기대는 이 소설은 우리가 기대하는 방식으로 인물의 성장과 세계의 회복을 보여주지 않는다. 그러나 다시 시작하기 위해서는 언제나 제대로 된 중단과 결별이 있어야만 하지 않나. 소설 앞뒤에 배치된 에피그램을 따라, 우리는 이 어둠의 자리에서 비로소 다시 시작되는 세상의 소리를 들을 수 있다.

「달은 차고 소는 비어간다」는 아마 이번 수상작들 가운데 가장 이색적인 작품일 것이다. 소설은 SF에 독자들이 으레 기대하는 어떤 요소도 순순히 충족시켜 주지 않는다. 1800년대 후반을 배경으로 서부극의 비장한 분위기 속에서 시작된 소설은 모닥불 앞에 모인 귀족, 보안관, 쿨리 세 사람의 서사를 하나씩 펼쳐간다. 장인의 희귀한 바이올린을 둘러싼 치졸한 욕망을 그리는 귀족의 서사는 농장에서 소들을 훔쳐 먹는 쿨리들로 인해 일어난 사건을 처리해야 하는 보안관의 서사로 슬그머니 옮겨 간다. 그때까지 비장미 넘치던 소설은 모닥불 앞에 함께 있던 쿨리의 정체가 '박형수'로 밝혀지면서 갑자기 익살스러운 표정으로 바뀐다. 이 모든 사건은 '유기체 질량 등가 치환을 이용한 다중우주 간 교환'이 가능해지면서 미래에서 개입한 이들에 의해 벌어진 소란이며, 여기에 '투어리스트' 안내원을 자처한 박형수 역시 한 못한 것이다. 박형수는 곧 허무하게 체포되어 사라지지만, 미래에서 온 그의 존재는 남은 귀족과 보안관에게 깊은 영향을 미친다. 급작스럽게 너무 늙어버린 기분 속에서 은퇴를 선언하는 보안관과 이해할 수 없는 상황에서 신의 섭리를 찾아 미국에서 가장 거대한 교회를 세우는 귀족의 모습은 한바탕 소동이 끝난 자리에서 알 수 없는 비애를 만들어 낸다. 성聖과 속俗을 잇대어 놓으며 마지막 여운을 만들어 내는 솜씨도 굉장했지만, 이 소설은 SF에 대해 그 누구보다 재기발랄한 질문을 던지고 있어 매력적이었다. SF가 '인지적 낯설게 하기cognitive estrangement'의 효과를 만들어 내는 장르라면 그것이 서부극과 같은 다른 장르를 경유해 발생해서는 안 되는지, 과학적 발명품인 라이터를 접한 인물들이 과학에 역행하는 방향으로 나아가 도리어 신을 찬양하는 데 이른다면 그 역시도 현실에서 새로운 가능세계를 창출해 낸 것으로 보아야 하는지와 같은 질문들이 그것이다. 이 소설을 읽으며 본래 SF에 야심이 있는 작가인지 아닌지 분별할 수는 없었지만, 이런 도발적인 질문의 서사를 능수능란한 솜씨로 직조할 줄 아는 작가를 놓칠 수는 없었다. 당선자가 장르를 종횡무진하며 많은 소설을 써주기를 기대한다.

인아영

문학평론가. 2018년 경향신문 신춘문예로 비평 활동 시작.

심사평

경계의 상상력

    문학상에 응모된 작품들을 통해 연도별 경향을 가늠해 보는 일은 어쩔 수 없이 얼마간의 과장이 섞이기 마련이라 조금 면구스러운 데가 있지만, 한국과학문학상의 경우는 그렇지 않다. 어쩌면 SF가 새로운 현실에 몹시 민감하게 반응하는 장르이기 때문일지도 모르겠다. 지난 2년의 응모작들이 코로나, 환경, 소수자 문제와 같은 동시대 사회현상에 집중하는 경향이 짙었던 반면, 올해는 인공지능, 인체 변형, 마인드맵과 같이 인간과 로봇의 경계에 관한 문제의식이 두터웠다. 이러한 문제의식이 반가운 한편으로 아쉬움도 있었다. 기발한 과학기술 하나를 구상한 다음 그로부터 연상되는 이야기를 기계적으로 조립한 작품보다는, 어떤 상상력이든 이를 하나의 완결된 이야기로서 재구성하는 작업에 대한 고민이 느껴지는 작품을 더 보고 싶었다.

　당선작 중에서 예심에서부터 만난 작품은 「개인의 우주」와 「달은 차고 소는 비어간다」 두 편이었다. 「개인의 우주」는 좋아하지 않을 수 없는 소설이었다. 수백 년이라는 아득한 우주의 시간을 건너서 누군가를 만날 수 있을까? 지금의 내가 흩어져 없어져 버린 이후에도 누군가에게는 내 목소리가 닿을 수 있을까? 이것은 SF라는 장르에서 우리가 수없이 보아온 익숙한 질문이지만, 오히려 그렇기 때문에 이 익숙한 질문을 제대로 다루기는 더 어려운 일이다. 약간의 기시감이 있었던 것은 사실이지만, 마찬가지로 오히려 그렇기 때문에 비슷한 작품들 가운데에도 이토록 진한 울림을 남기기는 쉽지 않은 일이다. 그것을 이 소설은 별일 아니라는 듯이 무척 자연스럽게 해냈다.

　「달은 차고 소는 비어간다」는 처음 몇 문단을 읽고서 내공이 다른 작품이라고 생각했다. 초반의 보안관 뷰포드, 귀족 요크, 쿨리 세 사람이 어느 날 바퀴가 말썽인 마차 때문에 마부를 기다리면서 모여 앉아 이야기를 시작하는 장면부터 예사롭지 않다. 피닉스 지역의 무법지대를 배경으로 삼은 서부극이면서도 다중우주라는 장르의 기법을 차용하고 있는 작품이지만 여러 장르를 혼합한 기법을 감상하기 전에 우선 밀도 높고 유려한 문장의 힘에 치이게 된다. 빽빽하게 공들여 쓴 문장을 읽는 맛이 어느 응모작보다 좋았다. 전반부와 후반부가 더 자연스럽게 이어졌더라면 어땠을까 하는 기대도 품게 되지만, 어디로 진행될지 예상할 수 없는 서사에 이끌려 가는 체험이 즐거웠다. 이 작가가 쓴 다른 소설은 무엇이든 아주 색다른 체험을 하게 해줄 것 같다.

「하늘의 공백」은 처음에는 우체국에서 일하는 로봇들의 노동권에 대한 흥미로운 이야기로 읽혔다가 뒤로 갈수록 인간의 이상하고도 미묘한 내면에 대한 날렵한 통찰로 읽혔다. 인간을 관찰하는 로봇과 로봇이 되고 싶어 하는 인간. 두 주체 사이의 거리가 좁혀지면서, 그리고 각자의 서사가 얽혀가는 과정 속에서, 우리가 인간을 무엇으로 생각하는지 그리고 인간성이라는 성질은 무엇인지에 대한 질문이 자연스럽고도 묵직하게 녹아 있다. 나에게 특별히 인상적이었던 대목은 화자인 로봇이 인간과 메일을 더 제대로 주고받기 위해서 30대 남성인 박운찬 씨의 삶으로 들어가 보는 과정이었다. 비록 기계적인 합리성에 의해서지만 로봇이 인간의 내면을 탐구해 나가기 위해 어떤 인물을 파악하고 몰입해 가는 과정이 소설 쓰기 자체에 대한 메타적인 접근처럼 보였다.

「피폭」은 갱도라는 공간을 배경으로 매력적인 서사를 구사하고 있는 작품이다. 무엇보다 작가가 하나의 세계관을 근사하게 창출해 내고 있고, 그 안에서 매우 강렬하고 인상적인 이미지를 쉴 틈 없이 생산해 내고 있으며, 그러면서도 유려하고 단단한 문장들이 흘러내리듯이 쏟아지고 있다는 점이 이 소설을 무시할 수 없게 만들었다. 그러나 가독성이 떨어진다는 점은 심사에서 공통적으로 언급되었다. 소설을 쓰는 사람이 서사의 설정을 아무리 다종하고 구체적으로 마련한다고 해도, 또한 공간과 장면에 대한 묘사를 아무리 세밀하고 화려하게 처리한다고 해도, 그 전달이 뚜렷하지 않다면 혹시 세계관을 장악하지 못한 것이 아닌지 고민하게 된다. 그럼에도 불구하고 이 소설을 지지한 까닭은 소설이 머금고 있는 강렬한 에너지를 무시할 수 없었기 때문이다. 거의 본능적이라고 느껴질 만큼이었다.

대상작 「우리의 손이 닿는 거리」는 인간이 지구에서 살 수 없게 되어 우주의 또 다른 행성을 개척하게 된 시점에 테라포밍 대신 인간의 신체 능력을 향상시키는 강화 슈트를 적응 수단으로 선택하게 된 이들의 이야기다. 18미터에 달하는 거대한 강화 슈트에 인간의 신경이 연결·확장된다는 설정이 다소 성글다는 인상을 주면서도 흥미로웠다. 그런데 이 소설에서 그보다 중요한 설정은 이 거대한 강화 슈트로 인해 인간의 신경 전달 물질 반응 속도가 점점 느려지고 이에 대응하는 우주의 시간이 점점 빨라진다는 데 있다. 소설은 이 강화 슈트 덕분에 전능감을 가지게 된 인간을 그리는 동시에 스스로 만들어 낸 기술로 인해 모든 것을 태우고 해체되는 인간을 그린다. 결말에서 화자는 자신의 딸들에게 인간 신체의 무한한 확장과 지독한 생존 능력에 찬사를 보내지만 그 뉘앙스는 단순하지 않다. 그 뉘앙스에 내포된 인간의 운명, 그러니까 우주의 종말까지 지독하게 살아남을 인간의 운명도 말이다. 이를 어떻게 받아들여야 할까? 해석의 방향은 어디로든 열려 있다.

제7회 한국과학문학상 수상작품집

© 장민·박선영·정현수·존벅·최우준, 2024. Printed in Seoul, Korea

초판 1쇄 펴낸날	2024년 5월 29일
초판 2쇄 펴낸날	2024년 11월 27일
지은이	장민·박선영·정현수·존벅·최우준
펴낸이	한성봉
편집	김학제·안태운·박소연
콘텐츠제작	안상준
디자인	최세정
마케팅	박신용·오주형·박민지·이예지
경영지원	국지연·송인경
펴낸곳	허블
등록	2017년 4월 24일 제2017-000050호
주소	서울시 중구 필동로8길 73 [예장동 1-42] 동아시아빌딩
페이스북	www.facebook.com/dongasiabooks
인스타그램	www.instagram.com/dongasiabook
트위터	twitter.com/in_hubble
전자우편	dongasiabook@naver.com
블로그	blog.naver.com/dongasiabook
홈페이지	hubble.page
전화 02)	02) 757-9724, 5
팩스	02) 757-9726
ISBN	979-11-93078-23-5 03810

※ 허블은 동아시아 출판사의 문학 브랜드입니다.
※ 잘못된 책은 구입하신 서점에서 바꿔드립니다.

만든 사람들

책임편집	김학제·박소연
크로스교열	안상준
디자인	최세정